길들여지다

길 들 여 지 다

초판 1쇄 찍은 날 ㅣ 2014년 06월 17일
초판 1쇄 펴낸 날 ㅣ 2014년 06월 24일

지은이 ㅣ 박윤애
펴낸이 ㅣ 서경석

편 집 장 ㅣ 권태완
디 자 인 ㅣ 신현아

펴낸곳 ㅣ 도서출판 청어람
등록번호 ㅣ 제387-1999-000006호
등록일자 ㅣ 1999. 5. 31
어람번호 ㅣ 제5-0377호

주소 ㅣ 경기도 부천시 원미구 부일로 483번길 40 서경B/D 3F (우) 420-822
전화 ㅣ 032-656-4452 팩스 ㅣ 032-656-4453
http://www.chungeoram.com
E-mail ㅣ chungeorambook@daum.net

Chungeoram romance novel

박윤애 장편 소설

노서출판 청어람

목차

프롤로그

고급스러운 주얼리 샵 안으로 들어오자 직원이 상냥하게 인사
했다.

"어서 오세요."

"반지 찾으러 왔습니다."

건우의 말에 직원이 서랍을 뒤적거렸다.

"차건우 고객님 되시나요?"

"네."

직원이 반지 케이스 꺼내 반지를 보여주었다. 일주일 전 혜진
에게 프러포즈하기 위해 구입한 반지였다. 건우는 케이스에서 반
지를 꺼내 확인했다. 직원의 추천으로 구입한 다이아가 박힌 심
플한 디자인의 반지였다. 건우는 네 번째 손가락에 반지를 착용
해 보았다. 제 손가락에서 반짝이는 반지가 어색해서 건우는 웃

고 말았다.

"잘 어울리세요. 남자분이 착용하기에도 부담스럽지 않아서 반응 아주 좋아요."

"감사합니다."

건우가 반지를 빼 케이스에 넣었다. 반지를 받고 기뻐할 혜진을 떠올리자 그의 입매가 부드럽게 말아 올라갔다. 이미 레스토랑 예약도 끝난 상태고, 프러포즈 반지까지 구입을 마쳤다. 혜진에게는 자신의 집으로 와 같이 저녁 식사하러 나가기로 약속을 했다. 곧장 집으로 귀가한 건우는 코트 주머니에서 반지 케이스를 꺼내 만지작거렸다.

"기쁘게 받아줬으면 좋겠는데."

희망과 바람을 눈빛에 머금으며 손목시계로 시각을 확인했다. 출발할 때 전화한다고 했으니 조금 더 기다려야 할 터였다.

그렇게 얼마나 시간이 흘렀을까.

건우는 그녀가 도착할 시각을 넘기자 혜진에게 전화를 걸었다. 하지만 긴 신호음 끝에 음성사서함으로 넘어가 버렸다. 무슨 일 생긴 건가? 걱정의 눈빛으로 건우가 다시 통화 버튼을 눌렀다. 또 다시 음성사서함으로 넘어가 버리자 미간을 찌푸린 건우가 넥타이를 느슨하게 풀렀다.

가방을 핸드폰에 넣어두고 진동 소리도 못 듣는 조금 둔한 그녀였기에 건우는 조금 후 인내심을 가지고 전화를 걸었다.

"이혜진, 진짜."

이번에도 역시나 전화를 받지 않자 건우는 까칠한 손으로 얼굴을 쓸어내린 뒤 실망한 표정으로 반지 케이스를 바라보았다. 테이블 위에 올려둔 핸드폰이 진동음을 내며 움직였다. 빠르게 핸드폰을 잡은 그의 시선이 액정에 찍힌 이름을 확인했다. 실망감이 도는 얼굴로 통화 버튼을 누른 건우의 마른입술에서 한숨이 터져 나왔다.

"예약, 취소해 주세요."

상냥한 레스토랑 직원의 말을 들을 새도 없이 건우는 그대로 핸드폰을 꺼버렸다. 신경질적으로 넥타이를 풀어 협탁 위에 던지듯 내려놓았다.

역시, 그녀다워.

화는 머리끝까지 나는데도 피식 웃음이 나는 걸 보면 제정신은 아닌 듯했다. 그렇게 건우는 실망한 얼굴로 우두커니 앉아 있었다.

다시 시각을 확인했을 땐 10시가 훌쩍 넘어 있었다.

1. 함량 미달

금요일 밤 호프집은 꽤 시끌벅적했다. 주변을 둘러본 혜진의 시선에 빈 500cc 잔을 만지작거리는 주아가 들어왔다. 그새를 기다리지 못하고 혼자 500cc를 해치운 주아를 보자 혜진의 입에서 탄식이 흘러나왔다. 걸음을 옮긴 혜진은 주아 맞은편에 의자를 끌고 앉아 손을 번쩍 들었다.

"500cc 두 잔이요."

울고 있으면 어쩌나 걱정했던 혜진의 우려와는 달리 주아의 표정은 침착했다. 마치 모든 걸 겸허히 받아들이겠다는 표정으로 빈 잔을 물끄러미 응시하고 있었다.

"괜찮아?"

조심스럽게 혜진이 물었다. 주아는 뒤늦게 고개를 끄덕였다. 맥주 500cc 잔 두 개가 테이블 위에 놓였다.

"내가 바보 같았어. 네 말을 들을걸."

피식, 의미 없는 실소를 터뜨리던 주아의 손이 맥주잔으로 향했다. 벌컥벌컥, 말없이 잔을 비우던 주아의 텅 빈 눈동자가 혜진에게로 향했다. 무슨 말이라도 해달라는 눈치였으나 혜진은 무슨 말을 해야 할지 몰라, 그저 입술을 달싹거릴 뿐이었다. 한숨을 내뱉은 혜진이 맥주잔을 들었다. 조금 더 강경하게 주아를 말렸어야 했는데 혜진은 확고한 주아를 말리지 못했다. 그렇다고 이제 와서 저의 말을 듣지 않았다고 나무랄 수도 없었다.

선택은 본인의 몫이고 지나간 일에 대해 나무라 봤자 의미가 없었다.

"그렇게 세상 무너진 것 같은 표정 할 것 없어."

겨우 그런 자식 때문에.

속으로 빠뜨린 주어를 씹어대며 혜진은 다시 맥주를 입에 갖다 댔다. 주아는 방금 6년을 만난 남자친구 경민에게 이별을 통보하고 오는 길이었다. 하지만 따지고 보면 주아가 이별 통보하도록 만든 건 경민, 그였다. 결혼 얘길 꺼낸 그녀의 말을 거절했으니 결론은 하나뿐이었다.

두 사람은 6년 중 3년은 장거리 연애를 했다. 주말마다 주아는 대전에 내려가 경민과 시간을 보내곤 했다. 갈 때마다 7첩 반찬 이상으로 바리바리 싸들고 텅 빈 그의 냉장고를 채워주는 낙으로 살았다. 그렇게 그녀는 경민에게 헌신했다.

주아가 경민에게 결혼 얘기를 넌지시 꺼낸 건, 사귄 지 4년이 지났을 때였다. 하지만 그는 아직 생각이 없다는 말로 대화를 단절했다. 그 후에도 몇 번 결혼 이야기를 꺼냈지만 같은 대답만 들었다고 했다. 그때 힘들어하던 주아에게 혜진은 헤어질 것을 조심스럽게 권유했다. 하지만 주아는 혜진의 말을 들을 기미 없이, 시간이 지나면 그가 바뀔지도 모른다는 부질없는 희망을 품었다. 그는 주아보다 네 살 연상이었고, 독신이 아닌 이상 애인이 있는 신체 건장한 남자가 결혼 생각이 없다는 것에 혜진은 단 하나밖에 떠오르지 않았다.

'그는 그녀와 결혼 생각이 없다'고.

연애 따로 결혼 따로 하는 남자가 있다는 말이 떠오르자 경민이 그런 부류의 사람일지도 모른다는 생각이 들었다. 그렇게 주아는 장거리 연애를 지속하며 어느 순간부터 그의 눈치를 보며 주눅 들기 시작했다. 주도권을 잡은 경민은 주말마다 주아가 대전으로 내려오는 것을 당연시 여겼고, 주아를 막 대하기 시작했다. 그런데 오늘 주아가 대전으로 내려가 그와 저녁 식사를 하며 문득 이런 생각이 떠올랐다고 했다.

'나는 이대로 그와 연애해도 괜찮은 걸까?'

'언제까지?'

'그는 날 사랑하는 걸까?'

진작했어야 하는 질문을 뒤늦게 스스로에게 쏟아내며 주아는 경민에게 마지막으로 결혼 이야기를 꺼냈다고 했다. 그의 대답은 여전했다. 아니, 그전보다 더 뻔뻔스러운 대답이었다.

"결혼 꼭 해야 해? 지금처럼 사는 것도 나쁘지 않잖아? 부부라는 법적인 관계로 얽히고 싶지 않아. 하지만 네가 꼭 결혼을 해야겠다면, 보내줄게. 사랑하니까."

온갖 착한 남자 코스프레를 하며 경민은 주아에게 이별 통보를 하도록 유도했다. 그 말을 진작 했다면, 주아는 실낱같은 희망 따위는 진작 휴지통에 구겨 버렸을 것이다.

사랑하니까 보내줄게, 그 얼마나 잔인한 말인가!

주아는 그의 말에 '그래, 헤어지자'는 말로 방금 그의 집에서 나와 버스를 타고 인천으로 왔다. 6년을 만났지만, 헤어지는 데 5분도 채 걸리지 않았다. 6년이란 시간으로 그를 경험한 직후, 헤어지는 이유는 명확히 된 상태였다. 하고 싶은 말을 무수히 삼킨 채 주아는 이제 그가 더 이상 달라지지 않는다는 것을 깨달은 상태였다.

전화 통화로 주아의 이야기를 들었던 혜진은 친구에게 어떤 위로를 건네야 할지 막막했다. 차라리 하소연이나 분에 못 이겨 엉엉 울기라도 하면 달래주며 온갖 육두문자를 퍼부을 텐데, 주아는 그저 맥주만 홀짝이고 있었다.

"그래서 헤어지자는 네 말에 경민 오빠는 뭐래?"

"좋은 남자 만나래. 행복하래."

썩을 놈.

혜진은 이를 부드득 갈았다.

아름다운 이별, 뭐 그런 걸 원하는 건가?

"하, 헤어지는 마당에 덕담까지 해주네."

탁, 주아 대신 분개한 혜진은 맥주를 벌컥벌컥 들이켠 후 테이블 위에 내려놓았다.

"그런데 후련해. 나도 은연중 알고 있었나 봐. 우리 관계가 언젠가 끝날 거란 걸. 차라리 잘됐지, 뭐. 진작 깨닫지 못해 아쉽긴 하지만."

주아가 쓰게 웃으며 화장실 간다며 자리에서 일어났다. 화장실 가서 눈물이라도 훔칠까 봐 걱정이 된 혜진은 주아를 따라 자리에서 막 일어났을 때였다.

지잉.

백에 넣어둔 핸드폰 진동이 울렸다. 그제야 혜진은 건우와의 약속이 뒤늦게 떠올랐다. 오늘 퇴근하고 그의 집으로 가기로 했었다. 새로 생긴 레스토랑에 같이 가기로 며칠 전부터 잡은 약속이었다.

"건우야."

〈지금 어디야?〉

"호프집. 주아, 경민 오빠랑 헤어졌대서 한잔하고 있어."

〈그래서 나와의 약속은 잊은 거야?〉

서운한 목소리로 따지는 건우의 행동에 혜진은 아차 싶었다. 그럼에도 혜진은 화장실 입구에서 시선을 떼지 않은 채 말했다.

"늦을 것 같은데……. 저녁 먹었어?"

〈이미 늦었어.〉

"미리 연락 못해서 미안. 정신이 없었어."

〈됐어.〉

살짝 삐친 투로 그가 대답했다.

"이따 늦게라도 갈게. 레스토랑은 다음에 가면 되잖아. 주아 온다, 끊어."

삐친 건우를 달래며 혜진은 멋대로 전화를 끊었다. 핸드폰을 확인하니 부재중 전화가 세 통이나 도착한 상태였다. 모두 건우였다. 그가 화가 날만도 했다.

"건우?"

급하게 전화를 끊는다고 끊었건만, 전화 통화하는 걸 주아가 본 모양이었다. 혜진은 백에 핸드폰을 넣으며 대답했다.

"응, 뭐 하냐고."

건우와의 약속이 먼저였다는 걸 알면 미안해할 주아를 위해 혜진은 거짓말을 했다. 혜진은 주아의 표정을 살폈다. 다행히 화장실에서 울다 나온 얼굴은 아니었다.

"넌 건우랑 결혼 안 해?"

"할 때 되면 하겠지."

경민과 결혼을 집착했던 주아와는 달리 혜진은 결혼에 대해 깊이 생각해 본 적이 없었다.

"서른인데?"

"그래도 하고 싶을 때가 있잖아."

우려의 말에 혜진이 가볍게 대꾸했다.

"하고 싶을 때?"

태연한 혜진의 대답에 주아가 쯧쯧거리며 혀를 찼다. 의미를 알고 있음에도 혜진은 그런 주아의 반응을 웃어넘길 뿐이었다.

주아가 잔을 앞으로 기울였다. 잔을 가볍게 건배한 혜진은 목을 축였다. 혜진의 시선이 슬쩍 백 안에 넣어둔 핸드폰을 향했다. 제할 말만 하고 전화를 끊는 것이 뒤늦게 후회가 되었다.

어느덧 자정을 넘긴 후였다. 두 사람은 경민을 안주 삼아 맥주에서 소주로 바꿔 술을 마시기 시작했다. 불금을 달리는 두 여자의 밤이 깊어가고 있었다.

❖ ❖ ❖

굳게 감겼던 건우의 눈꺼풀이 움직였다. 옷을 갈아입기 위해 방으로 들어와 침대에 누워 있다가 잠이 들어버린 모양이었다. 귀찮은 얼굴로 침대에서 몸을 일으킨 건우가 넥타이를 풀었다. 굳이 시각을 확인하지 않아도 자정을 훌쩍 넘긴 후라는 걸 짐작할 수 있었다.

슈트를 벗고 편한 옷으로 갈아입은 건우는 침대에 앉았다. 그때였다. 도어락 비밀번호를 누르는 소리가 적막을 깨뜨렸다. 그리고 문이 열리는 소리가 들리더니 구두를 벗어 던지는 소리까지 그의 귀에 차례로 들렸다.

그녀다.

"건우야, 딸꾹!"

잔뜩 혀가 꼬인 목소리였다. 방까지 들어오는 걸음걸이가 수상했다. 역시나 퍽, 하는 소리와 함께 그녀가 나자빠지는 소리가 들렸다.

"아악!"

"이 조심성 없는 여자야."

후우, 한숨을 내쉬며 결국 건우가 몸을 일으켜 거실로 나왔다. 협탁 모서리에 정강이를 부딪친 모양인지 혜진이 고통스러운 몸짓으로 바닥에 나뒹굴고 있었다.

"이게 왜 여기 있는 건데!"

"원래 이 자리였거든? 술 취해서 부딪혀 놓고 엄한 데 화풀이야?"

발그레해진 혜진의 볼을 꼬집으며 건우가 나무랐다. 혜진이 몸을 일으켜 쪼그려 앉아 자신과 시선을 마주하는 건우를 물끄러미 응시했다. 깊고 까만 눈동자에 혜진의 모습이 담겨 있었다. 혜진은 팔을 뻗어 건우의 허리를 안았다.

"건우야."

"술 냄새나."

"후."

입 바람을 불며 그녀가 장난쳤다. 지독한 알코올 향이 그의 코에 닿자, 절로 인상이 찌푸려졌다. 그 모습이 재미있다며 혜진이 낄낄거리며 웃었다.

"건우야, 졸려."

"집에 가지, 왜 왔어?"

마음과 다르게 건우의 입에서 퉁명스러운 목소리가 날아갔다. 요즘 택시가 얼마나 위험한데, 한마디 더 하려다 참았다. 혜진이 고개를 들고 그의 눈동자를 빤히 응시했다. 큰 눈을 깜박이며 자신을 바라보는 모습이 마치 모르겠냐고 묻는 것같이 느껴졌다. 혜진이 턱을 치켜 올려 가볍게 입을 맞추었다.

"술 냄새 많이 나려나?"

"나도 같이 취해 버리지, 뭐."

꽁해 있던 마음이 언제 그랬냐는 듯 그녀의 얼굴을 보자마자 눈 녹듯 스르륵 녹아버렸다. 자신과의 약속이 먼저였음에도 잊어버릴 만큼 다급했을 거라고 속으로 저를 위안했다. 건우는 그녀의 붉게 상기된 뺨을 붙잡고 입술을 핥았다. 추위에 까칠해진 작은 입술을 제 타액으로 문지른 후 그녀의 뜨거운 혀를 휘감았다.

"하, 건우야……."

혜진의 차디찬 손이 건우의 셔츠 단추를 끄르고, 그의 가슴에 입을 맞췄다. 쇄골부터 시작된 입맞춤은 점점 아래로 내려오더니 유두를 입안에 머금었다. 다른 손으로는 곤두선 유두를 손가락으로 튕기자 건우는 윽, 하고 짧은 신음을 토했다. 그녀의 손길에 더 이상 참을 수 없어진 건우는 그녀를 번쩍 안아 들고는 방으로 들어가 방금 전까지 자신이 누웠던 침대에 혜진을 조심스럽게 눕혔다. 그리곤 흥분에 거칠어진 손이 벌써부터 그녀의 블라우스 단추를 모두 풀어내고 그 속으로 파고들었다. 그녀의 하얀 속살에 얼굴을 묻으며 그가 기분 좋은 미소를 머금었다.

"후, 뭐 하는 거야. 간지러워."

"부드럽다."

그의 입꼬리가 올라가는 감촉이 가슴에 닿자 혜진은 움찔거렸다.

혜진의 손이 건우의 검은 머리카락 안을 헤집으며 흐트러뜨렸다. 혜진의 감촉에 건우는 혜진의 등을 쓸다 셔츠 안으로 손을 넣어 속옷 후크를 풀었다. 무방비 상태가 된 그녀의 소담한 가슴을 한입에 물며 잘근 씹었다. 그러자 야릇한 신음 소리를 내며 혜진이 허리를 비틀었다.

"아훗."

다급한 혜진의 손이 그의 바지 지퍼를 내리며 순식간에 속옷까지 벗겨냈다. 그의 분신은 이미 흥분한 상태로 불끈 솟아 있었다. 건우가 손을 뻗어 혜진의 손을 끌어다가 제 분신을 잡게 했다. 손으로 남성을 말아 쥔 혜진이 손을 움직여 페니스에 자극을 주었다. 혜진의 손가락 끝이 분신을 스칠 때마다 주체할 수 없는 흥분에 당장 그녀 내부로 들어가고 싶은 충동이 일었다. 건우는 스커트 지퍼를 내리며 스타킹까지 벗겨낸 뒤 손바닥만 한 팬티 위로 꽃잎을 문질렀다.

"그, 그만."

반쯤 풀린 눈으로 바라보는 혜진의 표정이 섹시했다. 팬티를 벗겨낸 건우는 음흉한 미소로 고개를 숙여 꽃잎을 입술로 핥았다. 그녀의 다리를 양손으로 단단히 잡고 오므리지 못하도록 했다.

"하읏……."

혜진이 허리를 뒤틀었다. 건우는 흥건히 젖어 있는 여성을 손가락으로 휘저었다.

"넣을까?"

그가 고개를 들고 물었다. 혜진이 흥분에 달뜬 얼굴로 고개를 끄덕였다. 이윽고 그의 분신이 그녀의 안으로 들어갔다. 뜨겁게 달궈진 그녀의 내부가 그의 남성을 꽉 조이자 건우의 움직임이 거칠어졌다. 흥분한 혜진이 그의 허리를 단단히 붙잡으며 계속해 달라며 애원하고 있었다.

"혜진아."

"응…… 하읏!"

"사랑해."

상체를 밀착한 건우가 그녀의 귀에만 들리도록 속삭였다.

귓바퀴를 간질이는 그의 목소리에 그녀가 웃었다. 어느새 질척거리는 땀으로 뒤덮인 두 사람은 방 안에 보일러를 켜지 않아 냉기가 흐른다는 것조차 인지하지 못할 정도로 달아오르고 있었다. 어느새 절정에 달한 그의 움직임이 빨라졌다.

"하읏."

그녀에게 모든 것을 쏟아붓고 쓰러지듯 그의 상체가 그녀의 가슴 위로 떨어졌다. 고개를 들어 바라본 그녀는 졸린지 눈을 비벼대고 있었다. 그가 상체를 일으켜 그녀의 옆자리에 누웠다.

"샤워해야지."

"그냥 잘래."

건우는 제 품으로 파고드는 그녀의 등을 토닥이며 눈을 감았다. 혼잣말로 건우가 중얼거렸다.

"냄새 좋다."

"……으, 음, 뭐라고?"

졸린 목소리로 그녀가 묻자 건우가 그녀의 정수리에 코를 박으며 읊조렸다.

"이혜진 냄새 좋다."

사랑스러워.

낮게 중얼거리는 그의 입매가 살며시 올라갔다. 오늘 그녀의 친구 주아에게 밀려 잊혀졌다는 서운함 따위는 사라진 뒤였다.

❖ ❖ ❖

부스럭거리는 소리에 미간을 좁히던 혜진이 이불을 머리끝까지 뒤집어썼다. 시끄럽게 귀를 때린 소리가 잠잠해짐과 동시에 방문이 열렸다.

"아직도 자?"

침대에 걸터앉은 그가 상체를 기울여 혜진의 귀에 속삭였다. 아침잠이 많은 혜진과 달리 아침형 인간인 그는 일찍 일어나 아침 식사를 준비하고 있었다. 하나 아침이고 뭐고 잠을 더 자고 싶은 혜진은 대꾸조차 하지 않았다.

"차건우, 뭐 하는 거야……."

혜진의 투덜거림도 아랑곳하지 않고 그가 이불을 걷어냈다. 그리곤 아직 눈조차 뜨지 않은 혜진의 상체를 일으켜 티셔츠를 목에 걸쳐 놓았다. 혜진은 자포자기한 심정으로 그의 손에 몸을 맡겼다.

"밥 먹자."

"뭐 했어?"

"볶음밥."

조금 정신을 차리고 나자 그제야 그의 머리에 지어진 새집이 눈에 들어왔다. 빙그레 웃으며 혜진이 손을 뻗어 그의 머리를 정리해 주었다. 그러자 그의 손은 자연스레 혜진의 눈으로 향했다.

혜진은 그의 손에 이끌려 주방으로 향했다. 식탁에 노란 계란 지단에 감싸 있는 먹음직스러운 볶음밥이 혜진의 눈에 들어왔다. 그리고 곧장 싱크대에 너부러져 있는 비닐 팩으로 향했다.

"술 먹고 다음날 볶음밥이 뭐야."

계란 지단과 함께 볶음밥을 입속으로 밀어 넣으며 혜진이 불만을 토했다. 그런 그녀를 보며 건우는 낮게 웃으며 물었다.

"오늘 뭐 할까?"

"음, 잘래."

건우의 물음에 눈을 부비며 혜진이 나른한 목소리로 대답했다.

"벌써 12시인데?"

그의 시선이 혜진의 뒤통수를 뒤에 걸려 있는 벽시계로 향하는 게 느껴졌다. 혜진은 고개를 숙인 채 입안 가득 볶음밥을 밀어 넣고 대답했다.

"하 시가마 더 하고(한 시간만 더 자고)."

"오랜만에 나가서 바람이나 쐬려고 했더니."

잦은 야근으로 어깨에 근육이 뭉칠 대로 뭉친 덕에 혜진에게 절실한 건 안락한 침대와 이불이었다. 그간 서로 바빠 제대로 된 데이트를 한 지 한 달이 넘었음에도 서운해하는 그의 표정은 안중에도 없었다.

"아휴, 칠칠이."

한심하다는 듯 뻗는 그의 손이 혜진의 뺨을 스치고 지나갔다. 그녀의 입가에 묻어 있던 밥풀을 아무렇지도 않게 제 입속에 넣는 그의 행동은 무척 자연스러웠다.

"더 먹을래?"

"조금만 더 줘."

"배부르다며?"

"이따 일어나면 배고플 것 같아. 배 터지게 먹고 잘래."

"뭐래."

앞뒤 안 맞는 시답지 않은 그녀의 말을 가볍게 무시한 그가 빈 그릇에 볶음밥을 퍼 담았다. 혜진은 우걱우걱, 볶음밥과 원수 진 사람처럼 먹기 시작했다.

그는 음식 남기는 것을 싫어한다. 거기다 자신이 만든 음식을 남기는 건 용납할 수 없다는 주의다. 그 사실을 잘 알고 있는 혜진은 차마 볶음밥을 남길 엄두가 나질 않았다. 우격다짐으로 볶음밥을 마저 먹고 난 혜진은 볼록 나온 배를 두드렸다. 그릇을 대충 싱크대에 쌓아두고 방으로 들어가던 혜진의 걸음이 제 어깨를 감싸는 손길에 멈추었다.

"양치 안 하냐?"

"아."

잊었다는 혜진의 제스처에 칫솔 하나가 입안으로 침입했다. 자신의 의지와 상관없는 양치질을 하는 혜진은 코를 찌르는 치약 냄새에 불만을 쏟아냈다.

"이따 자고 일어나서 해도 되는데."

"퍽이나. 또 이 썩으려고."

끄응, 전적이 있기에 곧장 대꾸하지 못한 채 혜진은 분노의 양치질을 하며 그의 엉덩이를 사뿐히 걷어찼다. 그런 그도 지지 않겠다는 듯 긴 다리가 혜진의 엉덩이로 향했다. 하지만 힘을 쭉 뺀 상태였다. 아플 리가 없었다.

"참, 주아는 어때?"

생각났다는 듯 그가 물었다. 헌신하다 헌신짝이 되어버린 주아를 떠올리자 혜진의 미간에 주름이 잡혔다. 그가 손을 뻗어 혜진의 미간을 펴주었다.

"차라리 잘 헤어진 거라고 스스로 위안을 하다가 내가 너무 성급했나, 더 노력해 볼 걸 자책하다가, 온갖 저주를 쏟아붓다가 땅이 꺼지도록 한숨 푹푹 내쉬더라. 뭐라고 위로를 해야 할지 잘 모르겠어."

"여자들은 참 복잡해. 남자들은 그냥 밤새도록 술만 마셔주면 되는데 말이야."

"가끔 술보다 한마디의 위로가 절실할 때가 있는 거라고."

이해가 안 간다는 듯 고개를 내젓는 그와 같은 반응으로 혜진 또한 고개를 저으며 거울 속에 비친 그를 노려보았다. 어젯밤 주아에게 별 위로를 해주지 못한 것이 떠오르자 말주변이 없는 자신이 한심해졌다.

지금쯤 주아는 뭘 하고 있을까? 미련을 버리지 못하고 경민에게 전화해 어제의 이별은 실수라며 눈물 콧물 흘리며 매달리는 한심한 짓을 하고 있지는 않겠지? 시간이 지나 곱씹어볼 때 이것만큼 기억에서 지워 버리고 싶은 일도 없을 테니 말이다.

"후우."

결국 걱정 끝에 혜진이 한숨을 내뱉었다.

"너 나중에 나랑 헤어지고 싶을 때 사랑하니까 보내줄게, 이딴 말로 착한 남자 흉내 내지 마."

"뭐?"

"그럼 정말 죽여 버리고 싶을지도 몰라."

혜진의 표정에서 살기를 느낀 그가 짐짓 공포스럽다는 듯 창백한 표정을 지었다. 하지만 혜진은 진심이었다. 헤어지는 이유를 명확하게 말하는 것만큼 깔끔한 이별이 어디 있단 말인가. 더 이상 상대방이 미련을 갖지 못하도록 여지를 주지 않는 것, 그것이 혜진이 생각하는 이별이었다.

"스톱. 거기까지. 넌 쓸데없는 생각이 많은 게 문제야."

"그게 무슨."

"주아가 헤어진 건 유감이지만, 거기에 우리까지 끼워 넣을 필요는 없다고."

논리적인 그의 말을 흥분한 혜진이 이해하기엔 벽이 너무 높았다.

"솔직히 주아와 경민 형의 만남은 누구 한 사람이 변하지 않는 한 예정된 이별이었는데, 뭘."

물론 혜진도 알고 있는 사실이었다. 한쪽은 결혼 '을' 원하고, 다른 한 쪽은 연애 '만' 원하니 둘 중 누군가 변하지 않는다면 이별은 굳이 어제가 아니더라도 예정된 일이었다. 역시나 혜진은 그의 논리에 반박하지 못한 채 입술만 물어뜯었다.

혜진은 슬쩍 거울로 건우를 쳐다보았다. 그리고 스스로에게 질문을 던졌다.

그렇다면 우리는 이대로 괜찮은 걸까.

아직 자신은 결혼은 무리인데 그는 어떤 생각을 하고 있을까.

혹, 나와 같을까?

아니면······.

혜진은 건우에게 물어보려다 고개를 내저었다.

잡념에 사로잡혀 있는 혜진의 뺨을 건우가 살짝 꼬집었다. 혜진은 아무 일 없다는 듯 웃어버렸다. 그래, 지금은 이대로도 괜찮다. 그런 걱정은 굳이 지금 할 필요가 없다.

건우와 혜진은 방으로 들어왔다. 침대에 눕자마자 언제 그랬냐는 듯 혜진은 머릿속이 비워지면서 눈이 감겼다. 그의 손이 혜진의 팬티 속으로 조심스럽게 들어왔다. 그런 그의 손을 혜진은 가감 없이 붙잡고는 더 이상 깊숙이 들어오지 못하도록 막아섰다.

"자고 일어나서."

"지금 하고 자."

그가 혜진의 귓바퀴를 핥으며 속삭였다.

"졸려."

등을 돌리자 팬티로 침입했던 그의 손이 혜진의 허리를 꼭 안았다.

"하여간 잠도 많아."

어쩔 수 없다는 듯 그가 혜진의 목에 코를 묻었다. 한 번 잠에서 깨면 다시 잠들지 못하면서 자는 시늉을 한다는 것을 혜진은 알고 있었지만, 모른 척했다. 혜진은 제 목을 간질이는 그의 숨결을 자장가 삼아 다시 잠들었다.

❖ ❖ ❖

"난 이제 시금치의 '시' 자만 들어도 신물이 나! 시금치도 안 먹을 거야! 애 낳아도 시금치는 절대 먹이지 않을 거야!"

"언니 원래 시금치 안 먹잖아. 거기다 애는 또 편식을 시키려고 그래?"

피식 비웃는 혜진의 모습에 언니 지영이 찰싹, 하고 시원하게 등짝을 후려쳤다. 막 집에 들어와 옷을 갈아입기 위해 상의를 탈의한 혜진의 등짝에 시뻘건 손자국이 새겨졌다.

"언니!"

빽 소리를 지르며 혜진은 지영을 쏘아보았다. 형부가 주말 특근이라며 집에 온 지영은 '시어머니는 절대 친정엄마가 될 수 없어'란 말로 강의를 시작했다. 어느덧 30분째 이어지고 있는 강의는 이미 수십 번은 들은 레퍼토리였다. 혜진은 지영의 마지막 말을 맞출 수 있었다. '그래도 그이가 착하니까 살지, 안 그랬으면 갈라섰어!' 라며, 결국 형부 자랑을 늘어놓겠지.

"잘 들어. 머지않아 결혼하게 될 너에게 다 유용한 말이니까."

네, 네, 어련하시겠어요?

비죽비죽 입술을 끌어당겨 혜진이 웃는 모양새를 하자 지영의 짙은 검은 눈썹이 꿈틀거렸다. 지영은 3년 연애한 형부와 결혼한 지 어느덧 2년째에 접어들고 있었다. 이 남자가 운명의 상대라며 결혼을 반대한다면 비구니가 되겠노라, 결심까지 한 지영이었다. 그런데 결혼하고 시월드에 입성한 지영은 결혼 후 6개월 만에 차라리 비구니가 되는 게 나았겠다고 한탄했다. 그리고 현재 결혼 2년차 주제에 10년차 포스를 내뿜으며 자신이 쌓은 '시월드 현명하게 대처하는 방법'을 동생인 혜진에게 열혈 강의 중이었다.

"언니, 주말인데 시댁 안 가?"

문득 궁금해진 혜진이 물었다. 주말마다 아들 내외와 함께하길 원했던 시댁에서 부르지 않는 것이 이상했다.

"안 그래도 아침에 다녀왔어, 형부랑."

"아침부터?"

"당신 부모님이 당신을 몹시 보고 싶어 하시니 부모님과 아침 식사 하자고 아침 7시부터 깨웠지."

"대단하다."

추리닝으로 갈아입은 혜진이 고개를 끄덕이며 엄지손가락을 치켜 올렸다. 화장대에 걸터앉아 클렌징크림을 얼굴에 바르며 화장을 지우기 시작했다.

"거기다 매일 나에게 전화해서는 항상 하는 말은 '남편 아침은 챙겨주니? 저녁은? 요즘 날씨 춥던데 감기 안 걸렸대니? 사골국 끓여 놓았으니 남편 먹여라' 이거야. 대화의 주제는 늘 남편이고, 내 얘기는 한 톨도 없어. 내가 그이를 굶기기라도 할까 봐?"

"언니가 시어머니는 친정엄마가 될 수 없다며. 맞는 말이네."

"그래서 당신이 보고 싶어 하는 아들, 내가 아침 7시에 깨워서 보여주었지."

지영은 무척 자랑스러운 얼굴로 으쓱거렸다. 훗날 자신의 모습이 아닐까, 하고 혜진은 저도 모르게 몸서리쳤다.

"그래도 결혼해 보니 이런 사람이 제일이더라. 나한테 져주는 사람."

"그냥 형부라고 하지?"

"이길 수 있지만, 그냥 져주는 거지. 이겨서 뭐 하겠어, 하면서. 건우도 그런 사람 아니야?"

클렌징크림으로 화장을 지우고 난 혜진은 몸을 돌려 지영을 바라보았다.

"건우?"

혜진은 잠깐 생각에 잠겼다. 그러다 곧 긍정의 의미로 고개를 끄덕였다.

"그리고 또 하나. 내가 위기에 처했을 때 만사를 제치고 나에게 달려와 줄 수 있는 사람."

"차라리 슈퍼맨을 원한다고 해."

장난스럽게 키득거리며 혜진이 대꾸했다.

"결혼해 보면 알 거야."

"하여간 잘난 척은."

혜진의 말에 지영이 다시 등짝을 후려칠 기세로 달려들었지만, 곧 몸싸움하는 시늉으로 침대에 뒹굴며 장난을 쳤다. 하나뿐인 언니가 결혼하고 나서 혜진은 한동안은 쓸쓸해서 언니의 빈방을 들여다보곤 했었다. 나이 차도 두 살 터울이라 지영과는 때로는 친구처럼, 언니처럼 고민거리도 공유하며 지내곤 했었다. 이렇게 침대에 누워 간지럼을 피우고 있자니 혜진은 어릴 적으로 돌아간 기분이었다.

"너도 결혼적령기잖아. 건우랑도 한두 해 만난 것도 아닌데 뭘 그렇게 미뤄?"

피식 웃으며 묻는 지영의 물음에 쉽게 대답하지 못한 혜진은 속으로 한숨을 토해냈다.

결혼적령기.

도대체 누가 결혼적령기란 단어를 만들어냈는지 궁금하다. 결코 듣기 좋은 말은 아니나, 차라리 커트라인을 넘긴 것보다야 낫다. 왠지 그 커트라인마저 넘었다고 하면 재고 취급받는 것 같아 썩 유쾌하지 않을 것 같았다.

자신이 결혼에 대해 망설이는 이유는 무엇일까. 지영의 말대로 그와 함께한 시간은 이십대의 반 이상이었다. 그는 자신에 대해 누구보다 잘 아는 사람이고, 연애 초기처럼 활활 타오르는 열정은 없지만, 미지근한 연애도 나쁘지 않았다. 서로 눈치 보던 연애 초기보다 오히려 있는 그대로의 모습을 보여줄 수 있는 지금이 더 편했다.

그녀가 본 결혼 생활은 비슷비슷했다. 밥을 차리고 치우고, 빨래를 하고 걷고, 청소기를 돌리며 서로 지지 않겠다는 듯 언성을 높인다. 그렇게 지지고 볶고 싸우다가 미운 정에 그냥저냥 포기하고 살다 결국 애 때문에 산다고들 한다. 제 부모님이 그랬고, 제 언니가 그렇게 살고 있고, 언니 친구 누구부터 시작해 주변 사람들 모두 그렇게 살고 있으니 자신 또한 그렇게 살아야 하는 것일까.

결혼하고 가정이 생긴다는 책임감, 며느리와 아내 그리고 아이의 엄마라는 이름, 환상이 아닌 희생, 늘 같은 반복적인 지독하게 건조한 삶.

그 순간 혜진은 깨달았다. 왜 결혼에 대한 거부감이 드는 것인지. 자신은 나이를 먹을 만큼 먹은 지독한 현실주의자라는 것을. 거기다 이기주의까지 겸비하고 있다. 그래서 멋모를 때 결혼하란 말이 생겼나 보다. 지금의 자신은 결혼 후 현실을 절실히 깨달아 버린 것도 모자라, 그로 인해 결혼에 대한 반감도 많아진 상태였다.

"나이를 너무 많이 먹었나?"

혜진이 혼잣말로 중얼거렸다. 어릴 땐 그 자체로만으로도 세상 다 가진 두근거리고 설레었는데 지금은 자신이 희생할 것만 생각하는 이기적인 자신의 모습을 발견하게 되었다.

지잉.

화장대에 올려둔 핸드폰이 짧게 진동음을 울렸다. 혜진은 몸을 일으켜 핸드폰을 확인했다.

〈수요일에 시간 어때?〉

건우였다. 잠깐 생각하던 혜진이 답장을 보냈다.

〈회계 감사 때문에 늦게 끝날 것 같은데.〉
〈대학교 동창 녀석, 석진이 녀석 알지? 결혼한다고 동창 모이기로 했거든.〉

빠르게 도착한 문자메시지를 확인했다.

〈그날 끝나는 거 봐서 약속 장소로 갈게.〉

그의 의도를 알아챈 혜진이 답장을 보냈다. 이미 그의 과 동기 들과 여러 번 모임에서 안면을 익힌 상태였기에 뒤늦게 모임에 참 석한다 해도 이상할 게 없었다.

〈응. 너무 늦을 것 같으면 연락해.〉
〈그래.〉

문자는 참 간결하고 짤막했다.
"친구랑 문자 해도 이렇게는 안 하겠다."
느닷없는 지영의 목소리에 혜진이 핸드폰 액정을 껐다. 하지만 이미 늦은 상태였다. 지영이 한심하다는 듯 고개를 저었다.

"언니는 형부랑 하트 뿅뿅 날리면서 문자 해?"

"그 정도는 아니지만 그래도 이렇게 영혼이 없지는 않지."

"문자메시지에서 무슨 영혼을 찾아?"

말의 의미를 모르는 것처럼 혜진은 지영의 말을 비꼬았다. 안 그러면 지영의 말에 긍정해야 할 것 같았다.

"아, 벌써 시간이 이렇게 됐네."

지영이 가방을 들고 겉옷을 챙겨 입었다. 배웅해 주기 위해 따라 일어선 혜진에게 지영이 단호한 목소리로 조언 했다.

"어쨌거나 잘 생각해. 어차피 건우와 할 결혼이라면."

혜진은 어색하게 웃으며 고개를 끄덕였다. 지영이 집에서 나간 뒤 혜진은 현관에서 우두커니 서 있었다.

어차피 할 결혼.

연애를 하고 있으니 문제가 없는 이상 건우와의 결혼으로 착착 진행될지도 모른다. 그게 언제가 될지는, 혜진 자신도 장담할 수는 없지만.

그 후로 혜진은 지영이 말한 결혼적령기에 대해 깊이 생각에 잠겼다. 나이는 결혼적령기일지라도 마음과 정신이 아직 결혼적령기에 함량 미달이었다. 그러니까 아직 자신은 지영이 말한 결혼적령기가 아닌지도 몰랐다.

2. 7년, 단단해진 시간

부는 바람에 혜진의 코끝이 시렸다. 며칠 전부터 영하권으로 기온이 급격히 떨어지면서 강추위가 이어지고 있었다. 구내식당으로 들어온 혜진은 몸을 부들부들 떨며 식판을 들었다.

먼저 식당에 도착한 같은 회계팀 김 대리가 보였다.

"날씨가 점점 더 추워지네요."

"그러게 말이야. 주말엔 눈 내린다던데."

혜진은 싫은 얼굴로 고개를 저었다. 어릴 땐 눈 내리는 것만 봐도 즐거웠는데, 나이를 먹으며 동심까지 사라진 모양인지 이제 눈을 보면 한숨부터 나왔다. 두 사람은 식판을 들고 빈자리에 마주 앉았다. 김 대리는 혜진보다 두 살 위로 결혼한 지 3년이 되었다. 이제 막 돌 지난 딸아이를 키우고 있는 워킹 맘이었다.

"참, 차장님이 오늘 회계 감사 끝나는 날이라고 같이 저녁이나 하자는데?"

"저 오늘 약속 있는데……."

혜진이 난처한 얼굴로 대답했다. 혜진의 말이 끝남과 동시에 김 대리가 기다렸다는 듯 입을 열었다.

"나도 오늘은 일찍 집에 가야 돼."

"무슨 일 있으세요?"

"애가 감기 걸렸어. 친정엄마가 애 봐주시는데 칭얼대는 거 달래느라 아무것도 못하고 있나 봐. 병원은 다녀왔다니까 아무래도 일찍 가서 봐야 할 것 같아."

말하는 김 대리의 안색이 어두워졌다.

"걱정이 많으시겠어요."

"열은 많이 내렸다고 하니까 다행이지, 뭐."

"오늘 회식 미루자고 할까요?"

"그러고 싶은데 차장님이 며칠 전에 선본 남자랑 잘 안 된 뒤로 저기압이라……."

혜진은 밥맛이 뚝 떨어졌다. 가뜩이나 구내식당 반찬이 요즘 형편없어지고 있는 실정인데 노 차장이 전해온 비보에 입맛을 잃은 혜진이 그만 수저를 내려놓고 말았다. 이번엔 정말 노 차장의 선이 잘 되기를 누구보다 바랐던 이가 혜진이었다.

"설마 차장님이 거절하신 건 아니죠?"

"유감스럽게도 그렇다네."

혜진과 같은 참혹한 얼굴로 김 대리가 대답했다. 노희수 차장, 올해 서른아홉으로 곧 불혹의 나이었다. 그녀가 입사할 당시엔 솔로의 인생을 즐기는 것처럼 보였으나, 그것은 함정이었다. 과잉으로 즐거운 척하며 혜진에게 독신으로 살 것을 권유까지 한 그녀였다. 불금에 회식은 기본, 주말엔 등산을 하자며 아침 8시부터 핸드폰에 불이 나게 전화를 해대며 자신의 연락을 무시할 경우 월요일 아침부터 그녀의 히스테리를 감당해야 했다. 김 대리가 결혼한 후부터는 노 차장의 목표물은 혜진이 되었다.

'날씨 좋던데 등산 가자.'

'백화점 세일 한다더라. 나 덕분에 알았지?'

'괜찮은 파스타 집 오픈했더라. 할인 쿠폰 있는데 가고 싶지?'

아뇨.

표정으로 대답을 대신했지만 언제나 노 차장의 옆자리를 지키고 있는 것은 혜진이었다.

"이번엔 차장님도 꽤 마음에 들어 하지 않으셨어요?"

"근데 남자가 알고 보니 대머리였대."

"예?"

"바람에 가발이 벗겨졌대. 가발이 바닥에 곤두박질치는 순간, 남자 얼굴이 오징어로 보였대. 그래서 그 길로 바로 헤어지고 집으로 왔다나?"

노 차장이 원하는 남자의 조건은 이랬다. 키 180 이상, 연봉 오천, 현금 1억, 차와 집은 기본. 그 외 기타 등등 많지만 '대머리 안됨'도 포함되어 있었다. 지금까지 선본 남자들은 대부분 조건 미달이었으나 조건이 충족되어도 상대방에서 거절하기 일쑤였다. 하지만 이번에 선본 남자는 노 차장이 원하는 조건에 대부분 맞아떨어짐과 동시에 노 차장에게 애프터 신청까지 했으니 잘될 기미가 보였다. 거기다 얼굴은 장동건, 조인성 급이었으니 오히려 노 차장을 만나는 남자가 이상해 보일 정도였다. 하지만 알고 보니 숨겨둔 자식이 있거나 혹은 이혼남일 것이라는 예상을 깨고 대머리라는 결정적인 흠이 있었던 것이다.

"그래도 한 번 더 만나보지."

"이 주임은 대머리 만날 수 있어? 얼굴은 장동건, 조인성, 원빈급이라면?"

"그래도 한 번은 더……."

조각 같은 얼굴에 대머리를 떠올린 혜진이 입을 다물었다. 장동건, 조인성이 대머리라니.

"만나봐도 결과는 같겠죠."

쓰읍! 장동건, 원빈이고 조인성이라 할지라도 대머리는 대머리다. 차라리 다른 조건들을 포기했으면 포기했지, 이상하게 그것만큼은 포기가 안 되었다. 거기다 대머리는 유전이라고 하지 않았던가. 한껏 동질감을 느낀 얼굴로 김 대리가 고개를 끄덕였다. 처음으로 노 차장을 이해하는 순간이었다.

❖ ❖ ❖

"주택 외관은 모던한 디자인에 정갈함을 더해주는 외장재들이 적용되었으며, 전체적인 바탕은 균열 방지에 탁월한 스터코플렉스를 선택하였습니다. 목재 본연의 질감을 느낄 수 있도록 시다 사이딩을 전면에 시공할 예정입니다."

클라이언트와 1차 미팅이 끝난 직후, 설계도를 제작하여 회의가 한참 진행 중이었다. 돈깨나 있는 부유한 오십대 부부의 별장

건축 견적이었는데, 금액이 억 단위가 넘어 나름 큰 프로젝트였다. 이어지는 내부 설계부터 시작해 인테리어까지 브리핑을 마쳤다.

"알다시피 산세의 끝자락에 위치한 대지이기 때문에 2.5m가량 솟아 있어 단차 극복이 중요한 과제일 텐데?"

김 실장의 물음에 건우가 또 다른 설계도를 보며 대답했다.

"하단 면에 주차장을 만들어 진입과 단차 문제를 해결하고 주차장 위 공간은 데크를 설치해 실속을 용이하도록 하였습니다."

"그렇군. 견적서 뽑아서 클라이언트와 미팅 잡아. 차 대리, 수고했어."

"예, 알겠습니다."

건우가 제자리로 돌아오자 입사한 지 갓 1년 넘은 지혁이 앞으로 나왔다. 자신이 준비한 설계도와 포트폴리오를 나눠주며 또 다른 프로젝트의 회의가 진행되었다.

'세영 디자인'은 설립된 지 15년이 된 탄탄한 인테리어 회사로, 건우는 설계팀에서 근무하고 있었다. 소규모지만 한 사람, 한 사람의 능력을 우선시하며 2년 전 업무 성과로 건우는 대리로 진급을 하였다. 덕분에 능력의 기대 이상의 효과를 내야 한다는 부담감이 있었지만, 즐겁게 자신이 좋아하는 일을 하고 있었다.

오전을 회의로 시간을 보낸 설계팀 직원들은 점심 식사를 하기 위해 식당으로 향했다. 건우는 바지 뒷주머니에 넣어둔 핸드폰의 진동음에 식사를 주문하고 식당 밖으로 나왔다.

"어, 진환아."

〈바쁘냐?〉

날아온 첫마디는 이랬다. 진환은 건우의 대학 동기이자 속내까지 털어놓을 수 있는 친구였다. 요즘 계속 맡은 프로젝트 때문에 비수기임에도 정신이 없던 터라 얼굴 본 지 한 달이 넘었다.

"오전 내내 회의하다 막 점심 먹으러 왔다."

피곤함이 묻어 있는 건우의 목소리에 지금도 한참 바쁘다는 것을 진환은 느낄 수 있었다.

〈오늘 모임에 올 수 있나 해서 연락했지.〉

"바쁜 건 웬만큼 다 끝나서 시간 맞춰서 갈 수 있을 것 같아."

건우는 흔쾌히 대답했다. 피곤함에 일찍 귀가해 쉬고 싶은 마음이 더 강했으나 오랜만의 약속을 미룰 수는 없었다.

〈혜진이도 같이 와?〉

"회계 감사 때문에 늦을 것 같다고 하긴 했는데 전화해 봐야지. 정신이 없다."

〈오전 내내 문자도 한 통 안 했단 말이야?〉

"오전 내내 회의했다니까. 그리고 문자는……."

말을 하려던 건우가 입을 다물었다. 녀석에게 왜 변명을 하고 있는 것인지 뒤늦게 깨달은 건우가 한숨을 토해냈다.

〈아직 연인 사인 거 틀림없지?〉

"닥쳐, 인마."

설마 하고 묻는 진환에게 건우가 장난스럽게 욕지기를 뱉었다.

〈그럼 이따 보자. 혜진이도 같이 보면 좋겠다.〉

"그래."

진환과 통화가 끝나자 뒤늦게 닥쳐온 추위에 건우가 몸을 떨었다. 곧장 핸드폰을 확인한 건우는 문자메시지가 온 것을 확인했다. 스팸 문자와 오늘 모임의 시간과 장소를 재공지하는 문자메시지 외엔 그녀에게 도착한 문자메시지는 없었다. 건우의 표정이 실망스럽게 변했다.

아침에 출근하면서 서로 출근 잘 하라는 문자메시지를 주고받은 뒤로 핸드폰은 조용했다.

언제부턴가 이런 식의 일상에 익숙해진 탓인지 무감각했지만, 방금 진환의 장난스러운 말에 건우는 문자메시지 창을 열어놓고 만지작거렸다.

"대리님, 식사 왔어요."

느닷없는 지혁의 말에 건우는 문자메시지를 작성하다 핸드폰을 끄고 식당 안으로 들어왔다.

❖ ❖ ❖

"먼저 들어가겠습니다."

건우가 가방을 챙겨 제일 먼저 퇴근을 했다. 사무실에서 나온 건우는 엘리베이터를 기다리며 혜진에게 전화를 걸었다.

〈어, 건우야.〉

"퇴근했어?"

〈아니, 아직. 오늘 회계 감사 마지막 날이라 그런지 자료 요청이 많네.〉

조금 피곤한 혜진의 목소리가 들렸다. 그 때문에 건우는 그녀에게 오늘 하루 종일 연락 한 통 없었던 것을 나무랄 수가 없었다. 어디 이런 일이 한두 해도 아니고, 건우는 그냥 넘겨 버렸다.

"저녁은?"

〈저분들 저녁 식사도 거르고 강행 중이신데 우리끼리 먹을 수는 없지.〉

"이따 올 수 있으면 와. 그렇다고 무리하지는 말고."

〈응, 안 그래도 차장님이 오늘 회식하자는 거 약속 있다고 해뒀어. 한 시간 정도면 끝날 것……. 에이 취!〉

훌쩍이며 혜진이 재채기를 해댔다. 엘리베이터 문이 열리자 걸음을 떼는 건우의 미간이 좁아졌다.

"감기야?"

〈아니, 서고. 케케묵은 서류 꺼내서 복사하는 중이야.〉

연신 코를 훌쩍이며 혜진이 대답했다. 기관지가 예민한 그녀였기에 먼지 많은 서고에 들어가 서류를 찾으며 재채기를 하고 있는 것이었다.

"너도 참. 그러니까 청소 좀 하지."

〈청소와 관련 없거든? 오래 묵은 종이 펼치기만 해도 재채기하는 거 알면서.〉

시작도 하지 않은 잔소리를 그만하라는 듯 그녀가 불퉁하게 말을 끊었다. 엘리베이터에 내려 밖으로 나오자 추위에 전화받는 건우의 오른손이 시렸다. 차에 몸을 실은 그가 반대쪽 손으로 전화를 받으며 시동을 켰다.

"하여간."

〈차장님이 찾으신다. 찾는 서류만 주면 될 것 같으니까 이따 연락할게.〉

"뛰다 넘어지지 말고. 이따 올 때 택시 타고 와."

〈어, 걱정은. 아악!〉

뚜뚜.

끊긴 핸드폰을 바라보는 건우의 얼굴이 굳어지며 고개를 저었다. 어디 부딪힌 것 같기도, 서류 더미에 걸려 넘어진 것 같기도한 외마디 비명을 끝으로 끊긴 핸드폰을 바라보는 건우의 미간이좁아졌다. 하여간 못 말린다. 조심성은 눈 씻고 찾아보려고 해도보이질 않고, 이렇게 허둥지둥하는 모습만 보여주니 건우는 걱정이었다. 이래서 직장 생활은 어떻게 할까 싶기도 하지만 3년 넘게관리팀에서 근무하며 주임이란 직급까지 얻은 걸로 봐서는 자신이 생각하는 것 이외의 모습도 있는 듯했다.

"그런 모습을 나에게 보여달란 말이야."

자신과 단둘이 있을 때엔 나사 두어 개는 풀린 듯 긴장감을 상실한 그녀에게서 의외의 모습을 기대하느니 자신이 잔소리를 줄이는 것이 더 빠를 것이란 생각이 들었다. 미끄러지듯 주차장을빠져나간 검은 승용차는 목적지로 향했다.

시끄러운 호프집 안은 메케한 담배 연기에 건우의 인상이 찌푸려졌다. 직원의 안내에 따라 자리로 이동한 건우는 오랜만에 보이는 친구들의 모습에 화색이 돌았다. 오늘 모임을 주최한 석진이자리에서 일어나 손을 내밀었다.

"못 올 줄 알았더니, 시간 맞춰 왔네. 잘 왔다."

"바빠도 간만인데 와야지."

옆에 앉아 있던 여자분이 따라 일어섰다. 석진이 실실 웃으며건우에게 여자를 소개했다.

"나랑 결혼할 여자친구, 조윤희."

"만나서 반갑습니다. 차건우라고 합니다."

건우가 오른손을 내밀었다. 건우의 손을 잡으며 윤희가 밝게 인사했다.

"저도 반가워요."

통성명을 마치고 자리에 착석한 건우는 이미 술과 안주로 채워진 테이블로 시선을 돌렸다. 얼마나 마시려고 술만 잔뜩 시켰는지, 몸서리가 쳐졌다. 차를 가져오기도 했고, 혜진이 늦게라도 온다면 집에 데려다 줘야 하기 때문에 술을 입에 댈 수는 없었다. 석진이 소주병을 기울였다. 건우는 잔을 채운 뒤 그대로 테이블에 내려놓았다.

"차 갖고 왔어."

"대리 부르면 되지. 무슨 걱정이냐."

석진이 타박했다.

"나 혼자 있으면 모를까, 그 녀석도 오는데."

"혜진이?"

건우가 고개를 까닥하며 마른안주를 입에 넣었다.

"너희 오래 만난다. 얼마나 됐지?"

"7년 되었을라나."

"이제 결혼할 때네."

석진은 연달아 잔을 비우며 얼큰하게 취기가 오른 얼굴로 말했다. 건우는 결혼할 여자친구를 소개하는 석진의 모습이 새삼 부러웠다.

"담배 한 대 피울까?"

석진이 나가자며 건우의 어깨를 두드렸다. 건우는 겉옷을 챙겨

호프집 밖으로 나왔다. 석진이 담배를 물고 라이터를 켰다. 번쩍, 하고 담배 끝에 불이 붙었다.

"후."

뿌연 담배 연기가 잠깐 동안 건우의 시야를 가렸다. 피곤할 때나 스트레스가 심할 때 담배를 피우긴 했지만, 건우는 혜진과 같이 있을 때만큼은 담배를 꺼내지 않았다. 그녀가 비흡연자이기도 하고 담배 냄새를 싫어하기 때문이었다. 거기다 유일하게 그녀에게 잔소리를 듣는 것 중 하나가 담배였다. 오늘 하루 바빠서 담배를 피울 시간도 없었기에 건우는 담배를 깊숙이 빨아들였다.

"결혼하면 네가 사는 아파트에 혜진이 짐만 채워 넣으면 되겠네."

"그래도 신혼인데, 신혼 티는 나야지."

그래도 혜진이 좋다고 하면 지금 살고 있는 집에서 신혼을 시작해도 상관없었다. 당장 닥친 일이 아니기에 건우는 깊게 생각하지 않았다.

"7년 사귄 거면, 혼인신고만 안 했지 부부나 마찬가지 아니냐?"

"뭐?"

석진의 뜬금없는 발언에 건우가 반문했다.

"사실 그렇잖아. 7년 사귄 거면 몇 번이나 한 거야? 그런데 한 여자랑 오랫동안 하면 질리지 않냐? 그나저나 혜진이 너랑 꼭 결혼해야겠다. 너랑 헤어지고 딴 남자 만나봐."

"유석진."

싸늘하게 식은 건우의 얼굴을 눈치채지 못한 석진이 신난 얼굴로 하던 말을 계속 이어 나갔다.

"7년 사귄 남자친구 있었다고 하면 상대방은 얼마나 불쾌하겠냐."

"너 지금 뭐라고 지껄이는 거냐?"

피우던 담배를 던져 구두로 짓이긴 건우가 아직도 사태 파악이 덜 된 얼굴을 하고 있는 석진의 멱살을 움켜잡았다. 당황한 석진의 손에서 담배가 떨어지고, 제 멱살을 움켜쥔 건우의 손을 떼내려 안간힘을 썼다.

"이게 무슨 짓이야. 인마, 농담 한번 한 걸가지고 뭘 그렇게 욱해?"

"농담?"

피가 차갑게 식어가는 것을 느낀 건우가 살벌하게 반문했다.

"사실 아예 틀린 말도 아니잖아. 혜진이 너랑 헤어지고 다른 남자 만날 수나 있을 것 같아? 7년 사귀는 동안 몇 번이나 섹스를…… 악!"

퍽!

건우의 날카로운 주먹이 결국 석진의 오른쪽 뺨을 강타했다. 외마디 비명과 함께 나자빠진 석진이 건우에게 맞은 얼굴을 감싸며 고통에 신음하고 있었다.

"네 더러운 입에서 혜진이 이름 나오는 게 더 불쾌하거든?"

"이, 이게 무슨 짓이야!"

반격을 하려고 일어난 석진이 주먹을 건우의 얼굴에 내리꽂았다. 건우는 혀로 제 입술을 핥았다. 피 비린내가 코를 찔렀다. 손등으로 입가를 문지르자 붉은 피가 건우의 손등에 묻어났다. 손에 묻은 피를 대강 코트에 쓸어내리며 건우가 다시 주먹을 휘둘렀다.

웅성웅성 거리며 행인들이 모여들기 시작했고, 뒤늦게 건우의 일행이 밖으로 나와 두 사람을 말렸다. 진환이 건우의 팔을 움켜잡으며 흥분한 건우를 진정시키려고 애썼다. 하지만 이미 이성을 상실한 건우의 귀엔 아무 말도 들려오지 않았다.

"유석진, 너 내 눈에 띄지 마라. 죽는다!"

건우의 경고에 흠칫 놀란 석진이 바들 몸을 떨었다. 하지만 건우가 뒤돌자 기다렸다는 듯 한 대 칠 기세로 큰소리를 떵떵 쳤다. 건우는 입 주변이 터진 것 외엔 말짱했지만, 석진은 얼굴 여기저기를 찢겨 만신창이였다. 뒤돌아 이곳을 빠져나가려던 찰나 건우와 시선을 마주친 혜진의 눈빛이 시리게 빛났다.

"차건우, 이게 무슨 짓이야?"

"혜진아."

"하, 정말……."

말끝을 흐린 혜진이 뒤돌아 모인 인파 속으로 사라졌다. 건우는 달려가 그녀를 찾아 팔을 붙잡았다.

"결혼한다는 친구 얼굴을 저렇게 만들어? 너 제정신이야?"

그가 상황 설명하기도 전에 흥분한 혜진이 다짜고짜 쏘아댔다. 분명 오해하기 충분한 상황이었다. 그가 변명을 하려고 입을 열었다.

"그게."

"변명하지 마."

그의 말을 자른 혜진이 찌를 듯이 그를 노려보았다. 항상 단정한 차림의 모양새는 온데간데없고 머리부터 발끝까지 먼지를 뒤집어쓴 것도 모자라 입술이 터져 피까지 맺혀 있었다.

"데려다 줄게, 가자."

말없이 건우가 그녀의 팔을 잡아끌었다.

"됐어, 택시 타고 갈게."

"같이 가."

제 손을 뿌리친 혜진의 손을 강경하게 잡아끈 건우가 말했다. 그의 손에서 빠져나오기 위해 안간힘을 쓰는 그녀의 손을 그가 더 세게 붙잡았다. 얼마 동안 지켜보고 있었던 것인지 그녀의 손은 얼음장처럼 차가웠다.

건우는 호프집 주차장으로 들어갔다. 말없이 조수석 문을 열어 주고, 그녀가 타는 동안 말없이 있었다. 지금은 무슨 말을 해도 변명처럼 들릴 테니 말이다.

"미안."

그가 조용히 읊조렸다.

"아무 말도 하지 마."

"후."

짙은 한숨을 내뱉으며 핸들을 움직였다. 그녀에게 미안했다. 겨우 그런 놈 입에서 차마 입에 담기 싫은 말을 오르내리게 했다. 자신 말고 또 어떤 놈에게 이 같은 말을 했을지 생각하니 화가 솟구쳤다. 석진의 얼굴을 아무리 내리꽂아도 분이 풀리지 않았다. 다행히 그녀는 석진이 하는 말을 듣지 못한 모양이었다.

빠른 속도로 차가 달리는 것만큼, 밖의 건물들이 빠르게 시야에서 사라지고 있었다. 생각하면 생각할수록 피가 거꾸로 솟는 기분이 들었다. 다시금 석진이 그녀를 조롱하며 하는 말들이 떠올라 저절로 입에서 험한 말이 쏟아졌다.

"시팔!"

"……."

"개자식, 더 팼어야 했는데."

"차 세워."

냉담한 그녀의 반응에 건우가 흥분을 가라앉힌 목소리로 대답했다.

"안 해."

"실컷 해놓고 뭘 안 해?"

"어쨌든 안 해."

더 쏘아대려다 참는 얼굴로 혜진의 고개가 창밖으로 향했다. 그제야 건우가 속으로 숨을 내쉬며 곁눈질로 그녀를 살폈다. 그녀의 표정은 아무런 변화가 없다. 화가 났지만 억누르려는 듯 눈썹이 꿈틀대다 말았다. 가로등이 휙휙 지나가고 익숙한 가게들이 건우의 시선에 닿았다. 바짝 마른 입술로 그가 그녀를 불렀다.

"혜진아."

"……."

"이혜진."

그가 다시 힘주어 그녀의 이름을 불렀다. 그제야 귀찮다는 듯 그녀가 대답했다.

"말해."

"결혼할까?"

잠깐의 정적이 흘렀다. 그사이 혜진의 집 앞까지 거의 다 온 상태였다. 건우는 코트 주머니 안에 있는 반지 케이스를 만지작거렸다.

"결혼?"

"그래, 결혼. 사귄 지 벌써 7년인데 이상할 것 없잖아."

그의 목소리가 사뭇 진지해졌다. 혜진은 그의 말에 잠깐 말이 없었다. 하지만 이내 그가 우려한 대로 그녀는 지나가는 말투로 대답했다.

"그런가."

"혜진……."

"나 갈게. 조심히 가."

그녀의 이름을 채 부르기도 전에 대답을 회피한 그녀가 차에서 내렸다.

멀어지는 그녀를 보며 그가 눈을 질끈 감았다. 그녀가 앉아 있던 보조석을 바라보다, 이미 그녀가 사라진 골목 어귀를 한참 동안 말없이 바라보았다. 타이밍이 맞지 않게 결혼 이야기를 꺼냈다는 건 인정한다.

그는 생각날 때마다 툭 던지듯 가볍게 결혼 이야기를 꺼내기 시작했다. 진지한 상황을 기피하려는 경향이 있는 그녀를 위해 결혼이란 진지함 따위는 버리고 가볍게 물었다.

'나랑 결혼하고 싶지 않아?'

'너랑 같이 살면 좋겠다.'

'빨리 같이 살고 싶다.'

그때마다 그녀는 어색하게 웃으며 조금 전과 같은 모호한 대답으로 '그러게'라고 대꾸하며 대답을 피했다. 그도 알고 있다. 결혼이라는 것이 당사자뿐만 아니라, 가족과 가족의 만남으로 얼마나 큰 일생일대의 중대사인지를. 그리고 결혼을 함으로써 서로가 짊어져야 할 책임과 의무가 얼마나 큰지를.

연애 초반, 빨리 졸업하고 자리 잡아서 결혼하고 싶다고 말하던 그녀의 모습이 떠올랐다. 아무것도 모르는 이십대 초반, 결혼하고 가정을 지키는 것이 서로 얼마나 노력해야 하는 것인지 그 무게를 몰랐을 때였다. 하지만 그는 자신과 결혼하고 싶다 말하는 혜진의 모습이 예뻐, 대학 시절 도서관에서 살며 공부에 열중해 장학금까지 받았다. 그 후로 탄탄하고 제 능력을 인정해 줄 수 있는 지금의 회사에 입사해 그녀와의 미래만 꿈꾸며 매 순간마다 최선을 다했다. 이제 겨우 회사에서 인정받고 결혼할 여건이 되었음에도 혜진은 결혼 이야기만 꺼내면 어색한 표정을 지었다. 마치 듣기 싫은 강의를 듣는 것처럼 말이다.

"후우."

얼마나 지났을까. 건우는 핸들을 돌려 제집으로 향했다.

아늑함을 찾아볼 수 없는 집 안에 들어오자 냉기가 그의 몸을 휘감았다. 서둘러 보일러를 켜고 냉장고에서 맥주 한 캔을 꺼내 테이블 위에 올려둔 채 소파에 몸을 기댔다.

그녀는 알까, 혼자 사는 남자 집이 왜 이렇게 넓은지. 자신의 공간이기 전에, 그녀의 공간이라는 것을 알고 있을지 모르겠다. 칫솔 두 개, 같은 캐릭터 그림이 그려진 머그 컵 두 개, 같은 무늬 밥 그릇과 국 그릇 두 개, 수저 두 벌. 그렇게 이 집엔 그녀가 생활하는 데 불편함이 없도록 모든 것이 갖춰져 있었다. 거기다 자면서 뒤척이는 그녀 때문에 침대도 더블베드 사이즈이다. 그렇게 하나 둘씩 그녀의 물건들이 집 안 곳곳에 늘면 늘수록 그는 그녀와의 결혼 생활을 더 꿈꿔왔었다. 같이 집을 구하러 다니면서, 남자 혼자 살 집인데 왜 이렇게 넓은 집을 구하느냐며 타박하던 모습이 떠올랐다. 장난스럽게 '여기로 피서 와야지'라고 말하던 모습이 참 사랑스러웠는데…….

주말 대부분을 그녀와 함께 보내곤 했지만, 그녀가 간 뒤 혼자 있을 때의 적막함과 쓸쓸함이 그의 마음을 가득 채워 버렸다. 이제는 함께이고 싶은데 너무 큰 욕심인 걸까.

맥주 캔을 딴 건우는 그대로 제 입속에 벌컥벌컥 부었다. 터진 입가가 쓰렸다. 인상을 쓰며 건우는 거울로 제 얼굴을 살폈다. 입술 끝에 피딱지가 굳어 있는 모습이 참 가관이었다. 그녀가 화낼 만도 했다.

7년.

건우는 자신과 혜진 사이가 단단해진 시간이라고 생각했다. 하나부터 열까지 맞지 않는 우리가 하나씩 맞춰가는 시간. 주도권을 잡기 위해 서로 싸웠던 것도 연애 초기에나 가능했으니 현재는 서로의 모습을 있는 그대로 받아들이는 시간. 지침보다 지겨움보다 사랑하는 마음이 더 컸으니 지금껏 만난 것이라 여겼다.

하지만,

"이제는 모르겠다."

이젠 아닌 것 같다. 계속 추억을 되새김질하며 그때를 떠올리는 자신을 보니 뭔가 틀어지고 있는 것 같았다. 가진 건 예전보다 많아졌는데도, 가난한 대학 시절 떡볶이를 먹으며 추위에 떨었던 그때가 더 행복했던 것 같다. 추위에 바들바들 떨면서도 서로의 손을 움켜쥐고 입김을 불어가며 서로의 체온을 느꼈던 그때가 문득 그리워졌다.

예전 같지 않은 그녀의 마음이 그저 기우이기를, 틀어진 것은 부디 우리 사이가 아니기를 건우는 속으로 바랐다. 하지만 결혼이라는 문턱 앞에서 망설이는 그녀의 모습이 자신에 대한 마음의 확신이 서지 않는 것처럼 보였다. 프러포즈를 하려고 준비했던 것들이 취소가 되어 엎어졌을 때보다, 예전 같지 않은 그녀의 마음에 아픔이 그의 가슴을 찔러댔다.

"믿지 못할 게 따로 있지, 어떻게……."

같이 지낸 시간을 의심해.

3. 언제부터였을까

그 상황에서 결혼하자는 말이 나올까?

눈치가 없는 건지 사태 파악이 안 되는 것인지 그의 의중을 모르겠다. 그녀가 알기로 그는 아둔한 사람은 아니었다. 거기다 사태 파악 또한 기가 막히게 잘하는 남자였다. 그런데 그런 냉랭한 분위기에서 어떻게 결혼할까, 라고 물을 수 있을까. 7년을 알았지만 그 속내는 도무지 이해할 수가 없었다. 하지만 그렇다고 그가 거창한 이벤트를 준비해 프러포즈를 해온다면, 그것 또한 감당할 자신이 없었다. 그 상황에서 과연 자신이 망설임 없이 Yes라고 대답할 수 있을지.

아침에 출근 잘하라는 문자메시지나 전화를 먼저 하는 그였는데, 오늘은 그대로 넘겼다. 조용한 핸드폰을 물끄러미 바라보던 혜진의 얼굴이 복잡하게 변했다. 누가 먼저 연락하나 두고 보자,

하는 식의 기 싸움이 아니었다. 그건 일찌감치 뗐고, 서로 분노를 다스릴 시간을 갖는 거다.

"이 주임, 아까부터 왜 핸드폰만 쳐다봐?"

"네? 제가 언제요?"

노 차장의 시선이 그녀 코앞에 있는 핸드폰으로 향했다. 화면이 꺼질 때마다 어느새 핸드폰을 터치해 언제 그에게 연락이 오나 확인하고 있었다.

"아, 급하게 연락 올 데가 있어서."

"누구?"

"택배…… 요."

혜진은 집요한 노 차장의 시선을 피했다. 대충 둘러댄다고 둘러댄 게 하필이면 택배였을까, 말해놓고 후회가 일었다. 하지만 잘못 걸렸다가는 헤어짐을 강요받을 수도 있고, 실행한 적 없는 이별을 위로해 준답시고 병나발 불러 갈 수도 있었다.

"오늘은 베프한테 연락이 없나보네."

노 차장의 두툼한 입술이 씰룩거렸다. 남의 불행을 행복으로 아는 여자. 평생 독거노인으로 아프게 늙어라, 혜진은 속으로 저주를 퍼부었다.

노 차장이 베프라 칭한 사람은 건우, 그다. 핸드폰 저장 이름이 베프라고 되어 있는 걸 노차장이 본 뒤로는 그를 베프라 부르기 시작했다. 그를 그렇게 칭한 이유는 연인임과 동시에 세상에 둘도 없는 친구라는 의미다. 혜진은 핸드폰을 옆으로 치우고 서류를 꺼냈다.

"아침에 통화했어요."

"그래?"

"네, 그럼요. 우리 사이 아무 문제 없어요."

방긋, 혜진이 웃음으로 노 차장을 응징했다. 여기서 틈을 보이면 인생과 연애 가치관에 대해 토론해 보자며 회의실로 데려갈 수도 있었다.

지잉—

멀찌감치 떨어뜨려 놓은 핸드폰 진동 소리에 혜진의 고개가 곧장 아래로 향했다. 발신인을 확인한 혜진의 얼굴에 실망감이 감돌았다. 혜진은 잡음을 내며 요란스럽게 움직이는 핸드폰을 들고 사무실 밖으로 나왔다. 진환은 그의 친구임과 동시에 어느 순간부터 그녀의 친구이기도 했다. 주아까지 포함하여 넷이 만나는 빈도가 잦았다.

"응, 진환아."

〈너 혹시 건우랑 문제 있냐?〉

대뜸 날아드는 진환의 물음에 혜진은 살짝 긴장한 얼굴로 반문했다. 하지만 목소리는 날카롭게 날이 서 있었다.

"갑자기 그건 왜 묻는데?"

〈건우 자식, 오늘 갑자기 전화 와서는 술 먹자고 하잖아. 어제 건우랑 석진이 그 자식이랑 싸우는 거 보고 네가 그냥 가버린 것도 있고 해서 말이야. 혹시나 하고 묻는 거야.〉

"그냥 뭐……."

혜진은 말끝을 얼버무렸다. 부정도 긍정도 아닌 말이었지만, 긍정에 더 가까웠다.

〈맞구나. 어쩐지.〉

"사람들 다 보는 길거리에서 치고받고 싸울 수가 있어? 거기다 곧 결혼한다는 친구 얼굴을 그 지경으로 만들어놓고 말이야."

혜진은 속에 담아둔 말을 다다다 쏘아댔다.

건우와 석진이 주먹질하는 모습을 떠올리자 얼굴이 굳어졌다.

〈너 건우랑 석진이랑 왜 주먹질했는지 알긴 알아? 알고도 건우한테 화낸 거야?〉

순간 혜진은 머리를 한 대 얻어맞은 듯 정신이 번쩍 들었다. 혜진은 단순히 싸움하는 모습만 보고 화가 났던 상태였다. 하지만 정작 그에게 그 이유를 묻지 않았다. 그냥 단순히 사소한 말싸움을 하다가 번진 주먹질이라고 생각했다. 그리고 오히려 그에게 변명하지 말라고 입을 다물게 만들었다. 아무 대답 없는 그녀의 반응에 진환이 그럴 줄 알았다는 듯 냉큼 말을 이었다.

〈건우가 쓸데없이 싸우고 다닐 녀석이냐? 그건 네가 더 잘 알잖아.〉

"……."

반박할 여지 없이 혜진은 진환의 타박을 잠자코 듣고 있었다. 진환을 통해서라도 그 이유를 들어야 할 것 같다는 생각이 들었다.

〈어제 그 자식이 먼저 너에 관해 심한 말을 한 것 같더라. 나도 자세히 듣진 못했는데 비아냥거리면서 널 값싼 여자 취급했어. 원래 말본새가 그런 자식이긴 한데 어제는 취했는지 말이 더 심했었고. 만약 내 여자에 대해 그렇게 말했다면 난 그 자식 반쯤 죽여놓았을 거다.〉

석진이 어떤 말을 했는지 진환이 굳이 자세히 말하지 않아도 알 것 같았다. 상황을 제대로 듣지도 않고 혜진은 건우의 탓으로 몰아가며 화를 냈다. 그가 운전대를 잡고 욕지기를 내뱉는 것에도 그냥 넘어가지 않았다. 그에게 큰 잘못을 한 것 같은 불안한 예감이 혜진의 몸을 감쌌다. 항상 이런 식이다. 앞뒤 분간 못하고 버럭 화부터 내는 자신은 이렇게 뒤늦게 후회하는 일이 허다했다.

"진환아."

〈맞지, 그것 때문에 싸운 거?〉

"응."

〈네가 잘못한 거다.〉

"그런 것 같아……."

순순히 잘못을 인정한 혜진은 손톱을 물어뜯었다. 그는 무엇이 미안하다고 저에게 사과를 한 것일까. 마치 죄인마냥 그는 죄스러운 얼굴로 사과를 했었다.

혜진은 진환과 통화를 끝내고 한참 핸드폰을 물끄러미 응시했다. 자신의 말을 들어주지 않았다고, 그는 저를 원망하고 있지는 않을까. 혜진은 결심한 얼굴로 건우에게 전화를 걸었다. 하지만 긴 신호음 끝에 음성사서함으로 넘어가 버렸다.

다시 걸어볼까.

고민도 잠시, 그녀는 핸드폰을 끄고 사무실로 들어왔다. 전화보다 그를 만나러 가는 것이 더 빠를 것 같았다.

❖ ❖ ❖

혜진은 빌딩을 올려다보았다. 그의 회사에 온 것은 처음이었다. 늦게까지 야근하는 저를 회사로 데리러 와준 적은 많았으나, 그녀는 그를 보러 온 적이 없었다. 우뚝 솟은 빌딩 중 7층 건물이 그가 근무하는 회사였다. 무작정 연락도 없이 오긴 했는데 그가 벌써 퇴근했으면 어쩌나 걱정되었다. 혜진은 백에서 핸드폰을 꺼내 그에게 전화를 걸었다. 지겨운 연결음이 길어질수록 추위에 어깨가 떨렸다. 손도 얼음장처럼 차가워졌다. 그렇게 신호음이 지나가고,

〈응.〉

탁한 그의 음성이 들렸다. 드디어 그가 전화를 받았으니 기뻐해야 마땅한데 그녀는 울컥 화가 치밀었다. 그의 회사 앞에서 대략 30분은 있었다.

"나야."

〈알아.〉

그가 간단히 대답했다.

"어디야?"

〈퇴근했어.〉

단답형으로 대화가 오갔다. 어색한 분위기가 이어졌다. 그의 대답을 듣자 이럴 줄 알았다는 듯 그녀가 한숨을 뱉었다.

"……일찍 퇴근했네."

〈…….〉

전화기 너머가 조용했다. 운전 중은 아닌 것 같았다. 그녀는 또다시 한숨을 토하듯 말했다.

"춥다……."

〈어디야?〉

그가 빠르게 물었다. 혜진은 체념한 얼굴로 대답했다.

"네 회사 앞."

〈뭐?〉

"한발 늦은 것 같아. 이제 집에 가려고."

그렇게 대답하며 혜진이 뒤돌았다.

〈기다려, 금방 가.〉

"됐어, 네가 여기 오는 시간에 난 집에 도착했어."

〈지금 내려간다고. 거기 있어.〉

뚝.

전화가 끊겼다. 당부하는 목소리가 강경해 혜진은 그의 말대로 그 자리에 서 있었다. 조금 후 빌딩에서 나오는 그의 모습이 보였다. 가까이 다가오더니 조금 화가 난 얼굴로 혜진을 바라보았다.

"퇴근했다며."

"그렇게 됐어."

거짓말이 바로 들통 나서 민망한지 건우가 머리를 긁적였다. 그가 그녀의 손을 움켜잡았다. 따뜻한 온기에 얼음장처럼 얼었던 손이 녹았다.

"손이 왜 이리 차?"

"30분을 있었으니까."

담담하게 말하는 그녀의 입술도 파랗게 얼었다.

"나 미안하라고 이러는 거야?"

"미안하기는 해?"

"아니, 별로."

제 손에 있는 그녀의 손을 꼭 움켜잡으며 그가 퉁명스럽게 대답했다.

"들어가자."

"회사에?"

"어, 춥잖아."

혜진이 난처한 얼굴로 말했다.

"회사에 직원들 있잖아."

"나 혼자야."

"아……."

그제야 그녀가 한풀 꺾인 얼굴로 그가 이끄는 대로 빌딩 안으로 들어갔다. 그제야 따뜻한 온기에 떨림이 멈추었다. 엘리베이터를 타고 7층으로 올라가자 세영 디자인의 로고가 새겨진 벽 뒤로 투명 유리문이 보였다. 혜진은 그의 뒤를 따라 사무실 안으로 들어갔다. 부서별로 나뉜 사무실은 인테리어 회사답게 구조가 깔끔했다. 그가 그녀를 접견실로 안내했다. 그가 따뜻한 녹차를 타와 그녀의 손에 쥐어주었다.

"미련스럽게 왜 연락도 안 하고 왔어?"

"전화를 안 받은 건 너야."

퉁명스럽게 쏘아대며 혜진은 그의 탓으로 떠넘겼다.

"바빴어."

"얼마나 바쁘기에 혼자 야근까지 하고 있어?"

그의 얼굴에 가까이 다가간 그녀가 비웃듯 물었다. 손에 들려 있는 녹차가 출렁이며 그녀의 손등 위로 흘렀다.

"앗!"

"정말 조심성 없어."

녹차가 담긴 잔을 테이블 위에 올려둔 그가 바지주머니에서 손수건을 꺼내 닦아주었다. 그런 건우의 모습에 혜진이 그의 뺨에 입을 맞추었다. 당황한 그의 시선이 그녀에게 닿았다.

"어제 화내서 미안."

"사과의 뜻이다?"

그녀가 고개를 끄덕였다. 그가 야릇하게 입술을 말아 올리곤 접견실 문을 잠갔다. 그의 행동을 이해하기도 전에 그가 그녀의 상체를 안아 테이블에 앉혔다.

"사과는 제대로 해야지."

"그게 무슨…… 흡!"

말하는 그녀의 목소리를 제 입으로 삼킨 건우의 손이 그녀의 허벅지를 천천히 쓸다 더 깊숙이 들어갔다. 한 손으로는 혜진의 코트를 벗기고 곧이어 블라우스 단추를 거칠게 풀어 가슴을 움켜잡았다. 혜진의 입에서 옅은 신음 소리가 터졌다.

"핫, 여기선……."

"괜찮아, 아무도 안 와."

건우가 그녀의 귀에 대고 작게 속삭이며 안심시켰다. 그제야 혜진은 안심한 얼굴로 그를 밀어내지 않았다. 이미 반쯤 상체가 벗겨진 채로 흐트러진 그녀의 모습은 꽤 유혹적이었다.

단정하게 묶었던 그녀의 머리끈을 풀자 고운 머릿결이 혜진의 가슴께까지 내려왔다. 가슴을 가릴 듯 말 듯 아슬아슬한 거리를 유지한 채 찰랑거렸다. 건우는 굶주린 늑대처럼 그녀의 목덜미를 물어뜯듯 입을 맞추며 천천히 아래로 내려와 브래지어를 올려 분홍빛 유두를 물었다.

"하아."

연이어 터지는 색정적인 그녀의 신음 소리가 그의 귀를 때렸다.

한 손으로 젖가슴을 움켜잡고 날 선 유두를 이로 잘근잘근 씹었다. 그럴수록 분홍빛 유두가 거만하게 고개를 치켜들고 있었다. 유두를 혀로 휘감다 이내 쪽, 하고 빨아 당겼다. 혜진의 억눌린 신음 소리가 거칠게 터졌다.

"하, 차건우, 정말……."

빨리 안으로 들어오길 바라는 그녀의 바람을 모르는 척, 그가 씩 웃었다. 원망의 눈초리에도 그는 그녀의 다리를 넓게 벌렸다. 거추장스러운 스타킹을 벗겨내자 곧게 뻗은 매끈한 다리에 입을 맞추었다. 조심스럽게 그리고 사랑스럽다는 듯 건우는 자신의 흔적을 남겼다. 팬티까지 남김없이 벗겨낸 후 고개를 넣어 혀로 꽃잎을 희롱했다. 여린 살결을 따라 혀를 깊숙이 밀어 넣자 부드러운 살결에 그가 고개를 더 깊게 묻었다.

"하앗. 제발……."

허리를 비틀며 혜진이 그의 목을 끌어안고 어서 자신의 안으로 들어와 달라고 애원했다. 그 모습에 건우는 입술에 묻은 그녀의 애액을 혀로 핥으며 만족한 미소를 그렸다. 스커트를 위로 올리곤 그녀의 엉덩이를 테이블에서 살짝 내렸다. 그가 바지와 속옷을 한꺼번에 벗자 이미 흥분한 분신이 튕겨져 나왔다. 건우는 그녀의 손을 잡아 제 분신으로 갖다 댔다. 하지만 그녀는 애무 따위는 생략한 채 안으로 들어오길 바라는 눈치였다. 제 분신을 잡은 손을 제 허리를 붙들게 한 건우가 그녀의 뜨거운 내부로 단번에 하체를 밀어 넣었다.

"윽!"

저절로 신음 소리가 터졌다. 오직 그녀만이 줄 수 있는 쾌락이었다. 부드러운 여린 살결이 제 분신을 옥죄어오는 느낌이 들었다. 전진과 후퇴가 반복될수록 그녀의 내부에서는 질척거리는 민망한 소리가 울렸다. 그가 허리를 거칠게 몰아붙이자 그 소리는 더 커졌다.

혜진의 눈이 반쯤 풀린 채로 그를 바라보고 있었다. 상기된 혜진의 뺨을 쓸다 빨갛게 부풀어 오른 그녀의 입술을 건우가 핥았다. 그러자 기다렸다는 듯 그녀의 혀가 건우의 입안으로 들어오며 장난을 걸어왔다. 곧이어 두 사람의 타액이 서로의 입술을 촉촉하게 적셨다.

"아핫……!"

"하악."

흥분된 신음 소리와 살과 살이 맞닿는 소리가 조용한 접견실 내부를 가득 채웠다. 서로의 입안에 신음을 터뜨리며 마침내 절정을 향해 질주하고 있었다.

"하악!"

거친 숨을 몰아쉬며 건우가 뒤늦게 흐트러진 혜진의 머리를 정돈해 주었다. 벗겨진 블라우스 단추를 여며주곤 땀으로 얼룩진 혜진의 뺨을 쓸었다.

"하아, 내가 미쳤나 봐."

"후우."

뒤늦게 자책하는 그에게 괜찮다며 혜진의 손이 그의 뺨을 쓸었다. 거친 숨을 내뱉으며 건우가 혜진의 어깨에 고개를 묻었다. 그의 거친 숨이 점점 잦아들었다. 평온해진 숨결이 그녀의 목덜미를 간질였다.

"가자, 집에."

"후."

더운 숨을 내쉬며 혜진이 고개를 끄덕였다. 옷가지와 머리를 정리한 두 사람은 접견실에서 나왔다. 누가 있는 것도 아닌데 마치 나쁜 짓 하다 걸린 사람처럼 혜진은 조용한 사무실을 바라보는 얼굴이 화끈거렸다.

"이런 거 첨이야."

"네가 처음이면 나도 처음이지."

그는 아무것도 묻지 않았다. 왜 앞뒤 상황을 알려 하지 않고 화부터 내느냐고 비난하지 않았다. 자신보다 석진의 얼굴이 엉망인 게 더 걱정이냐고 열을 내지도 않았다. 그저 어제 화내서 미안하다고 말했을 뿐인데 건우는 다 이해한다는 듯이 제게 키스를 했다. 분명 오늘 하루 연락도 하지 않은 흔히 말하는 '냉전 상태'였던 것 같은데 언제 그랬냐는 듯 그는 아무 일 없었다는 듯 혜진의 손을 따뜻하게 움켜잡고 있었다. 그가 자신의 자리로 가서 서류 정리를 하고 컴퓨터 전원을 껐다. 그 모습을 지켜보며 혜진이 물었다.

"바쁜 거 아니었어?"

"다 했어."

그가 단호하게 대답하며 혜진을 바라보았다. 그가 내민 손을 자연스럽게 잡으며 사무실 밖으로 나왔다. 통유리로 된 엘리베이터 안에서 보는 저녁 야경은 꽤 그럴싸했다. 붉은 간판의 불과 차들이 일렬로 도로를 점령한 것을 바라보는 사이 1층에 도착했다.

빌딩 밖으로 나서자마자 혜진의 시선에 떡볶이 포장마차가 들어왔다. 지나가는 행인들이 포장마차 안으로 들어가 떡볶이를 먹는 모습을 바라보는 모습을 보며 그가 물었다.

"먹을래?"

"그럴까?"

그녀가 멈칫했다. 생각해 보니 저녁도 거른 채였다. 살짝 시장하긴 했으나, 못 견딜 정도로 배가 고픈 건 아니었다. 고민하는 그녀 대신 그가 손을 잡아끌고 포장마차 안으로 들어갔다.

"떡볶이 주세요. 오뎅도요."

김이 모락모락 나는 오뎅 국물을 종이컵에 퍼 담아 건우가 혜진에게 건넸다. 뜨거운 오뎅 국물을 먹으며 혜진은 옛 생각에 잠겼다.

서로 아르바이트하며 용돈을 벌어 썼던 대학 시절엔 같이 떡볶이를 먹고 오뎅 국물이 담긴 종이컵을 들고 데이트를 했었다. 헤어짐이 아쉬워 한파에도 동네를 몇 번이나 돌고 돌다 헤어진 적도 여러 번이었다. 그뿐이던가. 독서실에서 공부하다가 배고프면 그녀가 싸온 도시락을 사이좋게 나눠 먹고 후식은 그가 사겠다며 자판기에서 커피를 뽑아 벤치에 앉아 이야기를 나누기도 했었다. 싸구려 커피에도, 볼품없는 도시락에도 애틋하고 설레고 좋아 어쩔 줄 몰라 하던 때가 있었는데…….

눈빛만 봐도 떨려서 제대로 눈조차 마주치지 못한 그녀의 시선이 그의 발끝에서 머물다가 그가 허리를 숙여 고개를 숙인 그녀와 시선을 마주하곤 씩 웃어주곤 했었다. 그러면 언제 그랬냐는 듯 긴장이 싹 달아나곤 했었다. 그렇게 풋풋하고 같이 있기만 해도 행복하던 때가 엊그제 같은데.

"무슨 생각해?"

"응, 아니."

막 나온 떡볶이를 혜진은 제 입속에 넣으며 상념에서 빠져나와 어색하게 웃었다.

"주말에 영화 볼까?"

"그날 눈 많이 온다던데."

"그러면 못 만나는 건가?"

혼잣말인 듯 그가 되물었다. 그 바람에 혜진이 기계적인 음성으로 물었다.

"보고 싶은 영화 있어?"

"이번에 새로 개봉한 거 괜찮을 것 같던데, 이름이 뭐였더라?"

"혹시 그거 SF 아니야?"

혹시나 하고 그녀가 물었다. 그가 고개를 까닥했다.

"지루할 것 같던데."

"그래? 그럼 보지 말지 뭐."

실망한 표정은 아니었다. 담담한 건우의 표정과 말투에서 거절 당함에 따른 실망감은 보이지 않았다. '그래? 알았어' 하고 넘기는 듯했다. 혜진의 손에 들린 이쑤시개가 떡볶이로 향했다. 푹 찍어 제 입속에 넣으려는 순간,

"우리가 할 게 그렇게 없었나?"

한숨과 함께 그의 혼잣말이 그녀의 귀를 찔렀다. 혜진은 잠깐 멈칫한 채 그를 바라보았지만, 이내 아무렇지 않게 떡볶이를 제 입속에 넣었다. 건우는 이쑤시개를 내려놓고 오뎅 국물을 홀짝였다. 판에 박힌 데이트가 아니라 서로 공통된 취미를 만들어 같이

하면 색다를 것 같다는 생각을 여러 번 했던 때도 있었다.

처음 시도는 등산이었다. 그렇게 가파른 산도 아니었지만 그녀의 체력 부족으로 몇 번 하다가 포기했다. 그다음으로 시도한 것이 볼링이었다. 하지만 볼링을 하다 그녀가 발등 위에 공을 떨어뜨려 깁스를 하게 되었다. 같이 게임을 하려고 시도해 보았지만 그녀의 집 컴퓨터 고장으로 새로 구입할 때까지 몇 달은 걸려 시도만 한 적도 있었다. 오래전 일까지 하나둘씩 그의 기억에서 되살아났다. 그러다 결국 건우는 그녀와 취미를 만드는 것을 포기했다. 그냥 같이 있음에 행복하던 시절은 이미 지나갔다. 그녀는 뭔가 같이해 보고 싶은 그의 마음을 알아주지도 않고 호응해 주지도 않았다.

그가 다시 이쑤시개를 들어 떡볶이를 제 입속에 넣었다.

떡볶이도 예전이 더 맛있었는데.

언제부터였을까.

추억이었던 떡볶이는 이젠 그냥 길거리 음식으로밖에 인식되지 않았다.

"너는 하고 싶은 거 없어?"

"음."

생각에 잠긴 그녀의 표정에 건우는 반쯤 남은 오뎅 국물을 까칠한 제 입속에 털어 넣었다.

"집에서 쉬자."

"그래."

일말의 서운한 표정도 없이 그녀가 빠르게 대답했다. 순순히 대답하는 그녀의 표정에 오히려 그의 마음 한 켠에 서운함이 자리 잡았다. 실망한 낯빛으로 그가 지갑에서 지폐를 꺼내 계산했다.

아무리 오래 만났다고 해도, 30년 중에 고작 7년일 뿐이었다. 거기다 두 사람이 하지 않은 일도 세상엔 무궁무진할 것이다. 같이 한 것보다 하지 않은 일이 많아서 서로 같이 무언가 함에 짜릿함을 느끼고 싶었다.

하지만 그녀는 아닌 듯했다. 그가 알고 지내는 한 지금까지 그녀는 쭉 일직선이었다. 변함이 없었다. 그게 얼마나 기운 빠지는 일인지도 모르고 말이다.

❖ ❖ ❖

글라스를 들고 있던 건우의 시선에 문을 열고 안으로 들어오는 진환이 보였다. 건우는 글라스에 담긴 양주를 들이켰다. 맞은편에 진환이 의자를 끌고 오자 직원이 글라스를 하나 더 내왔다.

"혜진이 회사에 찾아왔다고 멋대로 술 약속 취소하더니."

"어차피 집 앞인데 뭘 그렇게 툴툴대."

건우는 흘깃 진환을 쳐다보다 빈 글라스에 얼음을 채워 넣고 양주를 가득 따랐다. 건우와 진환은 서로 집 근처에서 자취를 하고 있어서 가끔 바에서 술을 마시곤 했다.

오늘은 진환과 술 한잔하기로 먼저 약속을 잡아놓고, 느닷없이 혜진이 회사로 찾아오는 바람에 그와의 약속을 취소했다. 그런데 혜진을 집에 데려다 주고 답답한 마음에 건우는 집에 가는 길에 진환에게 전화해 바로 불러냈다.

"저번에 석진이 그 자식이 혜진이에 대해 심한 말 했었지?"

글라스를 빙빙 돌리며 진환이 물었다.

"들었냐?"

"뭐, 대충."

"다른 사람 귀에서 그런 말 들리기만 해봐, 내가 그땐……."

건우가 험악하게 인상을 쓰며 으르렁거렸다.

"그 자식 소심해서 그러고 다닐 놈이냐? 너한테 그렇게 얻어맞고 고소한다고 진단서 끊어놨다고 쇼하던데 조용하잖냐."

"고소하라지, 뭐."

단번에 잔을 비워내며 건우가 낮게 말했다.

"어제 혜진이랑 틀어진 건 잘 풀었어?"

진환의 물음에 대답 없이 물끄러미 잔을 응시하던 건우가 담담하게 말했다.

"틀어지고 말고 할 게 어디 있냐."

표정만큼은 담담하게가 잘 되지 않았다. 특히나 진환의 눈에 훤히 건우의 표정이 적나라하게 드러났다.

"화난 혜진을 뒤쫓는 것 같아서 싸움이라도 한 줄 알았다."

"아마 시초는 그게 아닐 거다."

건우 자신도 그런 줄 알았다. 긴가민가했던 불안한 마음이 어제 한꺼번에 터져 버린 것이라고. 오늘 갑작스레 찾아왔던 혜진을 본 순간 불안한 마음이 기우였다고 생각했다. 하지만 이미 오래전부터 은연중 깨닫고 있었나 보다. 아니, 오래전부터 지쳤는지도 몰랐다.

그녀의 무심함과 배려 없는 모습에 익숙해져 버려 지친 것조차 자각하지 못하고 있었다.

"혜진이한테 프러포즈를 할까 했어."

"뭐? 언제?"

갑작스러운 건우의 말에 진환이 물어놓고 다시 질문을 이었다.

"그런데 할까 했어, 라니. 무슨 말이 그래?"

"혜진이가 멋대로 약속을 취소했거든. 세 시간을 기다렸어. 전화도 안 받았고."

"무슨 일 있었던 거 아니었어?"

"난 사고라도 난 줄 알았어. 그런데……."

픽 웃으며 건우가 말을 이었다.

"주아가 이별했다고 하더군."

"주아?"

"그래, 혜진의 친구한테 밀린 프러포즈 계획이었지."

건우가 씁쓸하게 웃었다.

"다시 준비해 봐. 너도 혜진이 성격 알잖아. 일부러 약속을 잊었겠냐?"

알고 있다. 그녀가 일부러 약속을 잊은 것이 아니라는 것쯤은. 하지만 계획대로 프러포즈를 했다 하더라도 성공할 가능성 또한 장담하지 못한다는 걸 건우는 깨달았다.

"모르겠다."

"진짜 둘이 무슨 문제 있는 거 아냐?"

진환의 걱정스런 얼굴에 건우는 뒤늦게 나온 과일안주를 입에 넣으며 깊은 생각에 잠긴 얼굴로 변했다.

"나랑 결혼할 마음이 있는 건지 그조차 모르겠어."

"의심하는 거야?"

"지금껏 지나가는 식으로 결혼하자는 말을 여러 번 했었어. 그런데 그때마다 대답을 회피할 뿐이었지."

"다른 여자들도 똑같지 않을까? 결혼 얘기만 하면 겁먹고 도망가기 바쁘잖아?"

"겁?"

생각지도 못한 진환의 말에 건우가 반문했다.

"얼마를 만났든 사랑의 크기 또한 배제하고 보면 타인과 가족이란 울타리를 만들어 사는 건데 걱정이 되긴 하겠지. 혜진이가 물러난 거리만큼 네가 다가가면 되지. 그게 네 특기 아니냐."

늘 그랬던 것처럼? 난 언제까지 주기만 해야 하는 건가? 나도 받아볼 수는 없는 걸까? 그녀의 사랑을.

속말을 삼키며 건우가 한숨을 내쉬었다.

"늘 하던 것도 매번 하면 지겨워."

"왜 이래, 아마추어처럼."

진환이 장난을 걸었다. 하지만 건우는 진환의 장난을 되받아주지 않았다. 모든 것이 귀찮았다. 건우는 손목시계로 시각을 확인했다. 그녀를 집에 데려다 주었던 시각이 대략 9시 정도였고 그 후로 한 시간 남짓 지났다. 코트 주머니에서 핸드폰을 꺼낸 건우의 표정이 실망감으로 얼룩졌다. 어떻게 자신을 집에 데려다 주고 가는 애인에게 잘 들어갔냐는, 예의상 문자 한 통도 없는 것일까. 건우는 조용한 핸드폰을 진환에게 흔들어 보여주었다.

"봤지, 그녀는 원래 이래."

"야, 차건우."

"내가 많은 걸 바란 건 아니잖아."

완벽한 여자친구를 바란 것도 아니었고, 내조가 확실한 아내를 바란 것 또한 아니었다. 서로 서툰 만큼 맞춰가길 바랐지만 언제나 맞추고 있는 쪽은 자신이었다.

"혜진이랑 대화해 보는 게 어때?"

고민 끝에 진환이 권유했다. 진환에게 우리 둘 사이 문제를 해결해 달라고 부른 것이 아니었다. 그냥 한숨과 같이 터지는 말을 들어주면 되었다. 당사자들조차 해결하지 못하는 문제를, 제삼자가 해결해 줄 것이라는 기대는 없었다. 이제는 둘 사이의 문제가 무엇인지조차 모르겠다.

이 고비 또한 자신 혼자 삭이고 넘어가면 마치 없던 일처럼 예전처럼 지낼 수 있을 것이다. 연애 초기 같은 뜨거운 열정이 없는 몇 달 전으로 돌아가는 것뿐이었다.

거기다 이미 그녀와 두세 차례 대화를 한 적 있었다. 그가 서운한 점들을 말하고 난 뒤에 그녀는 도시락을 싸오거나 커피 배달을 해주며 마치 변할 것 같은 기미를 보였다.

하지만 그뿐이었다. 마치 데자뷰처럼 같은 현실을 쳇바퀴 돌듯 하고 있었다.

싸움에서 승자는 언제나 그녀, 그녀에게 달려가는 사람은 언제나 건우였다. 생각해 보면 그 이유는 언제나 단 하나였다.

사랑하니까. 더 많이 사랑하는 쪽이 패자였다.

그런 논리로 볼 때 그녀는 그를 덜 사랑하는 쪽일지도 몰랐다. 거기까지 생각이 미치자 건우의 왼쪽 가슴이 욱신거렸다. 지금도 여전히 제 심장은 그녀의 것인가 보다.

"아프다, 심장이."

"그만 마셔. 내일 출근 어떻게 하려고 해?"

연거푸 술을 마시는 건우의 잔을 빼앗은 진환은 걱정 어린 표정이었다. 오늘 혜진에게 연락해 주면 둘 사이에 있는 오해가 풀릴 줄 알았다. 하지만 건우 마음속에 이렇게 깊은 고민이 있었다는 건 진환도 모르던 바였다.

진환도 건우가 얼마나 혜진에게 지극정성으로 사랑을 주었는지 쭉 지켜보아서 알고 있었다. 그런데 이렇게 가슴앓이를 하고 있었을 줄이야. 힘들어하는 건우에게 아무 도움이 되지 못해 진환은 답답했다. 착잡한 표정으로 진환은 건우에게 빼앗은 술잔을 제 입속에 털어 넣었다.

"그렇게 많이 사랑해서 어쩌려고 해."

이러지도 저러지도 못하는 건우를 보며 진환이 술잔을 기울였다.

밤이 아득하게 깊어가고 있었다.

4. 조련사와 훈련된 동물

정신이 몽롱했다. 어제 얼마나 마셨는지, 집은 어떻게 왔는지 기억조차 없었다. 미팅이 있기 전날엔 늘 미팅 준비와 함께 컨디션 조절을 했던 건우였다. 한데 오늘은 그렇지 못했다. 자료 준비는 완벽했으나 컨디션 조절에 실패해 어떤 대화가 오갔는지 정신이 없었다.

미팅을 마치고 사무실로 들어가던 건우는 그녀의 회사 근처에서 차를 세웠다. 곧 점심시간이었다. 어차피 사무실로 다시 들어간다 해도 점심시간이 지날 테니 차라리 식사를 하고 들어가는 게 나을 것 같았다. 건우는 고민하다 혜진에게 전화를 걸었다.

"네 회사 근처야. 점심, 같이할까?"

〈그래, 조금만 기다려.〉

그녀가 흔쾌히 수락했다. 건우는 곧장 혜진의 회사 앞으로 이동했다.

그렇게 얼마나 지났을까.

그가 손목시계로 시각을 확인했다. 전화를 끊은 지 10분 남짓 지나 있었다. 미리 예고도 없이 왔으니 기다리는 거야 당연했다. 하지만 기다리는 시간이 점점 더 길어지다 어느새 30분이 훌쩍 지나자 슬슬 화가 나기 시작했다. 막 핸드폰을 꺼내 혜진에게 전화를 걸려던 찰나였다. 회사에서 나오는 혜진이 보였다.

"늦었지?"

차에 타며 그녀가 말했다.

"미리 말 안 하고 온 내 잘못이지."

"일하다 보니 시간 가는 줄도 몰랐어."

그래도 점심시간 전에 전화해 약속을 잡은 그였다. 최소한 늦어서 미안하다는 말은 해야 했다. 건우는 언짢은 기분을 억누르고 핸들을 돌려 시내로 향했다.

"뭐 먹을래?"

혜진이 물었다. 건우는 잠깐 뜸 들이다 대답했다.

"아무거나. 여긴 네 회사 근처니까 네가 안내해 줘."

"그럼 부대찌개 먹자."

그리곤 그녀는 가게 위치를 설명해 주었다. 그는 그녀의 설명대로 운전하며 가게 근처에 도착했다. 식당 안으로 들어가자 바삐 움직이는 직원이 건우의 앞을 쌩 하니 지나갔다. 테이블은 가득 차 있었다. 마침 식사를 마치고 일어선 자리에 건우와 혜진이 앉을 수 있었다.

"부대찌개 2인분이오."

혜진이 주문을 했다. 곧 테이블에 부대찌개가 담긴 냄비와 밑반찬이 채워졌다.

"손님이 장난 아니네."

시끌벅적한 소리와 가득 메운 테이블뿐만 아니라, 들어왔다가 허탕 치고 나가는 이들을 보며 건우가 말했다.

"점심시간이니까. 부대찌개도 먹을 만해."

"그렇구나."

보글보글 끓는 부대찌개를 그릇에 퍼 담아 혜진 앞에 놓고 건우는 제 것까지 마저 퍼 담았다.

"참, 어디 갔다 오는 길이야?"

"클라이언트와 미팅 있었어."

"아, 바빴겠네."

아침부터 서로 연락이 없었기에 그녀는 몰랐을 것이다. 그녀가 고개를 끄덕이며 대답했다.

"이번에 별장을 하나 짓게 됐거든."

"그래?"

"응. 나중에 나도 돈 많이 모아서 별장 하나 짓고 싶어."

"별장은 왜?"

혜진의 말투는 그런 걸 뭐 하러, 하고 묻는 것 같은 뉘앙스였다.

"왜긴, 나이 먹어서 너랑 같이 지내려고. 자식들 결혼하면 우리 둘이 적적하잖아."

그의 대답에 그녀가 애매하게 웃어 보였다. 그냥 맞장구쳐 주며 '별장은 내 마음에 들게 지어줘' 라고 대답할 수는 없는 걸까. 건우는 결심한 얼굴로 혜진을 바라보았다. 이런 분위기에서 결혼 이야기를 꺼낸다는 것이 적당하지 않다는 것쯤은 건우도 알았다. 하지만 건우는 지금껏 미뤄온 이야기를 꺼내야 할 때가 되었다고 생각했다. 더 이상 상황을 피하기보다 마주하고 싶었다.

어느새 주변이 조용해지고, 바삐 움직이던 직원이 앉아 휴식을 취하고 있었다.

"나랑 결혼하는 거 부담스러워?"

"아, 그게……."

경직된 얼굴로 수저를 내려놓은 혜진이 입술을 뗐다. 하지만 곧장 다물어졌다. 잠깐 생각에 잠긴 것 같은 얼굴이었다가 이내 결심을 굳힌 듯 담담하게 그녀가 대답했다.

"실은 그래."

"그랬구나."

이미 어느 정도 예상했던 답이라 그런지 건우는 조금의 충격도 없었다. 하지만 아니길 바랐던 사실과 대면하게 되자 서운함은 배로 커졌다. 조금의 내색도 하지 않은 채 건우는 입술 안쪽을 꽉 깨물었다.

"그렇다고 널 사랑하지 않는 건 아니야."

"……."

"연애와 결혼은 다르잖아."

"다르다?"

"책임감과 의무감, 시간이 지나면 그것밖에 남지 않을 것 같아. 현실에 치열하게 부딪히고 싸우며 살아야겠지. 우리가 그렇게 된다는 게 끔찍해."

건우는 냉수를 벌컥 들이켜곤 텁텁한 공기를 들이마셨다. 당장 머릿속으로 생각나는 말들이 무수히 많았다. 유치한 말부터 헤어지자는 말까지, 목구멍으로 넘긴 채 물컵을 만지작거렸다.

하나부터 열까지 맞지 않는다는 걸 알면서도, 어쩌면 지금껏 그랬던 것처럼 자신이 그녀에게 맞추며 살아갈지도 모른다는 걸 알고 있음에도, 그럼에도 그는 그녀와의 결혼을 꿈꿨다. 같이 침대에서 일어나 마주 앉아 밥을 먹고 같이 씻고 출근하고, 퇴근하면 서로 수고했다며 도란도란 소파에 앉아서 이야기하는 평범한 일상을 꿈꿨다. 데이트하고 각자의 집이 아닌 자신들의 집으로 귀가하는 것을 바랐다. 그런데 그녀는 건우가 꿈꿔온 결혼 생활이 끔찍하다고 한다.

"끔찍……."

한숨을 삼킨 채 상처받은 얼굴로 건우가 그녀를 바라보았다.

"끔찍하다고?"

"……."

"우리가 같이할 시간이 끔찍해?"

"그런 말이 아니라."

변명을 하려던 혜진의 입술이 체념한 듯 닫혔다. 밥이 식어가고 있었다. 보글보글 끓는 부대찌개 육수가 어느새 반이 줄었다.

"우리가 같이한 시간이 겨우 이 정도였나."

울컥, 서운함이 그의 마음을 가득 메웠다. 근래에 만나면 다투고 무료한 얼굴을 하고 있었다. 언제부터 이랬던 것일까. 우린 언제부터 서로 다른 생각과 다른 얼굴로 마주하고 있었던 것일까. 환상만 쫓는 철부지도 아니고 결혼은 현실이라는 말에 어느 정도 공감하는바, 건우도 결혼 생활이 쉽지 않다는 건 알고 있다. 그런데 그녀의 말투는 마치 먼저 결혼한 선배의 모습을 하고 있었다. 우리의 일이 아닌 타인처럼.

"건우야."

"……."

"건우야……."

그가 대답이 없자 초조한 얼굴로 혜진이 그를 다시 불렀다. 그제야 건우의 시선이 혜진에게 닿았다. 지독하게 솔직한 여자. 지독한 현실주의자. 그리고 지독하게 자신이 사랑하는 여자.

"결혼, 생각해 볼게. 천천히 생각해 보자."

생각이라…….

건우는 그녀의 대답에 마치 자신이 생떼를 쓰고 있는 것처럼 느껴졌다. 인자한 얼굴로 상처를 주고 미끼 던지듯 혼자 결론을 내버리는 그녀다. 마치 동물을 조련하는 조련사 같기도 했다. 원래 이런 여자니까 둔하고 생각만 많은 여자라는 걸 알기 때문에 건우는 이번에도 자신이 져야 함을 알았다.

"그러든가."

한풀 꺾인 그의 목소리에 혜진이 안심한 얼굴이 되었다. 하지만 그 뒤로 건우는 무수한 질문을 속으로 쏟아냈다.

언제까지 그녀의 대답을 기다려야 하는 걸까?

만약 그녀의 대답에 실망하게 된다면 우리 사이는 어떻게 되는 것일까?

결혼, 그게 뭐라고 이렇게까지 비참해져야 하는 걸까.

젠장!

밉다. 미워도 너무 밉다.

주도권을 제 것인 양 쥐락펴락하며 제 마음을 흔드는 그녀가 야속했다.

자신을 사랑하지 않는 게 아니라던 그녀의 모습은 모순으로 똘똘 뭉쳐져 있었다. 그는 그녀에게 묻고 싶었다.

정말 날, 사랑하긴 하니?

❖ ❖ ❖

"그래서 넌 뭐라고 했는데?"

주아가 물었다. 오늘 낮에 건우에게 결혼에 대한 얘길 들었다는 말을 혜진은 주아에게 하던 중이었다.

"생각해 본다고 했어."

"생각?"

기가 차다는 듯 주아가 반문했다. 7년이나 연애해 놓고 이제 와서 생각이라니. 친구인 주아가 들어도 황당한데 건우는 오죽했을까 싶었다.

"너, 너무 튕기는 거 아냐?"

"튕기다니? 내가 뭘?"

"너 지금 이경민 그 자식과 별반 다를 게 없어 보이거든?"

하필 비교를 해도 얼마 전 헤어진 구 남친과 비교할 게 뭐람. 혜진은 불쾌한 표정으로 주아를 노려보았다.

"그러니까 내가 뭘?"

"너의 확실치 못한 그런 태도."

"생각해 본다고 했거든. 아직 확신이 없어서 그런 것뿐이야."

변명처럼 덧붙이고 난 혜진은 주아 말대로 자신이 경민처럼 억지로 건우를 붙들고 있는 것은 아닌가 생각했다. 하지만 진심으로 그를 사랑하고 있다. 그러니 이런 고민도 가능한 것 아닌가. 하지만 이경민은 주아를 사랑한다기보다 이용한 것에 가까웠다.

"너의 그 안일한 행동이 사람을 피 마르게 하는 거 모르지?"

직설적인 주아의 말에 혜진의 눈이 치켜떠졌다. 하지만 이내 차분한 얼굴로 주아의 말에 대응했다.

"너 가끔 보면 피해 망상 있는 것 같아. 이경민과 헤어지더니 세상이 삐뚤게 보이지?"

"뭐?"

주아는 기가 차다는 듯 반문하고는 맥주를 벌컥벌컥 들이켰다. 혜진은 조용한 주변을 둘러보았다. 손님이 없는 술집은 조용했다. 그저 술을 들이붓기만 하는 시끄러운 전형적인 술집이 아니라, 조용한 음악과 함께 주변 인테리어 또한 차분했다. 마련되어 있는 무대에 스탠드 마이크까지 있는 걸로 봐서는 인테리어 소품 같아 보이진 않았다.

잠시 후 어떤 남자가 기타를 메고 무대로 올라왔다. 검은 선글라스에 회색 비니를 쓰고 가죽 재킷을 걸쳐 입은 젊은 남자였다. 술집 내부를 훑더니 마이크를 잡았다.

"신청곡 받습니다."

혜진은 손을 뻗어 테이블 모서리에 있는 메모지와 펜을 제 앞으로 가져왔다.

"신청곡 내게?"

"응."

"무슨 노래?"

주아가 목을 쭉 빼 혜진이 적고 있는 글귀를 소리 내어 읽었다.

"다시 사랑한다 말할까."

양식에 맞춰 차례대로 신청곡을 적던 혜진은 이벤트에 응모할 때 필요한 핸드폰 번호를 기재하는 란에서 손을 멈췄다. 혜진은 고민했지만, 제 핸드폰 번호를 기재했다. 신청곡을 내면 자동으로 이벤트에 응모되는 모양이었다. 혜진이 메모지를 카운터에 있는 직원에게 건넸다. 직원은 받은 종이를 모아 무대에 있는 가수에게 전했다. 그가 첫 번째로 접힌 종이를 펼쳤다.

"이 노랜 저도 굉장히 즐겨 부르는 노래입니다."

남자의 시선이 혜진에게 닿았다. 혜진은 어색한 얼굴로 맥주잔을 들었다.

"다시 사랑한다 말할까, 들려 드립니다."

남자의 손가락이 미끄러지듯 기타에 닿았다. 잔잔한 기타음에 맞춰 남자가 노래를 시작했다. 남자의 목소리가 혜진의 가슴에 스며들었다. 혜진이 유일하게 좋아하는 가수는 김동률이었다. 가슴을 벅차게 만드는 감동을 주는 가수도, 비 오는 날과 잘 어울리는 가수도 김동률이라 생각했다. 쓸쓸함을 가진 김동률의 목소리가 좋아 혜진은 CD를 전부 가지고 있었다. 지금 노래를 부르는 남자의 목소리도 허스키하면서 쓸쓸하게 느껴졌다. 비가 내리면, 참 좋겠다고 생각했다.

"노래, 좋다."

싱어의 목소리가 좋아서 이 노래를 소화해 내는 걸지도 모른다는 생각이 들었다.

"그러게. 요즘은 라이브 싱어 목소리가 더 좋더라."

주아도 턱을 괴고 어느새 노래 감상에 들어갔다. 남자는 그 후로 김동률의 '기억의 습작'과 '취중진담'까지 두 곡을 마저 더 불렀다. 남자는 소수의 관객뿐임에도 최선을 다해 노래를 불렀다. 잠깐이지만 노래에 가슴이 벅차보긴 처음이었다. 건우는 타고난 음치였다. 그래서 같이 노래방에 가서 그의 노래를 들은 적이 손에 꼽을 정도였다.

남자가 다시 마이크를 잡았다.

"오늘은 날이 참 쓸쓸하네요. 날씨와 잘 어울리는 노래를 들려 드렸습니다."

주아도 남자의 노래에 빠진 표정이었다. 혜진의 손이 마른안주로 향했다.

"Westlife, My love가 생각납니다."

남자가 다시 기타를 잡았다.

"네가 좋아하는 노래네."

주아가 신기하다는 듯 말했다. 혜진도 고개를 끄덕였다. 마치 생일 선물을 받는 것처럼 혜진의 마음이 들떴다.

한 곡을 마저 부른 남자는 고개를 숙여 인사한 후 무대에서 내려갔다. 남자의 무대가 끝나자 분위기가 차분해졌다. 혜진은 남자의 노래가 끝나자 아쉬움이 묻어나는 얼굴로 맥주를 들이켰다.

"술맛 난다."

혜진이 맥주 500cc를 거뜬하게 비워내고 다시 주문했다. 직원이 가져온 맥주에 있는 거품을 마시며 혜진이 발그레한 뺨을 만지작거렸다.

"언제까지 생각해 보게?"

대뜸 날아온 주아의 질문에 혜진이 눈을 치켜떴다.

"뭘?"

"결혼."

"아."

쯧쯧, 주아가 혀를 찼다. 지금껏 속으로 삭이며 참은 건우가 대단하다는 생각마저 들었다.

"결혼할 마음이 없는 건 아니지?"

"멋모를 땐 그런 생각 했었지. 이 남자랑 살면 참 행복하겠구나. 헤어지기 싫다, 빨리 자리 잡아서 결혼해야지."

대학 시절 풋풋했던 연애를 떠올리며 혜진이 말했다.

"지금은?"

"지금? 나이만 먹은 현실주의자지."

"너도 '사' 자 직업을 원해?"

주아가 비꼬아 물었다.

"있기만 한다면야."

마음에 없는 말을 하며 혜진이 빙긋 웃었다.

"나이를 먹는다는 게 참 이상해. 그냥 시간이 그만큼 지났을 뿐인데, 마음은 시간이 지난만큼 퇴색되는 것 같아."

혜진의 말에 긍정하듯 주아가 끄덕였다.

"그런데 퇴색된다는 게 그래도 나쁜 것 같지는 않아. 예전 같지 않지만 결코 변한 건 아니니까."

"그런가."

"그냥, 오래되었을 뿐이잖아."

"맞네."

거품이 사라진 맥주를 바라보며 혜진이 의미 없는 미소를 흘렸다.

"난 가끔 새것보다는 낡은 게 좋더라."

"낡은 게?"

"구관이 명관이다, 라는 말도 있잖아."

"픕."

주아의 적절한 비유에 혜진이 웃어버렸다.

"너도 기억해. 난 네 친구이기도 하지만, 이제 건우도 마찬가지로 내 친구야. 오롯이 네 편만 들어줄 수 없다는 것만 알고 있어."

주아가 무슨 말을 하고 싶은 건지 혜진은 알고 있었다. 오랜 기간 연애했음에도 결정을 내리지 못하는 제 모습에서 주아는 예전 자신의 모습을 발견한 것 같았다. 하지만 건우보다 오랜 기간 알아온 친구는 자신임에도 동조해 주지 않는 주아의 냉정한 모습에 혜진은 서운한 마음이 들었다.

"됐어, 나도 안 바라."

마음에도 없는 말을 하며 혜진이 휙 토라졌다. 주아도 맥주 한 잔을 비우곤 맥주 500cc를 더 주문했다.

혜진은 건우와의 이별을 단 한 번도 생각해 본 적이 없었다. 남자친구, 애인을 떠나 그는 그녀의 '소울 메이트'였다. 뭐든지 다 이해해 주고 말하지 않아도 다 알아주는 사람. 때론 그게 당연하다는 생각이 들 때도 있었다. 연애 초반엔 그가 자신보다 과분한 사람이라고 여겼었다. 하지만 그녀를 자신의 목숨보다 더 사랑해 주는 그를 보며 점점 우쭐해졌는지도 몰랐다. 그의 사랑을 참 당연시 여겼다. 이런 남자와 결혼하면 마음고생할 일도 없다는 걸 알면서도 혜진은 멈칫하게 되었다. 두 살만 더 어렸다면 고민 따위 하지 않았을까? 그리고 자신의 선택에 후회하지 않았을까?

혜진과 주아는 맥주 500cc를 마저 비운 뒤 술집에서 나왔다.

"비 온다."

주아의 말에 혜진이 멈칫했다. 겨울비가 참 을씨년스럽게 내리고 있었다. 일기예보에서 비 소식을 접하지 못한 두 사람은 상가 건물 입구에서 발을 동동 굴렀다.

"택시라도 타고 가야겠다. 늦었다."

핸드폰으로 시각을 확인한 주아가 얼굴을 찌푸렸다. 어느덧 11시가 넘어 있었다. 마침 그 앞에 택시들이 줄지어 손님을 기다리고 있었다. 주아가 간다며 혜진에게 손을 흔들며 택시에 탑승했다. 혜진은 주아의 집과 정반대여서 건너편에서 택시를 타야 했다. 백을 머리 위로 올린 혜진이 상가 건물에서 나오려고 할 찰나였다.

"다시 사랑한다 말할까, 신청하신 분."

뒤에서 들리는 목소리에 혜진의 행동이 멈추었다. 뒤돌아보자, 술집에서 노래를 부르던 남자였다. 그가 끼고 있던 선글라스를 셔츠에 걸치고는 혜진에게 다가왔다. 눈매가 선해 보였다. 다가온 남자가 들고 있던 우산을 혜진에게 건넸다.

"아, 괜찮아요."

"받으세요."

혜진이 사양하자 남자가 손을 더 뻗어 우산을 혜진의 손 가까이 밀었다.

"정말 괜찮아요. 택시 타고 가면 돼요."

"아까 노래 신청해 줘서 고맙단 뜻으로 빌려주는 겁니다."

"네?"

남자의 말을 이해 못한 혜진이 반문했다.

"안 그랬으면 신청곡 한 곡도 못 받은 가수가 될 테니까요."

"그러기엔 노래 실력이 아주 출중하시던데요."

혜진의 칭찬이 싫지 않은 듯 남자가 웃어 보였다. 미소가 참 부드러웠다.

"저도 압니다."

대답이 참 거만하게 들릴 법도 한데, 그렇지 않은 걸 보면 이미 혜진은 그의 노래 실력을 알기 때문일 것이다. 노래에 대해 잘 알지 못하지만 관객 입장에서 그의 노래는 좋았다.

"빌려주는 거니까 부담 갖지 않으셔도 됩니다."

"하지만……."

우산을 받으면 그에게 다시 돌려주러 술집에 와야 할 터였다. 고민하는 혜진의 손을 잡아끈 그가 혜진의 손에 우산을 쥐어주고는 상가 건물 안으로 사라졌다.

"저, 저기……!"

그를 불렀지만 이미 엘리베이터 안으로 사라진 뒤였다. 우산을 받아 든 혜진은 잠깐 난처한 얼굴을 했지만 고민은 오래가지 않았다. 혜진은 우산을 펼쳐 들고 건물을 빠져나왔다. 어느덧 비는 더욱 거세게 바닥에 곤두박질치고 있었다.

❖ ❖ ❖

새벽 내내 내리던 비는 아침이 돼서야 그쳤다. 기온도 급격히 떨어졌다. 어제 받은 우산을 챙겨오긴 했는데 술집에 그가 언제 오는지 알 길이 없었다. 이름도 연락처도 몰랐다. 그에 대해 아는 것이라곤 술집에서 노래를 부르는 라이브 싱어란 것과 얼굴뿐이었다. 술집에 맡겨두는 수밖에 없는 듯했다.

지잉.

핸드폰 진동음에 혜진은 액정을 확인했다. 건우였다.

"응."

〈바빠?〉

건우의 물음에 혜진은 하던 일을 멈추고 사무실 밖으로 나왔다.

"지금 괜찮아."

〈오늘 저녁 같이 먹자고.〉

혜진은 잠깐 고민했다. 어제 받은 우산을 돌려주려고 챙겨왔던지라 그의 물음에 혜진은 잠깐 뜸을 들이다가 대답했다.

"내일 먹자."

〈오늘 약속 있어?〉

"아, 늦을 것 같아."

대답해 놓고 혜진은 뒤늦은 후회가 일었다. 그냥 일일이 설명하는 것이 귀찮았을 뿐인데, 괜한 거짓말을 한 것 같다는 생각이 들었다.

"건······."

혜진이 다급하게 건우를 부르려던 찰나였다.

〈어쩔 수 없지. 무리하지 말고, 저녁 챙겨 먹고 일해.〉

걱정 어린 건우의 목소리에 혜진은 입을 다물었다. 사실대로 말하려고 반쯤 벌린 입술을 타이밍을 놓친 채 다물어 버렸다.

"그래."

혜진은 전화를 끊으려고 귀에서 핸드폰을 떨어뜨렸다.

〈혜진아.〉

전화가 끊긴 줄 알았던 혜진은 그의 목소리에 핸드폰을 귀에 갖다 댔다.

"응, 불렀어?"

〈날이 추워. 따뜻하게 입고 다니라고.〉

"아, 그럴게. 끊어."

혜진은 거짓말이 들통 날세라 서둘러 전화를 끊었다.

"이혜진, 왜 쓸데없는 거짓말을 하는 건데?"

참 이상하다, 너.

속으로 뒷말을 삼키며 혜진이 머리를 쓸었다. 별일도 아니었다. 그저 우산 한 번 빌려 쓴 사이일 뿐이다. 그리고 우산을 돌려주러 가는 것뿐인데…….

혜진은 다시 건우에게 전화를 걸려다 멈추었다. 핸드폰을 닫아 버린 그녀는 사무실로 돌아왔다. 괜히 말을 번복해서 그와 다툴 일을 만들 필요는 없었다.

❖ ❖ ❖

혜진은 퇴근 후 곧장 술집으로 향했다. 술집에 도착한 후 두리번거리는 그녀에게 직원이 다가왔다. 아무래도 남자는 아직 출근

전인 모양이었다.

"저기, 어제 여기서 노래 불렀던 가수분⋯⋯."

"성진이 형이오?"

"아, 네. 우산 좀 전해주세요."

혜진은 단정하게 접은 우산을 직원에게 건넸다. 그제야 혜진의 마음이 한결 가벼워졌다. 나쁜 짓을 한 것도 아닌데 가슴에 뭔가 걸린 기분이 말끔히 사라졌다. 술집에서 나와 엘리베이터를 탄 혜진이 1층 버튼을 눌렀다.

띵, 소리와 함께 문이 열렸다.

"아⋯⋯."

혜진은 엘리베이터 안에서 잠깐 멈칫했다. 막 엘리베이터를 타려고 서 있던 성진과 마주했다.

"우산 직원에게 전해줬어요."

엘리베이터에서 내린 혜진이 성진에게 말했다.

"안 그래도 우산 돌려받으려고 일찍 왔는데."

성진이 머리를 긁적였다.

"우산 잘 썼어요."

혜진이 인사하며 성진을 스쳤다.

"노래 안 들을래요?"

뒤에서 날아오는 성진의 목소리에 혜진이 반쯤 몸을 비틀었다.

"올라가서 노래 불러야 하는데, 들어주는 사람이 없으면 쓸쓸하거든요."

"아⋯⋯."

혜진이 난처한 얼굴로 성진을 바라보았다.

"지금 노래를 부르고 싶기도 하고요."

고민은 잠깐이었다. 혜진은 가던 걸음을 돌려 그와 어깨를 나란히 했다.

"잠깐만 들을게요."

성진의 얼굴에 잠깐 미소가 스쳤다. 두 사람은 엘리베이터를 타고 술집 안으로 들어갔다. 아직 이른 시각이라 그런지 내부는 조용했다. 성진은 의자에 앉아 기타를 무릎 위에 올렸다.

"All time low, Time Bomd."

쓸쓸한 목소리로 경쾌한 노래조차 자신의 스타일로 소화해 내는 성진의 모습을 혜진은 넋 놓고 바라보았다. 분위기는 경쾌하지만 가사의 뜻은 전혀 그렇지 않았다.

성진의 시선이 혜진에게 향해 있었다. 진지한 눈빛에 혜진은 직원이 가져다준 차로 시선을 옮겼다. 김이 모락모락 나는 녹차를 한 모금 마시며 주변을 둘러보았다. 아직도 주변이 휑했다. 혜진은 조금 민망했다. 그의 노래는 거기서 끝이 아니었다. 그 후로 여러 곡을 연달아 불렀다.

"목소리 좋네."

혼잣말로 혜진이 중얼거렸다.

"칭찬 감사합니다."

그의 인사에 혜진의 얼굴이 화끈거렸다. 그의 귀에까지 닿았을 것이라고 생각하지 못했다.

"마지막 한 곡 더 가죠."

성진이 눈을 감고 노래를 불렀다. 그 모습을 혜진은 잠깐 넋을 놓고 바라보았다. 정말 여자들이 껌벅 죽을 만한 감미로운 목소리였다. 그 목소리를 혼자 독차지하고 있다는 괜한 우월감이 혜진의 몸을 감쌌다. 콘서트에 온 것 같은 착각을 일으킬 정도로, 혜진은 그의 목소리에 푹 빠져 있었다.

시간이 얼마나 지났을까. 휑했던 주변이 손님들로 가득 차면서 술렁거림이 들렸다. 혜진은 백을 들고 자리에서 일어났다. 그에게 고갯짓으로 인사하곤 술집에서 나오자 추위에 어깨가 떨렸다. 코 끝을 찡하게 만드는 겨울바람이 혜진의 뺨을 할퀴고 지나갔다.

종종걸음으로 버스정류장에 도착한 혜진은 곧장 오는 버스에 올라탔다. 앙상한 나무들이 바람에 속절없이 흔들리는 모습이 빠르게 지나갔다. 그 모습을 시야에 담는 혜진의 귀로 성진의 목소리가 울리며 저도 모르게 흥얼거리고 있었다.

"다녀왔습니다."

부모님은 나란히 거실 소파에 앉아서 뉴스를 시청하고 계셨다. 혜진은 구두를 벗으며 인사했다.

"늦었네, 저녁은?"

엄마의 물음에 혜진은 그제야 저녁을 걸렀다는 걸 깨달았다. 하지만 이미 시간도 늦었기에 생각이 별로 없었다.

"먹었어. 나 옷 갈아입고 씻을게."

혜진은 방으로 들어와 백을 침대 위에 올려두곤 옷을 갈아입었다. 백에 넣어둔 핸드폰을 꺼내자 부재중 전화 두 통이 떠 있었다.

—베프

건우였다. 원체 둔해서 백에 핸드폰을 넣어두곤 진동 소리를 느끼지 못하는 그녀였다. 혜진은 건우에게 곧장 전화를 걸었다. 하지만 긴 신호음 끝에 음성사서함으로 넘어가 버리자 그대로 전화를 껐다.

언제부터였을까.

타이밍이 엇갈리기 시작한 것이.

혜진은 다시 그에게 전화를 걸까, 망설이다 속옷을 챙겨 방에서 나왔다.

❖   ❖   ❖

그녀의 회사 앞에서 세 시간을 기다렸다. 그녀가 좋아하는 도넛만 전해주고 가려던 심산이었다. 그렇게 그녀에게 두 번이나 전화를 걸었는데도 불구하고 통화가 되지 않았다. 전화를 받지 못할 정도로 바쁜 것일까?

날이 어둑해질 때까지 기다리던 건우는 차를 돌려 곧장 집으로 향했다. 도넛이 담긴 쇼핑백이 그의 시선에 닿았다.

건우는 단 걸 별로 좋아하지 않았다. 특히 초콜릿이 듬뿍 발라져 있거나 안에 슈크림이 들어 있는 도넛은 그의 취향이 아니었다. 그나마 먹는 건 올리브츄이스터나 글레이즈드였다. 초코나 쿠키 등 어떤 토핑도 올려져 있지 않은 깔끔한 던킨을 선호했다. 그녀는 한입 먹어보라며 제 입 가까이 초코가 듬뿍 발라져 있는 도넛을 내밀긴 했지만, 그때마다 거절했다. 그런데 지금 제 손에 취향과는 아주 먼 도넛이 있다.

"처치 곤란."

건우의 입술이 비틀렸다.

도어록 비밀번호를 누르고 집 안으로 들어갔다. 두 개의 슬리퍼가 나란히 현관 앞에 놓여 있었다. 건우는 그중 파란색 슬리퍼를 신고 거실을 가로질러 주방으로 갔다. 쇼핑백을 식탁 위에 올려두곤 건우는 방으로 들어갔다. 코트를 벗고 넥타이를 푸는 손짓이 조금 거칠었다. 짜증이 났다. 신경질도 났다. 뭔가 마음에 들지 않았다.

옷을 전부 탈의하곤 나신으로 욕실로 들어섰다. 그녀의 칫솔과 클렌징이 보였다. 바디 타월도 보였다. 뜨거운 물이 머리부터 발끝까지 떨어져 내렸다. 오늘 하루의 피곤함이 풀리는 듯 노곤함이 밀려왔다.

샤워를 끝내고 다시 그녀에게 전화를 해봐야겠다. 핸드폰을 어디다 두고 전화도 안 받냐, 네가 좋아하는 도넛도 내가 다 먹어버릴 거라고 약 올려야지.

샤워를 끝내고 수건으로 물기를 닦으며 방으로 들어갔다. 협탁 위에 있는 핸드폰이 볼을 번쩍였다.

─부재중 전화 1통.

그녀였다. 그는 곧장 통화 버튼을 눌렀다.

〈연결이 되지 않아…….〉

신경질적으로 건우는 종료 버튼을 눌러 버렸다. 통화 한 번 하기가 뭐 이렇게 어려운 건가. 낮에 회사에서 전화 통화 잠깐 하고 그 뒤로는 목소리를 듣지 못했다. 그런데 그녀는 자신과 연락을 하지 않아도 괜찮은 걸까. 침대 위로 던져 놓았던 핸드폰을 들고 건우는 문자메시지를 작성했다.

〈오늘 목소리 듣기 힘들다.〉

그가 머리를 말리고 옷을 갈아입었을 쯤 돼서 답장이 도착했다.

〈방금 샤워했어. 전화했었는데.〉

"누군 안 했냐."
메시지를 보는 그가 신경질적으로 틱틱 댔다.

〈부재중 전화 보고 한 거지?〉
〈응, 두 번이나 했더라. 진동 소리에 둔한 거 알지?〉

그러니 이해해 줘, 라고 말하는 것 같아 건우는 괜히 답장을 써 내려가는 손가락이 삐뚤어졌다.

〈몰라, 그딴 거.〉
〈삐쳤어?〉
〈삐쳤다. 어쩔래?〉

〈주말에 가서 맛있는 거 해줄게, 풀어.〉

늘 이런 식. 자신을 조련하는 조련사 모드.

〈피곤하다. 일찍 자.〉

대답을 회피한 그가 대화를 먼저 끊었다. 답장은 없었다.
언제나 안절부절못하는 쪽은 자신이었다.

5. 거짓말이 술술

딩동.

외출 준비로 분주하던 혜진의 움직임이 멈추었다. 혜진은 거실로 나와 인터폰을 확인했다. 형부, 형준이었다. 혜진은 곧장 문을 열었다.

"형부, 들어오세요."

"처제, 잘 있었어?"

바닥에 내려놓은 귤 한 박스를 너끈히 들어 베란다에 들여놓은 형준이 서글서글하게 웃었다. 뒤늦게 집 안으로 들어온 지영이 편한 자세로 소파에 앉았다. 혜진은 냉장고에서 주스 두 잔을 가지고 거실로 나왔다. 형준에게 주스 한 잔을 건네며 혜진이 물었다.

"웬 귤이에요?"

"이번에 제주도로 출장을 갔거든. 지영이가 귤을 좋아하잖아.

한 박스 사면서 장모님 생각나서 더 주문했어."

엄마가 지영을 가졌을 때 귤만 먹었다고 했다. 다른 건 다 게워내는데 귤만 괜찮았다고. 그래서 그런지 지영은 어릴 적부터 과일 중에 귤을 특별나게 좋아했다. 지영의 손엔 귤 한 봉지가 들려 있었다. 쉼 없이 귤을 까먹는 지영의 모습에 혜진이 실없이 웃었다.

"누가 보면 임신한 줄 알겠네."

짧은 적막이 흘렀다. 키득거리며 지영이 웃음을 터뜨렸다.

"너 이제 이모 된다."

"정말?"

"처제, 내가 아빠가 된대."

머리를 긁적이며 형준이 쑥스러운 얼굴로 지영과 눈빛을 교환했다.

"축하해요, 형부! 언니, 정말 축하해!"

혜진이 기쁨을 참지 못하고 와락 지영을 껴안았다. 그런 동생의 등을 토닥이며 지영이 흐뭇하게 웃었다.

"고마워, 혜진아."

"엄마랑 아빠는 일찍 등산 가셨는데. 전화해서 빨리 오시라고 해야지."

신난 얼굴로 방에서 핸드폰을 가져와 전화를 하려는 혜진을 형준이 제지했다.

"우리가 조금 기다리면 되지. 산에서 내려오시다 발 헛디디실라."

"쿡쿡. 그렇네요. 미리 전화라도 하고 오지 그랬어요?"

"놀래켜 드리려고 연락도 없이 온 우리 잘못이지, 뭐. 괜찮아."

지영 옆에 앉은 형준이 실실 웃으며 대답했다. 늘 애 같던 언니가 엄마가 된다니. 자신이 이모가 된다니. 혜진은 아직 임산부 티가 나지 않는 지영의 납작한 배를 바라보며 묘한 기분에 물었다.

"언니, 기분이 어때?"

"아직 실감이 안 나."

예쁘게 입술을 말아 올린 지영이 수줍게 웃었다.

"시댁 어르신들한테는 말했어? 좋아하시지?"

혜진의 말이 끝남과 동시에 지영의 얼굴이 일그러졌다.

"임신 소식 전하자마자 하는 첫마디가, 아들이냐? 였어."

지영의 찌를 듯한 시선이 애먼 형준에게 닿았다. 혜진은 그제야 자신이 쓸데없는 걸 물어봤음을 깨달았다. 조금 전까지 분위기 좋았는데…….

"이제 겨우 6주인데 성별 구분이 벌써부터 되냐고. 어떻게 성별부터 물을 수가 있어?"

"지영아, 흥분하지 마."

안절부절못하며 형준이 툴툴거리는 지영을 달랬다. 뱃속에 있는 우리 별이를 생각해야지, 하는 형준의 말에 지영은 그래, 우리 별이 봐서 참는다 하며 형준이 까주는 귤을 날름 받아먹고 있었다. 정말 잘 어울리는 한 쌍이었다. 귀엽기도 하고 안쓰럽기도 한 이 두 사람이 부모가 된다면 참 볼 만할 것 같았다.

"아, 참. 나 약속 있어서 나가봐야 할 것 같아. 시간 맞춰 들어올 테니까 같이 저녁 먹자. 형부, 죄송해요. 한 시간 정도 기다려도 안 오면 울 엄마 아빠 백 퍼 산에 갔다가 막걸리 한잔하고 있는 거니까 바로 콜하세요."

"건우랑 데이트?"

소파에서 몸을 일으킨 지영이 물었다.

"응, 같이 점심이나 하게."

"그럼 저녁에 같이 와. 간만에 건우 좀 보자."

지영의 반색에 형준도 거들며 그러라고 했다.

"한번 물어볼게."

혜진은 마저 외출 준비를 하고 백을 챙겨 집에서 나왔다. 코끝이 찡해지는 추위에 혜진은 어깨가 덜덜 떨렸다.

"우리 언니가 애 엄마가 된다니, 쿡!"

나중에 아이 낳으면 시금치도 먹이지 않겠다고 철없는 소리를 하던 언니였다. 하지만 자신과 다르게 아이를 무척 좋아하던 언니였으니 좋은 엄마가 될 것이다. 설렘 가득한 걸음으로 버스정류장에 도착한 혜진은 문득 그런 생각이 들었다.

이런 삶도 괜찮은 걸까?

누가 봐도 평범한 삶이다. 목청껏 싫은 소리를 외치는 지영은 행복해 보인다. 자신이 그렇게 끔찍해하는 결혼 생활을 하고 있는데, 서로가 바라보는 눈빛엔 사랑이 가득하다.

자신은 그럴 수 있을까. 그러한 생활 속에서 행복한 눈빛을 빛낼 수 있을까.

내가,

그리고 건우가…….

바람이 유난히 찬, 겨울이다.

❖ ❖ ❖

건우의 집 근처 마트에서 장을 본 혜진은 건우의 집으로 갔다. 현관 앞에 가지런히 분홍색 슬리퍼가 정리되어 있었다. 집 안 내부는 그의 성격을 대변해 주듯 깔끔하게 정돈되어 있었다. 혜진은 식탁 위에 비닐봉지를 내려놓고 방으로 들어갔다. 이불을 머리끝까지 뒤집어쓴 채 자고 있는 건우의 모습이 보였다. 혜진은 이불 속으로 손을 집어넣어 건우의 엉덩이를 가볍게 툭툭 쳤다.

"아직도 자?"

그제야 몸을 뒤척이며 건우가 눈을 떴다.

"왔어? 전화라도 하고 오지."

피곤한 얼굴로 기지개를 켜던 건우의 손이 와락 혜진을 안아 침대 위로 쓰러뜨렸다.

"졸리면 더 자."

"뭐 해줄 건데?"

건우가 혜진을 품에 안으며, 그녀의 머리꼭지 위에 턱을 대고 다시 눈을 감았다.

"스파게티."

"그럼 한 시간은 더 잘 수 있겠네."

혜진이 고개를 치켜들고 거뭇거뭇 난 건우의 수염을 손으로 쓸었다.

"면도 해야겠다."

"요즘 계속 야근이라 하루 걸렀다고 이러네."

"자고 있어. 이따 깨우러 올게."

혜진은 건우의 품에서 빠져나와 몸을 일으켰다. 하지만 건우가 혜진의 팔을 잡아당겨 제 품에 다시 가뒀다.

"이혜진 냄새 맡으면서 자고 싶은데."

"나한테 냄새나? 오늘 샤워했는데."

"응, 나."

"무슨 냄새?"

혜진이 고개를 치켜들고 물었다.

"이혜진 냄새."

"에이, 뭐야."

혜진이 건우의 가슴을 때리며 웃었다. 혜진은 더 자라며 이불을 목 끝까지 덮어주곤 침대에서 일어났다. 어제도 10시까지 야근을 강행했던 터라 조금이라도 눈을 붙이도록 해주어야겠다고 생각했다. 방에서 나오려던 혜진은 지영의 말이 떠올랐다.

"건우야."

"응."

잠이 묻어나는 목소리로 건우가 대답했다.

"잘 자."

잠깐 망설임 끝에 혜진은 하려던 말을 목으로 삼켰다. 혜진은 불을 끄고 방에서 나왔다. 이유는 없었다. 단지 그에게 피곤함을 더 보탤 필요가 없다고 여겼다.

혜진은 식탁 위에 올려둔 비닐봉지를 열어 내용물을 하나씩 꺼냈다. 오늘 그에게 해줄 스파게티의 면과 소스와 약간의 야채 그리고 간단히 요기할 것들이었다. 계란은 꺼내 정리하고 우유는 유통기한이 잘 보이도록 냉장고에 넣어두었다. 빵과 라면은 찬장에 넣어두었다.

냄비에 적당량의 물을 담아 끓일 동안 혜진은 야채를 썰어 한쪽에 두었다. 끓는 물에 면을 넣고 채에 받쳐 면의 물기를 빼냈다.

"간단한 것 같은데 꽤 손이 가네."

인터넷 블러그에서 본 것과 달랐다. 평소 요리를 즐겨 하지 않는 그녀로서는 간단한 토마토스파게티가 마치 집들이 음식마냥 어려웠다. 다시 핸드폰으로 레시피를 찾아 확인하며 혜진은 겨우 스파게티를 완성해 내 접시에 담아냈다. 퉁퉁 분 면발이 볼품없어 보였다. 전쟁터로 변한 주방을 대강 정리하곤 혜진은 방으로 들어가서 건우의 어깨를 흔들었다.

"일어나, 건우야."

"다 됐어?"

뒤척이며 겨우 일어난 건우가 배를 문지르며 물었다.

"망쳤어. 우리 자장면 시켜 먹을까?"

"한 번 보고."

실망할 텐데, 하며 혜진이 말렸지만 건우는 극구 주방으로 와 식탁 위 참사를 두 눈으로 확인했다. 젓가락으로 한입 스파게티를 시식한 건우의 미간이 좁아졌다.

"처음치곤 괜찮네."

눈에 보이는 뻔한 거짓말에 속아 넘어갈 혜진이 아니었다. 뭐라 한마디 늘어놓고 싶었으나, 건우가 식탁에 앉아 스파게티를 흡입하기 시작하자 입을 꾹 다물었다. 혜진도 그의 맞은편에 앉아 스파게티 한 젓가락 입에 넣었다. 소스 맛이 강했다. 아무래도 너무 많이 넣었나 보다. 거기다 면은 뚝뚝 끊어지기 일쑤였다. 하지만 건우는 맛있게 스파게티를 먹고 있었다. 혜진은 자신 때문에 맛없는 스파게티를 먹고 있는 것 같아 미안했다. 혜진은 물컵을 건네며 말했다.

"천천히 먹어."

"응."

건우는 스파게티를 깨끗하게 해치우고는 물을 벌컥벌컥 마셨다.

"너무 급하게 먹어서 소화 안 되겠다."

"면이라 금방 소화돼."

건우는 대수롭지 않게 대답했다. 한껏 차오른 포만감에 건우는 배를 두들겼다.

"아, 맞다. 우리 언니 임신했어."

"정말?"

건우가 놀라 반문했다.

"응, 우리 언니가 엄마가 된다네."

"축하한다고 전해 드려. 다음에 선물이라도 사야겠는걸."

"오늘 가족끼리 저녁 먹기로 했어. 오늘은 일찍 가봐야겠다."

혜진이 시간을 확인하며 말했다. 건우에게 같이 가자고 말해볼까 다시 입을 열었지만, 이미 건우는 식탁을 치우고 거실 소파에 앉아 있었다.

결혼 이야기를 정식으로 꺼낸 뒤, 혜진과 건우는 전과 다름없이 지냈다. 바뀐 건 이제 혜진이 그와 결혼에 대해 진지하게 생각해 본다는 것뿐이었다. 전처럼 데이트를 하고 장난을 치며 때론 툴툴 대며 평소와 다름없었다.

우린 이대로 괜찮은 걸까.

언제까지 그를 마냥 기다리게 해야 하는 걸까.

주아 말대로 자신이 이기적인 게 아닐까.

상념에 뒤덮인 얼굴로 혜진은 건우 옆에 앉아 TV로 시선을 고정시켰다. 끝내 그에게 같이 가자는 말은 하지 못했다. 그의 손이 그녀의 어깨를 감쌌다. 그리고 점점 아래로 내려와 셔츠 속으로 들어와 말캉한 가슴을 움켜잡았다. 그가 고개를 돌려 혜진의 턱을 잡아 키스를 했다. 그의 입에서 토마토소스 냄새가 진하게 났다. 반쯤 벌어진 혜진의 입안으로 혀가 침입했다.

키스, 애무, 탈의 그 뒤엔…….

건우의 손이 등 뒤로 향했다. 브래지어 후크를 풀곤 고개를 치켜든 유두를 손가락으로 튕겼다.

"혜진아."

건우의 뜨거운 숨결이 혜진의 귓바퀴를 간질이고 목덜미에 닿았다. 건우는 혜진의 손을 잡아 제 바지 속으로 넣었다. 이미 그의 분신은 딱딱하게 솟아 있었다.

"나 그만 가야겠다."

분위기를 깨는 소리에도 건우는 끄떡도 하지 않았다.

"벌써? 해결은 하고 가야 할 거 아냐."

혜진을 소파에 눕히며 건우가 음흉하게 웃었다. 혜진은 건우의 가슴을 살짝 뒤로 밀쳤다.

"미안."

"온 지 얼마나 됐다고 벌써 가?"

건우가 서운하다는 얼굴로 물었다. 거기다 관계도 거부하는 그녀가 야속했다.

"머리 아파. 집에 가서 쉴래."

"감기 기운 있는 거 아냐?"

건우가 걱정스럽다는 듯 혜진의 이마에 손을 얹었다.

"집에 가서 약 먹고 한숨 잘래. 저녁에 가족 모임 빠질 수도 없고."

살짝 두통이 있긴 했지만 심한 정도는 아니었다. 그냥 감기가 오려나 하고 대수롭지 않은 정도였으나, 혜진의 입에선 거짓말이 술술 나왔다.

"데려다 줄게."

건우가 소파에서 일어났다.

"택시 타고 갈게. 너도 피곤한데 뭐 하러."

혜진이 웃으며 거절했다. 그녀의 단호한 거절에 건우는 할 말을 잃은 얼굴로 그녀가 집에서 나가는 모습을 우두커니 지켜보기만 했다. 감기 기운이 있으면 집에서 쉬지, 말하려다 건우는 말았다.

혜진이 나갔다. 건우는 한참 그녀를 배웅해 주던 그 자리에 서 있었다.

그녀가 걱정된다. 끝까지 고집부려서 집에 데려다 줄걸, 늦은 후회가 일었다. 하지만 단호한 그녀의 거절에 고집을 부릴 수가 없었다.

집은 여느 때와 마찬가지로 조용했다. 웃음도 없고, 말소리도 없는 조용한 집이 싫어 그는 TV를 켰다. 저번 주에 방송한 개그 프로그램이 재방송되고 있었다. 분명 재미있게 보던 프로그램이었는데 웃음이 나지 않았다. 원래 이렇게 재미없던 프로그램이었나, 속으로 생각하던 그가 아차 싶었다. 건우가 씁쓸하게 웃었다.

……이거, 늘 같이 보던 거였네.

다시 적막이 그의 어깨를 감쌌다.

❖ ❖ ❖

택시를 타고 집으로 가던 혜진은 집 근처에서 내렸다. 좀 걸어볼까, 하는 요량이었는데 서점을 지나치지 못하고 안으로 들어갔다. 신간이라며 베스트셀러 작가의 책이 진열되어 있었고, 이달의 추천도서라고 해서 몇 권의 책이 눈에 띄었다. 주기적으로 독서를 즐기는 편은 아니었으나 서점에 오니 책 냄새가 좋았다. 혜진은 눈에 띄는 책 한 권을 펼쳐 들었다.

단편을 엮어 만든 책의 첫 번째 단편은 〈내겐 너무 좋은 세상〉이었다.

"그 책 있는데 빌려줄까요?"

낯선 목소리에 혜진의 고개가 소리나는 쪽으로 돌아갔다.

"어?"

성진이었다. 술집 라이브 싱어로 그녀에게 우산을 빌려주는 호의를 베풀던 남자.

혜진은 생각지도 못한 성진과의 만남에 놀라 인사할 타이밍을 놓쳤다.

"그쪽 보이길래요."

서점은 투명한 유리로 되어 있었다. 자세히 보지 않으면 안에 누가 있는지 몰랐을 것이다. 혜진은 의아한 얼굴로 물었다.

"여기 근처 사세요?"

"아뇨, 지나가는 길에 저도 책 한 권 사볼까 하고요."

딱히 친분이 있는 사이도 아니었기에 인사를 나누기엔 애매했다. 혜진은 그 뒤로 어떤 말을 해야 할지 난감했다. 지나가다 보인다고 인사할 정도로 반가운 사이도 아닌데, 참. 괜한 웃음이 나왔다.

"왜요?"

"네?"

"방금 웃었잖아요."

그의 지적에 혜진이 애매한 표정으로 대답했다.

"제가 그렇게 반가운 사람인가 해서요."

"그래도 아는 얼굴이니까요."

"그런가요?"

혜진이 싱겁게 반응했다.

"그러고 보니 그쪽…… 아니, 이름이 어떻게 됩니까?"

"이혜진이에요. 성진 씨, 맞죠?"

"네, 이성진입니다. 제 이름 아시네요?"

의외라는 듯한 성진의 반응이었다.

"전에 우산 갖다 주러 갔을 때 직원에게 들었어요."

성진이 아, 그렇구나 하고 대답했다.

"아, 그 책 사지 말아요."

"정말 빌려주게요?"

혜진은 제 손에 들려 있는 책으로 시선을 내렸다.

"다음에 술집에 오면 빌려줄게요."

아는 것은 얼굴과 이름밖에 없었다. 그런데 그는 뭘 믿고 흔쾌히 책을 빌려주겠다는 것인지 이해가 가지 않아 혜진이 물었다.

"안 돌려주면 어쩌려고요?"

"이미 다섯 번은 봐서 미련 없어요."

"그래도······."

"언제 올래요?"

꾸물대며 대답을 못하는 사이, 혜진의 가방에서 진동이 울렸다. 혜진이 퍼뜩 정신을 차렸다. 백에 잡다한 물건들에 싸여 핸드폰이 보이지 않았다. 그사이 진동 소리가 멈추었다.

"전화 끊겼네요."

"남자친구일 거예요."

혜진의 말에 성진의 얼굴에 실망감이 잠깐 스쳤다. 혜진은 핸드폰을 찾는 걸 그만두었다.

"남자친구가 있었군요."

"아, 네."

"언제 올 겁니까?"

그가 다시 대답을 재촉했다.

"아, 이번 주에 갈 수 있으면 갈게요."

대답을 해놓고 혜진은 후회했다. 하지만 확답을 한 것도 아니기에 불편한 마음을 곧장 마음속에서 지웠다.

"그럼 내일부터 책 갖고 다녀야겠네요."

"그러실 필요까지는······."

"언제 올지 대답을 안 해주니까요."

"아······."

혜진은 머리를 귀 뒤로 넘기며 대답을 회피했다. 시선을 마주할 수가 없었다.

"혹시 이 작가 책 좋아해요?"

"책이 몇 권 있어요. 선물 받아서."

대답해 놓고 선물한 사람은 모두 같은 사람이었음을 뒤늦게 깨달았다. 이 작가의 책을 좋아하는 사람은 자신이 아니라 건우였고, 건우 덕분에 선물 받아 책이 몇 권 있었다.

"성진 씨는 이 작가 좋아해요?"

"전 혜진 씨가 들고 있는 책만 재밌게 봤어요. 좋아하는 작가는 조창인 작가예요."

"아, 저도 조창인 작가 좋아해요. 그 작가 책은 모두 갖고 있어요."

혜진이 반갑다는 얼굴로 냉큼 대답했다.

"저도 그래요. 등대지기는 열 번은 더 읽었을걸요."

"아, 저도요. 그 책 읽고 얼마나 울었는지 몰라요."

같은 공통점을 알고 나니 대화가 술술 이어졌다. 어색함은 잠깐이었다. 화제는 좋아하는 뮤지션으로 넘어가서 두 사람은 서점에서 마치 오랜만에 만난 친구처럼 자연스럽게 대화를 이어 나갔다. 그리고 성진은 혜진보다 한 살 어린 나이라는 것까지 알게 되었다. 족히 두세 살은 더 어려 보였던 터라 혜진은 나이를 듣고 깜짝 놀라기도 했다.

"그럼 혜진 씨는 집이 이 근처예요?"

"네, 여기서 한 블록 더 가면 있어요."

"여기 서점 좋네요. 자주 와야겠다."

주변을 둘러보며 성진이 말했다. 희미하게 번진 미소가 참 어린

아이처럼 순수해 보였다. 그 미소에 전염된 것처럼 혜진은 저도 모르게 입꼬리가 슬며시 올라갔다.

그와 대화 나누느라 시간 가는 줄도 모르고 있다 혜진은 다시금 울리는 진동 소리에 저녁 시간이 다가왔음을 깨달았다. 혜진은 백에서 핸드폰을 찾아 들었다. 언니였다.

"응, 언니."

〈어디야?〉

"집 근처. 거의 다 왔어. 금방 갈게."

혜진은 그렇게 대답하며 전화를 끊었다.

"가봐야 할 것 같아요."

"네, 저도 이제 슬슬 일하러 갈 시간이네요."

성진과 혜진은 서점 앞에서 헤어졌다. 참 신기하게도 좋아하는 작가와 뮤지션이 비슷했다. 거기다 좋아하는 노래 장르까지도.

"정말 신기하네."

성진과 취향이 비슷한 것에 싫지 않은 얼굴로 혜진이 혼잣말을 했다. 입가에 번진 미소는 좀처럼 사라질 줄 몰랐다. 어느새 혜진은 집 앞까지 당도했다. 낯익은 차 한 대가 혜진의 시야에 들어왔다.

"건우야."

차에서 내린 건우가 혜진에게 다가왔다.

"핸드폰 왜 갖고 다녀?"

화가 난 말투로 건우가 쏘아댔다. 혜진은 그제야 그에게 온 부재중 전화를 확인했다.

"아, 미안. 집 앞엔 어쩐 일이야?"

건우는 말없이 약 봉지를 내밀었다. 혜진은 약 봉지를 받아 들고는 내용물을 확인했다. 종합감기약부터 진통제, 거기다 아직 온기가 남아 있는 쌍화탕까지 있었다.

"웬 약이야?"

"머리 아프다며."

그의 차디찬 손이 혜진의 이마로 향했다.

"약은 집에 있는데 귀찮게 여기까지 왔어?"

"귀찮지 않아, 전혀."

그가 단호하게 대답했다.

"오래 기다렸어?"

"조금. 왜 이렇게 늦었어?"

건우의 물음에 혜진은 뜸 들이다 뒤늦게 대답했다.

"버스 타고 왔는데 어지러워서 중간에 조금 걸었어. 그러다 서점에 들러서 잠깐 책도 보고."

"택시 탔다더니."

그의 타박이 이어졌다.

"아, 그랬지."

머리를 긁적이며 혜진은 건우의 시선을 피했다.

"추운데 얼른 들어가."

"아, 응."

대답하곤 혜진은 할 말 있는 얼굴로 멀거니 건우의 얼굴을 쳐다봤다.

"같이 저녁 먹고 가."

혜진의 손이 그의 소맷자락을 붙들었다.

"너무 느닷없잖아."

"실은 아까 같이 저녁 먹자고 말하려고 했어. 온 김에 같이 저녁 먹어."

혜진의 말에 건우가 고개를 끄덕였다. 두 사람은 같이 집으로 들어갔다. 어느덧 해가 반쯤 기울어지고 있었다. 해가 빨리 지는 겨울, 바람이 을씨년스럽게 불었다.

❖　❖　❖

식당에서 저녁을 먹으며 술 한 잔씩들 하고 집에 들어와서 술판을 벌였다. 지영의 임신 소식에 부모님은 한껏 들떠 있었고, 형준도 마찬가지였다. 오랜만에 자리를 같이한 건우가 반갑다며 한 잔, 두 잔 주거니 받거니 하다 결국 모두 취해 버렸다.

술이 다 떨어져 혜진이 지갑을 챙겨 밖으로 나왔다. 간단히 맥주 몇 캔만 사가지고 들어갈 요량이었다. 코트를 들고 건우가 혜진의 뒤를 따랐다.

"어이, 아가씨."

혜진은 걸음을 멈추고 뒤를 돌았다. 아버지의 술잔을 채워주다 건우도 꽤 취해 있었다.

"왜 나왔어?"

"겁도 없이 혼자 가려고?"

"바로 앞인데, 뭘."

혜진이 유난 떤다며 코웃음을 쳤다. 걸어서 4분 남짓 걸리는 가까운 거리에다 가로등 불이 환하게 골목을 비추고 있어서 무섭지도 않았다. 거기다 근처에 파출소도 있었다.

"방심하지 말라고."

건우의 손이 혜진의 코를 살짝 비틀었다. 그리곤 손을 혜진에게
내밀었다. 혜진은 그의 손을 맞잡았다. 수도 없이 잡았던 그의 손,
설렘보다 익숙함이 더 큰 그의 손의 온기. 혜진은 맞잡은 그의 손
을 슬쩍 바라보았다. 차갑지도, 그렇다고 뜨겁지도 않은 그의 손
은 마치 저를 위해 적당한 온도를 유지하고 있는 것 같은 착각을
불러일으켰다.

뺨을 스치는 새벽바람이 차서 혜진은 점퍼 지퍼를 목 끝까지 올
렸다. 편의점 안으로 들어간 혜진은 안줏거리를, 건우는 맥주를
가득 계산대에 올려두었다. 혜진이 계산을 하려는데 건우가 뒤늦
게 컵라면 두 개를 추가로 들고 왔다.

"해장 좀 하고 가게."

혜진은 피식 웃으며 같이 계산하고는 한쪽에 마련된 곳에서 라
면에 뜨거운 물을 붓고는 면이 익을 때까지 기다렸다.

"후, 편의점에서 이렇게 같이 라면 먹는 거 오랜만인데?"

혜진의 말에 건우가 고개를 끄덕이며 동의했다.

"그러게. 대학생 때는 자주 먹었었지."

"응, 한 번은 내가 사고 한 번은 네가 사고. 번갈아가면서 삼각
김밥과 함께 먹었었지."

어느새 면이 익었다. 혜진은 젓가락으로 면을 풀고는 후후 불어
제 입속에 넣었다.

"어느 날은 네가 라면을 엎는 바람에 내 바지가 다 젖었었잖아.
기억나?"

"그랬어?"

혜진은 기억이 가물가물한 얼굴로 반문했다.

"라면 국물에 얼룩져서는 네가 안절부절못하고 있었잖아. 알바 생은 눈치 주고. 그래서 내가 라면 엎지른 거 치우고 말이야."

"그런 적이 있었어?"

금시초문이라는 듯 혜진은 생소한 얼굴로 라면 국물을 마셨다. 건우는 어떻게 그 일을 기억 못 할 수 있냐며 서운한 듯 틱틱거렸 다.

"그래서 네가 화냈어?"

"화내기는. 안절부절못하는 너한테 내가 어떻게 화를 내? 결국 라면 사 먹을 돈밖에 없었던 나는 내 라면 가지고 나눠 먹었었지."

"아……."

"기억을 못하다니."

그 뜨거운 국물에 살이 데어 빨갛게 익었었는데, 어떻게.

건우는 추억을 혼자만 기억하고 있는 것 같아 실망스러웠다.

"네가 기억하면 됐지, 뭘."

건우는 말없이 라면 면발을 제 입속에 밀어 넣고는 국물까지 마 셨다.

"건우, 너 기억력 좋다. 몇 년 전 일을 기억하는 거야?"

"네가 무심한 것 같다는 생각은 안 해?"

"내가?"

"그래."

라면 국물을 마시니 속이 좀 개운해지는 것 같았다. 건우는 라 면 먹은 것을 치우고는 비닐봉지를 들었다.

"오늘 같이 라면 먹은 건 기억할게."

혜진이 그의 뒤통수에 대고 말을 이었다.

"내가 네 바지에 라면 쏟은 얘기 한 것까지도. 그럼 됐지, 뭐."

라면을 먹어서 그런지 추위가 조금 전만큼 강하지는 않은 듯했
다. 혜진은 답답한 듯 지퍼를 살짝 내렸다. 주머니에 손을 찔러 넣
고는 먼저 앞서 걷는 그녀의 목덜미를 그가 잡아챘다.

"어, 뭐야?"

혜진이 우뚝 걸음을 멈추었다. 그가 단박에 그녀의 뒤까지 보폭
을 줄이고는 혜진의 입술에 제 입술을 가뒀다. 라면과 맥주 냄새
가 뒤엉킨 그녀의 입안 곳곳을 탐하다 아랫입술을 쭉 빨았다.

"갑자기 웬 키스야?"

"하고 싶으니까."

말하는 두 사람의 입에서 동그란 입김이 말렸다 사라졌다. 혜진
이 머리를 넘기며 부끄럽다는 듯 시선을 내렸다.

"술 냄새나."

"그건 너도 마찬가지야."

"……."

"고개 들어."

그의 말에 혜진이 살며시 고개를 들었다. 그가 고개를 비틀어
다시 그녀의 입술을 헤집었다. 뜨거운 숨결과 말캉한 혀가 뒤엉켰
다.

"조련사."

"응?"

"타고났어."

"무슨 말…… 흡!"

그녀의 말이 채 끝맺기도 전에 다시 건우의 입술이 번들거리는 혜진의 입술을 막았다. 혀로 윗니를 훑고 아랫니를 훑다가 도망치는 혀를 확 잡아챘다. 부드럽게 입술을 빨다가 놓아준 건우는 그녀의 콧방울에 다시 입을 맞추었다.

"누가 보겠어."

"그렇게 찐한 신도 아닌데 봐도 재미없어."

건우의 농담에 혜진의 손이 그의 가슴팍으로 향했다.

"춥다, 들어가자."

제 가슴팍에 닿아 있는 손을 잡아 건우는 제 코트 주머니 속에 넣었다. 달이 유난히 밝게 비추는 새벽이었다.

6. 지나가는 바람이어야 한다는 것도

생각해 보면 그 책을 구입하려고 서점에 들른 것이 아니었다. 거기다 좋아하는 작가도 아니었고, 신간도 아니었다.

"언제 올래요?"
"언제 올 겁니까?"

대답을 재촉하는 성진의 말에 혜진은 확답을 하지 않은 채 머뭇 거렸었다. 그런데 내내, 묻는 그의 목소리가 신경 쓰이는 이유는 뭘까.

"신경이 쓰인다라……."

후, 하고 깊게 한숨을 내뱉자 뿌연 입김이 안개처럼 사라졌다. 평소보다 한 시간가량 늦게 퇴근한 직후, 그녀가 향한 곳은 성진이 일하는 술집이었다. 그와 처음 만난 곳.

들어가지 않고 우두커니 건물 밖에 서서 추위에 떨던 혜진의 어깨 위로 하얀 눈송이 하나가 내려앉았다. 고개를 들자 혜진의 말간 뺨에 눈이 닿는가 싶더니 스르륵 녹아내렸다.

"성진 씨?"

고개를 비스듬히 한 혜진이 놀란 목소리로 그를 불렀다. 두세 걸음 앞에 있던 성진은 가까이 다가와 제 어깨에 메고 있던 가방을 혜진의 머리 위로 올렸다. 그의 행동을 이해하기도 전에 그가 시선을 내려 혜진에게 말을 건넸다.

"나 기다렸어요?"

"기다렸다기보다……."

"그럼 왜 여기에 서 있는데요?"

그 물음에 대답할 만한 변명이 없었다.

"책 빌리려고요."

"나 기다린 것 맞네."

결국엔 긍정이 되어버리고 말았다. 신간도 아니고, 좋아하는 작가도 아닌 책을 빌리겠다고.

혜진이 고개를 들자 성진의 입가에 기분 좋은 미소가 스며들었다.

"책 빌려줄 테니까 밥 사요."

"네?"

"저녁 사라고요, 배고프니까."

"네? 왜요?"

"그러면 커피는 내가 살게요."

말도 안 되는 논리에 혜진은 그저 바보같이 같은 말만 반복하다 결국 말문이 막히고 말았다. 어느덧 눈발이 거세지고 있었다. 오늘 일기예보에서 눈이 내린다는 소식은 듣지 못했다. 아니, 생각해 보니 그에게 문자가 와 있었다.

〈오늘 구두 신고 출근하지 마. 눈 온대.〉

혜진은 알았다는 대답과 함께 운전 조심하라고 짤막하게 답장을 전송했다. 왜 이제야 기억이 나는 걸까. 혜진은 고개를 내렸다. 구두코에 하얀 눈이 내려앉았다 금세 녹았다. 발등이 시렸다. 발이 꽁꽁 얼어붙는 느낌이었다.

어느새 굵어진 눈발이 바람과 함께 흩날리며 성진의 머리에, 어깨에 차례대로 쌓이고 있었다.

"그래요, 어디라도 들어가요."

식당도 좋고 카페도 좋았다. 어디라도 들어가서 몸을 녹이고 싶었다. 혜진은 그를 따라 근처 고깃집으로 향했다.

"이모, 삼겹살 2인분."

성진이 손가락 두 개를 펴며 서빙하는 아주머니에게 친근한 목소리로 주문했다.

"성진이 왔구나. 여기 앉아. 테이블 치워줄게."

부리나케 자리를 안내하며 테이블을 치우는 아주머니의 손이 바삐 움직였다. 아주머니가 자리를 뜨자 혜진은 조용히 물었다.

"이모예요?"

"아뇨, 여기 단골이오. 일주일 두세 번은 오거든요."

혜진은 주변을 살폈다. 테이블이 많지 않은 작은 평수의 가게는 꽤 낡아 보였다. 벽에 붙어 있는 메뉴판 가격은 다른 고깃집보다 가격이 저렴했다.

"여기 이모 손이 커서 인심이 후하거든요. 거기다 반찬도 맛이 좋고요."

"아, 그래요?"

"이십대 초반에 무턱대고 음악한다고 설치다가 돈 없고 배고플 때 여기 와서 많이 배 채우곤 했죠. 그땐 지금 가격보다 더 저렴했으니까요. 이것도 꽤 오른 거예요."

웃는 성진의 얼굴이 옛 생각을 하는 듯 아련함이 묻어났다. 그 사이 테이블이 채워지고 불판에 고기가 구워지기 시작했다. 성진의 말대로 저렴한 가격에 반찬이 다섯 가지가 넘는 꽤 후한 상차림이었다.

"여자친구?"

키득 웃으며 아주머니가 성진의 어깨를 팔꿈치로 쳤다.

"아니에요."

"아니기는. 기껏 여자랑 같이 오는 데가 여기냐? 분위기 좋은 데서 칼질 좀 하지."

"아니래도 그러네, 이모."

민망한지 얼굴까지 벌게져서는 성진이 반박했다. 그 모습을 지켜보는 혜진은 쿡 하고 작게 웃음을 터뜨렸다. 아주머니는 성진의 귀에 속삭였다. 하지만 혜진의 귀에까지 들렸다.

"좋은 시간 보내라."

혜진은 못 들은 척 물을 마시며 웃음을 참았다. 성진은 머리를 붉적이며, 어색하게 웃으며 실토했다.

"좋은 시간 보내라네요. 그럼 좋은 시간 보내 볼까요?"

"쿡쿡!"

참고 참은 웃음을 터뜨리는 혜진을 따라 성진도 덩달아 웃었다. 불판에서는 삼겹살이 먹음직스럽게 구워지고 있었다. 익은 고기를 재빨리 앞접시에 담은 성진은 혜진 앞에 내놓았다. 혜진은 고기를 양념장에 찍어 입에 넣었다.

"맛있네요."

"그렇죠?"

혜진의 칭찬 한마디에 성진이 우쭐댔다.

"성진 씨는 술집에서만 노래 부르시는 거예요?"

"아직은 그런 셈이죠."

혜진이 안타깝다는 어조로 말했다.

"목소리가 아까워요."

"네?"

"더 많은 사람들이 들으면 좋잖아요."

"그렇긴 하죠. 앞으로는 카페, 레스토랑에서도 노래하려고요."

"앞으로 더 바빠지시겠어요."

"예전에 카페에서 노래 부르다 기획사 사장한테 명함 받은 적이 있어요. 그런데 자기네 음색에 맞게 하길 원하더라고요. 아티스트가 아닌 스타를 원했던 거죠."

"아……."

성진의 말을 이해한 혜진은 달리 해줄 말이 없었다.

"스타 좋죠. 돈도 많이 벌고, 내가 좋아하는 노래를 최고의 조건에서 작업할 수도 있고. 그러면 혹시 알아요? 예쁜 연예인이랑 사귀게 될지?"

그가 눈을 찡긋하며 농담을 던졌다. 하지만 표정만큼은 진지했다.

"그런데 그러면, 뮤지션이 아니라 연예인이 될 것만 같았어요."

"……."

"연예인 이성진이 아니라 뮤지션 이성진이고 싶으니까요."

"성진 씨."

"미안, 미안. 내가 너무 내 얘기만 늘어놓았네요."

성진이 머쓱한 얼굴로 젓가락을 들고 고기를 집었다. 자신만의 길을 가는 그 모습이 안쓰럽기도, 대단해 보이기도 했다. 하지만 그 모습은 진정 행복해 보였다.

"어서 먹어요."

"네."

혜진은 대답하며 고기를 입속에 넣었다. 어느새 하나둘 테이블이 손님들로 채워지기 시작했다. 성진은 뒤늦게 가방에서 책을 꺼내 혜진에게 내밀었다. 머뭇거리며 책을 바라보던 혜진은 뒤늦게 책을 받아 들었다.

"다음에 돌려줄 때는 내가 밥 살게요."

"……."

"그땐 혜진 씨가 커피 사요."

혜진은 흘러내린 머리카락을 귀 뒤로 넘기며 애매하게 웃었다. 책을 돌려주려면 그를 만나긴 해야 할 것이다. 혜진이 대답이 없자 성진이 다시 입을 열었다.

"또 만났으면 좋겠는데."

그 말의 의미가 무엇인지 알고 있음에도 혜진은 거절의 말이 나오지 않았다.

또…….

어떤 대답을 해야 할지 몰라 혜진은 그의 얼굴을 제대로 바라볼 수가 없었다. 시선을 피한 채 혜진은 대답할 만한 말을 찾고 있었다. 결국 혜진은 자신의 진심을 들여다보는 꼴이 되고 말았다.

또 만나길 기대하는 그의 모습이 싫지 않은 자신이라니.

"여기 괜찮죠?"

"그렇네요."

어색하게 웃으며 혜진이 대답했다. 묻는 의미가 꼭 다음에도 이곳에서 만나자고 하는 것처럼 들렸다. 좀처럼 고기를 먹을 기미가 보이지 않는 혜진에게 성진이 부지런히 잘 익은 고기를 앞접시에 놓아주었다.

"성진 씨도 먹어요. 나만 먹는 것 같네."

"먹고 있어요."

그제야 성진이 고기를 쌈장에 찍어 제 입속에 넣었다. 혜진은 그의 얼굴을 빤히 바라보다가 제 얼굴에 닿는 그의 시선에 아래로 시선을 떨어뜨렸다. 잘못을 하다 걸린 아이처럼 심장이 덜컥 내려앉았다. 그렇게 저녁 식사가 마무리되어 가고 있었다.

카페로 자리를 옮긴 두 사람은 따뜻한 커피 한 잔을 하고 헤어졌다. 몇 걸음 걷던 혜진은 저도 모르게 뒤돌아 그의 뒷모습을 바라보았다.

어느새 눈은 그친 뒤였다. 바닥에 얇게 쌓인 눈이 제법 미끄러웠다. 그런데 그가 가던 길을 멈추고 뒤를 돌아보았다. 혜진과 눈이 마주쳤다. 혜진은 민망해 다시 몸을 돌려 걸음을 재촉했다.

"책, 빨리 봤으면 좋겠어요!"

그가 혜진의 뒤통수에 대고 소리쳤다. 혜진의 걸음이 멈추었다. 하지만 뒤는 돌아보지 않고, 대답도 하지 않은 채 다시 걸음을 뗐다. 그저 추위에 언 손으로 왼쪽 가슴을 움켜쥘 뿐이었다. 꽁꽁 얼었던 발도, 꽁꽁 얼었던 손도 녹이듯 혜진의 가슴이 눈 녹듯 녹았다.

❖ ❖ ❖

앨범을 떨어뜨림과 동시에 그 속에서 빠져나온 사진 하나가 건우의 발등에 떨어졌다. 앨범 옆에 있는 책을 꺼내려다 사고를 치고 만 것이다. 건우는 허리를 숙여 사진을 들어 올렸다. 촌스러운 옷차림의 앳된 자신과 혜진의 얼굴이 보였다. 삐친 혜진의 볼을 잡아당기는 모습이 담겨 있었다. 꽤 오래전 혜진과 놀이공원에 놀러 갔을 때 찍었던 사진이다. 갑작스럽게 비가 오는 바람에 실외 놀이기구는 못 타고 실내에서 놀았던 기억이 났다. 실내로 사람들이 몰리면서 놀이기구 하나 타는 데 한 시간은 기본으로 기다렸기에 혜진은 다리 아프다며 툴툴댔었다. 그런 혜진의 기분을 풀어주기 위해 동물 귀 모양이 달린 머리띠 두 개를 사서 혜진의 머리에 끼워주고 다른 하나는 제 머리에 끼우고는 혜진에게 온갖 애교를 부렸다.

"사진이 빠져 있나 보네."

앨범을 책장에 다시 꽂아놓고 건우는 사진을 한참을 바라보았다. 이십대 초반, 혜진과 사귄 지 1주년 기념이었을 것으로 기억한다.

—2007. 6. 21. 1주년 데이트.

오래된 글씨체였다. 진한 글씨가 이제는 흐릿하게 남아 있었다. 건우의 시선이 책상 위의 시계로 향했다. 어느덧 11시가 넘었다. 일찍 침대에 누웠지만, 잠이 안 와 뒤척이다가 책이라도 볼까 하고 서재로 온 거였다. 하지만 옛 추억을 간직한 사진을 보자 서재에 들어온 이유 따위는 말끔하게 건우의 머릿속에서 사라져 버렸다.

"이때도 참 예뻤어."

삐친 모습도 그렇게 예쁠 수가 없었다.

건우는 사진을 찍어 혜진에게 전송했다. 하지만 자는 모양인지 답장은 없었다.

진환의 말대로 타인과 타인이 만나 가정을 이루는 것이니, 건우는 조급해하지 말고 그녀를 더 기다려 보기로 마음을 다졌다. 서운함은 잠시 접어두고, 그녀가 부담스러워하지 않는 선에서 기다리기로 했다. 그렇게 생각하니 초조했던 마음에 평온함이 찾아오고 그녀와 더 웃으면서 대화를 할 수 있는 것 같았다.

이렇게 좋은데, 별수 없었다. 그래도 그녀가 좋았다.

❖ ❖ ❖

〈사진 하나 발견, 잔뜩 퉁퉁 부은 네 얼굴 기억해?〉

촌스러운 사진과 함께 전송된 문자를 바라보는 혜진은 기억이 날 듯 말 듯 가물가물했다. 그와 놀이공원에 간 기억은 있지만, 사진을 찍은 것은 기억에 없었다. 앳된 얼굴을 보니 대학생 시절의 사진일 것이다. 문자가 도착한 시간을 보니 어제저녁 11시 넘어서였다. 혜진은 출근하는 버스에서 그에게 답장을 보냈다.

〈당장 없애 버려.〉

추억이긴 하지만 촌스러운 모습은 간직하고 싶지 않았다. 곧장 답장이 도착했다.

〈기억 안 나면 안 난다고 순순히 불지 딴소리하고 그래.〉
〈기억 안 나는 건 맞지만, 딴소리하는 건 아니거든.〉
〈정말 사진을 버리라고?〉

혜진은 가차 없이 '그래'라고 답장을 보냈다. 그에게 도착한 답장은 이랬다.

〈아까워서 어떻게 버려.〉
〈그럼 어떡해. 마음에 안 드는걸.〉

답장을 보내놓고 버스에서 내려 회사까지 걸어가며 혜진은 답장을 기다렸다.

〈그럼 다시 찍으러 가면 되지.〉
〈뭐?〉

말의 의미를 이해 못한 혜진이 반문하며 걸음을 멈추었다.

〈가자, 놀이공원.〉

영하권인 기온이 지속되고 있는데 놀이공원에 가더라도 제대로 놀 수 있을지 의문이었다. 다녀오고 나서 감기라도 안 걸리면 다행이게. 혜진은 어떻게 거절의 답장을 보낼지 고민했다. 그녀가 고민하는 사이 건우에게 문자가 도착했다.

〈이번엔 내 말대로 해주었으면 좋겠는데.〉

침묵을 지키는 핸드폰에 그녀가 어떤 대답을 할지 그도 알고 있었다. 혜진은 썩 내켜하지 않는 얼굴로 간결하게 답장을 보냈다.

〈알았어, 가.〉

문자를 보내놓고 혜진은 후회했다. 추운 날씨가 후회를 부추기는 데 한몫했다. 돌아다니는 것도 쥐약이고, 추우면 짜증부터 나는 그녀였다. 하지만 어쩌겠는가. 이미 승낙해 버려 무를 수도 없었다. 대답을 번복하면 그가 단단히 화를 낼 것이다.

"그래, 한번 가주자."

❖ ❖ ❖

일찍 퇴근한 혜진은 곧장 집으로 왔다. 집 안은 조용했다. 아빠는 오늘도 야근인 것 같고, 엄마는 오늘 계모임이 있다고 했다. 식탁엔 엄마가 차려놓은 저녁이 있었다. 혜진은 슬쩍 쳐다보고는 방으로 들어왔다.

―나무

덩그러니 있는 책이 혜진의 시선을 잡아당겼다. 코트를 벗어 옷장에 걸어두고는 의자에 앉았다. 책을 받은 지 며칠이 지났지만 한 장도 책장을 넘기지 않았다. 새 책처럼 깨끗한 겉표지를 가만히 보다가 그저 화장대 위에 올려두기만 했다.

도대체 무슨 생각으로 책을 받았을까. 받지 말걸 그랬다. 그랬다면 이렇게 고민하지 않았을 텐데. 혜진은 집었던 책을 다시 화장대 위에 올려두고는 침대에 누웠다. 밥 생각도 없고, 씻기도 귀찮았다. 이불을 머리끝까지 뒤집어쓴 채 눈을 감았다.

"다음에 돌려줄 때는 내가 밥 살게요."

"그땐 혜진 씨가 커피 사요."

슬그머니 혜진은 눈을 떴다. 눈꺼풀이 바들 떨렸다. 귓가에 아른거리는 성진의 목소리가 혜진의 심장을 노크했다.

마치 그때처럼.

커피숍 앞에서 성진과 헤어지고 가던 길을 멈추고 무심결에 뒤돌았던 그때, 그와 눈이 마주치자 심장이 일렁였다. 영문조차 모른 채 가슴이 제멋대로 날뛰고 있었다. 같은 상황이 두 번 반복되자 혜진은 제대로 자신이 미쳤음을 깨달았다. 겨우 세 번 본 남자다. 이름과 얼굴 이외에 아는 것은 없었다. 그의 입으로 전해 들은 말 외에는 완전한 타인과 마찬가지였다. 그에게 우산을 빌려 쓰지 않았다면 서점에서 우연히 마주쳐도 모른 채 지나갔을 것이다. 아니, 그에게 노래 신청을 하지 않았다면 그가 자신을 기억하는 일은 없었을 텐데…….

지잉.

화장대 위에 있는 핸드폰이 잡음을 내며 움직였다. 발신인을 확인하자, 파장이 일었던 혜진의 심장이 평온함을 되찾기 시작했다.

"응, 건우야."

〈퇴근했어?〉

"집이야."

블루투스로 전화를 하는 모양인지 그의 목소리가 멀게 느껴졌다.

〈일찍 퇴근할 줄 알았으면 같이 저녁이나 할걸.〉

"아, 그러게."

아쉬워하는 그의 목소리에 혜진은 마음에도 없이 맞장구를 쳤다.

〈저녁은?〉

"이제 먹으려고. 엄마 계모임 있어서 늦는다더니 저녁 차려놓고 갔지 뭐야."

〈그럼 바로 갈게.〉

"어딜?"

놀란 혜진이 반문했다.

〈어디긴, 네 어머니 저녁 좀 얻어먹으려고 그런다.〉

"차린 거 별로 없어. 뭐 하러……."

〈늘 거절이지?〉

차갑게 식은 그의 목소리에 혜진은 숨을 들이마셨다.

"그게 무슨 말이야."

〈늘 네가 하는 말. 귀찮게 뭐 하러. 먼데 뭐 하러. 됐어. 난 하나도 그렇지 않은데 말이야.〉

"거절이 아니라……."

변명을 하려던 혜진은 아랫입술을 꾹 깨물었다. 그가 그런 기분일 줄은 생각조차 하지 못했다.

〈거절이 아니면 뭔데?〉

묻는 말에 뭐라 대답해야 할지 몰라 혜진은 입술만 달싹거렸다. 정말 별 뜻 없이 한 말이었다. 자신이 건우라면 집과 반대방향인 우리 집에 굳이 들러 같이 저녁을 먹는 수고는 하지 않을 테니 말이다.

"후, 어디쯤이야?"

혜진은 한숨을 쉬며 물었다. 아마 그는 말을 꺼냈을 때부터 자신의 집으로 오고 있을 터였다.

〈돌아갈 거야.〉

"저녁 먹고 가."

〈그럴 기분이 아니야.〉

건우의 완강한 목소리에 혜진은 손으로 이마를 짚었다.

"네가 왔으면 좋겠어."

〈……〉

"국 데워놓을게. 네가 좋아하는 육개장이야."

〈정말, 후!〉

풀어진 그의 목소리에 혜진은 가스불을 켰다.

"올 거지?"

〈이러는데 안 가고 배겨?〉

"기다릴게."

딱히 그녀가 만들 반찬은 없었다. 냉장고에서 밑반찬을 꺼내고 계란 두 개를 꺼내 프라이를 했다. 국이 보글보글 끓을 때쯤, 초인종이 울렸다. 혜진은 현관문을 열었다.

"일찍 왔네."

들어오는 그의 팔에 팔짱을 낀 혜진이 그의 코트를 받아 옷장에 걸어두었다.

"이러니까 신혼부부 같다."

"뭐?"

"네가 옷 받아주고, 저녁 해놓고 기다리는 것 같잖아. 깨소금 냄새 나게."

콧등을 만지작거리며 그가 쑥스러운 듯 말했다.

"저녁 다 차렸으니까 와서 앉아."

밥솥에서 밥을 푸고 국그릇을 식탁 위에 내려놓았다. 그녀가 손수 한 거라곤 계란프라이밖에 없었다. 그와 마주 앉아 집에서 같이 식사를 하는 건 오랜만이었다.

"이번 주에 갈까?"

"어디?"

그의 물음에 혜진이 국을 한 수저 뜨며 물었다.

"놀이공원. 주말쯤 날씨가 풀린다네."

"그래, 그러자."

"재밌겠다."

기대에 찬 얼굴로 그가 말했다. 날이 풀리면 놀이공원에 인파가 몰릴 것이다. 놀이기구 하나 타려고 한 시간을 기다리는 짓은 사양인데. 혜진은 계란프라이 하나를 건우의 밥 위에 얹어놓았다.

"계란프라이 식으면 맛없어."

"그래."

건우는 계란을 슥슥 비벼 밥과 함께 입에 넣었다.

"도시락 쌀까?"

혜진이 불쑥 말을 꺼냈다.

"됐어."

내심 기대하고 있는 눈빛이었지만, 건우는 표정과 다르게 고개를 저었다.

"말해, 먹고 싶은 거."

"음. 김밥은 기본이지. 그리고 샌드위치, 과일, 유부초밥……."

"그만."

기다렸다는 듯 끝도 없이 나오는 메뉴에 혜진이 저지했다.

"그 정도면 되겠지?"

"아침부터 부지런 떨어야겠다."

요리엔 자신이 없어 걱정부터 앞섰지만 좋아하는 그의 모습에 혜진은 말을 꺼내길 잘했다는 생각이 들었다.

"건우야."

혜진은 진지한 얼굴로 그를 불렀다. 그녀의 부름에 그의 시선이 그녀에게로 향했다.

"너는 내 어디가 좋아서 지금까지 만났어?"

그녀의 물음에 건우가 조금 당황하는 표정이었다. 느닷없는 질문을 받을 때 나오는 반응이었다. 그런데 혜진은 문득 궁금했다. 그는 자신과 어떻게 그 긴 시간을 만났을까. 그렇게 만나고도 결혼을 꿈꿀 수 있었던 걸까. 물론 그녀도 그를 사랑하만, 결혼 후 희생하는 것을 당연하게 받아들일 준비는 아직 갖춰져 있지 않았다. 결혼 후 180도 바뀌는 자신의 인생을 받아들이기가 힘들었다. 자신도 때때로 남들과 다른 사고방식을 갖고 있음에도 그는 이런 자신이 어디가 좋은 걸까.

"어디가 좋긴."

"어디가 좋았는데?"

"하나부터 열까지 맞지 않아서 좋았어."

"그게 뭐야."

말의 의미를 이해하지 못하겠다는 얼굴로 혜진이 물었다.

"너와 맞춰가는 게 좋았다고, 인마."

그가 손을 뻗어 그녀의 이마에 딱밤을 놓았다. 아얏, 하고 혜진이 손으로 이마를 감쌌다.

"그게 어떻게 좋을 수가 있어?"

"좋을 수도 있어."

"그러니까 어떻게?"

혜진이 집요하게 물고 늘어졌다.

"그게 말로 설명이 되냐?"

참다못한 건우가 그녀를 타박했다. 그녀는 말로 설명 못할 건 또 뭐냐고 툴툴댔다. 그 모습을 바라보는 건우의 눈엔 마냥 귀여웠다.

"그래, 알았어."

어느새 저녁을 다 먹은 두 사람의 밥그릇은 깨끗하게 비워져 있었다. 혜진은 일어나 식탁을 치우기 시작했다.

"쉽게 말하면 나조차 모르고 있던 모습을 시간이 지나 기억해 줄 사람이 너라서 좋다."

"방금 지어냈지?"

눈을 가늘게 뜨고 혜진이 그를 쳐다봤다. 건우는 웃지 않을 수 없었다. 그저 고개를 비스듬히 해 불신의 눈으로 자신을 바라보고 있는 그녀의 입술을 짧게 훔쳤다.

"이러니 내가 안 반해?"

"차건우, 그만 놀려."

툴툴거리는 그녀의 모습에 건우는 가만히 그녀의 허리를 안았다. 목에 코를 묻은 채 그가 나지막이 속삭였다.

"이혜진 냄새."

❖　❖　❖

　혜진은 성진에게 책을 돌려주어야겠다고 생각했다. 결국 책장을 한 장도 넘기지 못했다. 넘길 수가 없었다. 책을 바라보고 있으면 성진의 목소리가 그녀의 귓가에 맴돌았다. 그리고 노래를 부르던 그의 목소리가 들리는 듯했고, 그의 얼굴이 떠올랐다. 건우 이외의 남자에게 이런 감정을 느낀 적은 처음이었다.

　혜진은 결심한 대로 행동으로 옮겼다. 퇴근 후 곧장 그가 일하는 술집으로 향했다. 술집 안은 한산했다. 아직 그가 일하러 올 시간이 아니었다. 혜진은 술집 직원에게 책을 맡겼다.

　성진에게 전해달라는 말을 남기고 술집을 나오자 마음을 짓눌렀던 무언가가 사라지는 기분이었다.

　"혜진 씨."

　막 엘리베이터에서 내려 건물을 빠져나오는데 뒤에서 낯익은 목소리가 들렸다.

　"책 벌써 다 읽었어요?"

　성큼 그녀의 앞까지 다가온 성진이 웃는 얼굴로 혜진에게 물었다. 혜진은 무표정한 얼굴로 그에게 대답했다.

　"아니요, 읽지 않았어요."

　"그럼, 왜……."

　의아함이 묻어나는 눈빛으로 성진이 차마 말을 잇지 못했다. 무표정한 얼굴로 대답하는 그녀의 모습에 성진은 평소와 다름을 느꼈다.

"책 돌려주러 왔어요. 직원에게 전해줬어요."

"다 읽고 줘도 되는데."

"별로 보고 싶지 않아서 돌려주러 왔을 뿐이에요."

혜진은 저도 모르게 무표정으로 딱딱하게 대답하고 있음을 깨달았다. 하지만 뒤늦게라도 고칠 생각은 없었다.

"같이 저녁 먹어요. 다음엔 내가 저녁 사기로 했잖아요."

"아뇨, 별로 저녁 먹을 생각이 없어요. 그럼 이만."

혜진이 고개를 까딱하고는 성진을 지나쳤다. 그러자 성진이 다급하게 혜진의 팔을 잡아당겼다.

"그럼 커피라도."

"그만 가볼게요."

혜진은 제 팔에 감겨 있는 성진의 손을 떼어냈다.

"혜진 씨."

"네."

"내가 뭐 잘못했나요? 뭔가 달라 보여요."

"없어요. 잘못은 내가 했죠."

"그게 무슨……."

혜진은 복잡한 표정으로 시선을 아래로 내렸다. 그와 시선을 마주하면, 그에게 흔들렸다는 사실을 들킬 것 같았다. 하지만 이내 결심한 얼굴로 고개를 들고 혜진은 성진을 바라보았다. 복잡하고 머리 아픈 감정은 어서 제 마음에서 내보내고 싶을 뿐이었다. 애당초 잘 알지도 못하는 남자와 밥을 먹고 차를 마시고 책을 빌린 제 잘못이었다.

"갈게요."

혜진은 뒤돌아 걸어갔다. 버스정류장을 지나쳐 계속 걷고 걸었다. 뒤를 돌아보아도 그가 보이지 않을 정도로 걷다가 걸음을 멈추었다.

이게 도대체 무슨 감정인데. 나 왜 이러는데. 애꿎은 성진에게 화풀이를 하고 있다니.

혜진은 가방에서 핸드폰을 꺼내 주아에게 전화를 걸었다.

"주아야, 지금 술 한잔 어때?"

〈나 지금 진환이랑 저녁 먹는 중인데. 어딘데 그래?〉

혜진은 기운이 쭉 빠지는 기분이었다. 혜진이 아무 대답이 없자 주아가 다시 말을 이었다.

〈가까운 술집에라도 들어가 있어. 저녁 먹고 금방 갈게.〉

혜진은 전화를 끊고 근처 술집으로 들어가 맥주 500cc를 주문해 마시기 시작했다. 알 수 없는 감정 때문에 혜진은 자꾸 술을 입 안으로 들이부었다. 급기야 500cc를 깨끗하게 비우고는 소주로 바꿨다. 얼마나 지났을까. 술집 문이 열리며 주아가 술집에 도착했다.

"다짜고짜 술 마시자더니, 벌써 맥주 하나 비우고 소주 까고 있는 거야?"

코트를 벗어 옆자리에 놓으며 주아가 걱정스러운 눈빛으로 혜진을 바라보았다.

"그렇게 됐어."

"회사에서 무슨 일 있었어? 차장한테 깨졌냐?"

주아가 손을 들어 직원에게 소주잔을 달라고 했다. 직원이 가져온 소주잔에 소주를 따라놓은 주아는 혜진에게 시선을 돌렸다.

"아, 이 거지 같은 기분은 뭐지?"

"무슨 일인데?"

"날 욕해도 좋은데, 비난하지는 마, 주아야."

혜진은 한숨과 함께 말을 토해내며 다시 술잔을 입에 갖다 댔다.

"말해봐."

"어떤 사람이 자꾸 생각나."

"어떤 사람?"

"자꾸 생각나서 날 괴롭혀."

혜진이 술잔을 물끄러미 응시하다가 고개를 들었다.

"혹시 남자야?"

주아의 물음에 혜진이 진지한 얼굴로 고개를 끄덕였다.

"맙소사."

놀란 얼굴로 혜진을 바라보는 주아의 얼굴엔 묻고 싶은 것들이 많아 보였다. 방금 비난하지 말라는 혜진의 말이 무슨 뜻인지 이해가 갔다.

"혹시…… 그 남자에게 흔들려?"

흔들리냐니. 거기까지 생각이 미치지 않았던 혜진으로선 곧장 대답이 나오지 않았다.

"거기까진 모르겠고."

"그러면 더 이상 생각하지 마."

주아가 단호하게 해결 방안을 내렸다.

"그러면 될까?"

"바쁘게 살면 언제 그랬냐는 듯 잊혀져. 그게 사람 마음이야."

"아……."

그러면 되는구나, 속으로 되뇌며 혜진은 빈 잔에 술을 따랐다.

"지나가는 바람이야."

"……"

"한순간이라고."

"그렇겠지?"

원하는 대답을 해달라며 혜진이 주아를 바라보았다. 주아는 고개를 끄덕였다.

"지나가는 바람으로 건우에게 상처 줄 거야?"

건우의 이름이 나오자 혜진의 동공이 커졌다.

"……아니."

혜진이 고개를 저었다. 그제야 자신이 느끼고 있는 감정이 어떤 것인지 깨달았다. 그저 대화가 잘 통했을 뿐이라고. 취향이 비슷한 것도 우연의 일치였음에도 그와 대화하는 내내 즐거웠다. 그래서 그런지 서점에서 나오는데 더 대화를 나누지 못한 것이 아쉽기도 했다. 세 번째 만남으로 사람의 감정이 이렇게 파도가 칠 수 있는 것일까?

주아는 제 잔에 술을 가득 채우고는 혜진에게 내밀었다. 혜진은 주아의 술잔과 부딪혔다.

"마셔."

혜진은 곧장 술을 목으로 넘겼다. 혀에 감기는 술이 써서 저절로 인상이 써졌다.

"아, 그런데 진환이랑 저녁 먹고 있었어?"

"응. 이별했다니까 내가 안쓰러웠나?"

주아가 귀 뒤로 머리를 넘기며 웃었다.

"예전에 우리 넷이 잘 놀았었는데."

대학 시절엔 항상 넷이서 붙어 다녔다. 캠퍼스를 누비며 같이 점심도 먹고 도서관에서 공부도 하고 그랬었다. 서로 직장인이 되고 바빠지면서 넷이서 한번 모이는 것도 차츰 힘들어지기 시작했었다. 봄 햇살 가득한 캠퍼스를 누비던 그때가 참 즐거웠는데.

"그랬지. 지금도 주기적이진 않지만 가끔 만나잖아."

"그래도 그때와는 다르지. 그땐 항상 붙어 다녔는데 지금은 날 잡아서 만나야 되니까."

"그렇긴 하지. 서로 바쁘니까."

혜진의 말에 동감한다는 듯 주아가 고개를 끄덕였다.

"내가 괜히 불렀네. 둘이 오랜만에 보는 거였을 텐데."

뒤늦게 혜진이 미안한 얼굴로 말했다.

"어차피 저녁 다 먹고 차 마시러 가려던 참이었어. 너한테 전화 받고 바로 헤어졌지만."

"그랬구나."

"신경 쓸 것 없어. 이런 고민을 나 아닌 누구한테 털어놓겠어?"

쓰게 웃으며 혜진이 고개를 끄덕였다. 주아에게 해결 방안을 제시받았음에도 혜진의 마음속은 파도가 휩쓸고 간 모래사장과 같았다. 어지러웠다.

지나가는 바람. 그래, 지나가는 바람에 신경 쓸 것 없다. 혜진은 속으로 생각을 정리하려 애썼다.

"널 비난하지 않게 해줘."

"주아야."

"그래, 흔들릴 순 있어, 한 번쯤은."

주아는 빈 병을 들었다가 손을 들었다.

"여기 소주 한 병이오."

직원이 가져온 술병을 따 제 잔에 따르며 주아가 말을 이었다.

"어떤 사람이야?"

"말이 잘 통하는 사람. 같이 있으면 대화가 끊기지 않는 사람. 그리고 자신이 하는 일에 자부심이 대단하고 즐거워 보이는 사람."

"수식어도 많네. 그 남자가 네게 고백했어?"

"고백? 하, 실은 그 남자······."

혜진은 그 남자가 누군지 뒤늦게 고백했다. 진한 여운을 남기며 노래를 부르던 모습에 혜진 못지않게 감탄했던 주아였기에 그녀도 생생히 기억하고 있었다. 혜진은 처음부터 오늘 그에게 빌린 책을 돌려주고 온 것까지 솔직히 고백했다.

"너, 진짜······."

제대로 미쳤구나, 주아는 표정으로 말을 대신했다.

"나 혼자 그러는 거야. 이런 내가 참 부끄러워."

혜진의 손이 뻥튀기로 향했다. 맥주로 촉촉하게 젖은 제 입속에 뻥튀기를 넣으며 말을 이었다.

"알아, 지나가는 바람인 거."

그리고 지나가는 바람이어야 한다는 것도.

"그래, 네가 흔들릴 만해. 그런 사람에겐 흔들리게 마련이니까. 하지만 이거 하나는 명심해. 그 남자가 지나가는 바람이 아니라고 느꼈을 때가 온다면, 건우에게 상처 주게 될 거란걸."

"······."

"혹은 네가 후회하게 되거나."

어떤 것이든 혜진은 겪고 싶지 않았다. 그리고 건우에게 상처 주고 싶지도 않았다. 오랜 기간 연애한 상대방에 대한 마음은 사랑뿐만 아니라 의리라는 것도 내포하고 있다는 것을 혜진은 알고 있었다. 연인임과 동시에 친구인 건우에게 혜진은 절대 그러지 않을 것이라 다짐했다.

7. 두근거림은 사랑이 아니었음을

전날 늦게까지 야근했음에도 건우는 일찍 눈이 떠졌다. 오늘 혜진과 오랜만의 시외 데이트였다. 정말 오랜만에 가는 놀이공원이었다. 샤워를 하고 나온 건우는 수건으로 머리를 털며 옷장을 열었다. 매일 출근할 때 입는 정장이 아니라, 캐쥬얼 니트와 면바지를 꺼냈다. 스킨, 로션까지 바르고는 창문 햇살이 침실까지 들어와 있는 것을 본 건우는 창문을 열었다. 며칠 전까지 매섭게 불던 칼바람 대신 따뜻한 햇살이 그를 반겼다. 건우의 입매가 기분 좋은 곡선을 타고 올라갔다.

〈일어났어? 날씨 좋다.〉

건우는 혜진에게 문자메시지를 보냈다.

〈응, 다행이다.〉

〈9시까지 집 앞으로 갈게. 천천히 준비하고 있어.〉

건우는 혜진에게 문자메시지를 보내고는 외출 준비를 했다. 꺼내놓은 옷을 입고 겉에 외투에 머플러를 두르고는 거울로 제 모습을 바라보았다. 한껏 들떠 있는 모습이 거울 속에 그대로 비춰졌다. 밖으로 나오자 찬 공기에 코끝이 시렸다. 그래도 따사로운 햇볕에 야외활동하기엔 좋은 날씨였다. 건우는 곧장 차에 올라탔다. 시간은 8시가 조금 넘어 있었다. 9시까지 집 앞으로 가기로 했으니 시간은 넉넉했다.

그녀의 집 골목 어귀로 들어서려는데 못 보던 카페 하나가 눈에 띄었다. 새로 오픈한 카페인 것 같았다. 건우는 한쪽에 차를 세워두고 카페 안으로 들어섰다. 이제 막 문을 열기 시작했는지 냉기를 머금은 카페 안은 조금 춥게 느껴졌다.

"아직 오픈 시간이 안 되었는데요."

직원이 난처한 얼굴로 건우에게 먼저 말을 꺼냈다.

"죄송하지만, 아메리카노 한 잔 어려울까요?"

부탁조로 건우가 묻자 직원이 너그러운 얼굴로 고개를 끄덕이며 잠깐 앉아 있으라고 했다. 조금 후 따뜻한 아메리카노 한 잔이 테이크아웃 잔에 담겨 나왔다. 다짜고짜 아침부터 들어온 손님으로 인해 커피를 만든 수고를 해준 직원에게 건우는 감사의 인사를 전했다.

"고맙습니다. 향이 아주 좋네요."

"그럼 살펴가세요."

손에 감기는 따뜻한 온기에 건우의 입매가 기분 좋게 올라갔다. 카페에서 나와 건우는 차에 탔다. 옆에 커피를 꽂아두고는 그녀의 집 앞에 도착했다. 시간은 어느덧 9시에 향해 있었다. 그녀에게 전화를 걸려는데, 빌라에서 나오는 혜진의 모습이 보였다. 캐주얼한 점퍼에 청바지를 입고 운동화를 신은 모습은 오랜만이었다. 혜진이 뒷좌석에 준비한 도시락을 내려놓고는 조수석에 탔다.

"도시락 정말 준비했네?"

"당연하지."

"고생했어."

건우가 혜진의 뺨을 잡아당겼다. 그리곤 준비한 아메리카노를 혜진에게 건넸다.

"웬 커피?"

"집 앞에 새로 카페 오픈했던데. 오다 하나 샀어."

"내 것만 샀어?"

혜진이 아메리카노를 한 모금 마시며 물었다.

"응, 이제 막 문 연 것 같더라. 두 잔은 너무 번거롭잖아."

건우가 핸들을 돌려 골목을 빠져나갔다.

"아, 따뜻하다. 맛있어."

흡족한 얼굴로 혜진이 다음에 한번 가봐야겠다고 말을 이었다. 만족해하는 혜진의 모습에 건우는 뿌듯함이 밀려왔다.

놀이공원까지는 한 시간 정도 거리였다. 건우는 라디오를 켰다. 신나는 노래와 함께 VJ의 경쾌한 목소리가 기분을 더 들뜨게 만들었다.

"가면 뭐부터 타지? 사람 많을라나?"

건우의 물음에 커피를 홀짝이던 혜진이 대답했다.

"음, 글쎄. 너무 오랜만이라 뭐가 있는지도 잘 모르겠어."

"하긴 그렇겠다."

혜진이 어색하게 웃었다. 건우는 그녀의 말에 동조했다. 혜진의 들뜬 모습을 보길 희망했지만, 워낙 자신의 감정을 그대로 드러내는 사람이 아니라 그런지 침착했다.

"사람이 많이 없는 것부터 타보자."

"그래."

혜진의 제안에 건우가 곧장 대답했다.

"지도 받아서 찾아야겠지? 처음이나 마찬가진데, 너무 촌스러운 거 티 날까?"

"촌스러운 놈 여기 추가."

걱정스러운 혜진의 물음에 건우가 긴 손가락으로 자신을 가리키며 웃었다. 혜진의 표정이 단번에 풀어졌다.

❖ ❖ ❖

놀이공원은 인파로 가득했다. 가족 단위도 있었고 친구 혹은 연인도 보였다. 아이들은 솜사탕이나 풍선을 들고 행복한 미소로 제 부모를 바라보고 있었다. 천진난만한 아이의 미소는 참 예뻤다. 건우는 근처 상점에 혜진의 팔을 끌고 먼저 들어갔다. 그리고는 빨간 반짝이 귀가 붙어 있는 머리띠 하나를 혜진의 머리에 씌워주었다.

"예쁘다, 이것도."

건우가 호피 무늬 귀가 붙어 있는 머리띠를 다시 혜진의 머리에 씌워주었다.

"귀엽다."

"참, 애도 아니고."

혜진이 민망한 얼굴로 머리띠를 뺐다. 주변을 둘러보니 여자뿐만 아니라 남자들도 머리띠를 하고는 자연스럽게 행보하고 있었다. 나이 먹고 이런 머리띠를 한다는 것이 나잇값을 못하는 것처럼 보일 것 같아 민망했지만 이곳에서만큼은 전혀 그렇지 않았다. 오히려 자연스러웠다. 건우와 혜진이 처음 놀이공원에 왔을 땐 이십대 초반이었다. 그땐 이런 귀여운 머리띠를 써도 전혀 민망하거나 이상하게 느껴지지 않았다.

"나도 하나 골라줘."

혜진은 머리띠를 눈으로 훑었다. 미키마우스 귀가 달린 머리띠가 보였다. 혜진은 장난기가 발동했다. 곧장 건우의 머리띠를 씌워주고는 혜진은 거울 앞에 그를 세웠다.

"맘에 들어?"

건우가 혜진에게 물었다. 머리띠를 하고 다닐 사람은 본인인데, 그 의중을 혜진에게 묻고 있었다.

"귀엽네."

혜진의 한마디에 건우는 같은 머리띠를 골라 혜진의 머리에 씌워주었다. 그리고는 계산대로 가서 계산을 했다.

"이거, 귀가 너무 큰 것 같은데."

뒤늦게 혜진이 후회했다. 상표도 뗐기 때문에 교환은 물론 반품도 안 될 것이다. 그러나 건우는 매우 만족스러운 얼굴로 걷고 있었다.

"아, 도시락 먼저 먹을까?"

건우가 생각난 듯한 얼굴로 물었다. 어차피 오랫동안 돌아다닐 예정인데 배부터 먼저 채우는 것도 나쁘지 않았다. 두 사람은 벤치에 앉았다. 혜진이 도시락을 꺼냈다. 김밥부터 유부초밥, 샌드위치에 과일까지 있었다. 그가 말한 메뉴는 모두 있었다.

"솔직하게 고백할게. 엄마가 도와줬어."

혜진이 이실직고했다. 건우는 인자한 얼굴로 김밥을 하나 제 입에 넣었다.

"응, 어머니 솜씨네."

혜진의 모친이 싼 김밥은 많이 먹어본 터라 건우는 하나만 먹어도 알 수 있었다. 혜진은 샌드위치를 한입 먹었다.

"아, 마실 것 좀 사와야겠다."

혜진이 벤치에서 일어났다. 하지만 먼저 건우가 젓가락을 내려놓고 일어나려는 혜진의 어깨를 잡아 다시 앉혔다. 멀리 떨어져 있지 않은 패스트푸드점으로 건우가 뛰어가는 모습을 보다가 혜진은 샌드위치를 제 입속에 넣었다.

"혜진아."

"……."

"이혜진."

"……어?"

고개를 들자 건우가 음료수 두 개를 들고 혜진을 내려다보고 있었다. 혜진은 당혹스러운 표정으로 그를 쳐다보았다.

"음료수 뭐 마실래? 환타랑 사이다 사왔는데."

"아, 환타 마실게. 고마워."

혜진은 그가 건네는 음료수를 받았다.

"무슨 생각하고 있었어? 불러도 대답이 없더라."

"아, 별생각 안 했는데……."

혜진은 머리를 귀 뒤로 넘기며 건우의 시선을 피했다. 건우의 큼지막한 손이 혜진의 이마에 향했다.

"감기 기운 있나."

"아, 아냐."

"괜히 오자고 했나 보네."

걱정스러운 얼굴로 건우가 말했다. 안색이 좋지 않은 혜진의 얼굴에 건우는 걱정이 앞섰다. 입장한 지 한 시간도 안 됐음에도 다시 돌아가야 하나 고민했다.

"아니라니까. 딴생각했어."

"나랑 있을 때는 나한테만 집중했으면 좋겠는데."

건우의 손이 혜진의 뺨을 감쌌다.

"잠깐 쓸데없는 생각했어."

"그럼 다 먹었으면 일어나자."

일회용 도시락을 쓰레기통에 버린 후 두 사람은 지도를 받아 근처부터 돌아다녔다. 귀신의 집에 갔다가 미로 속을 헤매기도 했다. 한 시간을 기다려 롤러코스터를 타며 신나게 소리 지르며 희열을 느끼기도 했다. 하지만 혜진은 가끔씩 넋을 놓은 사람처럼 딴 곳을 바라보기 일쑤였다. 그때마다 건우는 혜진이 별로 즐거워하지 않는 것 같아 실망했다.

하지만 혜진을 좀 더 즐겁게 해주기 위해 실외로 나갔다. 햇볕은 따스하지만 줄을 서서 기다리다 보면 추울 것 같았다. 놀이기구를 타기 위한 줄이 뱀처럼 길게 늘어서 있는 것이 보였다. 두세 시간은 넘게 추위에 떨어야 할 것 같았다.

"사람 너무 많다."

혜진이 바들 떨며 고개를 저었다.

"그러게. 오늘은 안에서 놀아야겠다."

추우면 좀 어떤가? 서로의 체온만큼 따뜻한 것도 없는 걸. 서로 추위를 녹이며 걷는 것도 건우는 좋았다. 그러나 그가 말을 꺼내기도 전에 싫은 내색을 하는 혜진의 모습에 건우는 그녀의 손을 잡고 실내로 다시 들어왔다. 따뜻한 테이크아웃 커피 한 잔씩을 들고 걷다 다시 벤치에 앉았다. 혜진이 손으로 다리를 주물렀다.

"다리에 알 베긴 것 같아."

"이따 내가 풀어줄게."

건우가 음흉한 눈빛으로 혜진의 다리를 주무르는 시늉을 했다. 혜진은 장난기 가득한 그의 얼굴에 가슴팍을 치며 됐다고 거절했다. 얼마나 이곳에 있었는지 시간을 확인하지 않아서 알 길이 없었다. 핸드폰을 넣은 가방을 건우의 차에 그대로 두고 왔다는 것을 혜진은 뒤늦게 깨달았다. 지금까지 얼마나 시간이 지났는지 모르고 있었다.

"아, 벌써 시간이 이렇게 됐네."

건우의 혼잣말에 혜진의 시선이 흘깃 그의 손목시계로 향했다. 작은 시계 바늘이 어느새 5자를 향해 있었다.

"그만 갈까?"

혜진이 피곤한 내색을 하자 그가 먼저 벤치에서 일어나 혜진에게 손을 뻗었다.

"가자."

기다렸다는 듯 혜진이 일어나 건우의 손을 잡았다. 돌아다니느라 너무 힘들었는지 주차장에 도착해서 차에 타는 동안 혜진은 말할 기력도 없는 듯했다. 그도 힘든 모양인지, 별달리 말을 건네지 않았다.

혜진은 가방에서 핸드폰을 꺼냈다. 부재중 전화 두 통이 도착해 있었다. 저장되어 있지 않은 번호였다. 하지만 전화를 건 이가 누구인지 혜진은 알 것 같았다.

"왜?"

"응, 아니."

건우의 물음에 혜진은 딴청을 피우며 핸드폰을 가방에 넣었다. 기분이 이상했다. 건우에게 미안한 마음도 들고 이런 자신이 부끄럽기도 했다. 줄곧 그 하나만 알고 지낸 그녀의 세상이 점점 무너지고 있는 기분이었다. 혜진의 시선이 창밖으로 향했다. 해가 반쯤 기울어져 있었다. 붉은 노을이 점령한 하늘이 점차 어두워져 갔다. 주말 고속도로는 차가 밀려 정체가 되기 시작했다. 혜진의 피곤한 눈꺼풀이 금세 감겼다.

건우의 부름에 혜진은 잠에서 깼다. 반쯤 눈을 뜬 혜진의 뺨에 그가 입을 맞추었다. 혜진은 눈을 떠 주변을 보았다. 어둠이 짙게 깔려 있었다. 시간이 얼마나 지난 걸까.

"어디야?"

"오피스텔."

"벌써 밤이네. 언제 도착했어? 깨우지 않고."

"깨웠는데 못 일어나더라고. 너 어지간해서는 못 일어나잖아."

혜진은 자신보다 더 피곤한 얼굴을 하고 있는 건우를 바라보며 미안한 표정을 지었다. 집으로 데려다 주었으면 이렇게 피곤하지 않았을 텐데.

"자고 가."

한층 낮은 그의 목소리가 혜진의 귀에 울렸다. 곧장 대답하지 않는 그녀에게 그가 다시 말을 이었다.

"이렇게 같이 있는 거 오랜만이잖아."

"그렇네."

긍정의 의미로 웃어 보인 그녀는 차에서 내렸다. 뺨에 달려든 밤공기가 차다. 두 사람은 오피스텔 안으로 들어섰다. 건우는 곧장 보일러를 켜고 온도를 올렸다. 그러곤 커피포트에 물을 올려놓고는 소파 위에 외투를 벗었다. 물이 끓는 소리가 멈추었다. 건우는 녹차 티백을 담궈낸 머그컵 두 잔을 거실로 내왔다.

"마셔. 겨울이라 따뜻해지려면 좀 있어야 돼."

"고마워."

혜진은 건우가 건넨 녹차를 입에 댔다. 건우의 팔이 혜진의 허리를 감쌌다.

"녹차 흘러."

흘깃 눈을 가늘게 뜬 혜진의 눈치에도 건우는 아랑곳하지 않고 혜진을 감싼 팔에 힘을 주었다. 결국 건우가 혜진의 손에 들려 있는 녹차를 테이블 위에 내려놓았다. 건우의 손이 혜진의 턱을 제 얼굴로 향하도록 고정시켰다. 그리곤 붉은 혜진의 입술에 제 입술을 겹쳤다.

"여자 입술이 왜 이렇게 까칠해?"

엄지손가락으로 혜진의 입술을 쓸며 건우가 미간을 좁혔다. 겨울마다 부르트는 혜진의 입술이 마음에 안 들었다. 하지만 언제 불만을 쏟아냈냐는 듯 건우는 이내 그녀를 소파에 눕히고는 그녀의 입안으로 더 깊게 혀를 밀어 넣었다. 고른 치아를 쓸다가, 그녀의 혀를 뿌리째 뽑을 기세로 휘감고는 놓아주지 않았다. 같이 있는 것만으로도 좋아서 치미는 감정이 주체가 안 되었다. 그녀를 안고 또 안고 싶었다. 원없이 사랑을 나누고, 원없이 사랑을 고백하고 서로의 냄새를 맡으며 같이 살고 싶었다.

건우의 손이 혜진의 니트 안으로 들어왔다. 차가운 촉감에 혜진의 움찔거림이 느껴졌다. 브래지어를 올려 가슴을 손에 움켜쥐곤 놓아주지 않았다. 고개를 치켜든 유두를 검지로 문지르자 건우의 분신이 그새를 참지 못하고 그녀의 안으로 들어가고 싶어 안달 난 상태가 되었다.

"사랑해."

그의 고백에 혜진이 애매하게 웃어 보였다. 혜진은 그에게 확실하게 죄를 짓고 있음을 깨달았다. 그의 고백에 가슴이 저릿했다. 딴생각에 빠져 그와의 데이트에 집중하지 못했다.

"응, 나도."

뒤늦게 대답하는 혜진의 목소리가 집 안에 흐르는 냉기보다 더 건조했다. 건우는 그녀의 뺨에 가볍게 입을 맞추곤 참을 수 없는 욕구를 억눌렀다. 조금 더 그녀를 애무하고, 그녀의 체온에 녹아

들고 싶었다. 흥분에 달뜬 혜진의 발그레한 뺨이 예뻐 조금 더 그 모습을 보고 싶었다. 가슴에서 아래로 내려오며 납작한 배에 건우가 입을 맞추었다. 내 여자라는 증거를 그녀의 몸 구석구석 남기고 싶었다. 감히 어떤 놈이 손대지 못하도록, 탐내지 못하도록 말이다.

건우의 입맞춤이 길어질수록 혜진은 몸 구석구석 열꽃이 피어나는 것 같은 느낌에 몸을 배배 꼬았다. 그의 입술이 은밀한 부분에 닿았다. 꽃잎을 희롱하던 혀가 깊숙이 들어와 내벽을 쓸어내자 뜨거운 액이 흘러넘쳤다. 건우의 양손이 혜진의 허벅지를 단단히 붙들고는 움츠리지 못하도록 했다. 꽃잎을 쓸어내리던 말캉한 혀는 어느새 여린 살결 안으로 거침없이 침입했다. 시큼한 맛과 향이 건우의 혀에 닿았다. 움찔거리는 속살이 느껴졌다. 그녀의 허벅지가 가늘게 떨리고 있었다.

"하웃."

이윽고 혜진의 입에서 야릇한 신음 소리가 터지며, 상체를 일으켜 건우의 어깨를 붙들었다. 이제 그만하고 자신의 안으로 들어오라는 것이었다. 알면서도 건우는 모르는 척 맘껏 꽃잎을 음미했다. 오므리지 못하도록 붙든 혜진의 다리를 건우는 제 등 위로 올려두었다. 대신 움찔거리며 반응하는 엉덩이를 양손으로 움직이지 못하도록 붙들었다.

"하, 하……."

혜진의 입에서 앓는 신음이 흘러나왔다. 긴 애무로 인해 하체에 통증이 일었다. 그 통증은 그가 안으로 들어와야 해소되는 통증이었다. 안에서 흐르는 액을 그가 모조리 흡수하며 쉼 없이 물고 빨고 있었다.

건우가 고개를 치켜들고 혜진의 상체 위로 올라왔다. 건우는 혜진의 등 뒤로 양손을 끼워 넣고 그녀를 일으켰다. 뭐 하는 거냐고 혜진이 묻기도 전에 두 사람의 자세가 바뀌어 있었다. 소파에 누운 그가 자신의 상체 위에 앉아 있는 혜진에게 말했다.

"나도 해줘."

"……."

"애무."

나도 사랑해 줘.

"아……."

답지 않은 그의 요구에 혜진이 난감한 얼굴로 변해 버렸다. 하지만 그녀는 이내 상체를 기울여 그의 유두를 입에 머금고 다른 손으로는 분신을 애무하기 시작했다. 건우는 혜진의 난감해하는 얼굴에 끓어올랐던 열기가 한순간 가라앉는 걸 느꼈다. 나름 노력한다고 어설픈 애무를 하고 있지만 그녀의 얼굴에 적나라하게 드러난 난색이 그의 가슴에 찬물을 끼얹어 식어버린 것이다.

도대체 왜?

그녀의 애무가 길어질수록 건우의 얼굴은 딱딱하게 굳어가고 있었다. 섹스도 사랑이라고 믿는 사람 중 한 사람으로서, 그녀와의 섹스는 사랑하는 방법 중 하나라 여겼다.

생각해 보면 늘 사랑을 주는 쪽은 자신이었다. 일방적이었다. 그녀의 손짓 하나하나에서 그는 애정을 느낄 수가 없었다. 건우는 결국 양손으로 혜진의 어깨를 잡았다.

"그만할까?"

"그래."

기다린 말이었다는 듯 조금의 망설임도 없이 그녀가 대답했다. 조금의 예상도 빗나가지 않은 그녀의 반응이었다. 건우의 눈동자에 생채기가 어렸다.

지금까지 건우는 그녀와 섹스 도중 그만둔 적이 없었다. 섹스도 사랑이라고 믿었으니까. 하지만 지금 그녀의 모습은 의무였다. 하기 싫은 방학 숙제를 개학이 닥치자 허둥지둥 하는 초등학생처럼, 그녀도 하기 싫은 애무를 억지로 하고 있었다.

섹스도 사랑, 맞는 걸까?

상체 위에 그대로 앉아 있던 그녀가 내려왔다. 그제야 그도 자유의 몸이 되었다. 어느새 집 안은 따뜻한 온기로 가득했다. 그래서 그런지, 건우는 피곤이 밀려왔다. 쉬고 싶었다. 새벽에 귀가해도 빠짐없이 하던 샤워조차 거르고 싶었다.

"피곤하다. 그만 자자."

벗어놓은 옷가지를 그대로 둔 채 그렇게 말하고는 혜진이 방으로 들어갔다. 어지럽게 있는 옷가지가 마치 제 마음처럼 느껴져 건우는 눈을 질끈 감았다. 그렇게 우두커니 소파에 앉아 있던 건우는 뒤늦게 방으로 들어갔다. 이미 혜진은 잠이 든 모양이었다.

우리는 지금 뭘 하고 있는 걸까.

사랑?

의무적인 연애?

어떤 것이든 건우의 마음은 지칠 대로 지쳐 있었다.

❖ ❖ ❖

일찍이 건우의 집에서 나온 혜진은 집으로 가는 버스 안이었다. 가방 속에 넣어둔 핸드폰 진동에 혜진은 핸드폰을 확인했다. 어제 두 번이나 전화가 왔었던 번호였다. 걸려온 모든 전화를 받지 않아 상대를 알지 못했으나 알 수 없는 불안함에 차마 다시 걸지는 못했었다. 한참 받을까 말까 고민하던 혜진이 결국 전화를 받았다.

"여보세요."

〈혜진 씨?〉

혜진은 성진의 목소리를 단번에 알아차렸다. 전화를 받지 말걸, 뒤늦게 후회가 일었다. 한 박자 늦게 혜진이 대답했다.

"그런데요……."

〈저, 이성진입니다.〉

혜진은 입술을 깨물었다. 그가 자신의 번호를 어떻게 알고 전화를 한 것일까.

"제 번호는 어떻게 아셨어요?"

〈저번에 저에게 노래 신청하셨잖아요. 거기에 적혀 있는 번호 보고 했어요.〉

순간 아차 싶었다. 그 종이에 적은 번호가 성진의 손에 들어갔을 것이라고는 생각지 못했다. 혜진은 침착하게 용건을 물었다.

"그런데 무슨 일로……?"

〈잠깐 만날 수 있을까요?〉

"네?"

그의 요구에 혜진은 당황해 반문해 버리고 말았다.

〈저번에 혜진 씨가 그렇게 가버리고 신경이 쓰여서요.〉

"신경 쓸 것 없어요. 끊을게……."

〈잠깐만요! 끊지 말아요.〉

"……."

핸드폰을 쥔 혜진의 손이 바들바들 떨렸다.

〈보고…… 싶어요.〉

그의 고백에 혜진의 눈동자가 커졌다. 보고 싶다는 한마디에 많은 의미가 내포되어 있는 것 같아 혜진은 말문이 막힌 채로 그의 말을 듣기만 했다.

〈미친놈 같겠지만, 만나줘요.〉

"성진 씨."

〈하고 싶은 말이 있어요.〉

하고 싶은 말…….

혜진도 그에게 할 말이 있었다. 지금 전화를 받는 그녀의 손과 함께 가슴도 뛰고 있었다.

"그래요, 우리 만나요."

무표정한 얼굴로 혜진이 승낙했다. 보고 싶다는 말에 기대를 하는 자신이 너무 못나 보여 혜진은 손으로 제 얼굴을 쓸었다. 더 이상은 안 된다.

❖　❖　❖

혜진이 카페에 들어섰다. 먼저 와서 기다리고 있는 성진이 보였다. 혜진은 머뭇거리다 결심한 얼굴로 걸음을 옮겼다.

"왔어요?"

그가 반가운 표정으로 말하며 일어섰다. 반대로 혜진의 낯빛은 어두웠다. 성진이 손을 흔들자 직원이 메뉴판을 내왔다. 성진은 친절하게 메뉴판을 혜진의 앞에 펼쳐 주었다. 하지만 혜진은 메뉴판엔 시선도 주지 않은 채 아메리카노를 선택했다. 성진도 같은 걸로 주문을 마쳤다.

"아침부터 전화해서 미안해요. 놀랐죠?"

"네, 조금 놀랐어요. 전화할 거라 생각 못했거든요."

혜진의 솔직한 반응에 성진이 쓰게 웃었다. 혜진의 시선이 성진의 뒤에 있는 벽시계로 향했다. 시간은 11시가 넘어 있었다.

두 사람 사이에 주문한 커피가 나올 때까지 잠깐의 침묵이 맴돌았다. 혜진은 김이 나는 뜨거운 커피 잔을 내려다보았다. 모순으로 똘똘 뭉쳐 있는 제 얼굴이 보였다. 더불어 제게 아침부터 커피숍에서 테이크아웃해 온 아메리카노 한 잔을 건네던 건우의 모습이 떠올랐다.

"실은 혜진 씨에게 남자친구가 있다는 걸 알았을 때 굉장히 실망했어요."

커피 잔을 어루만지던 그가 힘겹게 입술을 뗐다.

"……."

"처음 만났을 때부터 호감이 있었거든요. 서점에서 만났을 때도 대화가 잘 통해서 그런지 또 만나고 싶다는 마음이 들었어요. 남자친구가 있다는 걸 알고도, 자꾸 혜진 씨가 떠올랐어요."

"……."

그가 하고 싶은 말이 고백이었다니. 뭔가 잘못되어 가고 있었다. 꺼내지 말았어야 하는 감정을 꺼내놓는 그가 야속했다. 그 생각에까지 미치자 자신도 어쩔 수 없는 이기적인 사람이라는 걸 깨달아 버렸다.

"솔직하게 말해 버리고 나면 혜진 씨를 곤란하게 한다는 걸 알면서도……."

"알면 말하지 말지 그랬어요."

성진의 말을 자른 그녀가 담담하게 말했다.

"혜진 씨."

"우리 더 이상은 만나지 않았으면 좋겠어요."

"……."

"난 지금 남자친구와 헤어질 생각도 없고, 그 사람이 소중하니까."

"혜진 씨도 흔들렸잖아요."

"……."

"아니라고 말하지 말아요."

자신의 마음을 꿰뚫어 본 것처럼 그의 눈빛은 확신에 차 있었다. 혜진은 속으로 되뇌었다. 지나가는 바람, 주아가 말했던 그것이 어떤 의미인지를 알 것 같았다.

"잠깐이었어요, 그건. 하지만 결코 사랑은 아니겠죠."

"그걸 그렇게 쉽게 단정해요?"

"그건……."

혜진의 눈이 감겼다.

부는 바람이 선선하게 두 사람 사이로 지나가고, 바람결에 따라 벚꽃 잎이 예쁘게 흩뿌려지던 날이었다.

혜진이 쇼핑백을 건우에게 건넸다. 그의 옷에 커피를 엎질렀으니 새로 상의 한 벌을 혜진이 구입한 것이었다. 같은 디자인은 아니지만 비슷한 디자인의 옷이었다. 같은 옷이 아니면 안 된다는 그의 말을 어긴 것이다. 셔츠를 확인한 그가 역시나 하는 표정으로 말했다.

"혜진 씨는 죽었다 깨어나도, 절대 같은 셔츠를 구하지 못해요."

"……."

"우리 이렇게 할까요?"

"무슨……."

혜진은 그가 무슨 말을 하는지 이해가 가지 않았다. 하지만 또다시 가슴이 뛰어 얼굴이 달아올랐다.

"내일도 만나고, 모레도 만나고, 그다음 날도 만나요."

"……."

"내일이 안 되면 모레도 좋고, 주말에도 좋고, 수업이 없는 날도 좋고요."

"……."

여전히 알아들을 수 없는 말에 혜진은 머리가 어지러웠다. 떨어진 벚꽃 잎 하나가 그의 어깨에 내려앉았다, 참으로 예쁘게.

"날 좋으면 도시락 싸서 소풍도 가고 놀이공원도 가고요."

"그러니까 지금 뭐 하는 거……."

"아프면 챙겨주고 걱정해 주고 기뻐해 주고 말입니다. 그렇게 예쁘게……."

혜진은 침을 꼴깍 삼켰다. 잠깐 말을 멈춘 건우가 수줍게 웃었다.

"사귑시다."

대답을 재촉하기보다 그는 그녀의 대답을 기다렸다. 말하는 눈동자가 선해 보여서 혜진은 거절할 수가 없었다. 그렇게 풋풋하고 사랑스러웠던, 스물셋의 우리들이었다.

"기다릴게요."

"아뇨, 기다리지 말아요."

단호하게 거절한 혜진이 자리에서 일어났다. 그리고 뒤도 돌아보지 않고 카페에서 나왔다. 유난히 부는 바람에 헝클어진 머리를 매만지던 혜진의 얼굴엔 실소가 터졌다.

성진에게서 두근거림을 느꼈던 건, 건우와 사뭇 다른 모습 때문이었다고 생각했다. 하지만 사랑을 고백하던 성진의 모습에서 어째서 건우의 얼굴이 떠올랐을까.

"그러니까……."

한숨이 혜진의 입에서 터져 나왔다.

"지나가는 바람이었네."

두근거림이, 사랑이 아니었음을. 자신의 감정을 이렇게 쉽게, 착각할 수 있음을 혜진은 깨달았다.

"혹은, 네가 후회하게 되거나."

그렇게 될 거라는 확신을 가지고 말하던 주아의 목소리가 혜진의 귓속을 헤집었다. 고백을 하던 성진의 목소리에 혜진의 가슴은 이전처럼 동요하지 않았다. 마치 심장이 멈춘 것처럼 아무런 떨림이 없었다. 그런 건 줄 알았다. 설레고 기다려지는 마음이 사랑일 것이라고.

마치 식탁에 가득 차려진 음식 앞에 신나하던 어린애가 막상 와 보니 식탁에 차려진 음식이 아무것도 아니었음을 느끼는 것처럼 허탈감을 감출 수 없었다. 건우에게 받기만 했던 사랑에 익숙해져 무뎌졌던 감정이 사랑이었음을 혜진은 깨달았다.

8. 함께 공유하는 건 추억이 아니라 시간

〈혜진 씨, 기다릴게요. 연락 주세요.〉

성진에게 도착한 문자메시지를 확인하는 혜진의 얼굴이 어두워졌다. 기다리겠다는 문자메시지를 받은 지 며칠째, 혜진은 한숨이 터졌다. 설레었던 감정이 이젠 남아 있지 않았다. 문자메시지를 확인해도 그가 안타깝기는커녕, 얼마나 더 모질게 해야 그가 마음을 접을지 고민이었다. 그가 지나가는 바람이어서 다행이란 생각이 들었다. 제 감정을 확인하는 순간 혜진은 안도했다. 줄곧 한 사람만 바라보았던 감정이, 오랫동안 무뎌졌던 감정이 사랑임을 깨닫는 순간이었다.

시간은 어느덧 점심시간이 되었다. 혜진은 다시 핸드폰 액정으로 고개를 내렸다.

"이 주임, 점심 먹으러 가자."

"네."

김 대리의 자리는 비어 있었다. 오늘 연차 휴가라 노 차장과 같이 구내식당으로 향했다. 김이 모락모락 나는 뜨거운 무국을 바라보던 혜진은 수저를 들었다.

"맛있게 드세요."

"그래."

노 차장과 단둘이 점심을 먹는 건 오랜만이었다. 대부분 김 대리까지 셋이거나, 관공서 출장이 잦은 노 차장이 자리를 비우면 김 대리와 혜진 둘이 식사를 하곤 했었다.

사무실로 돌아온 혜진은 불이 번쩍이는 핸드폰을 확인했다. 부재중 전화 한 건에 문자메시지가 도착한 직후였다.

〈점심 먹었어?〉

혜진은 문자메시지를 확인하곤 답장을 써 내려갔다.

〈응, 너는?〉

간결하게 문자메시지 답장을 보내고, 한 시간이 지난 후에야 건우에게서 답장이 도착했다.

〈방금 먹었어. 바빠서 정신이 없네. 연락 자주 못 할 거야.〉

문자메시지를 확인한 혜진의 표정이 어두워졌다.

〈그래, 알았어. 밥 챙겨 먹으면서 일해.〉

답장은 없었다. 바빠도 언제나 꼬박 답장하는 그였는데 점심도 뒤늦게 먹은 걸 보면 정신없이 바쁜 게 분명했다. 요즘 들어 잦은 야근에 그의 몸이 상할까 걱정이었다.

바쁜 연말, 그녀는 1월에 있을 4분기 부가세 신고 준비로 바빴다. 매달 초에 세금계산서를 확인하지만, 혹시 몰라 국세청에 한 번 더 확인을 하고, 회계 프로그램 매입, 매출장을 뽑았다. 노 차장이 퇴근하고 한 시간이 지난 후엔 밖이 캄캄했다. 혜진은 외투를 챙겨 입고 사무실에서 나왔다. 버스정류장까지 걸어가며 혜진은 건우에게 전화를 걸었다. 신호음이 몇 번 지나간 후에 음성으로 넘어가 버렸다. 손이 시려 혜진은 외투 주머니에 손을 찔러 넣었다. 아침에 늦게 일어나는 바람에 장갑을 두고 출근했다. 혜진은 화장대에 있을 장갑이 떠올랐다. 버스정류장엔 혜진 혼자였다. 버스는 금방 왔지만, 뭔가가 가슴에 가시처럼 걸렸다.

버스에 타자마자 진동 소리에 혜진은 핸드폰을 찾았다.

"응."

〈퇴근했어?〉

묻는 건우의 목소리가 낮게 깔렸다.

"응, 방금. 너는 회사인가 보네."

〈뭐, 그렇지.〉

"저녁 안 먹었으면, 간식⋯⋯."

버스가 덜컹거리며 움직이는 바람에 말하는 혜진의 입술에서 핸드폰이 멀찌감치 떨어졌다.

〈잘 안 들려.〉

혜진은 자리에서 일어나 벨을 눌렀다. 건우의 회사로 가는 버스로 갈아탈 심산이었다. 버스에서 내려 혜진이 다시 물었다.

"저녁 먹었냐고."

〈먹었지, 시간이 벌써 7시가 넘었는데.〉

"아, 그렇네."

실망감이 묻어나는 목소리로 말해놓고 나서야 혜진은 조금 일찍 그에게 말을 꺼낼 걸 하고 후회했다.

〈버스 내렸어?〉

"응, 내렸지."

혜진은 우두커니 서서 다시 집으로 가는 버스가 오길 기다렸다. 그에겐 차마 그의 회사로 가는 버스를 타기 위해 중간에 하차했다고 말할 수 없었다. 뭔가 가슴이 시큰거렸다.

〈그래, 들어가.〉

"응, 너도 수고해."

혜진의 시야에 집으로 가는 버스 한 대가 들어왔다. 그렇게 그에게 말하곤 전화를 끊으려는 순간,

〈혜진아.〉

자신을 부르는 그의 목소리에 버스로 옮기던 걸음을 멈추었다.

"응?"

〈너는 내 어디가 좋아서 지금껏 만났어?〉

"뭐?"

혜진은 뜬금없는 그의 질문에 반문하고 말았다. 이와 비슷한 질문을 불과 며칠 전 혜진이 그에게 했었다.

〈대답해.〉

"갑자기 그건 왜 물어?"

그가 집요하게 대답을 요구하는 통에 혜진은 버스를 그대로 보내놓고 추위에 발을 동동 굴렀다.

〈궁금해서. 그러니까 대답해.〉

"……네 바지에 라면 국물 쏟은 것도 기억해 주고, 촌스러운 사진도 간직해 주고, 놀이공원 가서 내가 왜 삐쳤었는지도 기억해 주잖아."

〈그게 무슨…….〉

"참 많이 기억하고 있어, 나조차도 모르는 내 이십대를. 그게 뭐라고."

〈…….〉

"그게, 참 고마워서 좋아."

전화가 끊긴 듯 조용했다. 혜진은 핸드폰 액정을 확인했다.

"건……."

〈이번 주 내내 야근이라 못 만나는데 어쩌라고. 보고 싶게.〉

"후, 정말. 얼른 바쁜 거 끝내."

〈그래야겠다.〉

그렇게 그와 5분 남짓 통화를 더 하고 나서야 혜진은 집으로 가는 버스를 탔다. 창문으로 비치는 가로등이 제법 빠르게 혜진의 시야를 가로질러 갔다.

❖ ❖ ❖

직원이 몇 없는 사무실 안은 조용했다. 대충 빵으로 끼니를 때우곤 설계도를 수정하고 있었다. 1차 미팅 때 클라이언트의 요구대로 수정하여 2차 미팅을 진행했지만 워낙 까다롭기로 유명한 사람이라 건우는 클라이언트의 요구를 최대한 반영해 설계도 작업에 열중하고 있었다. 알고 보니 클라이언트는 다른 인테리어 회사 두 군데와 미팅을 했다가 캔슬한 상태였다.

커피를 마시며 쉴 겸 혜진과 잠깐 통화했음에도 건우는 피로가 날아간 듯 머리가 맑아졌다. 며칠째 계속되는 야근은 저 혼자만 강행하는 것이 아니기 때문에 서로 신경이 날카로워진 상태였다.

"대리님, 여자친구분이세요?"

막 퇴근 준비를 하는 지혁이 물었다. 건우는 살짝 고개를 까닥했다.

"이번 주까지 어떻게든 빨리 끝내셔야겠어요."

"왜?"

"얼굴에 다 쓰여 있어요, 보고 싶어 죽겠다고."

피곤한 낯으로 키득거리며 농담을 건네는 지혁에게 건우는 쓰게 웃으며 기지개를 켰다.

"빨리 끝내야지. 더 시간 끌어서 좋을 건 없으니까."

"대표님도 이번 사업에 기대가 꽤 크신 것 같던데."

"응. 지금 별장은 강원도에 한 채만 짓는 거지만, 곧 다른 곳에 두어 채 더 지을 것 같더라. 그 공사도 따내려는 거겠지."

"듣자 하니 요구 사항이 꽤 까다로운 것 같던데요."

"몇 억 들여서 별장 짓는데 까다로울 수밖에."

희미하게 웃으며 건우가 손을 뻗어 미지근하게 식은 커피를 제 입속에 넣었다.

"그럼 저 먼저 들어가 보겠습니다. 대리님도 빨리 퇴근하세요."

"그래, 들어가라."

꾸벅 고개를 숙이고 퇴근하는 지혁에게 대충 손을 흔들어주던 건우의 시선이 모니터로 향했다. 한두 번 하는 일도 아니건만, 건우는 피곤함에 눈을 감았다. 요 근래 숙면을 취하지 못했다. 잠이 들 무렵 새벽에 깨어 맥주 한 캔 비우고 다시 잠든 게 벌써 일주일째였다. 그래서 그런지 건우는 요즘 업무에만 매달리고 있었다. 퇴근 시간을 훌쩍 넘기는 건 기본이고, 어쩔 땐 새벽에 귀가해서도 잠이 오지 않아 TV를 보다 잠든 적도 있었다. 몸은 이미 과부하에 걸려 비명을 지르고 있었지만, 정작 침대에 누우면 뒤척임 끝에 선잠을 잘 뿐이었다. 언제부터였을까 생각해 보니, 그날부터였다.

그녀가 자신을 사랑하는 것일까, 하고 의심하는 순간부터인가 보다. 와르르 무너지는 마음은 이미 지쳐 어쩔 수 없었다. 다시 회복하기까지는.

그녀와 아무렇지 않게 통화를 끝냈지만 마음 한구석엔 '끝날 관계'라고 단정 지어놓고 아무런 말도 못하고 있었다. 손짓 하나에, 말투 하나에서 그녀에게선 애정이 느껴지지 않았다. 아무리 목청껏 사랑하고 있다고 외쳐도 상대방에게 닿지 않으면 입증할 수 없었다. 이제 그녀에게 말을 하는 것조차 건우는 지쳤다. 말해도 변함이 없는데 어떻게 사랑한다고 말할 수 있겠는가. 원래 그런 사람이라고 단정 지으며 상대방이 이해해 주길 원하는 건 이기적임과 모순으로 똘똘 뭉쳐 있는 것과 다를 게 없었다.

그녀가 얼마나 자신을 사랑하는지 모르겠다. 그렇듯 자신이 그녀를 얼마나 사랑하는지 모를 것이다. 지금껏 매순간 최선을 다해 달려온 노고를 조금이라도 안다면 이렇게 무심하게 자신을 방치할 순 없을 것이다. 그 무심함이 사람을 얼마나 외롭게 만드는지도 모르고 말이다. 건우는 이제 지쳐 그녀에게 어떤 노력으로도 시간을 낭비하고 싶지 않았다.

"처음부터 이랬어야 했나."

편한 자세로 의자에 몸을 기댄 건우의 음성이 차갑게 젖어 있었다. 어느새 주변은 모든 직원들이 모두 퇴근하고 혼자 남아 있었다.

❖ ❖ ❖

막 집에 도착했을 무렵, 집 근처라며 맥주 한잔하자고 전화가 왔다. 주아에게 근처 맥주집에 가 있으라고 해놓고 혜진은 편한 옷으로 갈아입고 나왔다.

"어쩐 일이야?"

자리에 앉으며 혜진이 주아의 얼굴을 슬쩍 보았다.

"지나가는 길."

짧게 대답하고는 주아는 맥주 500cc 두 잔을 주문했다. 주아의 집은 혜진의 집을 지나는 방향에 있긴 했다. 버스 타고 30분쯤 더 가면 있었다.

"타이밍 잘 맞췄네. 방금 막 퇴근하던 길이었는데."

"퇴근이 늦었네."

"조금 바빴어. 그나저나, 너야말로 퇴근이 늦은 거 아냐?"

주문한 맥주가 테이블에 놓이기가 무섭게 혜진이 잔을 들었다. 주아는 대답 없이 어색하게 웃으며 맥주잔을 들고 혜진과 잔을 부딪쳤다.

"진환이 말이야."

"응, 왜?"

"지금까지 여자친구 사귄 적 있었나?"

주아의 뜬금없는 질문에 혜진은 잠깐 생각에 잠겼다. 진환은 건우와 사귀고 나서 알게 되었으니, 주아보다 먼저 알긴 했다. 하지만 주아에게 건우와 진환을 소개해 주기까지 긴 시간이 아니었으니 주아도 알고 있을 것이다.

"있었지, 아마."

"아……."

"그런데 오래 만나지는 않았잖아."

피식 웃으며 말하는 혜진의 대답에 주아는 그랬지, 하며 맞장구를 쳤다. 진환에게 예전에 여자친구가 있었다는 것쯤은 주아도 알고 있었다. 하지만 그가 연애한 기간은 3개월을 채 넘기지 못했던 걸로 기억하고 있었다. 언제부터였는지 바쁘다는 핑계로 그 흔한 소개팅조차 거절하는 그였다. 하지만 자신이 경민과 헤어진 후에 회사로 찾아와 위로해 주던 진환이었다. 그 마음이 고마웠는데, 참 의지가 되었는데…….

"헤어진 이유가 성격 차이라고 했었나."

헤어진 이유도 참 시시해, 하며 혜진이 웃었다.

"진환이 정도면 꽤 괜찮은데 말이야."

"뭐, 그렇지. 한데 그러면 뭐 해, 본인이 만날 생각이 없다는데."

"그러니까. 참 별종이야."

쓰게 웃으며 주아가 혜진의 말에 맞장구쳤다. 오늘 갑작스레 진환이 회사 앞으로 찾아왔었다. 같이 저녁 먹자며, 기다리는 그 모습을 보던 직장 동료들이 새 남자친구냐며 옆구리를 찔러댔다. 친구라고 하자 너나 할 것 없이 직장 동료들이 소개해 달라고 난리를 피웠다. 그냥 봐도 괜찮은 남자였다. 웃는 모습도, 자상하게 잘 챙겨주는 모습이 친구라는 이름이 참 아까울 정도였다. 허나 십 년을 가까이 알아온 녀석이니 다른 이름을 붙일 겨를이 없었다.

그런데……

오늘 그에게 고백을 받았다.

"날 한 번만 만나보면 안 될까?"

경민과의 이별로 누굴 다시 만난다는 생각을 해본 적 없는 그녀에게 진환의 고백은 주아를 혼란에 빠뜨렸다.

"나는 비겁하게 도망치지 않아. 널 외롭게 둘 일도 없을 거고."

강경하게 제 마음을 말하는 진환의 목소리가 주아의 귓가에 맴돌았다.

"날 만나면, 이경민 따위 잊게 해줄게. 온통 네 머릿속에 내 생각으로 가득 채워줄게."

그는 뭘 믿고 그렇게 자신만만한 걸까. 무모하다 싶을 정도로 큰소리치는 그 눈빛에 움찔해 버린 건, 처음 보는 진지한 눈빛이었기 때문일 것이다.

"주아야, 무슨 생각해?"

"아니, 그냥……."

"고민 있어?"

혜진이 걱정스럽게 물었다.

"나중에, 나중에 말할게."

"무슨 일인데 그래."

"나중에."

어색하게 웃으며 주아가 입을 다물었다. 지금 진환의 이야기를 꺼내 혜진과 진환을 어색하게 만들 필요는 없었다. 거기다 주아는 아직 제 마음을 결정짓지 못했다. 그의 고백에 어떤 대답도 하지 못하고 망설이는 건, 그저 지금껏 만나왔던 우정을 생각해서 일 것이다.

"그래, 그렇게 해."

혜진은 실망한 얼굴로 고개를 끄덕였다. 무슨 일인지는 몰라도 지금 주아에겐 시간이 필요한 듯했다. 그저 술 한잔 기울여 줄 상대로 자신을 찾은 걸로 되었다.

"참, 너는 어떻게 됐어?"

"응?"

목이 탔는지 벌컥벌컥 맥주를 마시던 혜진이 본론만 꺼내놓은 주아에게 생소한 눈빛을 보냈다.

"그 남자."

"아……."

혜진은 맥주잔을 내려놓고 부끄러운 낯을 했다.

"왜 대답을 못해?"

"진짜 나 한심해."

"무슨 소리야?"

"구제불능이야, 나."

쓰게 웃으며 주절거리는 혜진의 말을 주아가 이해할 리 만무했다.

"이혜진."

"네 말이 맞았어."

"알아듣게 말해."

"지나가는 바람."

"……."

그제야 주아는 혜진의 말을 이해한 얼굴이었다.

"내가 후회할 거라는 것도."

"혜진아."

"그래, 흔들렸던 건 인정해. 하지만 후회해, 흔들린 걸."

손으로 까칠한 제 얼굴을 쓸며 혜진의 눈빛이 서글프게 변했다.

"그 사람이 고백했었어. 그런데 그 고백을 듣는 순간 설레기는 커녕 심장이 멈춘 것 같았어."

그때의 일을 떠올리며 혜진은 주아에게 말을 이었다.

"그 사람을 좋아했던 게 아니라 동경했던 걸까. 제 일을 열심히 하는 모습에서 말이야. 그걸 설렘이라고 착각하다니."

"……."

"그 사람 때문에 거짓말도 여러 번 했는데. 건우 눈치도 보았는데. 건우랑 있으면서 그 사람 생각도 했는데……. 참, 못났다."

혜진은 진심으로 후회하고 있었다. 그가 자신을 좋아하도록 빌미를 만들어놓고, 이제 와 싫다고 밀어내는 꼴도 우스웠다.

"결론지었으면 됐어."

주아가 단호하게 대답했다. 세세한 이야기까지 묻진 않았다. 혜진은 주머니에서 핸드폰을 꺼냈다. 야근을 강행하고 있을 건우가 생각났다. 지금도 회사일 것이다. 내일도, 모레도 그의 야근은 지속될 것만 같은 불길한 예감이 들었다.

❖ ❖ ❖

출근길, 버스에 승차한 혜진은 가방에서 핸드폰을 꺼냈다. 늘 출근길에 먼저 연락하던 그였는데 핸드폰이 어쩐지 잠잠했다. 조용한 핸드폰을 물끄러미 바라보던 혜진은 통화 버튼을 눌렀다. 어제 퇴근길에서의 통화가 마지막이었다. 집에 들어왔다는 그 흔한 문자메시지도 없었다. 혜진은 건우의 이름을 눌렀다.

〈전화를 받을 수 없어…….〉

혜진은 그대로 종료 버튼을 눌렀다. 그가 요즘 바쁜 것도 알고 있기에 떼쓰는 어린애처럼 굴지 말자고 다짐했다. 며칠째 그는 먼저 연락을 하지 않는다.

"선전포고였나?"

어제 당분간 연락 못할 거라는 그 문자메시지를 혜진은 바라보았다. 이미 이 문자메시지를 보내기 전부터 그는 계속 연락이 닿지 않았다. 그럼에도 뒤늦게, 당분간 연락 못할 거라는 말을 하다니. 그렇게 먼저 말해 버리면, 떼쓰고 싶어도 못하게 되어버린다.

혜진은 머리를 흔들며 상념을 떨쳐 버리려 애썼다. 버스가 정차할 때마다 사람들이 하나둘씩 늘어 혜진은 발을 디딜 곳이 줄어들고 있었다. 혜진은 핸드폰을 가방에 넣고 손잡이를 잡았다. 그렇게 한참을 더 가서 혜진은 버스에서 하차했다.

"안녕하세요."

노 차장과 김 대리에게 인사하며 혜진은 사무실로 들어갔다. 탈의실에서 외투를 벗고 가방을 사물함에 넣었다. 하지만 혜진은 곧장 사물함 문을 열고 가방을 열었다.

"어? 핸드폰이 왜 안 보이지?"

혜진은 잡다한 물건들을 하나씩 꺼내며 핸드폰을 찾았다. 하지만 있어야 할 핸드폰은 보이지 않았다. 버스에서 핸드폰을 분명히 가방에 넣었는데…….

설마, 그대로 바닥에 곤두박질친 건가? 그랬다면 소리를 못 들었을 리 없다. 하지만 버스 안은 발 디딜 곳 없이 사람이 꽉 차 있었고 웅성거림에 시끄럽기까지 했다. 혜진은 다급하게 사무실로 와 제 핸드폰으로 전화를 걸었다. 하지만 신호음만 갈 뿐, 전화 연결은 되지 않았다.

"이 주임, 무슨 일 있어?"

자판기에서 막 뽑은 커피 한 잔을 혜진의 책상 위에 올려두며 김 대리가 물었다.

"아, 핸드폰을 잃어버린 것 같아요."

"으이그, 어쩌다가?"

김 대리가 안타까운 얼굴로 타박했다.

"오늘따라 버스에 사람이 많았거든요."

"지하철 파업했다더니 버스로 사람이 몰렸나 보네. 전화 연결은 돼?"

수화기를 내려놓은 혜진이 망연자실한 표정으로 고개를 저었다.

"일단 발신 정지 시켜놓고, 계속 전화 걸어봐."

혜진은 서둘러 통신사에 전화해 발신 차단을 해놓았다. 분명 누군가의 손에 핸드폰이 들어갔을 텐데 전화를 받지 않으니, 핸드폰을 찾으러 갈 수 없었다. 그렇게 오전 근무를 하고, 점심시간이 되어 혜진이 다시 전화를 걸었다.

〈네, 여보세요.〉

낯익은 목소리에 혜진은 대답하는 걸 잠깐 주춤했다.

"……혹시, 성진 씨?"

〈혜진 씨?〉

혜진의 예감이 적중했다.

"제 핸드폰을 어떻게 성진 씨가 가지고 있어요?"

〈일단 핸드폰을 찾으러 와야죠?〉

혜진은 소리 없이 한숨을 뱉었다.

"네, 퇴근 후에 술집으로 갈게요."

〈제가 잘 보관하고 있을게요. 이따 봐요.〉

전화를 끊고 혜진은 눈을 질끈 감았다. 어떻게 버스에 떨어뜨린 핸드폰이 성진의 손에 들어가 있는지 모르겠지만, 혜진은 그를 다시 대면해야 한다는 것에 거부감이 들었다. 피하고 싶었다. 기다리겠다고 굳건히 제 의사를 밝히던 성진의 모습이 떠올랐다. 오늘, 그를 만나 다시 제 의사를 밝혀야 했다.

❖ ❖ ❖

혜진은 술집 안으로 들어섰다. 직원과 대화 중이던 성진이 술집 문이 열리는 소리에 시선을 돌렸다. 두 사람의 시선이 마주쳤다.

"일찍 왔네요."

성진이 핸드폰을 건넸다.

"고마워요."

"잠깐 앉을래요?"

혜진이 고개를 끄덕이자, 성진이 주방에서 따뜻한 차 한 잔을 내왔다.

"사실은 아침에 혜진 씨에게 전화를 했었어요. 그런데 웬 고등학생이 받더라고요. 그때 혜진 씨가 핸드폰을 잃어버린 걸 알았죠."

"그래서 성진 씨가 보관하고 있었던 거였군요."

이렇게 참 간단한 상황을 혜진의 머릿속은 의문으로만 가득했었다. 혜진은 피식 웃었다.

"고마워요, 핸드폰."

"고맙긴요."

혜진은 그가 내온 녹차로 시선을 내렸다. 모락모락 피어나는 뜨거운 김이 끝없이 위로 치솟고 있었다.

"성진 씨, 기다리지 말아요."

"혜진 씨."

혜진의 단호한 말에 성진의 표정이 일그러졌다.

"나와 내 남자친구, 7년을 만났어요. 그래요, 친구처럼 편하고 연인이기보다 가족 같고 그래요. 설렘보다 익숙함이 더 강하죠."

"……"

"나와 이십대를 함께한 사람이에요. 함께 공유하는 건 추억이 아니라 '시간'이에요. 그건 성진 씨가 아닌, 다른 사람을 만난다 해도 결코 공유할 수 없는 순간들이죠."

"앞으로 나와 만들어가면 되잖아요."

그가 항의하듯 소리쳤다.

"만들어가는 건 누구와도 할 수 있어요. 하지만 지금껏 같이한 시간은 결코 변하지 않아요."

"……"

"그러니까, 우리 다시 만날 일 없었으면 해요."

더 할 말이 있는 얼굴로 성진은 혜진을 물끄러미 응시하기만 했다. 혜진은 핸드폰을 꼭 쥔 채 자리에서 일어났다. 건물 밖으로 나오자 매서운 바람이 혜진의 뺨을 할퀴었다. 혜진은 손에 쥔 핸드폰을 켰다. 부재중 전화가 열 건이 넘게 도착해 있었다. 그중 반 이상은 회사에서 자신이 건 전화일 것이고, 한 통은 성진일 것이다. 그리고 나머지는 그였으면 좋겠는데…….

혜진은 부재중 전화 목록을 확인했다. 하지만 그중 건우의 이름은 없었다. 모르는 번호가 무성하게 찍혀 있었다. 핸드폰 발신을 중지시켰기에, 누구인지 확인할 방법이 없었다.

지잉.

막 핸드폰을 가방에 넣으려 할 때였다. 발신인은 모르는 번호였다.

"여보세요."

〈차건우 대리님 여자친구 이혜진 씨 되시나요?〉

"네, 그런데요."

혜진은 불길한 예감이 들어 저도 모르게 목소리 끝이 떨렸다.

〈차 대리님과 같이 근무하는 윤지혁이라고 합니다. 대리님께서 지금 병원에 입원하셔서 ……〉

"건우가 입원이라니요? 어디가 아픈데요? 아니, 어디 병원이에요?"

혜진은 지혁의 말을 끊고 흥분해서 소리쳤다. 혜진은 곧장 택시를 잡아타고, 지혁이 알려준 병원으로 이동했다. 지혁의 말에 의하면 한동안 무리하더니 고열로 쓰러졌다고 했다. 요 근래 잦은 야근을 하더니 몸에 무리가 간 모양이었다. 혜진은 걱정스런 얼굴로 창밖으로 시선을 던졌다.

❖ ❖ ❖

눈을 뜨자 흐릿한 시야에 지혁이 들어왔다. 미간을 좁히며 일어나려는 그를 지혁이 제지했다.

"대리님, 더 누워 계세요."

"여긴 어디야?"

꽉 막힌 목소리가 건우의 입에서 새어 나왔다. 입안이 쓰고 까칠해서 절로 미간이 좁아졌다.

"어디긴요. 병원이죠."

"병원?"

병원이란 말에 건우가 놀라 다시 몸을 일으키려 하자, 지혁이 그의 어깨를 단단히 잡고 놓아주지 않았다.

"기억 안 나세요? 어제 회사에서 밤새고 아침에 갑자기 쓰러지셨잖아요! 내가 얼마나 놀랐는데."

"아, 젠장……."

건우는 손으로 이마를 짚었다. 그렇게 몇 날 며칠 밤을 새서 클라이언트의 요구대로 설계도를 완성했다. 그리고 오늘 미팅하기로 약속되어 있었다. 그런데 보기 좋게 펑크를 낸 꼴이 아닌가.

"과로에 스트레스까지 겹쳐서 조금만 더 무리했으면 과로사 했을 거라는데요."

"클라이언트 미팅은?"

"걱정 마세요. 실장님께서 대리님 작업하신 거 가지고 미팅 잘하셨고, 만족해하셨대요."

그제야 한시름 놓은 얼굴로 건우가 눈을 감았다.

"지금 몇 시지?"

"7시 조금 넘었어요."

"지금까지 잔 거군. 줄곧 내 옆에 있었어?"

"그럼요. 여자친구분께 전화했는데 전화를 받지 않아서 제가 계속 있었죠. 그런데 조금 전에 전화 통화를 하고…….”

“쓸데없는 짓을.”

건우가 가늘게 지혁을 향해 눈을 흘겼다. 이 시각까지 자신을 간호해 준 노고를 모르는 바는 아니지만, 혜진에게 전화했다는 말에 야트막하게 한숨을 토해냈다. 걱정할 그녀의 얼굴이 눈에 선했다. 그녀에게 걱정을 끼치고 싶지 않았다.

그때였다. 병실 문이 벌컥 열렸다.

“건, 건우야!”

그녀였다. 잔뜩 놀란 얼굴로 혜진이 병실 안으로 들어왔다. 지혁은 혜진에게 고개를 숙여 인사를 건넸다. 옆 침대에 누워 있던 남자가 그녀의 고함에 놀란 듯 보였다.

“보다시피, 잠만 푹 자고 밥도 잘 먹으면 금방 기운 난데요. 많이 걱정하셨죠?”

하얗게 질려 있는 혜진의 낯빛에 지혁이 건우를 향해 눈을 찡긋했다.

“별것 아니야. 그냥 감기몸살이야.”

“감기몸살로 병원에 입원까지 해?”

혜진이 나무라며 건우의 가슴팍을 사정없이 때렸다. 혜진은 뒤늦게 지혁을 향해 감사의 인사를 전했다. 지혁이 병실을 나가고 난 뒤, 혜진은 의자에 털썩 주저앉아 버렸다.

“걱정했다고. 지금까지 병원에 입원한 적도 없는데, 병원에 입원했다고 하니까…….”

눈물을 글썽거리며 혜진이 차마 말을 잇지 못하고 다물어 버렸다. 건우는 손을 뻗어 혜진의 눈물을 닦아주며 변명하기 바빴다.

"네 부모님은 모르시지?"

"응, 저 녀석이 그래도 너한테만 한 것 같아 다행이네."

혜진은 건우의 얼굴을 살폈다. 그새 까칠해진 얼굴이었다. 거기다 조금 마른 것 같았다.

"밥은 먹고 다녀? 얼굴이 진짜 말이 아니야."

"먹고 다녀. 걱정 마."

"걱정 안 하게 생겼어, 내가?"

여전히 대수롭지 않은 듯 말하는 건우에게 혜진은 빽 소리를 질렀다. 얼마나 일이 많았으면 사람 몰골이 하루아침에 이렇게 변할 수 있는 것인지 궁금했다. 혜진이 안쓰러운 얼굴로 그의 얼굴을 쓸었다. 의외의 행동에 건우가 잠깐 흠칫했지만, 이내 그녀의 손등 위로 제 손을 감쌌다.

"앞으로 잘 먹고 잘 잘게."

"나 마실 것 좀 사올게."

헐레벌떡 뛰어왔더니 갈증이 일었다. 혜진은 금방 다녀온다며 병실을 나섰다. 혜진이 나가고 난 뒤 건우의 입가에 씁쓸한 미소가 번졌다. 자신이 병원에 입원했다는 말에, 얼굴이 하얗게 질려 뛰어온 모습에 살짝 가슴이 뛰었다. 두근거렸다. 건우는 제 왼쪽 가슴에 손을 갖다 댔다. 쉼 없이 뛰는 이 심장은 오직 그녀 앞에서만 반응했다.

지잉.

침대 끝에 놓인 혜진의 핸드폰 진동음 소리였다. 건우는 팔을 뻗어 핸드폰을 들었다. 잠깐 고민했지만, 건우는 핸드폰 액정화면에 뜬 문자메시지를 읽어 내렸다.

〈혜진 씨, 그래도 나는 안 되겠어요. 7년보다 앞으로 살날이 더 많잖아요. 같이할 시간이 더 중요하다고 생각해요. 한 번만 더 생각해 줘요.〉

건우의 시선이 한참 액정 화면을 향해 있었다. 잘못 온 문자메시지일 것이다. 동명이인의 이름은 수없이 많으니까. 건우는 문자메시지의 의미를 파악하려 했지만, 이미 그의 눈빛은 이성을 상실한 뒤였다. 건우는 문자메시지 함에 들어가 문자를 확인했다. 지금껏 서로 핸드폰을 확인하고 구속한 적이 없었다. 문자메시지를 읽은 건 처음이었다.

기다리겠다는 문자와 연락을 달라는 문자메시지가 난무했다. 모두 한 사람에게서 온 문자였다. 잘못 온 문자메시지가 아니었다. 도대체 그녀와 문자메시지를 보낸 남자는 무슨 관계인 걸까.

"하……"

일방적인 문자메시지이긴 했지만, 이런 문자메시지를 보낼 정도면 혜진도 어느 정도 빌미를 제공했을 것이라 건우는 생각했다.

핸드폰을 쥐고 있는 건우의 손에 힘이 들어갔다. 눈빛이 더욱 서늘하게 변했다. 믿고 싶지도, 믿을 수도 없었다. 하지만 더 이상 의심할 여지 없는 문자메시지에 건우의 몸이 차갑게 식었다. 당장 그녀에게 어떤 변명이라도 들어야 했다. 그녀의 입에서 나온 말이라면, 그게 거짓이라도 믿을 수 있었다.

"생수랑 음료수 사왔어. 1층 편의점에 사람 엄청 많더라."

아무렇지 않게 말하며 병실 안으로 들어오던 혜진의 걸음이 뚝 멈추었다. 그녀의 시야에 건우가 제 핸드폰을 보고 있는 모습이 들어오자 심장이 요동쳤다.

"이혜진."

혜진의 이름을 부르는 건우의 목소리가 얼음처럼 시리게 그녀의 귀에 꽂혔다. 뭔가 불안한 예감에 혜진은 뒤늦게 건우에게 가까이 다가갔다. 조금 전, 자신의 손 위로 제 손을 겹치며 짓던 따스한 표정은 온데간데없이 사라졌다.

낯설다. 낯설어서, 혜진은 그의 부름에 대답을 할 수 없었다.

"이 자식, 누구야?"

건우가 핸드폰 액정을 혜진의 시야에 들이밀었다. 혜진의 눈동자가 커졌다. 그 표정을 읽은 건우가 강경하게 다그쳤다.

"누구냐고 묻잖아."

"건우야……."

"대답을 못하네."

건우는 침대에서 몸을 일으켰다. 혜진이 말릴 새도 없이 건우는 침대에서 내려왔다.

"나와."

건우의 손이 혜진의 가는 팔목을 세게 움켜쥐었다. 혜진의 손에서 음료가 든 비닐봉지가 툭, 하고 떨어져 바닥에 뒹굴었다.

9. 이제라도

　반쯤 열려 있는 병실 복도 창문에서 바람이 들어왔다. 건우의 얇은 환자복 안으로 찬바람이 스며들었다. 하지만 건우는 추위 따위는 상관없다는 듯 혜진의 손목을 잡은 채 놓을 줄 몰랐다. 병실 복도 끝에 그녀를 세워놓고 그는 혜진을 내려다보기만 했다. 할 말이 무수히 많았지만, 쓰게 목으로 넘기기를 한참 만에 그가 입을 열었다.

　"대답해."

　"……."

　무슨 말을 어떻게 꺼내야 할지 몰라 혜진은 입술만 달싹거렸다. 분노를 참는 건우의 표정은 처참했다.

　"무슨 말이라도 해."

　입술 안을 깨물며 건우가 이성을 잃지 않으려 애썼다. 그녀의

대답이 지연될수록 그의 직감에 가까워지는 것 같아 폭주할 것만
같았다.

"이혜진!"

조용한 병실 복도에 건우의 음성이 울렸다. 건우의 양손이 바들
바들 떨고 있는 혜진의 양어깨를 움켜잡았다. 그제야 숙였던 고개
를 들고 혜진은 분노한 그의 얼굴을 아프게 바라보았다.

"변명은 하지 않을게. 미안해."

"……하."

너무 차분하고 침착하게 사과를 건네는 모습에 건우는 허탈한
마음을 감출 수 없었다. 마치 이날을 기다린 것마냥, 어떤 변명도
없이 즉각 사과를 했다. 하긴, 구차한 변명을 늘어놓거나 거짓말
을 하는 건 그녀와 어울리지 않았다. 정말 그녀다운 반응이라고
건우는 생각했다. 하지만 그래도 내심 기다렸다. 네가 생각하는
게 아니라고, 자신을 믿어달라고 애원하는 모습을. 그러면 정말
눈 딱 감고 믿어줄 수 있었는데, 그랬는데…….

혜진의 어깨를 잡았던 건우의 손이 힘없이 떨어졌다.

"누군데? 어떤 자식이야? 뭐 하는 놈인데?"

감히 내 여자를 흔들어.

건우는 질문을 쏟아내고 대답할 기미가 없는 혜진을 노려보았
다.

"우연히 알게 된 남자야. 정말 우연히…….."

"……."

"그 사람에게 잠깐 흔들렸어, 내가. 너밖에 몰랐던 내가…….."

"너, 진짜…….."

어떻게 나한테 이럴 수가 있어?

건우는 상처받은 눈동자로 다른 남자에게 흔들렸다고 고백하는 자신의 여자를 말없이 바라보았다. 갈기갈기 제 심장이 찢겨 나가는 듯 고통스러웠다. 어떻게 다른 남자에게 흔들렸다는 말을 자신에게 할 수 있는가. 잔인해도 이렇게 잔인할 수는 없었다.

"그런데……."

탁!

창문을 내려친 건우의 주먹이 발갛게 부어 부들부들 떨고 있었다. 혜진의 시선이 그의 떨고 있는 주먹에서 그의 얼굴로 옮겨졌다.

"그만해."

"건우야."

"더 이상 듣고 싶지 않아."

그녀가 손을 뻗었다. 하지만 건우에게 닿지 못한 채 허공에 머물다 그대로 아래로 떨어졌다. 무미건조한 건우의 시선이 혜진의 얼굴에 닿았다. 그녀가 다른 남자에게 흔들리다니, 생각조차 하지 못했던 일이었다.

내 여자는 그런 일이 없을 줄 알았는데.

혜진은 입술만 달싹거리다 다물었다. 시선을 내린 채 그저 우두커니 서 있기만 했다. 그가 화를 내면 그 화를 다 받아낼 것이고, 욕을 하면 욕을 들을 준비가 되어 있었다. 하지만 그는 여전히 속으로 화를 삭이기만 할 뿐이었다.

"미안해, 내가 잘못했어."

"자기 잘못 하나는 끝내주게 인정하는 여자야, 너."

까칠한 그의 입술이 삐뚤어졌다. 더한 변명 없이 순순히 잘못을 인정하는 모습 또한 그녀다운 처신이라 생각했다. 혜진은 건우의 조롱을 그저 듣고만 있었다.

"그 자식한테 가고 싶어?"

"건우야……."

뜻밖의 말에 혜진의 동공이 커졌다.

"문자메시지가 아주 절절하더군. 신파도 이런 구질구질한 신파도 없을 거야."

"……."

"네가 원하는 게 뭔데? 헤어져 줘? 그 자식한테 가고 싶냐고 묻잖아!"

"……."

"그렇게 빤히 쳐다만 보지 말고 대답을 해봐."

눈동자엔 상처를 가득 담은 채로 건우는 혜진의 가슴에 비수를 꽂았다. 혜진은 그저 망연자실한 얼굴로 마음에도 없는 말을 하는 건우를 안타깝게 바라볼 뿐이었다.

"넌 원래 지독하게 솔직한 여자잖아. 지독하게 써서, 뱉고 싶게 만드는 여자야, 넌."

"건우야, 내가……."

"그렇게 부르지 마. 젠장!"

처절한 건우의 외침이 조용한 병실 복도를 가득 메웠다. 자신의 이름을 부르는 혜진의 목소리가 너무 다정해서 건우는 그녀의 목소리를 거부했다. 이런 상황에서도 고상한 척, 혜진은 사과 한마디 할 뿐이었다. 그 흔한 변명도 없었다. 모두 진실이고 그녀의 진심이었다.

건우의 왼쪽 가슴이 쓰라렸다. 눈물을 보이면 그녀를 용서할지도 모른다고 생각했다. 하지만 우려했던 일은 일어나지 않았다. 기적보다 더 형편없는 확률에 신경 쓰다니. 건우의 입가가 쓰게 올라갔다.

"그런데 어쩌지?"

"……."

"난 널 보내줄 수 없는데."

머리를 쓸어 넘기는 건우의 손등이 파랗게 멍이 들었다. 그 손을 바라보는 혜진의 동공이 커졌다. 손을 뻗어 건우의 손에 닿았지만, 차갑게 내쳐질 뿐이었다.

"날 정말 사랑했어?"

"……하지."

속으로 삭이듯 말하는 혜진의 목소리는 너무 작아 건우의 귀까지 닿지 못했다. 그러나 건우는 들을 필요조차 없다고 생각했다.

"사랑, 하! 그 흔해빠진 사랑. 누구한테나 쉽게 흔들리는 게 사랑인가."

더 이상 화를 낼 여력이 없었다. 건우는 다리의 힘이 쭉 빠지는 기분이었다. 그녀 앞에서 무너지고 싶지 않아 혜진을 남겨둔 채 뒤돌았다. 건우의 까칠한 뺨 위로 뜨거운 눈물이 흘러내렸다.

❀ ❀ ❀

"당연하지…… 당연……."

탁한 혜진의 음성이 메마른 입술 사이로 흘러나왔다. 아프게 입술을 깨물며 혜진은 눈을 질끈 감았다. 감히 건우 앞에서 당당히 대답하지 못한 말이었다. 대답하기엔 자신이 너무 염치없었다. 눈물을 삼키며 혜진은 그가 사라진 병실 복도를 바라보았다.

터덜터덜 힘없이 제 병실로 들어가던 그의 모습에 차마 그를 붙잡지 못했다. 제 말을 끝까지 들어주지 않음에 실망할 겨를도, 화를 낼 겨를도 없었다. 그저 묵묵히 그가 내뱉는 날카로운 말을 들어주어야 했다. 나쁜 년, 못된 년, 수많은 욕을 다 붙이며 욕을 해야 했다. 그에게 씻을 수 없는 상처를 주었으니, 비난받아도 마땅했다. 하지만 그의 분노는 스스로에게 향해 있었다. 정작 화를 내야 할 사람을 앞에 두고 스스로에게 화를 내는 건우의 모습에 혜진은 가슴이 쓰라렸다. 그렇게 화를 못내는 사람인 줄 알면서,

"그런 사람에게……."

상처를 주었다.

결국 지나간 바람으로, 건우의 마음을 아프게 하고 말았다. 우려했던 일이 현실이 되어 건우의 마음을 갈기갈기 찢어버렸다. 되돌릴 수 없는 현실의 참혹함을 깨달은 혜진의 시야가 흐릿해졌다. 결국 혜진은 무너지고 말았다.

울긴 왜 울어. 울 자격도 없는 사람이 왜, 왜 눈물을 보여. 도대체 왜…….

차건우, 차건우……. 건우야…….

차마 부르지 못한 그의 이름을 속으로 부르짖었다. 자신에게 달려와 줄 것만 같은 빈 복도를 혜진은 텅 빈 눈으로 보고 또 보

았다. 하지만 기다리고 또 기다려도 그는 다시 모습을 비추지 않았다.

힘겹게 혜진은 걸음을 옮겼다. 터덜터덜, 그가 그랬던 것처럼 힘겹게 한 발, 한 발 내딛으며 건우의 병실에 도착했다. 하지만 차마 문을 열고 안으로 들어갈 수는 없었다. 병실 문에 손을 댄 채 혜진은 굳게 닫힌 병실 문을 바라보았다.

"미안해, 미안."

이런 말할 자격이 없는 걸 알지만, 그럼에도 혜진은 해야 했다. 그는 그녀의 사과를 조롱하며 비뚤게 받아들였지만, 그녀의 사과는 늘 진심이었다. 그동안 그가 지켜본 제 모습이 어땠는지 알 수 있는 대목이었다. 병실 문에 대고 있던 혜진의 손이 차갑게 얼었다. 추위에 어깨의 떨림이 잦았다. 하지만 혜진의 뺨을 타고 내려오는 눈물만큼은 뜨거웠다.

이젠, 나는 어떻게 해야 할까.

널, 다시 봐도 되는 걸까.

염치 불구하고 네 옆에 계속 있어도 되는 걸까.

아님, 네 옆에서 사라져야 하는 걸까.

수많은 생각들을 담은 눈동자가 깊게 감겼다.

어떻게 집까지 왔는지 기억이 나질 않았다. 혜진의 머릿속은 텅 비어 있었다. 하얗게 비어져 버린 머릿속이 너무 깨끗해서인지, 제 얼굴을 바라보던 건우의 시린 눈빛이 또렷이 떠올랐다. 그런 눈빛은 처음이었다. 자신을 경멸한다는 듯 바라보던 눈빛이, 손짓이, 그녀의 가슴을 얼게 만들었다. 씻지도 않은 채 침대에 걸터앉은 혜진은 그가 보내온 문자를 차례로 넘기며 보고 있었다. 그가 보내온 사진 위로 혜진의 눈물이 툭, 하고 떨어져 내렸다.

사진을 찍었을 때의 일이 떠올랐다. 별것 아닌 일로 토라졌던 그날. 별것 아닌 걸로 토라진 자신의 모습에 화가 날 법도 한데, 왜 그토록 미련스럽게 일방적이었을까, 그는. 이렇게 촌스웠는데, 이런 모습이 뭐가 좋다고 그리 열심히 사랑해 주었을까.

눈물로 번진 액정에 사진이 흐릿해질 때쯤, 혜진의 마른 입술이 힘겹게 열렸다.

"이제야 기억하다니."

이 사진…….

이런 자신이 안타깝고, 미련스러웠다.

더 이상 눈물은 흐르지 않았다.

❖ ❖ ❖

회사에서 일하다 새벽에 잠들었다 지혁이 깨워서 일어난 것까진 기억했다. 그렇게 일어나 대충이라도 씻기 위해 일어나서 화장실로 향하는데 그대로 쓰러져 버린 모양이었다.

충분한 숙면을 취하라고 의사가 당부했지만 건우는 좀처럼 잠을 잘 수가 없었다. 회진하는 의사의 당부를 듣는 건우의 머릿속은 하얗게 텅비어 있었다. 의사가 나가고 난 뒤 건우는 침대에서 몸을 일으켰다.

그녀에게 그 흔한 욕설조차 한마디도 내뱉지 못했다. 그녀가 미워 죽겠으면서도 건우는 결국 그녀 대신 스스로에게 분노하고 말았다.

그렇게나 사랑했는데. 전부였던 그녀에게서 자신은 별것 아님을 느낀 순간 그 실망감은 배로 커졌다. 자신의 마음과 같은 크기가 아님을, 기대치보다 낮은 존재감에 그는 속절없이 무너졌다.

흔들렸단다.

자신이 아닌 다른 남자에게…….

자신이 사랑하는 얼굴로 말하는 그녀의 모습이 자꾸 떠올라 그를 괴롭혔다.

잘못했다고 매달리지, 그냥 울어버리지. 그랬으면 그녀를 안아버렸을지도 모르는데.

병신 같은 차건우는, 지금도 여전히 이혜진이라는 여자에게 약해빠졌다. 그녀에게 약한 부분을 너무 잘 알고 있어서 차라리 그렇게 해주었으면 하고 바랐다. 순순히 잘못을 인정하는 게 아니라 자신을 사랑한다고 말해주길 기다렸는지도 몰랐다.

자신만 바라보던 그녀의 맑은 눈동자가, 자신을 사랑한다고 속삭이던 예쁜 입술이 그리고 뜨거운 심장이 오롯이 자신의 것이 아니라는 사실에 건우는 분노했다. 지금껏 줄곧 한 사람만 바라본 자신의 마음은 헛된 일처럼 치부되는 기분이었다.

"제길."

이미 어두워진 병실 창문을 바라보던 건우의 입에서 욕설이 튀어 나왔다. 이제야 병원에서 나가는 혜진의 뒷모습이 보였다. 힘없이 걷는 그녀의 모습이 금방이라도 쓰러질 것처럼 위태로워 보였다. 잠깐 바닥에 주저앉는가 싶더니 이내 다시 일어서서 택시로 몸을 숨겼다. 건우의 시선이 그녀의 모습이 시야에서 사라질 때까지 집요하게 쫓았다.

건우는 눈을 질끈 감았다. 그만 쫓아야지, 그만 찾아야지. 속으로 되뇌이고서 어느새 다시 그녀를 찾고 있었다.

그녀를 보낼 수 있을까.

안 보고 살 수 있을까.

안 보고도 살아지겠지만, 그것은 사는 것이 아니다.

그냥 살아지는 것뿐.

하루하루 시간이 지나가는 것.

그렇다고 행복을 빌어준다는 마음에도 없는 개소리를 지껄일 만큼 그는 자비롭지 않았다. 이해도, 용서도 못하는 상태로 그는 그녀를 옆에 두어야 했다. 그러지 않으면 지금껏 그녀를 사랑한 자신의 마음이 아무것도 아니었음을 인정하는 꼴이 될 것만 같았다.

지금까지 자신은 무엇을 위해 달려왔을까. 그저 사랑 하나만 가지고 달려온 시간이 무의미해진 기분이었다. 허탈하고 허기진 마음이 그의 가슴을 가득 메웠다. 동그랗게 말아 쥔 주먹이 창문에 매달려 있다 힘없이 스르륵 떨어졌다.

사랑하지 말자, 그녀를 더 이상 가슴에 담지 말자. 그래서 기대를 하지도 상처를 받지도 말자. 그녀를 이제부터 서서히 잊자.

결심을 한 짙은 눈이 질끈 감겼다.

❖　❖　❖

여전히 잠을 통 자지 못한 건우의 눈이 퀭했다. 대충 아침 식사를 하고 난 뒤 건우는 침대에 걸터앉았다. 조용한 병실이 지루하리만큼 따분했다.

어제 그렇게 그녀가 가고 난 뒤 별다른 연락은 없었다. 별로 놀라울 일도 아니었다. 놀랄 만큼 차분하게 흔들렸다고 말하는 그녀에게 더 이상 어떤 모습을 기대한단 말인가. 겨우 그것밖에 안 되었던 자신의 존재인 것을.

산책이라도 할까 싶어 막 침대에서 내려왔을 때였다.

지잉, 핸드폰이 잡음을 내며 움직였다. 건우는 발신인을 확인했다.

"어."

⟨바쁘냐?⟩

대뜸 본론부터 꺼내는 진환이었다. 건우의 입원을 알 리가 없는 진환은 태평하게 하품을 했다.

"병원이야."

⟨병원?⟩

"어쩌다 보니."

건우의 목소리가 콱 막혔다. 목이 꺼끌꺼끌 했다.

⟨인마, 제대로 말해. 병원이라니?⟩

진환의 목소리가 다소 거칠어졌다.

"과로."

건우는 간단명료하게 대답을 하고선 다시 침대에 앉았다.

⟨과로?⟩

진환이 반문하고서 숨을 돌릴 새도 없이 잔소리가 이어졌다.

〈인마, 얼마나 몸을 혹사시킨 거냐?〉

"일어나 보니 병원이었어. 별 탈 없으면 됐지."

대답하는 건우의 목소리엔 생기가 없었다.

〈혜진이가 많이 놀랐겠다. 설마 혜진이도 모르는 건 아니지?〉

혜진의 이름이 나오자 건우는 저도 모르게 숨을 들이켰다. 거친 입안으로 들어온 숨을 다시 내뱉으며 건우가 대답했다.

"피곤해, 끊어."

멋대로 통화를 끝낸 건우는 집어 던지다시피 핸드폰을 침대에 던졌다. 또다시 잠음을 내며 핸드폰이 움직였지만 건우는 무시했다. 외투를 걸친 채 건우는 병실 밖으로 나왔다. 낮이라 그런지 햇볕이 따사롭게 내리쬐고 있었다.

자판기에서 막 뽑은 커피 한 잔을 들고선 건우는 벤치에 앉았다. 구름 한 점 없는 하늘은 맑고 깨끗했다. 생각해 보면 앞만 보고 달리느라 하늘이 얼마나 높고 맑은지 모르고 지냈던 것 같다. 열심히 달려오긴 했지만, 그만큼 놓친 것들도 많을 것 같다는 생각이 문득 들었다. 건우의 눈꺼풀이 스르륵 감겼다.

언제였더라.

막 군대 제대했을 때였을 것이다.

긴 머리에 시폰 스커트를 입고 술 취해 비틀거리며 걷던 그녀와 처음 만났다. 그런 그녀와 서점에서 여러 번 마주치면서 좋아하게 되었다. 급기야 그녀와 일부러 부딪혀 제 옷에 커피를 쏟게 했다. 그게 시작이었는데.

"건우야."

낯익은 목소리에 건우의 눈꺼풀이 떠졌다. 익숙한 외투가 건우의 시야에 들어왔다. 고개를 들자 무표정한 혜진의 얼굴이 보였다.

꿈인가. 어째서 이 시각에 여기에 있는 건데.

건우의 표정이 차갑게 식었다. 그녀를 바라보는 눈동자엔 생기가 없었다.

"돌아가."

시선을 아래로 내린 건우가 무미건조한 목소리로 내뱉었다. 아직 생각을 채 정리하기도 전이었다. 엉켜 버린 머릿속이 과부하가 걸려 버벅거렸다.

그녀는 정말 제멋대로다. 자신의 생각은 눈곱만큼도 안 하는 여자. 제 생각만 정리되면 그만인 건가. 적어도 이렇게 멋대로 찾아오지 말았어야 했다. 자신만 아는 이기주의자 주제에 멋대로 다른 남자에게 흔들리고, 제대로 자신을 붙잡을 용기도 없으면서 찾아왔다.

이미 식어버린 커피는 그대로 벤치에 놓아둔 채 건우는 입을 굳게 다물었다. 할 말이 무수히 많지만, 정작 어떤 말을 해야 할지 정리가 되지 않았다. 아니, 어쩌면 이제 그녀와 대화를 포기해 버린 건지도 몰랐다.

"그냥 나한테 욕을 해."

담담한 혜진의 목소리였다. 건우의 입가가 슥 올라가며 비웃는 모양새가 되었다.

"욕을 하면 내 분이 풀릴 것 같아?"

"……"

"아니, 그렇게 쉽게 풀릴 분이 아니지."

"그럼 두고두고 화풀이해. 화도 내고 욕도 하고, 네 분이 풀릴 때까지 옆에 있을게."

그녀는 어떤 표정으로 이런 말을 하고 있는 걸까, 문득 궁금했다. 다시 예전으로 돌아가길 바라는 매달림은 아니었다. 화를 내고 욕을 해도 풀릴 분은 아닌데 그녀는 그러라고 한다. 그렇게 하고 난 뒤의 끝은? 우리는 어떻게 되는 걸까?

"분이 다 풀리면?"

"……."

"그럼 사라지기라도 할 건가?"

말해놓고 우스워서 건우는 다시 쓰게 웃었다. 혜진은 여전히 대답이 없었다.

"사라져 버릴까?"

묻는 혜진의 목소리가 진심처럼 들려 건우는 가슴이 움찔했다. 하나 내색하지 않고 무표정으로 일관했다.

"좋을 대로."

이미 그녀에게 기대란 게 사라진 지 오래였다. 미래를 기약할 수 없는 관계는 예나 지금이나 다를 바 없었다. 하지만 이쪽이 훨씬 서로 솔직해진 관계 같았다. 연인이란 이름으로 포장한 채 7년을 제 모습을 숨긴 채 살아왔다.

"끼니, 잘 챙겨 먹어."

혜진의 목소리엔 힘이 없었다. 건우는 그때까지 혜진에게 시선한 번 주지 않고 바닥만 바라보았다. 지나가면서 건우의 시야를 가렸을 때, 잠깐 그녀의 옷깃이 스쳐 지나갔다. 그렇게 자신을 지나친 그녀의 뒤통수에 대고 건우가 비아냥거렸다.

"이기적이야, 이혜진이라는 여자."

또각또각, 걷던 혜진의 걸음이 멈추었다. 반쯤 몸을 비틀어 건우와 시선을 마주했다.

"그래, 네 마음대로 해. 처음부터 내 의중 따윈 없었을 테니."

건우는 포기한 듯 자리에서 일어나 뒤돌았다.

"내 마음대로……."

읊조리는 혜진의 목소리가 건우의 귀에서 멀어졌다.

"보내지 않겠다며…… 그러니까 네 뜻대로 한다는 건데……?"

어째서 그런 표정인 거야.

건우는 이미 병원 안으로 사라진 뒤였다. 차가운 바람이 코끝으로 스쳐 지나간다. 바람에 긴 머리카락이 흩날렸다. 눈가에 맺힌 눈물과 함께.

혜진은 고개를 아래로 떨구었다.

"이번엔 내 뜻대로 해주었으면 좋겠는데."

혜진이 내린 결론은 그랬다. 제 잘못을 제대로 인정했으니, 그의 뜻대로 그 옆에 있어야겠다고. 헤어지는 것도, 사라지는 것도, 그 뒤는 그의 몫이라고. 혜진의 마음을 시큰하게 만든 문자메시지를 보고 내린 결론이었다. 그 문자메시지에서 한동안 시선을 떼지 못한 혜진은 한숨도 자지 않고 생각하고 고민했다. 하지만 결국 그에게 이기적이란 오명을 쓰고 말았다. 늘 이런 식이지, 이혜진.

제대로 해내는 건 한 가지도 없다.

혜진은 그가 앉아 있던 벤치에 앉았다. 그는 벤치에 앉아 무슨 생각을 했을까. 아니, 이혜진이라는 여자를 어떻게 보고 있을까. 생각해 보면 그의 생각을 궁금해한 적이 없었다. 알려고조차 하지 않았다. 어쩌면 그는 끊임없이 제 생각을 말했을지도 모르는데.

"하아."

숨을 내쉬자 입김이 그녀의 시야를 잠깐 가렸다. 낯설기 그지없는 건우의 모습은 혜진의 심장을 얼어붙게 만들었다. 낯선 사람과 대면하는 기분이었다. 그럼에도 그런 그 옆에 있겠다고 했다. 낯선 모습도 건우, 그니까. 자신이 만든 모습을 받아들여야 했다.

고개를 돌려 그가 놓고 간 식은 자판기 커피가 보였다. 혜진은 커피를 들었다. 온기란 찾아볼 수 없는 커피가 꼭 건우처럼 느껴졌다. 혜진은 양손으로 종이컵을 매만졌다. 그리고 그대로 제 입술로 갖다 댔다.

생각보다 더 차갑다. 입술에, 혀끝에 묻어나는 식은 커피는 쓴맛이 났다. 종이컵을 만지고 있는 혜진의 손끝에 떨림이 일었다.

되돌릴 수 없는 현실.

제 잘못의 처절한 대가.

종이컵이 보기 싫게 일그러졌다.

❖ ❖ ❖

노 차장에게 한 시간 정도 외출 승인을 받은 후였기에 택시를 타고 회사로 들어왔다. 점심을 걸렀음에도 공복감을 느낄 수 없었다. 속이 허전하긴 하나, 그것은 끼니를 굶었기 때문이 아닐 것이다. 점심시간이 지난 직후였기에 혜진은 자리에 앉아 업무를 시작했다.

"이 주임."

김 대리의 부름이었다. 혜진은 자리에서 일어나 김 대리에게 다가갔다.

"네, 대리님."

"이 주임, 원천세신고서 결재 올렸어?"

"아, 바로 할게요."

혜진은 아차 싶었다. 아무리 정신이 없다고 매달 하는 세금 신고를 잊어버린 것이다. 대부분 신고일 전날 신고를 완료하고 다음날 세금을 납부했었다. 난처한 얼굴로 곧장 제자리로 돌아가려는 혜진을 김 대리가 붙잡았다.

"이 주임, 혹시 무슨 일 있어?"

"네?"

"자기 처음 입사했을 때도 안 하던 실수를 하네."

"아, 그러게요. 죄송합니다."

혜진은 자리로 돌아와 부랴부랴 원천세 신고를 했다. 그리고 세금납부고지서를 출력했다. 원천세 신고 당일날 알게 된 것이 다행이 아닐 수가 없었다. 신고서와 납부고지서를 부랴부랴 출력하고 결재를 올린 혜진은 한시름 놓은 얼굴로 한숨을 쉬었다. 신고 당일날 결재 올린 것에 노 차장에게 조금 꾸중을 듣겠지만, 최악은 면했다는 생각이 들었다.

다른 남자에게 흔들렸음을 건우가 알게 된 후부터다. 오늘 아침부터 정신을 놓은 듯 업무에 집중을 할 수가 없었다. 머릿속은 온통 그로 가득 찼으니 당연했다.

용기를 내서 건우를 보러 갔다. 하지만 그는 여전히 냉정히 자신을 내칠 뿐이었다. 어떻게 해야 할지 결정해 놓고도 혜진은 망설였다. 지금 자신이 하려는 행동이 정말 옳은 것인지 알 수 없었다. 오랫동안 그를 알아놓고, 자신을 이기적이라 욕하는 그의 의중을 혜진은 알지 못했다. 그럼 어떻게 해야 하냐고 물으려다 혜진은 차마 묻지 못했다. 퇴근 직후, 곧장 혜진은 병원으로 다시 갔다. 하지만 병원 앞에서 우두커니 서 있을 뿐, 들어가지 못했다.

두려웠다. 낯선 그와 대면하는 것이.

가방을 잡고 있는 손에 감각이 무뎌지기 시작했다. 손이 시린 것도, 발이 시린 것도 잊은 후였다. 그렇게 병원 앞에서 망설이던 그녀는 입술을 깨물었다. 늘 입술이 까칠하다고 타박하던 그였다. 키스할 때마다 자꾸 제 입술에 닿는 촉감이 불편하다고 불평했었다. 그런데 그런 입술마저 좋다고, 쉬지 않고 입을 맞추었다.

"그랬었지."

그렇게 자신을 사랑해 주었다. 사소한 것 하나까지 기억해 주며 지나간 시간마저 소중하다고 느끼게 해주던 사람이었다. 한 걸음 발을 내딛던 혜진은 고개를 저었다. 내일, 내일 다시 오자 하고서 뒤로 도는데 예상치 못한 사람과 마주했다.

"혜진아."

진환이 혜진을 알아보고선 가까이 다가왔다.

"안 들어가고 왜……."

"아니, 그냥. 다음에 다시 오려고."

어색하게 웃으며 혜진이 대답했다. 말하는 입술이 얼어 파랗게 변해 있었다. 진환은 그 모습을 안타깝게 바라보았다. 둘 사이에 무슨 일이 있는 것은 아닐까.

"들어가. 건우가 기다리겠다."

혜진은 말없이 진환을 지나쳤다. 그런 혜진을 진환이 불러 세웠다.

"혜진아, 차 한잔하지 않을래?"

진환의 제안에 혜진은 걸음을 멈추었다.

"몸 좀 녹이고 가라고, 인마."

멀어진 두어 걸음 거리만큼 진환이 거리를 좁혀왔다. 혜진은 자신을 생각해 주는 진환의 배려에 고개를 끄덕였다. 그렇게 두 사람은 근처 카페에서 따뜻한 차 한 잔을 앞에 두고 마주 앉았다.

"건우, 과로라고?"

진환이 먼저 운을 뗐다. 혜진은 찻잔을 들며 고개를 끄덕였다.

"나도 건우 회사 직원한테 연락받고 알았으니까."

"그랬군."

따뜻한 차를 마시고 있으니 꽁꽁 얼었던 몸이 녹는 것 같았다. 하지만 얼어버린 마음까지 녹일 수는 없었다.

"그나저나 오랜만이네."

혜진이 대화의 화두를 바꾸었다.

"응, 서로 바쁘니까 시간 내서 밥 한 번 먹기 힘들지. 건우 자식도 요 근래 야근 강행이었고, 나도 요즘 사업 확장으로 꽤 바빴으니까."

"그러게."

"앞으로는 잠깐이라도 시간 내서 보면 되지."

어색한 미소로 대답을 대신한 혜진이 창밖으로 시선을 돌렸다. 날이 어두워졌다. 마치 한밤중인 것 같은 착각을 일으켰다. 겨울의 해는 무척 짧다. 건우는 그게 안타깝다고 했었다. 겨울은 좋은데, 해가 짧아서 싫다고.

이제 와서 별걸 다 기억하네, 이혜진.

"아까 왜 그냥 가려고 했어?"

난처한 진환의 질문에 혜진이 쓰게 웃었다. 한참을 찻잔만 만지작거리며 대답을 하지 못했다. 진환은 그녀가 대답할 때까지 보채지 않고 잠자코 기다릴 뿐이었다.

"만약 네 여자친구가 네가 아닌 다른 남자에게 흔들렸다면…… 많이 실망했겠지?"

"……."

"상처받는 건 당연지사고, 분노했을 거야."

"혜진아."

"물론 바람이 아니라고 말할 수도 있지만, 이건 배신이니까."

혜진의 목소리 끝이 떨렸다. 아무리 친구라 해도, 자신보다 건우와 가까운 진환에게 속내를 털어놓는 것이 사실 부담이었다. 하지만 그렇다고 합리화로 그를 속이고 싶지 않았다.

"바람의 기준이 뭔데?"

"……."

생각지 못한 진환의 질문에 혜진은 곧장 대답을 하지 못했다.

"이미 마음속에 다른 이성을 품은 순간이 아닐까. 그로 인해 상대방이 상처를 받는다면 말이야."

"바람……."

혜진은 눈을 질끈 감고서 말을 이었다.

"비난받아야 마땅한데 그 바보는 내가 아닌 스스로한테 화를
내고 있어."

"……."

"욕을 하고 화를 내면 좋겠는데."

"그건 네 욕심이고."

진환의 직설적인 말에 혜진 입술이 닫혔다. 진환이 말을 이었
다.

"네 마음 편하자고 그러는 거잖아. 욕을 먹고, 비난받은 후엔 그
만큼 했음 됐지, 그만하라고 하지 않겠어?"

"그게 무슨……."

"그 녀석이 하고 있는 대로 내버려 두라고."

"진환아."

"건우에 대해선 누구보다 네가 더 잘 알 거 아냐. 안 그래?"

그 나름대로 화를 내는 방법일까.

진환의 물음에 혜진은 확실하게 대답하지 못했다. 자신은 그동
안 그의 어떤 모습을 잘 안다고 생각했을까. 그리 오래 연애하고
사랑을 나누었는데…….

자신에 대해선 빠짐없이 잘 아는 건우에게 자신은 그에 대해 잘
안다고 대답조차 못하고 있었다.

"모르겠어, 나 건우에 대해 아는 게 정말 없었네."

한심해. 속으로 되뇌는 혜진의 눈가엔 차마 흐를 수 없는 눈물

이 맺혔다.

"그럼, 앞으로 알아가."

"……."

"알아가면 되잖아, 헤어질 게 아니라면."

이제 와서?

혜진이 표정으로 물었다.

"이제라도."

진환의 목소리는 흔들림이 없었다.

지금에 와서 그래도 되는 걸까.

그가 원한다면 사라져 줄 수 있을 것이라 생각했지만, 그것은 거짓이었다. 헤어지고 싶지 않았다. 그가 그랬던 것처럼 이제라도 제 사랑을 그에게 주고 싶었다.

"건우와 헤어질 수 있어?"

묻는 진환의 눈빛은 그녀가 어떤 대답을 할지 이미 알고 있었다. 혜진은 목이 메어 곧장 대답이 나오지 않았다. 세차게 고갯짓을 하던 혜진이 이윽고 입술을 열었다.

"아니, 진환아. 그건, 못하겠어. 한 번도 생각해 본 적이 없어."

"……."

"건우와의 이별은."

결국 눈가에 맺힌 눈물이 소리 없이 혜진의 뺨을 타고 흘러내렸다. 결국 시발점은 혜진의 흔들림이 아닐 것이다. 혜진의 무심함에 지쳐 있던 건우의 마음이 결국 말라 버린 때문이다. 기대도 할 수 없도록 말이다. 진환은 그저 안타까운 표정으로 혜진을 바라볼 뿐이었다.

"건우에 대해, 알아갈래. 그게 어떤 것이든."

진환이 고개를 끄덕였다. 혜진은 이제 더 이상 건우에게 다가가는 것을 망설이지 않기로 했다. 그가 그랬던 것처럼, 자신도 한 걸음씩 그에게 다가가리라 마음을 다졌다.

10. 알아간다, 라

　저녁 식사 후 건우는 책을 보고 있었다. 노크 소리와 함께 병실 문이 열리는 소리에 건우의 시선이 돌아갔다.

　진환이었다. 진환은 괜찮냐는 식상한 인사치레도 없이 준비해 온 만화책을 건우의 품에 쏟아부었다.

　"인마, 뭐 하는 거냐."

　팍 인상을 쓰는 건우가 보고 있던 책을 진환이 빼앗았다.

　"무슨 병원에서 인테리어 책을 보고 있어. 환자면 환자답게 굴라고."

　느닷없는 진환의 행동에 건우가 뭐라 하지도 못하고 같은 병실을 쓰고 있는 남자를 슬쩍 바라보았다. 혹시 낯선 외부인과 있는 게 불편하진 않을까, 건우는 남자에게 양해를 구했다. 그리곤 늦은 시각에 찾아온 진환이 못마땅한 듯이 눈을 흘겼다.

"전화라도 하고 오지."

"오지 말라고 할 게 뻔하니까."

진환이 되레 불만을 쏟아내며 의자에 털썩 앉았다. 건우는 제 손에 가까운 만화책 하나를 집어 들었다.

"너 이런 취미 있냐?"

하필이면 페이지를 넘기다 멈춘 곳이 베드신이었다. 그것도 신체 건장한 남남 커플의 베드신. 건우는 못 볼 걸 보았다는 듯 책을 멀리 던졌다.

"아무거나 손에 잡히는 대로 들고 온 건데. 다른 것도 있을걸?"

사온 음료수를 냉장고에 넣는 진환의 뒷모습을 슥 쳐다보다 건우는 다른 만화책을 집어 들었다. 겉표지부터 '19금'을 적나라하게 표현하고 있는 이 만화책 또한 건우의 취향이 아니었다. 그나마 다행인 건 남남 커플이 아니라는 것 정도.

호기심이 왕성한 십대가 지난 지도 오래였다. 이런 유의 만화책엔 취미 없다는 걸 진환은 잘 알고 있을 것이다. 그래도 가져온 성의를 봐서 건우는 스르륵 만화책을 빠르게 훑어 넘기기 시작했다.

"혜진이 만났어."

사각, 소리를 내며 책장을 넘기던 건우의 손이 멈추었다. 하지만 이내 아무렇지 않은 듯 다시 손이 종이를 넘겼다. 건우는 못 들은 척 진환의 말에 대꾸조차 하지 않았다.

"손발이 아주 차갑게 얼었더라."

매일 구두를 신고 다니는 그녀이니 찬바람을 조금만 쐬어도 발이 얼었다. 손과 발이 얼어 있을 정도면 얼마나 있다 갔다는 것인지 가늠하기 어려웠다.

건우의 시선은 오로지 만화책을 향해 있을 뿐이었다. 이런 자신의 반응이면 당연히 진환의 반응이 나와야 마땅했다. 그러나 진환은 잠잠했다. 아무것도 묻지 않았고 그저 그녀의 이야기만 들려줄 뿐이었다. 건우는 탁, 하고 만화책을 덮었다. 기다렸다는 듯 진환이 음료수 하나를 건넸다.

"피곤해, 그만 가라."

"온 지 얼마나 됐다고 가래?"

서운하다는 얼굴로 진환이 쏘아댔다.

"과로로 쓰러진 환자한테 스트레스가 어떤 건지 알고 있겠지?"

"내가 스트레스 주범이다, 그 말이냐?"

"알면 됐고."

건우는 음료수 뚜껑을 따 벌컥벌컥 마셨다.

"천천히 마셔, 인마."

"속이 타."

입술이 바짝바짝 마르고 목이 말랐다. 말 그대로 건우는 속이 탔다. 시커멓게 타서 재가 되어버리기 직전이었다.

"수분 부족한 거 아니야?"

"그럴지도."

입가에 묻은 잔여물을 손등으로 닦은 건우는 이미 어둑해진 창가로 시선을 던졌다. 그저 어둠만 가득한 하늘은 아무것도 남아 있지 않은 것처럼 텅 비어 있었다.

아무것도.

기대도, 미련도.

그저 그녀가 밉기만 했다. 밉고, 너무 미워서 주먹이 나가려는 걸 간신히 참았다. 남자였으면 한 대 쥐어 패고 싶었다. 내 마음 좀 알아달라고 말이다. 하지만 작은 몸집에, 작은 얼굴에 어디 하나 손댈 곳이 없었다. 작아도 너무 작았고, 약해도 너무 약했다. 어느새 진환은 자신이 가져온 만화책을 흥미로운 눈빛으로 보고 있었다. 하지만 만화책치고 페이지를 넘기는 시간이 너무 오래 걸렸다. 무엇을 집중해서 보는지 건우는 알 수 있었다.

건우는 일부러 혜진과 있었던 일은 굳이 말하지 않았다. 그저 집어 던졌던 만화책을 다시 집어 들 뿐이었다. 그렇게 두 사람은 긴 침묵 속에서 만화책을 보았다.

❖ ❖ ❖

물러서지 않기로 했다. 낯선 건우와 마주하는 일이 혜진은 두려 웠지만, 결국 모두 감수하기로 했다. 낯선 그도, 예전의 그도 모두 자신이 사랑하는 남자임이 분명했다.

병실 앞에서 혜진은 한참을 서 있었다. 힐끔, 시선을 아래로 내려 쇼핑백에 준비해 온 것들을 떠올렸다. 그가 좋아하는 만화책과 소설책, 그리고 선인장까지 쇼핑백 안을 가득 채우고 있었다. 혜진은 결심한 얼굴로 노크하고는 안으로 들어갔다. 잠깐, 아주 잠깐 건우와 시선이 마주쳤지만 아무 일 없다는 듯 건우는 보던 책으로 시선을 돌렸다.

"건우야, 저녁 먹었어?"

조용한 병실 안에서 혜진의 구두굽 소리가 건우의 귓가에 점점 가까워졌다. 또각또각, 일정한 소리가 일순간 멈추었다. 건우는 제 앞에 있는 혜진을 바라보았다.

"뭐야?"

건우의 눈빛만큼 건조하고 마른 목소리였다. 더 이상 아무런 감정도 담고 있지 않은 듯 눈빛이 텅 비어 있었다. 혜진은 주춤했지만 이내 결심한 대로 아무렇지 않게 제 할 말을 했다.

"만화책 사왔어. 오래된 책이라 중고 서점에서 어렵게 공수한 거니까 잘 간직해. 참, 네가 좋아하는 작가 신작도 구해왔어."

신나게 떠드는 혜진과 달리 건우는 아무런 대답이 없었다. 그저 싸늘한 눈빛으로 어색하게 웃고 있는 혜진을 바라보고 있을 뿐이었다.

"참, 선인장 사왔어. 선인장 꽃이 피기도 어렵지만, 그만큼 어렵게 핀 꽃이라 더 예쁜 거 알지?"

혜진은 아무렇지 않은 듯 말했다. 주절주절 떠드는 것이 어색해서 쇼핑백 안에 만화책을 꺼내 침대에 내려놓고 소설책을 꺼내는 혜진의 손이 경련이 일어난 것처럼 덜덜 떨렸다. 결국 책이 바닥에 떨어지고 말았다. 허리를 숙인 혜진은 책을 집어 만화책 위로 올려두고 화분은 창가에 두었다.

"넌, 그렇게 쉬워?"

"……."

"그렇게 아무렇지 않을 수 있는 거냐?"

한숨과 같이 건우의 입에서 터진 말에 혜진은 대답할 수가 없었다. 뒤에서 들려오는 그의 목소리가 아련해서 혜진은 결국 눈물을 쏟고 말았다. 하지만 그에겐 보여주고 싶지 않아 한참을 그대로 서 있었다.

"……그럼, 어떡해."

"……."

"모르겠는걸. 어떻게 해야 할지 모르겠는데……."

그래도 나 나름대로 최선을 다하고 있는 건데.

올먹임 속에 제 속마음을 털어놓는 혜진의 뒤에서 건우는 창문에 비친 혜진의 눈물 어린 얼굴을 보았다. 울컥, 건우의 가슴 깊은 곳에서 무언가 치솟았다. 그럼에도 외면했다.

"모르겠다고?"

"……그래서, 이제라도 알려고."

"뭐?"

"그게 어떤 것이든……."

"……."

"알아갈래."

그렇게 기대했던 말이건만 건우의 마음엔 아무런 파장도 일어나지 않았다. 이젠 더 이상 그녀의 눈물을 닦아주고 싶다는 생각조차 들지 않았다. 그렇게 자신이 수없이 말했다. 그것을 거부한 쪽은 혜진이었다.

"그것도 네 뜻대로 해. 난 이제 더 이상 보여줄 게 없으니까."

건우는 막지 않았다. 그녀를 더 이상 이기적이라 비난하지 않았다. 이미 포기한 상태의 마음은 아무것도 남아 있지 않았다. 확실한 건 그녀가 어떤 액션을 취하던 상처받을 것이란 사실이었다. 상처받을 것이란 것을 그녀도 알고 있을 것이다.

"그런데 이제 와서 왜?"

그 이유를 모르겠다는 건우의 눈빛과 눈물을 삼킨 혜진의 눈이 마주쳤다.

"아무것도 하지 않으면 후회할 것 같으니까."

"결국 널 위해서군."

건우는 그렇게 단정 짓고는 고개를 끄덕였다. 혜진이 무슨 말을 하든 차단된 지 오래였다. 신뢰를 잃은 사람의 말에 일일이 귀 기울일 필요는 없었다.

건우는 그녀가 가져온 만화책을 한쪽 구석에 놓았다. 제 시야에서 치우곤 침대에 누웠다. 그리곤 보던 책을 마저 펼쳤다. 지독하게 재미없는 책, 글자는 이미 그의 시야를 벗어나 있었다.

"내일 퇴원이지? 휴가 냈으니까 일찍 올게. 갈아입을 옷도 같이 챙겨올게."

돌아오지 않는 대답. 허공에 외쳐도 이렇게 공허하진 않을 것이다. 스산한 침묵이 이어졌다. 혜진은 축 처진 어깨를 바로잡았다. 메아리라도 들었으면 좋겠다. 산에 올라가 '차건우' 하고 부르면 같은 목소리가 되돌아왔으면 좋겠다는 생각마저 들었다.

혜진은 침대 앞에 있는 의자에 앉아 자신에게 시선조차 주지 않는 건우를 바라보기만 했다. 그렇게 조용히, 아무 말도 하지 않고 그의 얼굴만 바라보았다. 병원에 입원한 그를 처음 봤을 때보다 얼굴이 조금 말라 있었다. 그래서 그런지 턱이 예전보다 날렵해 보였고 이목구비가 또렷해진 것 같았다. 제 입술만큼이나 까칠해진 그의 입술에선 쉴 새 없이 상처가 되는 말을 쏟아낼 뿐이었다. 그로 인해 건우 제 자신까지 상처를 받지 않았으면 좋겠는데.

혜진은 그의 얼굴에서 시선을 아래로 떨어뜨렸다. 그가 덮고 있는 이불 끝자락이 구겨져 있었다. 손으로 이불을 펴주며 살짝 나와 있는 발끝까지 이불을 덮어주었다. 잠깐 건우의 시선이 혜진에게 닿았지만 그리 오래 머물진 않았다. 건우는 그녀의 행동에 신경 쓰지 않고 보던 책을 마지막 페이지까지 보았다. 그제야 혜진은 가방을 들고 자리에서 일어났다. 마치 건우가 책을 다 보고 있을 동안만 있으려 했던 것처럼.

"너무 늦었다. 갈게. 잘 자."

또각또각. 구두굽 소리가 건우의 귀에서 멀어졌다. 병실 문이 닫히자 그의 시선이 굳게 닫혀 있는 병실 문으로 향했다. 무의미하게 책장만 넘긴 책을 신경질적으로 집어 던졌다. 벽에 부딪혀 둔탁한 소리와 함께 힘없이 바닥에 곤두박질쳐진 책을 바라보던 건우는 깊이 눈을 감았다 떴다. 이제 더 이상 그녀에게 상처가 되는 말을 해도 미안한 감정이 느껴지지 않았다. 그녀가 눈물을 흘리는 모습을 보아도 아무 생각이 들지 않았다. 눈물을 닦아주고 싶거나 안아주고 싶지 않았다. 그렇다고 내가 이만큼 힘들었으니 그 정도 눈물 따위는 어림없다는 식의 쾌감을 느끼고 있는 것도 아니었다.

그냥 텅 비어 있었다. 먹어도, 마셔도 채워지지 않는 갈증이 그의 먹먹한 가슴을 가득 채웠다. 언젠가는 그녀를 미워하는 감정도 사라질지도 모른다. 만약 그 감정마저 사라졌을 땐, 그녀와 자신은 어떻게 되는 것일까.

"알아간다, 라."

그녀가 제게 했던 말을 곱씹던 건우의 입술 한쪽이 비죽 올라갔다. 의미 없는 노력이었다. 이제 자신은 어떤 것도 하고 싶지 않아졌는데, 그런 자신에 대해 알아가겠다니.

타이밍 참 더럽게 안 맞는다. 언제부턴가 삐걱거리기 시작한 타이밍은 현재 진행형이었다. 조금만 더 일찍 알아주지, 그랬으면…… 그랬으면.

우리 달라졌을까?

아니, 달라질 수 있었을까?

같은 미래를 꿈꿀 수 있었을까?

❖ ❖ ❖

아침 일찍 외출 준비를 끝내고 그녀가 간 곳은 건우의 집이었다. 비밀번호를 누르자 도어록 열리는 소리가 들렸고, 혜진은 저도 모르게 안도했다. 아직도 그의 공간이 제 공간이라고 말하고 있는 것 같은 착각을 일으켰다.

집 안으로 들어서자 며칠간 보일러를 틀지 않은 집은 냉기로 가득했다. 그녀가 숨을 쉴 때마다 입김이 시야를 가렸다. 집 안은 깨끗했다. 하지만 눈에 보이지 않은 잔 먼지가 있게 마련이다. 창문을 열고 청소기를 돌리기 시작했다. 세탁물을 담아놓은 옷가지들은 세탁기로 돌리고 정리되지 않은 물건들은 보기 좋게 정리했다. 그의 침실도 정리하고, 옷장 문을 열어 그가 입을 옷도 꺼냈다. 점퍼와 티셔츠 그리고 청바지 정도면 될까. 옷만 챙겨갈 생각이었는데 집 안 정리를 한 모습을 보고 그가 화를 내진 않을까. 탈수까지 마친 세탁물은 베란다에 널어놓고 혜진은 주방으로 갔다. 믹스 커피 한 잔을 가지고 와 소파에 앉아 숨을 돌렸다.

"집, 너무 넓다."

혼자 살기엔. 하지만 둘이면 적당할 정도였다. 혹은 셋 정도여
도 부족하지 않을 것 같다. 그러고 보니 이 집 인테리어 어느 것
하나 제 손길이 닿지 않은 곳이 없었다. 그릇이며 가구며 침실까
지. 모두 그와 같이 돌아다니며 구입한 것이었다. 그리 오래되지
않은 것 같은데 참 새삼스럽게 느껴졌다. 제집같이 편안했고, 그
와 같은 공간이 생김이 참 설레었다.

그와 같이 밥을 먹고 마주 보며 미소 지었다. 헝클어진 모습마
저 사랑스럽게 봐주는 사람이었다. 그랬었다. 그게 행복인 줄 모
르고 있었다.

혜진은 쓰게 웃으며 반쯤 남은 커피를 개수대에 버렸다. 건우가
갈아입을 옷가지를 담은 쇼핑백을 들고 집에서 나왔다. 문이 닫히
자 혜진은 저도 모르게 굳게 닫힌 현관문을 물끄러미 바라보았다.
그의 공간에 제 마음대로 들어올 수 있는 날이 이게 마지막일 것
같다는 생각이 들었다.

혜진이 병실에 도착하자 병실은 비어 있었다. 때마침 젖은 머리
를 털며 건우가 안으로 들어왔다.

"일찍 일어났네. 샤워하고 오는 길인가 봐. 갈아입을 옷 챙겨왔
어."

그녀가 건네는 쇼핑백에 있는 옷을 꺼냈다. 천 칸막이를 치고
건우는 옷을 갈아입었다. 바닥으로 환자복이 떨어지자 혜진은 손
으로 환자복을 집어 고이 접어 침대 위에 올려두었다. 칸막이 밖
으로 그가 나왔다. 아직 덜 말린 머리카락이 신경 쓰였다.

"머리 다 말리지 않고."

"됐어."

"감기 걸리면 어쩌려고……."

혜진의 손이 자연스럽게 건우의 머리로 향했다. 탁, 차갑게 건우가 그녀의 손을 쳐냈다.

놀란 혜진이 민망한 표정으로 그에게 내쳐진 손을 쓸었다.

"그럼 가자."

이내 아무렇지 않은 얼굴로 혜진이 먼저 병실을 나섰다. 건우는 슬쩍 그녀가 접어둔 환자복을 바라보다 밖으로 나왔다. 10㎝ 정도 거리를 둔 채 두 사람은 병실 복도를 지나 엘리베이터에 탑승했다. 그리고 1층에 멈춰 서자 건우가 먼저 내렸다. 그를 놓칠세라 혜진의 걸음이 빨라졌다. 편한 차림으로 온다고 운동화를 신었는데 운동화 끈이 풀려 버렸다. 하지만 자신에겐 운동화 끈조차 묶을 수 있는 시간이 주어지지 않았다. 혜진은 개의치 않고 병원 밖으로 나왔다.

"오늘 되게 춥다. 콜택시 불렀으니까 타고 가자. 올 때 되었는데……."

"그만 가. 혼자 갈게."

"오늘은 같이 가줄게. 오늘만."

어색하게 혜진이 웃으며 부탁했다. 예전엔 당연하게 생각했던 것들을 부탁하는 사이가 되어버렸다. 건우는 대답하지 않았다. 입술을 꾹 다문 채 정면만 응시했다. 택시가 도착하자 나란히 뒷좌석에 탑승하고는 대화가 단절되었다. 그는 창문 밖을, 그런 그의 뒤통수를 혜진은 말없이 바라볼 뿐이었다. 무릎 위로 가지런히 있는 그의 손을 혜진은 잡고 싶었다. 그리고 여전히 따뜻한지 확인하고 싶었다. 혜진은 뒤늦게 고개를 숙여 초라하게 끈이 풀린 운동화를 바라보았다. 허리를 숙여 운동화 끈을 묶는데 혜진의 눈빛이 아련하게 빛났다. 하필이면 옛 기억이 떠오를 게 뭐람.

그와 같이 길을 가던 중이었다. 운동화 끈이 풀린 걸 자신보다 먼저 발견한 그가 가던 길을 멈추고 길 한복판에서 그녀 앞에 한쪽 무릎을 굽혀 앉았다. 그리곤 말없이 운동화 끈을 묶어주었는데. 그렇게 이혜진 바보였던 차건우였는데.

택시에서 내리자 서늘한 바람이 불어왔다. 그의 머리가 흐트러지고 혜진의 긴 머리카락이 날렸다. 그가 먼저 오피스텔 안으로 들어갔다. 혜진이 서둘러 보일러를 켜고 녹차 티백을 띄운 따뜻한 차 한 잔을 그에게 건넸다. 건우는 차를 받을 생각 없이 멀뚱히 쳐다보기만 했다. 마치 예전으로 돌아간 착각이 들었다. 하지만 잠깐일 것이다.

"마치 네 집인 것 같다, 여기가."

"……."

"비밀번호 바꿀 거야. 멋대로 오지 마. 여기 있는 물건들도 당장 갈아치우고 싶은데……."

그녀를 지나쳐 점퍼를 벗으며 그의 목소리가 낮게 울렸다. 생각보다 일찍 찾아왔다. 그의 공간에 같이 있을 수 있는 시간이 이렇게 빨리 사라질 줄이야.

"참는 거야?"

"아니."

반쯤 몸을 비튼 그가 단호하게 대답했다. 조금의 망설임도 찾아볼 수 없는 확신에 찬 눈빛이었다.

그래, 참지 마. 차건우, 나한테 참지 마.

"바꿀 거야, 전부."

지체 없이 그의 입에서 확고함이 흘러나와 혜진의 귀를 찔렀다. 저도 모르게 다리에 힘이 풀려 소파에 털썩 주저앉고 말았다.

"물어볼 것이 있어."

"뭔데?"

반쯤 넋이 나간 얼굴로 혜진이 고개를 치켜들었다. 그게 자신에게 아직 남아 있는 게 있다는 사실에 안도했을 때였다.

"그 자식, 어디가 좋았어?"

"……뭐?"

묻는 건우의 표정이 담담했다. 지금까지 수없이 물었던 질문을 하는 것마냥, 목소리의 높낮이가 없었다.

"어디가 좋아서 흔들렸어? 어떤 모습에?"

"그게 궁금했어?"

담담함을 가장한 먹먹함에, 혜진은 소파에서 일어나 그와 시선을 마주했다.

"좋아한다, 고백은 했어? 그 자식 문자가 아주 절절하던데. 그 자식한테 가고 싶은 거 아냐?"

"……."

"손은 잡아봤어? 키스는? 안겨봤어? 그 자식, 손길이 나보다 따뜻했니?"

"……아무것도."

울컥, 하고 울음이 차올랐다. 혜진은 잠깐 숨을 고른 뒤 입술을 열었다.

"아무것도 하지 않았어. 정말이야."

동그랗게 말아 쥔 혜진의 손이 부들부들 떨렸다. 자신의 여자에게 이런 질문을 쏟아낸 건우의 표정이 참담하게 일그러졌다. 자신이 지금 뭐라고 지껄인 것인가. 하지만 수없이 속으로 해왔던 질문들이었다. 얼굴도 모르는 남자에게 제 여자를 빼앗긴 기분이었다. 빈껍데기만 옆에 두고 있는 처참한 기분에 건우는 비참해졌다. 하지만 결국 제가 우려한 일은 아무것도 없었음에도 그는 안도하지 못했다. 뒤틀린 마음이 좀처럼 제자릴 찾을 기미가 보이지 않았다.

　나한테 들키지나 말지. 끝까지 숨기지. 거짓말이라도 하지. 꼭 다른 남자 때문에 사랑이 식은 것 같잖아, 젠장.

　눈물을 참는 건우의 눈동자가 빨갛게 충혈되었다. 혜진은 실핏줄이 올라온 건우의 눈동자를 차마 바라보기 힘겨웠다. 손을 뻗어 그의 손을 잡았다. 움찔했지만, 그는 피하지 않았다.

　"손이, 왜 이리 차."

　건우의 손을 꽉 쥔 혜진이 나지막이 속삭였다. 지독하게 미운데, 미워서 다시 보고 싶지 않은데 제 손을 잡은 그녀의 손을 내칠 수가 없었다. 건우는 손을 제 가슴팍으로 끌어당겼다. 그 바람에 혜진이 그의 품에 안기는 꼴이 되고 말았다.

　"아……."

　혜진이 놀라 그의 품에서 빠져나오려 했지만 건우는 다른 팔로 그녀의 어깨를 잡았다. 암묵적으로 그가 말하고 있었다. 보내지 않겠다고.

　건우의 얼굴이 천천히 그녀의 얼굴로 가까이 다가왔다. 혜진은 본능적으로 반쯤 벌린 입술을 닫지 않았다.

질투의 화신이 된 남자의 입술은 거칠었다. 그녀의 입술을 억지로 벌리게 하고 그 안으로 침범해 혀를 우악스럽게 낚아챘다. 부드럽고 달콤하기만 했던 키스가 변해 버림에 혜진은 눈가에 눈물이 맺혔다. 점점 더 깊게 입안으로 들어온 그의 혀를 밀어내지 않았다. 제 상체와 밀착된 그의 단단한 가슴을 그저 쓸어내릴 뿐이었다. 건우는 혜진의 손을 풀어주곤 그녀의 셔츠 단추를 거칠게 풀었다. 결국 그의 성미에 못 이긴 단추가 힘없이 바닥으로 떨어졌다. 하지만 건우는 그런 사소한 것에 신경 쓸 겨를이 없었다. 이 순간 그녀를 미치도록 안고 싶은 욕망을 충족하고 싶을 뿐이었다. 지독한 갈증, 어쩌면 해소될지도 모른다.

셔츠 속으로 가슴을 감싸는 브래지어 안으로 손을 밀어 넣곤 가슴을 움켜쥐었다.

"하웃!"

한 손에 가득 들어온 가슴의 촉감은 미칠 듯이 부드러웠고, 고개를 치켜든 유두가 손바닥을 간질일 때마다 욕망이 고개를 점점 더 높게 치켜들고 있었다. 건우의 손이 결국 브래지어 후크를 풀었다. 그러자 거추장스러운 속옷이 바닥으로 떨어졌다. 그제야 자유가 된 젖가슴을 입안 가득 베어 물었다. 건우의 뜨거운 입김과 혀가 닿을 때마다 혜진의 입에서 야릇한 신음 소리가 터져 나왔다. 결국 그녀의 손이 그의 머리카락을 헤집으며 더 해달라고 애원하고 있었다.

혜진이 소파에 누웠다. 혜진의 위로 건우가 올라왔다. 혜진이 건우의 바지 지퍼를 내렸다. 흥분한 그의 분신이 꼿꼿이 고개를 치켜들었다. 혜진의 손이 그의 팬티 속으로 들어갔다. 그리곤 충분히 발기된 물건을 뿌리부터 애무했다. 건우는 그녀의 행동에 짐짓 놀랐다. 단 한 번도 먼저 해준 적이 없었다. 섹스를 할 때조차 사랑받지 못함에 좌절했었다. 수없이 그녀에게 매달렸고, 사랑을 갈구했지만 돌아오는 것은 냉대뿐이었다. 그는 그녀에게 애정을 느낄 수 없었다. 몸짓, 손짓에서 외면받는 기분이었다. 그런데 그녀가 손수 속옷을 벗기고 안으로 들어오라며 다리를 살짝 벌려주었다.

"들어와 줘."

혜진의 다리 사이로 파고든 건우가 한 번에 제 것을 밀어 넣었다. 갑작스럽게 밀려온 하체의 통증에 혜진은 소리 내는 대신 입술을 깨물었다. 그가 배려 없이 허리를 움직이기 시작했다. 늘 그녀의 내부에 조심스럽게 들어오던 움직임이 아니었다. 어찌 되든 상관없다는 식의 다소 거친 움직임이었다. 치골이 맞닿도록 깊게 들어오자 그녀의 내부의 조여옴에 건우의 입에서 낮은 신음이 터졌다. 그녀의 내부에 액이 가득하다 못해 흘러넘쳤다. 넘치고 넘쳐 나서 질척거리는 소리에 건우의 물건이 더 크게 부풀었다. 건우는 그녀의 가슴에 얼굴을 묻었다. 하지만 허리의 움직임은 멈추지 않은 채였다. 조금 더, 이렇게 이대로 있고 싶었다.

"훗!"

"흐웃!"

서로의 신음 소리에 엉킨 조용한 집 안 내부는 질척거렸다. 건우의 이마엔 땀이 맺혔고, 혜진의 몸은 열기로 뜨겁게 달아올랐다. 건우의 흥분이 정점에 도달하기 전이었다. 사랑이 아닌 그저 동물적 움직임으로 쾌락을 채우려 했던 건우의 움직임이 일순간

멈추었다. 그리곤 그녀의 내부에서 분신을 빼낸 채 미련 없이 일
어섰다. 놀란 혜진이 그를 올려다보았다.

"먼저 씻을게."

그렇게 그녀를 소파에 덩그러니 버려둔 채 건우는 욕실로 들어
가 버렸다. 샤워부스에 몸을 기댄 채 건우는 눈을 감았다. 쾌락에
눈이 멀어 그녀를 안다니. 일방적이었다. 멋대로 그녀를 안고 키
스를 했다. 그녀는 자신을 밀어내진 않았으나, 그의 움직임이 거
칠어질수록 고통스러운 듯 미간을 찌푸렸다. 그녀를 이런 식으로
대한 건 처음이었다.

정말 형편없다, 차건우.

벽에 손을 댄 손을 주먹을 쥔 건우는 입술을 잘끈 씹었다.

그때였다. 제 등에 닿는 촉감에 건우가 움찔했다. 혜진이었다.
그의 등에 얼굴을 대고 그의 등을 쓸고 있었다.

"그래, 화내. 마음껏."

조용한 혜진의 목소리가 욕실을 채웠다. 뿌연 수증기처럼, 아련
히 사라질 것만 같은 위태로운 목소리였다. 혜진의 손이 넓은 그
의 등을 매만졌다. 물기에 젖은 건우의 어깨는 단단해 보였고 곧
게 뻗은 허리는 꽤 멋있었다. 혜진은 저도 모르게 손가락으로 그
의 척추를 매만졌다. 길게 밑으로 내려온 손가락이 그의 엉덩이까
지 도달했다.

건우는 제 몸을 쓰다듬는 혜진의 손길에 찌릿, 전기가 온 것처
럼 움직일 수가 없었다. 자신의 몸 중심부에 있는 물건은 이미 흥
분해 발기가 되었다. 건우는 몸을 돌려 혜진의 가는 손목을 움켜
잡았다. 그가 한걸음에 다가와 그녀와 상체를 밀착했다. 그러자

혜진의 복부에 그의 물건이 닿았다.

"나한테 많은 걸 바라지 마."

"바라지 않아."

혜진의 까만 눈동자는 거짓 없이 대답하고 있었다. 건우는 움켜
잡은 혜진의 손을 위로 올렸다. 그리곤 굶주린 늑대처럼 하얀 목
덜미를 입안에 머금었다. 혀로 핥고 빨며 그녀가 제 여자라는 흔
적을 남기는 것을 멈추지 않았다. 가슴에서 배로 그리고 그녀의
다리까지 구석구석 흔적을 남기던 그가 명령했다.

"뒤돌아."

혜진은 말없이 몸을 돌려 벽에 밀착했다. 젖가슴에 닿는 차가운
촉감에 혜진의 가는 어깨가 살짝 떨렸다. 건우는 제 분신을 그녀
의 엉덩이 밑으로 지분거리다 다리 사이로 제 분신을 찔러 넣었
다.

"윽!"

입술을 깨물며 참았던 신음 소리가 건우의 입술을 비집고 흘러
나왔다. 촉촉하게 젖은 내부로 더 깊게 들어가고 싶어 양손으로
맞잡은 그녀의 엉덩이를 세게 쥐었다. 뜨겁게 흐르는 물줄기가 두
사람에게 쏟아졌다. 머리카락에서 목덜미로, 그리고 등줄기로 흐
르는 물줄기가 쉼 없이 떨어져 내렸다.

"하윽."

벽을 짚은 혜진의 손이 무너질 기세였다. 곧게 뻗은 다리가 힘
에 부치는지 안으로 모아졌다. 건우의 손이 벽을 짚고 있는 혜진
의 손 위로 겹쳐졌다.

아직은 안 된다. 지쳐 무너지기엔 이르다. 뜨겁게 분신을 감싸

는 그녀의 내부는 지독한 갈증을 일으켰다. 살과 살이 부딪혀 질 퍽거리는 마찰음과 서로의 신음 소리가 뒤엉켜 욕실 안을 뜨겁게 달궜다. 건우의 움직임에 속도가 붙었다. 조금 전보다 거칠게 내부에 침입할수록 혜진은 다리에 힘이 풀려 주저앉고 싶었다.

"흐흣!"

높게 치켜든 혜진의 턱이 벽에 닿았다. 강하게 밀어붙이는 그의 허리짓을 감당하는 혜진의 모습이 쓰러질 것처럼 위태로워 보였다. 자신을 받아들이는 것이 버겁다는 것을 알고 있음에도 그의 허리짓은 여전히 거칠었다. 서로의 내뱉는 숨도 점점 가빠졌다. 혜진의 동그란 엉덩이를 양손으로 붙잡아 제 몸 쪽으로 가까이 한 건우의 움직임이 절정에 달했다.

"윽!"

건우의 입에서 나지막한 신음이 터져 나왔다. 혜진은 다리 사이로 느껴지는 뜨거운 촉감에 감았던 눈을 살며시 떴다. 긴 속눈썹이 파르르 떨렸다. 당장에라도 주저앉고 싶은 걸 가까스로 참아내며 몸을 비틀어 그를 바라보았다.

생기란 찾아볼 수 없는 무표정한 그의 얼굴을 바라보고 있기가 힘들었다. 그는 우두커니 샤워 부스 밑에서 쏟아지는 물줄기를 맞으며 혜진을 바라보았다. 예전 같았으면 이렇게 온전히 자신을 받아내지 못했을 것이다. 섹스도 제 기분 따라 하는 그녀였으니 그랬다. 언제나 애무 따위 없는, 자신이 뭐든지 다 해주길 바랐다. 하지만 가끔은 자신도 그녀에게 애무를 받고 싶을 때가 있었다. 기계적이고 예의상이 아닌 온전히 애정으로 가득히 자신의 몸을 사랑해 주길 바랐다.

아니라고 생각했지만 어쩌면 '기브 앤 테이크'를 바라는지도 모르겠다. 득과 실을 철저히 따지는 계산적인 사람이 아니라고 생각했지만, 지금 자신의 모습은 너무 형편없었다. 건우는 욕실에서 나와 타월로 몸을 닦곤 침대에 앉았다. 그리고 오랫동안 욕실 안에서 물줄기가 떨어지는 소리는 멈추지 않았다. 그녀가 씻는 소리는 나지 않았다. 그저 물줄기가 곤두박질치는 소리가 아련히 들릴 뿐이었다.

곤두선 신경 때문인지 피곤이 밀려왔다. 눈꺼풀이 무거워져 눈을 뜨고 있기가 힘겨웠다.

❖ ❖ ❖

굵은 물줄기 밑에서 혜진은 몸을 웅크린 채 앉아 있었다. 얼굴에서 핏기가 사라지고, 물에 닿는 피부가 쓰라릴 때까지 있던 그녀가 욕실에서 나왔을 때 그는 침대에 쓰러져 잠들어 있었다. 타월로 대강 물기를 닦은 후 머리를 말리며 침대 끄트머리에 앉았다. 젖은 머리카락에서 떨어진 물기가 침대시트를 적셨다. 차갑게 식은 혜진의 손끝이 까칠한 건우의 뺨을 쓸었다. 잠시 눈썹이 꿈틀댔지만, 이윽고 다시 평온을 되찾았다.

혜진은 건우와 섹스를 마친 뒤, 참을 수 없는 공허함이 몸을 감싸는 걸 느꼈다. 관계가 끝나면 그는 늘 자신을 꼭 안아주었다. 가뜩이나 더운데, 그의 체온에 몸이 열기로 타버릴 것 같았던 적도 있었다. 그런데 이제는 알겠다. 그가 왜 관계가 끝난 후 포옹을 했는지.

"이렇게 몸이 빨리 식어버릴 줄이야."

심장까지 얼어붙은 것처럼 몸이 차가웠다. 그런데 그는 이런 싸
늘함을 줄곧 어떻게 견뎠던 걸까. 늘 관계가 끝나면 곧장 잠드는
그녀를 품에 가둔 이는 건우였다. 혜진은 그게 참 당연했다. 자신
이 한 번도 그를 안을 생각을 하지 않았다. 왜 그런 생각을 진작
하지 못했을까.

혜진의 눈꺼풀이 반쯤 내려앉아 있었다. 유일하게 그를 마음 놓
고 바라보거나 손길이 닿을 수 있는 시간은 그가 잠들어 있을 때
였다. 그는 자신의 손길이 닿는 것조차 거부했다. 혜진은 그대로
침대에 누웠다. 그가 숨을 내뱉을 때마다 고른 숨이 혜진의 뺨을
간질였다.

혜진이 팔을 뻗어 그의 등을 안았다. 차갑게 식은 그의 몸을 자
신의 체온으로 따뜻하게 해주고 싶었다. 하지만 정작 따뜻해지는
건 자신인 듯했다. 곤히 잠든 그의 얼굴을 바라보던 혜진의 눈꺼
풀이 스르륵 감겼다.

❖ ❖ ❖

눈을 떴을 때 그녀는 없었다. 집 안은 고요했다. 침대시트에 물
기가 묻어 있었다. 어떻게 생긴 것인지 알 순 없으나 중요한 일은
아니었다.

건우는 몸을 일으켜 방에서 나왔다. 아무렇게나 벗어 던진 옷가
지가 말끔하게 정리되어 있었다. 그녀의 옷은 없었다. 짐승처럼
그녀의 몸을 탐했던 흔적은 남아 있지 않았다. 마치 처음부터 없

었던 일 같았다. 이불도 덮지 않은 채 얼마나 잠이 들었던 것일까. 그런데 이상하게 춥지 않았다. 소파에 앉은 그의 시선이 벽시계로 향했다. 6시가 조금 넘은 시각이었다. 하루 종일 잠들어 있었던 모양이다. 하지만 공복감은 전혀 느낄 수 없었다.

지잉.

협탁 위에 올려둔 핸드폰이 잡음을 냈다. 건우는 다시 방 안으로 들어갔다. 발신인을 확인하니 지혁이었다.

"어."

〈대리님, 퇴원 잘 하셨어요?〉

지혁이 밝은 목소리로 안부를 물었다.

"응. 내일부터 출근할 수 있을 거야."

〈몸은 괜찮으신 겁니까? 더 쉬셔야 하는 거 아닌지…….〉

걱정 어린 지혁의 말을 자른 건우가 단호하게 대답했다.

"말짱해, 인마."

〈그럼 다행이고요. 참, 저 내일 강원도 출장 갑니다.〉

"강원도? 거긴 왜?"

침대에 걸터앉은 건우가 물었다.

〈대리님께서 맡은 별장 말입니다. 이제 공사 들어가서 자재랑 이것저것 확인해 보려고요.〉

"내가 갈게."

건우가 지체하지 않고 대답했다.

〈예?〉

"내가 간다고. 내가 맡은 일이잖아."

그래 주면 감사하겠지만, 하며 지혁이 쉽게 건우의 호의를 받지 못했다. 그도 그럴 것이 이제 막 퇴원하는 사람을 장거리 운전을 하며 강원도로 보내기가 마음에 걸리는 듯했다.

〈괜찮습니다. 이번엔 제가 다녀오겠습니다.〉

어쩐 일인지 지혁이 그의 호의를 거절했다.

"이제 막 면허 딴 놈이 잘도 강원도까지 갔다 오겠다. 내가 갈 테니 그리 알아. 그럼 바로 강원도로 간다."

〈하, 하지만 대리님.〉

"내일모레 출근하면 커피나 한잔 사든가. 끊는다."

건우는 지체 없이 전화를 끊었다. 다시금 적막이 그의 어깨를 감쌌다.

11. 짝사랑하는 기분

조용한 술집 안, 걸쭉하게 취한 노 차장의 목소리가 크게 울렸다.

"도대체 내가 뭐가 부족해서? 집 있어, 차 있어, 직장 번듯해. 도대체 뭐가? 딸꾹! 나이 많은 것 빼고는 뭐가 부족하냐고. 아우, 진짜⋯⋯."

연거푸 술잔을 들더니 결국 노 차장은 똑바로 앉아 있기조차 힘겨운 몸을 테이블에 기댄 채 반쯤 눈이 풀려 있었다. 바로 어제 맞선에서 차이고 난 뒤 노 차장은 깊은 상심에 빠져 있었다. 노 차장의 기분을 풀어주기 위해 김 대리와 혜진이 같이 저녁을 먹고 간단히 맥주 한잔하려던 자리가 결국 새벽녘까지 소주를 까고 있었다. 테이블엔 노 차장이 마신 소주병이 나뒹굴고 있었다. 술집에 들어와 처음 소주 한 병과 함께 주문한 과일안주는 먹기 싫게 색이 바랬다.

"차장님, 그만 마시고⋯⋯."

"이 주임이 내 기분을 어떻게 이해하겠어. 김 대리도 마찬가지야. 지금까지 쏠로인 내 기분을. 내가 얼마나 치열하게 외로움과 싸우고 있는지 알 수 있겠어? 후우!"

혜진이 노 차장을 말릴 때마다 노 차장은 저 말만 되풀이했다. 결혼한 사람과 애인이 있는 사람은 절대 이해 못할 외로움이라는 것이다. 몇 시간째 노 차장을 어르고 달래는 것도 한계에 다다른 혜진은 노 차장이 뻗을 때까지 기다리기로 했다. 술집에서 걸어서 5분이면 노 차장이 사는 아파트가 나오니, 데려다 주고 혜진도 집에 가면 될 터였다.

아까부터 계속 울려대는 핸드폰을 보며 김 대리가 안절부절못하는 걸 혜진이 얼른 가라며 등 떠밀었다. 혜진과 마찬가지로 김 대리의 집은 한 시간 이상 걸리는 거리였다. 미안한 얼굴로 김 대리가 술집을 나간 후, 혜진은 제 핸드폰을 가방에서 꺼냈다. 핸드폰은 쥐 죽은 듯 조용했다. 노 차장이 말하는 치열한 외로움이라는 게 이런 것인가 싶었다. 조용한 핸드폰, 따뜻한 말 한마디 없는 관계. 상처가 가득 담긴 눈동자로 서로에게 상처만 내는⋯⋯.

"외로움⋯⋯."

처음이었다, 그를 만나며 외롭다고 느껴본 적은.

그 단어를 입어 올리며 혜진이 빈 잔에 소주를 반쯤 따라 우두커니 바라보았다. 술을 마시지도 않았는데 입안이 벌써부터 썼다.

"사소한 것에서부터 시작인 건가, 외롭다는 건."

빙글빙글 잔을 돌리던 혜진이 단번에 입속에 털어 넣었다. 혜진은 핸드폰 액정을 켰다. 문자메시지 함엔 자신이 보낸 발신 메시지만 가득했다. 그는 대답조차 해주지 않았다. 한 사람만 일방적인 건, 이렇게 사람을 지치게 만드는 거구나. 지치고 지침이 겹겹이 쌓여 만들어지는 게 외로움이라면, 그는 얼마나 외로움 속에서 자신을 사랑했던 것일까.

두 번째 잔을 입속에 털어 넣었을 때, 노 차장은 테이블에 머리를 박고 있었다. 술주정은 여전했다. 혜진은 소주병을 탈탈 털어 잔에 따라 마지막 잔을 마시곤 외투를 입었다. 그리곤 노 차장을 부축해 일어섰다. 술집에서 나오자 칼바람이 여미지 않은 외투 속으로 침범했다. 하지만 한 손으로는 노 차장을 부축하고, 다른 손으로 노 차장의 백을 들고 있었으니 외투를 여밀 여분의 손이 없었다.

5분 거리의 아파트를 30분 만에 도착한 혜진은 기진맥진했다. 바닥에 주저앉아 전봇대를 붙들고 오바이트를 하는 노 차장은 혜진은 숨 돌릴 시간조차 주지 않았다.

"차장님, 비밀번호 뭐예요?"

"그게 뭐야? 먹는 거야?"

"집 비밀번호요."

도어록을 열고 혜진은 진담을 뺐다. 이미 만취한 노 차장은 혜진이 원하는 대답을 해주지 않았다.

"몰라, 그런 거."

미치겠네, 혼잣말을 하며 혜진이 도어록 비밀번호를 눌러봤지만 맞지 않았다. 어느덧 시간은 새벽 2시를 향해 가고 있었다.

피곤함에 혜진의 눈이 빨갛게 충혈되었다. 바닥에 주저앉아 정신을 차리지 못하는 노 차장을 두고 집에 갈 수도 없는 노릇이었다. 잠깐 졸았는지 잠에서 깬 노 차장이 벌떡 일어났다. 그러다 뭐에 씌인 얼굴로 도어록 비밀번호를 누르더니 집 안으로 사라졌다. 혜진은 황당한 얼굴로 굳게 닫힌 문을 바라보다 터덜터덜 힘없는 걸음으로 아파트에서 나왔다. 비로소 자유의 몸이 된 혜진은 외투를 여미곤 큰길가로 나왔다. 택시를 잡으려는 손이 바쁘게 움직여도 손님을 태운 택시는 그냥 지나칠 뿐이었다. 혜진은 가방에서 핸드폰을 꺼냈다. 다시 핸드폰을 가방에 넣던 혜진의 손이 바삐 움직였다.

"지갑!"

혜진은 머리가 하얗게 변했다. 노 차장을 집에 데려다 줄 생각에 가방 지퍼를 닫는 걸 깜빡했더니 지갑을 어디서 떨군 모양이었다.

"하아!"

못살아, 정말.

스스로를 타박하며 혜진은 망연자실한 얼굴로 우두커니 서 있었다. 다리에서 힘이 쭉 빠진다. 혜진의 걸음이 술집으로 향했다. 착석했던 자리를 찾아보았으나 지갑은 없었고, 직원도 지갑은 보지 못했다고 했다. 지금 당장 자신을 데리러 와줄 사람도 없었다. 시간도 늦은데다 부모님은 큰집에 간 상태이고, 그렇다고 형부를 부를 수도 없었다. 당장 빈털터리인 자신이 집에 갈 방법은 없었다. 주아에게 전화를 걸었지만, 자는 모양인지 받지 않았다. 하긴, 지금 벌써 몇 시인데.

"건우도 자고 있겠지."

이 시각에 전화하는 것은 명백한 민폐였다. 혜진은 망설이다 결국 핸드폰을 가방에 넣은 채 힘없이 도로를 걸었다. 그때였다. 가방에 넣은 핸드폰이 몸을 부르르 떨었다. 이 시각에 자신에게 전화할 사람은 없었다. 혹시 지갑을 보관하고 있는 사람일지도 모른다는 생각에 혜진의 손이 부리나케 움직였다.

건우다.

액정을 바라본 혜진은 그의 이름을 멍하니 바라보다 뒤늦게 통화 버튼을 눌렀다. 마침 지나가는 화물차 클랙슨 소리가 혜진의 귀를 찔렀다.

〈어디야?〉

말하는 건우의 목소리가 낮게 깔렸다. 회식이라고 그에게 알려 주긴 했으나, 집에 간다는 문자는 하지 않았다. 일찍 집에 가겠다고 했지만 약속을 지키지 못했다.

"집에 가는 길."

〈이 시각에?〉

"어쩌다 보니 그렇게 되었어. 그러는 너는, 이 시각에 웬 전화야?"

자다 깬 사람 목소리처럼 잠겨 있는 목소리가 아니었기에 혜진이 물었다. 혹시 또다시 야근 강행을 하고 있는 건 아닌지 걱정이 되었다.

〈잘못 눌렀어.〉

"아……."

그의 솔직한 대답에 혜진은 할 말을 잃었다.

〈끊어.〉

"건, 건우야."

혜진이 그를 다급하게 불렀다. 전화가 끊긴 듯 조용했다.

"미안한데……."

〈뭐야, 빨리 말해.〉

짜증스런 건우의 목소리에 혜진이 숨을 들이마셨다.

"지금 와줄 수 있을까?"

〈뭐?〉

반문하는 건우의 목소리가 날이 서 있었다.

"지갑을 잃어버렸어, 실은."

솔직하게 말하고 혜진은 한숨을 쉬었다. 백을 들고 있는 손이 차갑게 얼어 있었다. 지금의 그는 당장 그녀가 있는 곳으로 오지 않을지도 몰랐다.

〈너란 여자, 진짜…….〉

말을 삼킨 그의 입에서 짙은 숨이 전화기 너머로 흘러들어 왔다.

〈신경 쓰여.〉

"……."

〈그게 참 짜증 나.〉

"……."

그 기분, 조금 알 것 같다. 혜진은 조그맣게 달싹거렸던 입술을 닫았다.

〈거기 있어.〉

전화가 끊겼다. 위치를 말해주지 않았지만, 그는 자신이 어디에 있는지 알 것이다. 회식을 하는 장소, 그리고 노 차장의 집 위치까지 아는 그였다. 그사이 어디쯤이라고 생각한 모양이었다. 결국엔 이런 부탁을 할 사람은 건우밖에 없었다. 지금의 그는 부탁을 들어주지 않을 거라 생각했던 혜진의 판단이 빗나갔다. 그가 오는 시간이 얼마나 걸릴지 알 길이 없었으나, 혜진은 지금 여기 이곳에서 그를 기다릴 수밖에 없었다.

❖ ❖ ❖

강원도엔 한파주의보로 눈이 성인의 다리를 덮을 정도로 쌓여 있었다. 차가 막혀 강원도에 도착했을 땐 오후가 훌쩍 넘어 있었고 일을 마친 후 인천으로 오기까지 속도를 내지 못하고 거북이걸음으로 강원도를 빠져나온 뒤였다. 그렇게 고속도로를 타고 인천에 진입했을 땐 새벽이었다. 그녀에게 전화를 걸어놓고, 잘못 눌렀다고 건우는 뻔뻔하게 거짓말을 했다. 분명 제대로 그녀의 이름을 눌렀음에도 부인했다.

"이 시각에 겁도 없이, 젠장."

입술을 잘끈 씹으며 건우는 액셀을 세게 밟았다. 어느덧 새벽 3시에 가까워져 있었다. 시간이 지나갈수록 건우는 그녀 걱정에 안절부절못했다. 새벽에 혼자 있다가 무슨 일을 당할지도 모른다. 더군다나 그녀의 상사의 집 근처는 유흥가였고, 후미진 골목까지 있어서 더욱 걱정이었다. 마침내 그녀가 있는 곳 근처에 도착한 건우는 눈으로 그녀를 찾았다. 분명 큰 길거리에 있을 것이다. 상가 건물 안엔 대부분 남자들이 담배를 피우거나 무리 지은 사람들이 있을 가능성이 컸다.

그의 시야에 바들바들 떨며 서 있는 혜진이 들어왔다. 건우는 그녀 앞에 차를 세웠다. 창문을 내려 얼어 있는 그녀의 얼굴을 바라보았다.

"타."

그의 말이 떨어지자 혜진이 보조석 문을 열고 차에 올랐다. 따뜻한 온기에 바들바들 떨던 몸의 떨림이 점차 잦아들었다. 정면을 응시하고 있는 건우의 얼굴을 혜진은 미안한 눈길로 바라보았다.

"미안, 너무 늦었는데."

"됐어."

요즘 거듭되는 사과에 혜진은 더 말을 잇지 못하고 창밖으로 시선을 던졌다. 속쌍꺼풀진 그의 눈이 움푹 패어 있었다. 좋지 않은 그의 안색에 혜진의 표정이 안타깝게 변했다.

"네가 그랬지? 맞지 않는 나와 맞춰가는 게 좋았다고."

"……."

"아니, 틀렸어."

이렇게 힘든데 좋을 리가 없다. 어떻게 좋기만 할 수 있겠는가. 그녀의 말에 건우가 곁눈질로 혜진을 바라보았다.

"내내 이런 기분이었어?"

혜진의 물음에 차가운 건우의 반응이 이어졌다.

"무슨 말이 하고 싶은 거야?"

"참 외로웠겠다."

고른 숨과 함께 터진 혜진의 말에 건우는 아무런 반응이 없었다. 이제라도 알아주니 고마워해야 하는 건가. 아니면 뒤늦게 알았음을 타박해야 하는 것인가. 하지만 건우는 아무런 감정도 들지 않았다. 아쉬움이 그의 가슴에 조금씩 스며들었다. 정말 우리 맞지 않네, 하는 기분이 들었다. 건우도 조금 솔직하게 입술을 움직였다.

"그래, 내내 그런 기분이었어."

"……."

"짝사랑하는 기분."

"하아."

"넌 거기까지는 아니잖아."

혜진의 눈이 가늘어졌다. 아직 멀었어, 라고 그의 표정이 말하고 있었다.

7년, 그거 짧은 시간 아닌데 내내 짝사랑하는 기분이었다니.

뒤늦게 알게 된 그의 진심에 혜진은 시선을 아래로 떨어뜨렸다. 자신은 그에 대해 얼마나 알려고 노력했을까. 전화 한 통에 자신 앞에 나타날 정도로 그는 얼마나 노력한 걸까.

도대체 얼마나.

"그런 표정 할 거 없어."

"뭐?"

"내가 좋아서 그랬고, 내가 미쳐서 그랬으니까."

"……."

"그러니까 앞으로는 그런 일 없을 거라는 거야."

그 말이 상처가 되기는커녕 안심이 되는 걸 보면 혜진은 어느 정도 각오를 한 모양이었다. 한쪽만 일방적인 게 얼마나 힘에 부치는지 알아버렸다. 그에게 더 이상 요구할 수 없었다.

"그래, 그만하면 됐어."

자신은 하루도 못 견뎠을 일을, 지금껏 묵묵히 해온 것이다.

다 타버려서 재가 되었겠다, 그의 가슴은.

자신은 단 며칠도 이렇게 힘이 드는데…….

제 가슴도 똑같이 재가 되면 그땐 그를 완전히 이해할 수 있을까.

그 긴 시간 동안 그가 제 곁에 있을까.

한 치 앞도 예측할 수 없는 미래에 혜진의 눈꺼풀이 반쯤 감겼다.

밖의 공기보다 더 차가운 공기가 차 안에 넘실거렸다. 새벽의 공기보다 차갑고, 한파의 바람보다 더 서늘한 기운이 혜진의 몸을 감쌌다. 그리고 그 공기를 들이마시는 건우의 목은 따끔거렸다.

"네가 뭘 안다고?"

무표정한 얼굴로 여전히 정면을 응시한 건우는 제 얼굴에 닿아 있는 혜진의 시선을 무시했다. 분노를 담은 목소리도, 그렇다고 화를 억누르는 목소리도 아니었다. 그저 담담하게 그가 물었다.

"……."

"다 아는 듯 지껄이지 마."

"네가 그런 말을 할 줄 아는 사람인 걸 처음 알았네."

떨리는 목소리를 감추기 위해 혜진이 머리를 쓸어 넘기는 제스처를 취했지만 소용없었다.

"그러니까 넌 아직 멀었다는 거야."

"멀었다…… 고?"

주황색 불빛을 뿜어내는 가로등을 휙휙 지나쳤다. 도대체 무엇을 위해 그는 그녀를 제 옆에 붙들어놓는 것일까. 내 화를 다 받아달라고 떼쓰는 어린애처럼 내내 삐뚤어진 입술로 수없이 생채기를 낼 뿐이었다. 그렇게 서로 상처만 남았을 때 우리는 다시 되돌릴 수 없는 사이가 될 것이다.

"그만할까?"

"뭐?"

그의 말에 혜진이 놀라 반문했다.

"헤어질까?"

"……."

"그래, 헤어지자."

혜진이 어떤 표정을 하고 있을지 건우는 일부러 확인하지 않았
다. 아무것도 담고 있지 않은 눈동자는 지친 기색으로 앞만 보고
있었다. 왔던 길을 또다시 지나친 것 같은 착각이 일 정도로 같은
곳을 빙빙 도는 기분이었다.

혜진은 심장이 덜컹 내려앉았다. 이미 예상했던 현실과 마주한
기분이었다. 혜진은 그의 얼굴을 똑바로 바라보지 못했다. 터져
나오려는 울음을 삼킨 채 입술을 깨물었다.

"……싫어."

"싫어?"

그가 이죽거리며 반문했다. 제대로 사랑해 주지도 않으면서 싫
다고 한다. 제대로 자신을 마주할 자신도 없으면서……. 내내 이
렇게 자신에게 상처를 받고, 어쩔 줄 몰라 하며 빙빙 돌기만 할 거
면서……. 그럴 거면서.

"그것만큼은 못하겠어."

"그것만큼……."

이제야 그를 이해하기 시작했는데……. 그를 제대로 바라보고
알아가기로 했는데……. 그는 마치 지금껏 가슴에 담아둔 말을 꺼

내는 것처럼 목소리가 담담하기 그지없었다.

"나는."

"……."

"조금 늦을지도 몰라. 네 말대로 이기적이고 자기중심적이지. 그리고 지독하게 솔직하기까지 하고."

"……."

"그래서 널 제대로 사랑해 본 적 없는 것 같아. 하지만 이젠 제대로 사랑해 볼래."

"하……."

"차건우, 너를."

"무슨 웃기는 소리를……."

"제대로 이해하고, 사랑해 볼게."

건우는 입술을 굳게 다물었다. 해본 적 없는 걸 그녀가 할 수 있으리라 생각하진 않았다. 그저 이런 말을 한다는 것 자체가 건우는 놀라울 뿐이었다. 고맙고 감동적이기는커녕, 뒤늦게 이러는 그녀의 행동이 달갑지 않았다. 출구가 없는 미로에 갇힌 것처럼 혼란스러웠다.

어느새 그녀의 집 근처에 도착했다.

"조심히 가, 도착하면 연락하고."

그녀의 말에 건우는 대답하지 않았다.

"네가 없는 세상, 생각해 본 적 없어. 헤어지는 건 세 번만 더 생각하고……."

"시끄러워, 그만하고 가."

피곤한 눈을 깊게 감았다 뜬 건우가 차갑게 말했다. 혜진은 더

할 말이 남은 눈빛으로 그를 바라보다 차에서 내렸다. 그러자 기다렸다는 듯, 그의 차가 혜진을 빠르게 지나쳐 달려 나갔다. 건우의 시선이 백미러로 향했다. 그녀는 그의 차가 골목 어귀를 빠져나갈 때까지 서 있었다.

세 번…….

그의 눈이 가늘어졌다. 그가 그녀에게 했던 말이었다. 그녀가 고민하는 일이 있으면 세 번 더 생각해 보라고 그가 조언했다. 그 조언을 하필이면 이별을 고할 때 듣게 되다니.

건우의 얼굴이 보기 싫게 일그러졌다.

❖ ❖ ❖

회의를 마치고 자리로 돌아온 건우는 핸드폰 액정을 켰다.

부재중 전화 1통이 도착해 있었다. 생각지도 못한 사람이었다. 주아였다.

건우는 사무실에서 나와 주아에게 전화를 걸었다.

〈응, 전화 안 받더라.〉

"회의 있었어."

문득 건우는 궁금했다, 혜진이 다른 남자에게 흔들렸다는 사실을 주아도 알고 있었는지.

〈지나가는 길이라 커피 한 잔 샀는데 내가 이미 마셨어. 일찍 좀 하지.〉

"아, 그랬구나."

건우는 싱겁게 반응했다. 그녀가 지나가는 길이었건 저에게 커피 한 잔 대접하려고 했건 그것은 중요하지 않았다. 건우의 건조하게 마른 입술이 열렸다.

"주아야, 넌 알고 있었지?"

〈뭘?〉

"혜진이가 다른 남자에게 흔들렸다는 걸."

〈너…….〉

주아가 말을 잇지 못한 채 숨을 삼키는 소리가 건우의 귀에 들렸다.

"어떤 놈인지 알지?"

〈어떻게……?〉

"놀랄 것 없어. 어쩌다 알게 되었을 뿐이고, 난 그놈이 누군지 궁금할 뿐이니까."

〈미안, 모른 척해서.〉

주아가 순순히 사과했다.

"사과할 필요 없어. 내 친구이기 전에 넌 혜진의 친구니까."

〈그래서 모른 척한 게 아니야.〉

"그럼?"

건우가 벽에 몸을 기댔다.

〈스스로가 지나가는 바람임을 알고 끊었으니까. 그리고 제 행동에 부끄러움을 느끼고 잘못을 인정했으니까. 그래서 모른 척한 거야. 혜진의 친구이기 때문이 아니라.〉

건우의 무거운 눈꺼풀이 스르륵 감겼다.

"……그놈 누구야?"

〈건우야.〉

"어떤 놈인지 궁금해."

〈…….〉

"지나가는 바람이건, 잘못을 깨달았건 그건 중요하지 않아. 내가 아닌 다른 놈에게 흔들렸다는 게 중요하니까."

확고한 건우의 목소리에 머뭇거리던 주아가 대답할 수밖에 없었다. 주아와 통화를 끝내고 건우는 생각에 잠겼다.

"술집 라이브 싱어야."

힘겹게 입술을 연 주아는 순순히 남자에 대한 정보를 말했다.

라이브 싱어?

그럼 노래 들으러 가야겠군.

❖ ❖ ❖

평일 술집 안은 조용했다. 시끄러운 음악이 흘러나오는 시내 술집과는 다른 분위기였다. 직원이 서비스 안주를 내놓자 지혁이 기다렸다는 듯 주문했다.

"여기 맥주 500cc 네 잔 하고 과일안주 주세요."

빌지에 주문을 체크한 직원이 사라지자, 오랜만의 회식에 들뜬 지혁이 상기된 얼굴로 입을 열었다.

"여기 분위기 좋네요. 사람도 북적거리지 않아 조용하고요. 대리님은 여기 여자친구분과 자주 오던 곳이에요?"

팔꿈치로 건우의 옆구리를 찌르며 지혁이 커플들깨나 오게 생겼다며 솔로 인생을 한탄했다. 다른 직원들은 지혁에게 얼른 여자 친구를 만들어 커플 모임으로 오자고 한술 더 뜨며 말했다. 그렇게 가벼운 농담이 오고 가는 사이, 내부 조명이 어두워졌다.

그때 어떤 남자가 무대 위로 성큼 걸어 나왔다. 준비해 온 기타를 치며 남자가 노래를 부르기 시작했다. 대부분 여자들은 그의 노래에 흠뻑 취해 감탄을 금치 못하고 있었고, 남자들도 호응하며 그의 노래를 안주 삼아 주거니 받거니 하고 있었다.

자신은 음치였다. 지독하게도 못하는 게 노래였다. 운동이나 공부는 노력해서 웬만큼 하지만, 노래는 정말 따라가기 힘들었다. 그래서 노래 부르는 것을 별로 좋아하지 않았다. 노래방에 가면 거의 대부분 듣는 쪽이었으니 재미없는 놈이라고 주위 사람들이 고개를 저었다.

그는 자신과 딴판이었다. 정말 달랐다. 모습에서 풍겨지는 분위기, 외모와 목소리까지 전부 달랐다.

건우의 찌를 듯한 시선이 한곳으로 향했다. 성진의 얼굴을 뚫을 기세로 바라보다 주문한 맥주를 벌컥벌컥 들이켰다. 같이 온 직원들도 성진의 노래를 칭찬하기 바빴다. 하지만 건우의 귀엔 그의 노래가 아닌 목소리만 박힐 뿐이었다. 어떤 노래인지 어떤 가수의 노래인지가 아닌, 자신과 전혀 다른 허스키한 보이스가 귀에 거슬렸다.

"젠장."

싫다. 더 이상 듣고 있기 싫었다. 이 노래를 들으며 감동받았을 혜진의 얼굴이 떠올랐다. 박수를 쳤을 것이고, 신청곡도 냈을 것이다. 그리고 한 번 더 남자의 노래를 듣고 싶어 했을 것이다.

그렇게, 흔들렸을 것이다.

그저 궁금했을 뿐인데 건우는 스스로에게 확인 사살을 한 뒤 걷잡을 수 없는 분노로 몸이 뒤덮이는 걸 느꼈다. 속이 타서 건우는 맥주 한 잔을 더 시켜 숨도 쉬지 않고 단숨에 마셨다. 옆에 있던 지혁이 술과 원수졌냐며 농담을 건네며 말리기까지 했다.

"오늘따라 술이 잘 받네."

입가에 묻은 잔여물을 닦아내며 건우가 쓰게 웃었다.

그렇게 몇 곡을 더 부르던 성진이 무대에서 내려와 술집에서 나가자, 그 모습을 지켜보던 건우가 따라나섰다.

인기척을 느꼈는지 성진이 걸음을 멈추고 뒤돌아 건우와 시선을 마주했다.

"이혜진 씨 알죠?"

건우의 물음에 성진이 흠칫 놀란 기색으로 변했다.

"혹시 혜진 씨 남자친구 되십니까?"

"그렇습니다."

담담하게 대답을 해놓고 건우는 성진과 거리를 좁혀갔다. 뚜벅뚜벅 울리는 구두굽 소리가 조용한 복도를 울렸다. 성진은 차분한 표정으로 말했다.

"날 보러 오실 줄은 몰랐는데요."

"어떤 놈인지 낯짝이 궁금했을 뿐이니까."

바지주머니에서 담배를 꺼내 문 건우가 무표정한 얼굴로 성진을 바라보았다. 불을 붙이고 담배 연기를 들이마시다 훅, 하고 거침없이 성진을 향해 연기를 뿜었다. 잠깐 고개를 돌리는가 싶더니 성진은 눈 하나 깜빡임 없이 말했다.

"날 왜 보러 오신 겁니까?"

"알고 있을 텐데."

"더 이상 연락하지 말라고 치졸한 협박이라도 하려고요?"

"구질구질하게 매달리지 말라고. 더럽게 재미없는 신파도 그만했으면 싶고."

말하는 건우의 목소리가 음산하게 울렸다.

"난 그냥 솔직했을 뿐입니다."

"솔직? 솔직해서 남자친구가 있는 여자를…… 흔들어?"

바닥에 담배를 던져 구두굽으로 짓이긴 건우가 차가운 표정으로 성진에게 으르렁거렸다. 한마디만 더 하면 가만두지 않을 것 같은 그의 두 눈동자가 희번덕거렸다.

"그쪽도 사랑을 해봤다면 알 텐데, 지금 내가 당신과 마주하는 기분이 얼마나 엿 같은지."

"……."

"죽이고 싶은 걸 간신히 참고 있다는 것도."

"이봐요……."

코앞으로 다가온 건우의 살기에 성진이 주춤 뒤로 물러났다.

"안다면 닥치고 꺼져."

차마 휘두르지 못한 주먹이 부르르 떨렸다. 그녀를 사랑한다고 지껄였으면 자동으로 뻗어 나갈 주먹이었다. 어느새 성진이 사라지고 없는 복도를 건우는 한참 동안 바라보고 서 있었다.

마음껏 욕을 해주고 싶었다.

아니, 주먹질이라도 하고 싶었다. 주먹이 닳아 없어질 때까지 패고 또 패면 분이 좀 풀릴지도 몰랐다. 하지만 주먹은 고요했다. 잠잠한 주먹이 애꿎은 벽을 퍽, 하고 날카롭게 내려쳤다.

✤ ✤ ✤

〈오늘도 수고했어.〉

혜진인 침대에 누워 이불을 목까지 끌어당겼다. 답장이 없는 핸드폰은 조용했다. 최근 그에게 일방적으로 문자메시지를 보내고 기다리는 것에 익숙해졌지만 여전히 힘에 부쳤다. 잠이 오지 않아 뒤척이던 혜진은 진동 소리에 몸을 일으켰다.

건우였다. 발신인을 확인한 혜진은 가슴이 떨렸다.

"응."

〈나와.〉

"뭐?"

뜬금없는 요구에 혜진이 당황해 반문했다.

〈집 앞이니까 나오라고.〉

취기 어린 목소리를 끝으로 핸드폰이 끊겨졌다. 이런 일방적인 건우의 태도에 화가 날 법도 한데 혜진은 그저 씁쓸하게 끊긴 핸드폰을 바라볼 뿐이었다. 그리곤 서둘러 점퍼를 걸쳐 입곤 집에서 나왔다.

빌라 밖으로 나오자 낯익은 뒷모습이 혜진의 시야를 사로잡았다. 검은 코트에 회색 슈트를 말끔히 차려입은 남자의 뒷모습이 아련하게 빛났다.

혜진이 다가가 건우의 팔을 잡았다. 갑작스러운 손길에 건우의 몸이 옆으로 흔들, 했다.

"술 마셨어?"

"어."

그가 짧게 대답하곤 바지주머니에 손을 찔러 넣었다.

"집에 가지, 늦은 시각에 왜……."

"화가 나."

차가운 바람만큼이나 냉기를 머금은 목소리가 혜진의 귀를 찔러왔다.

"미칠 것 같아."

혜진은 고개를 들어 생채기 어린 건우의 눈동자를 바라보았다.

"그냥 돌아버렸으면 좋겠어."

"……."

"아니다, 벌써 돌았으니 내가 그놈을 만났겠지."

스스로도 우스운지 건우의 입가엔 비릿한 미소가 달렸다. 혜진은 그가 하는 말의 의미를 이해하지 못한 표정으로 어렵게 말문을 열었다.

"무슨……."

"그 자식, 네게 구구절절하게 문자를 보냈던 놈."

"건우야."

혜진은 차마 말을 잇지 못하고 놀란 표정으로 그를 바라보았다. 그가 성진을 만났을 줄이야…….

어떤 마음으로 성진을 만난 것일까. 결국엔 제 가슴에 새겨진 상처를 더 보태는 꼴이 되고 말 텐데.

"그러면 안 되냐?"

혜진은 참혹한 표정으로 더 이상 말을 잇지 못했다. 예상치 못한 행동에 혜진은 당혹스러우면서도, 건우가 어떤 심정으로 성진을 만났을지 안타까웠다.

"하, 젠장."

거칠게 머리를 쓸어 넘기는 손등에 피딱지가 굳어 있었다. 혜진이 놀라 그의 손을 낚아챘다.

"손이 왜 이래?"

"놔."

"손이 왜 이러냐고!"

뿌리치려는 건우의 손을 혜진이 꽉 붙잡고는 놓아주지 않았다. 싸움질로 생긴 상처는 아니었다. 무언가에 강하게 부딪혀서 생긴 상처처럼 보였다. 병원에서 제 분에 못 이겨 창문을 강타했던 건우의 모습을 떠올린 혜진이 눈꺼풀을 파르르 떨었다.

"그래, 지금처럼 해. 화가 나면 나한테 와서 화를 내."

"……."

"애꿎은 손 다치게 하지 말고 나한테 와. 네가 부르면 언제든지 달려갈 테니까……."

꽉 깨문 입술에서 흘러나온 비릿함이 혜진의 코끝을 스쳤다.

"날 찾아……."

울먹이며 혜진이 입술을 다물었다. 참았던 눈물이 혜진의 뺨을 타고 내렸다.

술에 취해, 술주정…… 이라는 보기 좋은 핑계를 삼아 혜진의 입술 위로 건우는 제 입술을 포갰다. 혜진의 뺨을 타고 흐른 눈물이 건우의 입술로 비집고 들어왔다.

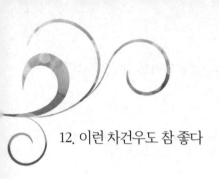

12. 이런 차건우도 참 좋다

　혜진은 건우를 부축해 침대에 눕혔다. 숙취로 괴로운지 건우의 눈썹이 꿈틀댔다. 혜진은 그의 얼굴을 바라보다 작게 숨을 내쉬었다. 그녀가 아는 차건우는 맥주 한 캔이 주량인 남자였다. 그런데 오늘은 대놓고 제 주량을 한껏 넘긴 모양이었다.

　자신에게 오는 동안 정신을 잃지 않기 위해 얼마나 애를 썼는지 혜진은 알 수 있었다. 제 입술에 입을 맞추고 그는 그대로 쓰러져 버렸으니까. 혜진은 건우의 코트를 벗겨 옆에 두고 넥타이를 풀어 주었다. 목 끝까지 잠겨 있는 셔츠의 첫 번째 단추를 풀렀다.

　"이렇게 마시면 어쩌자는 거야."

　손을 뻗어 흐트러진 머리카락을 매만지던 혜진은 가슴이 뭉클해졌다. 언제나 그는 흐트러짐 없는 단정한 모습이었다. 자제력도 강한 사람이라 이렇게 취한 모습은 정말 오랜만이었다. 이런 그의 모습을 지켜보는 게 혜진은 괴로웠다. 술을 마신 듯 속이 쓰리고 아렸다. 아픔이 심장을 쿡쿡 찔러와 괴로웠다.

시각은 자정을 향해 달려가고 있었다. 집에 가야 하는데, 혼자 그를 두고 가는 것이 마음에 걸렸다. 차마 발이 떨어지지 않았다.

"짝사랑……."

혼자 짝사랑을 해도 몸을 가누지 못할 정도로 괴롭진 않을 것이다. 자신은 도대체 7년, 그 긴 시간 동안 그에게 무슨 짓을 한 것일까. 과분한 사랑이 당연한 줄로만 알았으며, 그가 자신의 곁에 있는 것도 자연스러운 일이었다. 언제나 그에겐 자신이 먼저였는데.

한데 자신은 그에게 무엇을 주었나.

힘껏 사랑한 대가로 겨우 짝사랑한 기분을 맛보게 하다니.

"형편없는 이혜진이 도대체 어디가 좋아서."

이렇게 망가져, 차건우.

사랑을 표현하지 않았을 뿐이고 조금 무심했을 뿐이라고 생각했었다. 그 행동이 상대방을 이렇게 힘들게 할 줄은 생각도 못했다. 하지만 단 며칠, 그에게 외면받은 그녀는 철저히 인식했다. 그것이 얼마나 외롭고 힘겨운지를.

이게 내가 앞으로 사랑해야 할 그의 모습이겠지.

혜진은 침대 끄트머리에 몸을 뉘었다. 그리고 손을 뻗어 건우의 이마에서부터 높게 솟아오른 콧대를 지나, 오목하게 패인 인중에 까칠한 입술까지 손으로 훑었다. 그리곤 몸을 일으켜 그의 입술에 제 입술을 살며시 포갰다.

"사랑해."

차건우, 사랑해.

그의 이마에, 콧방울에, 그리고 뺨에 차례대로 입을 맞추었다. 그의 가슴에 올려둔 손을 치우곤 일어나려는 순간이었다. 혜진은 제 허리를 감싸는 손길에 그만 그의 가슴팍에 와락 안겼다. 놀라 반쯤 벌어진 입술 사이로 말캉한 혀가 들어오더니 순식간에 그녀의 혀를 휘어감아 버렸다. 알싸한 알코올 향이 혜진의 입안 곳곳에 뿌려졌다. 놀라서 멈칫했던 혜진은 그를 받아들이고 키스를 이어 나갔다. 옷 안으로 들어온 그의 손길이 매끈한 등을 쓸다 단번에 브래지어 후크를 풀었다. 그제야 정신이 든 혜진은 키스에 응하기 시작했다. 소중한 사람을 만지듯 그의 뺨을 감싸는 혜진의 손이 떨림으로 가득했고 제 등을 쓰는 손길에 촉감이 곤두선 상태였다. 혜진은 그의 복부 위로 올라가 단번에 상의를 벗어 던졌다. 그리곤 그의 셔츠 단추를 하나씩 끌렀다. 단단한 그의 복부를 어루만지다 그의 유두를 입에 물었다.

"……아, 흑!"

그녀의 유혹적인 손길에 건우의 입에서 흘러나온 신음 소리는 꽤 유혹적이었다. 혜진은 혀로 유두를 감쌌다가 입에 물었다. 그녀의 타액으로 젖은 유두는 금세 뜨겁게 달아올랐다. 혜진은 바지마저 탈의하곤 그의 바지 지퍼를 내렸다. 속옷 안으로 손을 집어넣어 이미 뜨겁게 부풀어 있는 그의 분신을 애무하기 시작했다. 서툴지만 정성을 다해 조심스럽게 그의 분신을 감쌌다.

"하아."

속옷을 벗겨내자 튕겨져 나온 분신이 한껏 고개를 치켜들고 있었다. 혜진은 조심스럽게 고개를 내렸다. 늘 그가 먼저 해주었던 것을 이젠 그녀가 해야 할 때가 왔다. 혜진은 혀로 그의 분신을 핥았다. 어떻게 해야 하는 것인지 알 길이 없었기에 그녀는 그가 자신에게 해주었던 애무를 떠올렸다. 자신의 몸을 뜨겁게 달궈놓았던 그의 애무, 사랑을 받고 있음을 깨닫게 해주었던 그의 정성스런 손길, 그리고 사랑스러운 눈빛까지.

차갑게 식은 그의 몸을 다시 뜨겁게 만들어주고 싶었다. 그렇게 되면 예전의 차건우로 돌아올 수 있을까.

혜진은 깊숙이 입안 가득 분신을 머금었다. 입안에서 분신이 꿈틀대는 것이 느껴졌다. 그가 흥분하고 있었다. 혜진은 뿌리부터 핥아 내리다 다시 위로 올라와 귀두를 쪽 빨았다.

"윽!"

까칠하고 메마른 그의 입술에서 외마디 신음이 터졌다. 분신을 자극하는 그녀의 혀놀림은 분명 서툴렀다. 하지만 서툴기에 더 흥분이 되었다. 그녀가 주는 자극 하나에 신경이 곤두서 머리가 어지러울 지경이었다.

건우는 침대시트를 붙잡다 저도 모르게 그녀의 뒤통수를 더 분신 쪽으로 밀었다. 조금만 더, 더 해주길 바랐다.

부드러운 혀와 타액으로 얼룩진 분신은 그녀의 입안에서 더 크게 부풀었다. 욕망으로 얼룩진 건우의 눈동자가 혜진의 얼굴로 향했다. 거친 손길이 혜진의 머리카락 사이를 헤집다 그녀의 뺨을 감쌌다.

얼른 그녀의 부드러운 속살로 들어가고 싶었다. 그곳에서 나머지 욕망을 빨리 분출하고 싶었다.

"올라와."

탁한 음성이 혜진의 귀를 찔렀다. 혜진은 고개를 치켜들고 자신을 바라보고 있는 건우를 쳐다보았다. 건우의 까만 동공이 파도처럼 흔들렸다. 이성과 욕망 사이의 경계를 아슬아슬하게 달리고 있는 얼굴이었다.

혜진은 말없이 그의 분신을 제 꽃잎에 지분거렸다. 금세 축축하게 젖은 그녀의 여린 속살을 파헤치며 분신이 들어왔다.

"하윽!"

아이처럼 부드러운 그녀의 속살 느낌은 언제나 기대 이상의 충족감을 주었다. 하지만 그것으로 부족했다. 언제나 먼저 움직이는 쪽은 자신이었고, 나무토막처럼 누워 있는 그녀를 안고 있음에도 가슴이 차오르지 않았다.

하지만 지금은 아니었다. 제 몸에 닿는 그녀의 손길이, 제 입술에 키스를 하는 입술이 온전히 제 것이라고 말하고 있는 것 같았다.

혜진은 천천히 허리를 움직이기 시작했다. 혜진이 허리를 움직일수록 소담한 가슴이 출렁거렸다. 건우는 상체를 일으켜 유두를 집어삼켰다. 한 손으로는 젖가슴을 주무르며 다른 손으로는 그녀의 동그란 엉덩이를 감쌌다. 건우는 그녀의 젖가슴을 입에 물고는 놓아주지 않았다. 우뚝 솟은 돌기를 혀로 할짝거리며 장난을 칠 때마다 혜진의 허리를 움직이는 속도가 빨라졌다.

"하아……."

"하악!"

뜨거운 숨결을 주고받는 내부는 질척거리는 신음 소리로 가득했다.

"이혜진."

그의 부름에 혜진의 눈에 눈물이 차올랐다. 그저 제 이름 석 자를 불렀을 뿐인데 수많은 의미를 부여하다 결국 울음을 참지 못하고 그의 어깨에 고개를 묻었다.

"고개 들어."

혜진이 고개를 도리질했다. 지금까지 그를 만나며 눈물을 보인 적은 요 근래부터였다. 타인에게 제 눈물을 보이기 싫어 언제나 숨어서 울곤 했다. 습관처럼 그녀는 오늘도 숨을 곳을 찾았다.

"……들어."

명령이나 꾸짖음이 아니었다. 한숨과 함께 들리는 목소리에 혜진이 눈물로 얼룩진 얼굴을 치켜들었다.

"참지 마."

"……."

"울고 싶으면 그냥 울어."

"하윽……!"

말이 떨어지자마자 눈물이 치솟았다. 눈에 고인 눈물이 뺨을 타고 흘러내렸다.

"숨지 말고 내 앞에서 울어."

"흐윽!"

건우의 손이 그녀의 등을 쓸어내렸다. 그녀의 눈물에 건우는 가슴이 찌릿 하고 아파왔다. 지금까지 수없이 참았던 눈물을 터뜨리는 혜진의 모습에 애잔하고 안쓰러웠다. 건우는 그저 그녀의 가슴을 쉼 없이 쓸어내릴 뿐이었다. 뺨을 타고 그녀의 눈물이 뚝뚝, 흘러내려 그의 가슴을 적셨다. 적시고 또 적시다 겨우 멈춘 눈물은 그대로 고여 있었다.

"미안, 너무 미안…… 해."

"뭐가?"

"외롭게 만들어서……."

그 한마디에 울컥한 건우가 그녀를 침대에 눕혔다. 아직 그녀의 속살 안에 분신이 그대로 있었다. 건우는 거칠게 허리를 놀렸다. 깊숙이 들어왔다 빠져나가기를 반복하는 움직임엔 분노가 깃들어 있었다. 허리를 움직이는 속도가 빨라지더니 어느 순간 분신을 빼내 파정했다.

미안하다는 말에 어떤 대답을 해야 할지 몰랐다. 거짓된 괜찮다는 말로, 그녀를 안심시키고 싶지 않았다. 욕실에 들어가서 뜨거운 물을 맞으며 건우는 벽에 기댔다. 술기운에 몸이 천근만근 무거웠고, 서 있기조차 힘겨웠다.

"젠장……!"

이렇게 미운데 안고 싶어 미칠 지경이었다. 키스하고 싶고, 그녀의 몸 구석구석을 만지고 싶었다. 손을 폈다 다시 주먹을 쥔 건우가 낮게 신음했다.

제길. 싫다, 이런 자신이……. 욕망에 충실한 자신의 모습은 동물과 다를 게 없었다.

❖ ❖ ❖

한 번 터진 울음은 좀처럼 그칠 줄 몰랐다. 그저 이름을 불러주었을 뿐인데 그의 목소리에 저도 모르게 눈물이 터졌다. 그의 차갑게 변한 모습 때문만은 아니었다. 그 모습에서 자신의 예전 모습을 발견하고, 그 외로움의 깊이가 어느 정도인지 가늠했기 때문이었다.

자신이 만든 모습, 좋았던 일들은 그저 기억으로 치부될 것 같아 두려웠다.

그의 손길이, 그의 숨결이, 다정하게 바라보던 눈동자가 지독하게 그리웠다. 눈물을 멈춘 혜진의 뺨은 눈물 자국으로 가득했다. 굳게 닫힌 욕실 안에서 물이 쏟아지는 소리가 혜진의 귀를 때렸다. 쉬지 않고 떨어지는 물줄기는 그칠 줄 몰랐다.

그리고 물줄기 소리가 아득해질 때쯤, 혜진의 눈꺼풀이 스르르 감겼다.

혜진의 눈이 힘겹게 떠졌다. 제 몸에 이불이 덮여 있었음에도 추위에 어깨가 바들바들 떨렸다. 건우는 등을 돌린 채 잠들어 있었다. 혜진은 다시 누워 건우의 등 뒤로 바짝 몸을 맞댔다. 그리곤 팔을 뻗어 그를 안았다.

"춥다……."

마음이 시려워.

바람이 불어.

코끝이 찡했다. 그의 등이 차디찼다.

자신의 온기로 따스하게 만들 수 있을까. 그럴 수 있다면 좋겠는데. 뺨을 맞댄 그의 등에 혜진이 손가락을 펼쳐 들었다. 등을 찍어 누른 손가락에 힘을 주었다.

—〈차건우.〉

건우, 차건우. 내 남자, 차건우.

"건우야……."

잠겨 있던 혜진의 목소리가 갈라져 나왔다. 다정하게 그의 이름
을 불러본 적이 몇 번이었을까. 이름을 찍어 누른 손을 펼쳐 그의
등을 쓸었다. 이해한다. 이렇게 화를 내는 것도, 분노하는 그의 마
음도 이젠 이해한다. 이해하기 때문에, 자신을 봐달라며 떼쓰는
짓은 하고 싶지 않았다. 그저, 지켜봐 주고 싶었다.

혜진이 침대에서 몸을 일으켰다.

어두운 새벽. 이제 곧 그가 일어날 시간이었다. 벗어놓은 옷가지
를 걸쳐 입고 방에서 나와 주방 불을 켰다. 환해진 주방은 손길이
닿지 않은 것마냥 깨끗했다. 혼자 사는 남자가 집에서 요리할 일이
그리 많진 않았을 것이다. 냉장고 문을 열자 이미 오래전에 장을 본
흔적들이 있었다. 야채실을 열어 시든 콩나물과 야채들을 꺼낸 혜
진은 그것들을 식탁 위에 올려두었다. 요리는 젬병이었다. 해도 늘
지 않는 것 중 하나였다. 그래서 시도조차 하지 않았던 것이었다.

냉장고에 있는 멸치로 육수를 낸 국물에 깨끗이 씻은 콩나물을
넣고 끓였다. 10여 분 뒤 마늘과 소금으로 간을 맞추고 불을 껐다.

대략 하는 방법 정도만 알고 있던 터라 맛이 어떨지는 장담할
수 없었다. 그녀가 아는 차건우는, 형편없는 음식도 만찬으로 만
들어주는 남자였다.

쌀을 씻어 밥을 안치고 잠깐 숨을 돌려 식탁에 앉아 혜진은
시계를 보았다. 잠깐 움직였을 뿐인데 시각은 6시를 향해 있었
다. 한소끔 끓인 콩나물국을 식탁 위에 놓고 외투를 걸쳐 입었

다. 해주고 싶은 건 많은데 그게 마음처럼 움직여 주질 않는다. 그게 참 속상하고 답답하면서도 어리숙한 모습이 이혜진, 자신이라는 것을 인정해야 했다.

하지만 무엇을 먼저 해야 할지는 알고 있었다. 그의 마음을 이해하고, 받아들이는 것부터 시작이었다. 그가 그랬듯 자신도 그래야 했다. 혜진은 잠들어 있는 건우의 어깨 위로 이불을 덮어주고는 집에서 나왔다.

차건우의 공간이, 자신의 공간이기를. 그날이 오기를, 간절히 바랐다.

❖ ❖ ❖

머리가 깨질 듯한 통증에 건우의 미간이 좁아졌다. 몸을 뒤척이다 일어난 건우는 혼자임을 깨달았다. 적막함도 잠시, 익숙함에 건우는 이불을 걷어내고 방에서 나왔다. 건우의 시선이 식탁으로 향했다. 식탁에 있는 냄비 가까이 다가가 건우는 뚜껑을 열었다. 끓인 지 얼마 안 된 듯 콩나물국은 뜨끈뜨끈했다.

"우렁각시가 다녀갔군."

한 수저를 떠먹은 건우는 미간을 찌푸렸다.

"소금을 대체 얼마나 넣은 거야."

투덜거리면서도 건우는 그릇에 국을 떠서 먹었다. 속이 쓰렸다. 머리는 지끈거렸고 몸은 무거웠다. 숙취의 괴로움에 절로 소금에 절인 콩나물국을 물 마시듯 마셨다.

혼자 먹는 것보다 둘이 먹는 게 먹을 만한데.

혼자 자는 것보다 같이 자는 게 덜 외로울 텐데.

건우는 그릇을 내려놓았다.

"참, 많이도 끓였네. 이혜진답다."

피곤한 얼굴을 쓸며 건우는 한참을 식탁에 앉아 있었다. 양 조절을 실패한 콩나물국을 어떻게 처리할까, 고민하면서.

❖ ❖ ❖

날이 꽤 추웠다. 직원들과 점심 식사를 마치고 회사로 가던 건우는 익숙한 뒷모습에 걸음을 멈추었다. 뒤늦게 그를 알아본 주아가 단번에 건우 앞으로 왔다.

"핸드폰 안 받더라."

"사무실에 놓고 왔어."

건우는 직원들에게 먼저 들어가라고 눈짓을 주었다.

"차 한잔할 시간 돼?"

주아의 물음에 건우는 손목시계로 시선을 내렸다.

"20분 정도."

"충분하네."

두 사람은 근처 카페로 자리를 옮겼다. 커피 한 잔씩을 앞에 둔채, 경직된 얼굴로 건우는 주아를 바라보기만 했다. 주아는 카페라떼 잔을 입에 대고는, 좀처럼 얼굴을 펼 줄 모르는 건우에게 시선을 돌렸다.

"그 사람 만났어?"

"어."

짧게 대답하곤 건우는 찻잔을 입에 댔다. 저도 모르게 목소리가 딱딱하게 나가긴 했으나 건우는 개의치 않았다.

"어때?"

"달라."

짧게 나온 대답은 무심한 듯했지만 질투로 물들어 있었다. 숨을 고른 건우가 다시 입을 열었다.

"나와 많이 다르더라."

건우의 말에 주아도 인정하는 부분이었다. 자유로운 분위기를 풍기는 그는 건우와 사뭇 달랐다. 그래서 상대가 성진이라는 사실에 주아도 조금 놀랐었다.

"그래서 화가 나긴 했었는데."

"……."

"그냥 화풀이 대상이었던 거지."

시발점이 아니라는 것을 알면서도 건우는 성진을 찾아가 화를 내고 스스로를 상처 냈다. 스스로가 난도질한 가슴은 짙게 흉터가 생겨 없어질 기미가 보이지 않았다. 그만하면 됐다, 하면서도 그녀가 너무 미웠다. 아무리 화를 내도 가슴에 담아둔 분이 풀리지 않았다.

"그러면 좀 나아지니?"

"아니."

"그렇지 않다는 건 나도 알아."

이미 연애에 실패한 주아는 건우의 기분을 이해하고 있었다. 미우면서도 결국 놓지 못하는 자신에게 더 화가 난다는 사실을. 더 많이 사랑하고 있음을 깨닫는 순간, 결국 지고 말 것이라는 것도.

쓸쓸하게 웃으며 주아가 그를 부러운 눈빛으로 바라보았다.

"그래도 넌 실패는 아니잖아."

"뭐?"

"어느 연인 관계든 위기가 오게 마련이지. 어떻게 극복하느냐에 따라 다르지만."

미지근하게 식은 찻잔을 만지는 건우의 입술이 달싹거리다 닫혔다.

"맘껏 화내고 용서해."

긍정도 부정도 하지 않은 건우는 그저 주아의 말을 듣고만 있었다. 혜진의 친구도 자신의 친구도 아닌 제삼자의 모습으로 주아는 조언을 하고 있었다.

"난 그게 안 됐거든."

"……."

"화 한 번 내보지도 못하고, 사랑받는다는 기분을 느낄 새도 없이 끝나 버렸는걸."

"김주아."

건우가 낮게 그녀를 불렀다.

"나처럼 허무하게 끝나지는 말라고."

"허무, 하나?"

주아가 고개를 끄덕였다. 분명 경민에게 미련이 있는 것은 아니다. 하지만 실패한 사랑에 대해서는 미련이 남았다. 그렇게 온전히, 사랑을 쏟아부었던 마음이 안타깝고 쓰라릴 뿐이었다.

"그래서 다음엔 그렇게 온전히 한 사람만 바라보는 연애는 못할 것 같아."

"다음?"

"응. 다음 사람에겐 조금씩 조금씩 주려고."

"그래."

예전보다 주아는 씩씩해져 있었다. 이별로 단단해진 마음은 스스로를 먼저 사랑하는 방법을 깨달은 듯했다. 건우의 시선이 밖으로 향했다. 따스한 햇살이 건우의 뺨에 와 닿았다. 그때 문득 불이 번쩍이던 핸드폰 생각이 났다. 제가 한 번도 답장하지 않은 문자메시지를 그녀는 매일 보냈다.

주아와 헤어지고 사무실로 들어온 건우은 책상 위에 던져 둔 핸드폰을 집어 들었다.

〈콩나물국 다 해치워.〉

결코 화가 다 풀린 것은 아니었다. 문득문득 생각나 자신을 괴롭힐 것이다. 그녀가 했던 행동, 그리고 다른 남자까지. 밉고 또 밉겠지만, 그녀를 놓고 싶지는 않았다.

❖ ❖ ❖

혜진은 문자메시지를 한동안 바라보았다. 결코 다정하지 않은 말투. 분명 분이 다 풀린 것은 아닐 것이다. 그럼에도 그는 힘겹게 한 걸음씩 나아가고 있었다. 뭐라 답장해야 할지 몰라, 그저 그녀는 퇴근 후 곧장 그의 집으로 갔다. 문 앞에서 한참을 망설인 끝에 초인종을 눌렀다.

진한 초인종 소리 뒤로 벌컥, 문이 열렸다. 반쯤 열린 문 사이로 이제 막 퇴근했는지 슈트 차림의 건우가 모습을 드러냈다.

"안 들어오고 뭐 해?"

그의 핀잔에 혜진이 무겁게 발을 뗐다. 문을 닫고, 현관에 우두커니 서서 혜진은 방으로 들어가는 건우의 뒷모습을 바라보았다. 넥타이를 풀어 침대에 던져 놓은 그가 뒤를 돌았다. 들어올 생각없이 현관에 서 있는 그녀의 모습에 그가 다시 거실로 나왔다.

"거기 계속 있을 거야?"

고개를 삐뚜름하게 한 건우는 혜진의 답답한 모습에 신경질적으로 말했다. 머뭇거리며 구두를 벗는 혜진의 팔을 건우가 잡아당겼다.

"아앗."

백이 바닥으로 떨어지고 벗겨진 구두는 보기 싫게 뒤집어진 상태였다. 놀랄 틈도 없이 건우의 입술이 혜진의 입술에 닿았다. 그가 내뱉는 고른 숨결이 혜진의 입술 안으로 부드럽게 들어왔다. 혜진의 손이 조심스럽게 그의 어깨를 감쌌다. 그러자 그의 손이 그녀의 허리를 꼭 껴안았다. 따뜻한 포옹에 혜진의 눈가가 시큰거렸다.

혜진이 그의 목에 손을 두르곤 그와 시선을 마주했다. 여전히 자신을 바라보는 눈동자는 탁했다. 하지만 노력하고 있음을 느낄 수 있었다. 건우의 얼굴이 점점 혜진에게 가까이 다가왔다. 짧게 입을 맞추고 떨어지더니, 그윽한 눈빛으로 혜진을 바라보았다. 이번엔 혜진이 그의 입술에 키스를 했다. 그의 입안으로 들어가려는 그녀의 혀를 밀어내고, 그의 혀가 혜진의 입안으로 들어왔다. 고른 이를 한 번 훑더니 그대로 달아나 버렸다. 후퇴하는 혀를 쫓아 혜진은 그의 입안으로 혀를 밀어 넣었다. 그러자 그가 사탕 빨듯 혀를 잡아당겼다. 부드럽게 휘감는 촉감에 그의 타액이 섞여 입술이 번들거렸다. 입술에서 입술로 전해지는 뜨거운 숨결에 서로의 눈빛이 그윽하게 변했다. 혜진은 그의 셔츠 단추를 매만졌다.

"풀어."

그가 단호하게 명령했다. 망설였던 손이 분주하게 셔츠 단추를 차례로 풀었다. 셔츠 사이로 단단한 복근이 눈에 들어왔다. 그의 복근을 매만지던 혜진은 허리를 숙여 유두를 입에 물었다.

"윽."

그르렁거리는 낮은 신음 소리가 혜진의 귀에 닿았다. 혜진의 어깨를 잡았던 건우의 손이 코트를 벗기곤 니트 속으로 들어왔다. 부드러운 살결을 따라 위로 올라간 손은 봉긋한 브래지어를 움켜쥐었다. 혜진의 혀가 아래로 내려왔다. 복근을 따라 내려오며 쉼 없이 입을 맞추고 또 맞추었다.

"날 죽일 셈이군."

혜진은 무릎을 세우곤 바지 지퍼를 내렸다. 속옷과 함께 아래로 내리자 부푼 분신이 드러났고, 혜진은 손으로 그것을 쓰다듬었다. 건우는 혜진의 고운 머릿결 속으로 손을 넣었다. 그녀의 머리카락 사이를 헤집으며 눈을 감고 그녀가 주는 흥분을 만끽했다. 혜진은 거침없이 그의 분신을 위아래로 쓸며 희롱하다 혀로 할짝할짝 맛을 보았다. 참다못한 건우가 혜진을 번쩍 안아 들곤 식탁에 앉혔다.

"……아, 건우야."

"가만히 있어."

니트와 함께 브래지어까지 단번에 벗겨내곤 굶주린 늑대처럼 그녀의 가슴을 탐했다. 입술로 핥고 잘근 씹을 때마다 혜진의 허리가 활처럼 휘었다. 다른 손으론 젖가슴을 담고 주물렀다.

"아하……."

그의 손길이 지난 곳마다 열꽃이 핀 것마냥 뜨겁게 달아올랐다. 혜진은 건우의 목덜미에 제 입술을 내리눌렀다. 귓바퀴를 핥고 그의 뺨에서 다시 입술을 찾아 지분거렸다. 혜진은 그의 뺨을 잡고 키스했다. 고른 치아를 지나 입안 곳곳을 탐닉했다. 키스를 하고 또 해도 가시지 않는 갈증에 혜진은 그의 입술을 놓아주지 않았다. 원했던 만큼 그의 입술을 탐하고 빨며 키스를 이어 나갔다. 건우는 방으로 들어가 제 코트를 가지고 나와 식탁에 깔았다.

"엉덩이 들어."

스커트 지퍼를 열고 단번에 벗겨내곤 혜진을 식탁 위에 눕혔다. 건우는 이미 흥건하게 젖은 팬티 속으로 손가락을 집어넣었다.

"하웃!"

혜진이 다리를 오므리려고 하자 건우가 허벅지를 잡아 벌렸다. 부끄러워 달아오른 혜진의 뺨을 쓸며 팬티를 아래로 끌어 내렸다. 꽃잎 입구에서 지분거리던 손가락을 안으로 밀어 넣었다. 흥분한 꽃잎에선 액이 흘러나와 건우의 손가락을 휘감았다. 손가락 하나를 더해 꽃잎을 찌르자 내부에서 더 많은 액이 손가락을 타고 흘러내렸다. 건우는 제 손에 묻은 액을 그녀의 체모에 슥 문질렀다.

건우는 손으로 제 분신을 만졌다. 이미 부풀 대로 부푼 분신을 내려다보며 건우는 혜진의 엉덩이를 아래로 내렸다. 그리곤 제 분신을 단번에 찔러 넣었다.

"하악!"

부드러운 속살이 주는 쾌감에 건우가 몸을 부르르 떨었다.

"차건우……."

건우의 시선이 달뜬 혜진에게 닿았다.

"사랑해."

"……."

"사랑…… 흡."

건우는 그대로 혜진의 입술을 제 입술로 막았다. 키스하고 싶었다. 그녀의 입술이, 몸 구석구석이 제 것이 되길 원했다. 아랫입술을 빨다 놓아주고 윗입술을 길게 빨아 당겼다. 제 입안으로 들어오는 혀를 휘감아 그대로 제 입속에 가둬 버렸다.

"하아."

하얀 목덜미를 입술로 찍다 가슴에 얼굴을 묻었다. 허리의 움직임은 계속되었다. 내리찍었다 빼기를 반복하는 움직임에 혜진은 그의 등을 꼭 껴안았다.

"이혜진."

"……."

"죽도록 미운데, 너무 안고 싶다. 미칠 것 같아."

귀를 간질이는 탁한 음성에 혜진은 입술을 깨물었다. 어떤 말로도 그의 가슴을 어루만질 수 없을 것이다. 손으로 그의 등을 쓸며 속으로 눈물을 삭였다.

"놓고 싶지 않아."

빨라진 건우의 허리 움직임에 혜진의 다리에 힘이 들어갔다.

건우는 양다리를 붙잡은 채 제 분신이 꽃잎으로 들어가는 걸 보았다. 속살이 주는 쾌감만큼, 그녀의 내부로 들어가는 제 분신의 모습은 감정을 미묘하게 만들었다.

"아흑!"

절정에 달한 건우의 움직임이 거칠어졌다가 이내 파르르 멈추었다.

질척한 땀으로 젖은 두 사람은 서로의 체온을 느낀 채 그대로 있었다. 그녀의 가슴에 얼굴을 묻고 심장 고동 소리를 들었다. 불규칙적으로 뛰는 심장 소리는 제 것과 비슷했다. 코를 간질이는 그녀의 살 냄새에 건우의 심장 소리가 차츰 규칙적으로 바뀌어갔다.

✤ ✤ ✤

샤워를 마치고 식탁에 두 사람은 마주 앉았다. 콩나물국을 가운데 두고, 밑반찬 몇 가지가 주변에 어우러져 있었다. 그녀가 안쳐놓은 밥은 고슬고슬했다.

"밥만 잘하네, 이혜진."

"그러게."

건우가 픽 웃으며 젓가락으로 밥을 폈다.

"콩나물국이 짜."

"미처 간을 못 봤네."

"거기다 양도 줄지 않아, 먹어도 먹어도."

"이런."

혜진이 안타깝게 콩나물국을 바라보았다. 맛있기라도 하면 먹을 텐데, 짜기만 한 국을 무슨 수로 해치운단 말인가.

"다 먹고 가. 멋대로 한 벌이야."

건우가 으름장을 놓았다. 혜진은 머쓱하게 웃으며 고개를 끄덕였다.

"우렁각시 되려면, 이 정도로는 어림없어."

"형편없지?"

혜진이 건우의 눈치를 보며 물었다.

"응, 형편없어, 이혜진."

"나도 알아."

혜진이 순순히 인정했다. 알고 있던 바를 건우의 입을 통해 들으니 속이 시원했다.

"이제부터 꽤 괜찮은 여자가 되어볼게."

"그러던지."

무심하게라도 대꾸해 주는 건우의 모습에 혜진의 입가가 스르륵 올라갔다. 콩나물국을 그릇에 퍼 담아 입으로 가져간 혜진의 미간이 좁아졌다.

"으, 짜다."

눈가에 눈물을 그렁그렁 매단 채 혜진이 웃었다. 그래도 좋았다. 그와 마주 앉아 있는 게. 마주 보고 같이 밥을 먹는 게. 다시 그의 공간으로 들어올 수 있음이 행복했다. 아직 갈 길이 멀지만 천천히 가보는 거다. 뻐근한 심장이 제 자릴 찾을 때까지.

"좋다."

밥을 퍼 제 입으로 가져가며 혜진이 입술을 열었다.

"이런 차건우도 참 좋다."

"바보 같긴."

목이 따끔거려 건우는 물을 벌컥 들이마셨다. 이런 그녀의 모습이라면, 조금 기대해도 되는 걸까.

"참, 코트 어쩌지? 더러워져서."

소파에 놓인 건우의 코트로 눈길을 주는 혜진의 얼굴이 안타깝게 변했다.

"신경 쓸 것 없어."

"그래도……."

혜진의 시선은 여전히 자신의 흔적을 고스란히 담은 코트를 향해 있었다.

"세탁 맡기면 금방이야."

"그래, 그렇지."

곧장 수긍하며 혜진은 시선을 그에게로 돌렸다.

"그렇게 애쓸 필요 없어."

"뭐?"

건조한 건우의 목소리에 혜진이 반문했다.

"사소한 것 하나하나 신경 쓰지 않아도 돼."

"아……."

"난 이제 참지 않을 거니까. 하고 싶은 말은 할 거고, 하고 싶은 것도 할 거야. 네 감정보다 이제 날 먼저 생각할 거야. 내가 뭘 원하는지를."

"그래……."

"그러니까 그런 나에게 실망하게 된다면."

숨을 고른 그가 다시 입술을 열었다.

"떠나도 돼."

순간, 혜진은 가슴이 철렁 내려앉았다. 이미 각오했다는 듯 그의 눈빛은 담담했다.

"그럴 일 없어. 없을 거야."

"어떻게 장담해? 내가 아는 이혜진은 하루도 못 견딜 여자인데."

"지금 내 앞에 있는 남자가 차건우인 것처럼, 나도 다른 내 모습이 있을 수 있어. 네가 알지 못하는."

"그럴까?"

후, 한숨을 내쉰 건우는 시선을 아래로 내렸다.

"그럴 거야."

"……."

"그러니까 나 놓지 마. 나도 차건우, 너 안 놔."

건우가 쓰게 웃었다. 이미 식은 콩나물국을 한 수저 떠 제 입속에 넣었다. 차가운 공기가 넘실대는 식탁에서 두 사람은 말없이 수저를 움직였다. 건조한 공기 때문인지 혜진의 눈이 따끔거리고 목이 가려웠다. 더 할 말을 못 한 때문인지 목에 가시가 박힌 것 같았다. 건우는 더 심했을 것이다. 참고 참고 수없이 참은 그의 목은 자신보다 더 많이 가시가 박혀 있을 것이다.

이런 것쯤은 아무것도 아니었다.

13. 마음까지 씻을 수 있다면 좋을 텐데

툭, 툭 하고 빗방울이 창문을 노크했다. 반갑지 않은 겨울비 소식에 혜진의 시선은 창문으로 고정되었다.

"비 오니까 파전 당긴다. 오늘 저녁 어때?"

섬뜩한 노 차장의 제안에 혜진과 마찬가지로 김 대리의 표정이 참혹하게 일그러졌다. 서로의 눈빛을 교환하며 싫은 내색을 해보지만 이미 노 차장은 창문을 보며 우수에 젖어 있었다.

"어쩌죠, 저 오늘 애가 아파서 집에 일찍 가야 되는데."

"아, 저도 약속이……."

약속이 있다는 말은 핑계였다. 다만 월요일부터 노 차장에게 시달리고 싶지 않았을 뿐. 순간 우수에 젖어 있던 노 차장의 눈빛이 섬뜩하게 빛났다.

"그래, 약속 없는 사람은 혼자 마셔야지."

"죄송해요, 차장님."

혜진과 김 대리가 미안한 얼굴로 노 차장의 기분을 풀어주려고
했으나 이미 노 차장은 제자리로 돌아가 업무를 보고 있었다. 잠
깐의 사담이 끝나고 다들 제자리로 돌아갔다.

"김 대리, 회계사한테 보내야 할 자료는 다 된 건가?"

"아, 그거 아직……."

또 시작이다, 라는 표정으로 혜진이 고개를 내저었다. 김 대리
는 한참을 서서 노 차장에게 꾸중을 듣고 난 뒤 질린 얼굴로 자리
로 돌아와 회계사에게 보낼 자료를 입력하기 시작했다.

순식간에 저기압이 되어버린 노 차장의 눈치를 보느라, 혜진은
퇴근 시간이 훌쩍 지난 뒤에야 퇴근했다. 비가 그친 뒤라 그런지
바람이 강하게 불고 있었다. 혜진은 백에서 핸드폰을 꺼내 건우에
게 전화를 걸었다.

〈어.〉

"아, 건우야."

버스정류장에 도착한 혜진은 바람에 흩날리는 머리를 정리했
다.

〈퇴근 중인가?〉

"응. 맥주 한잔 생각나서 전화했어. 어때?"

〈맥주?〉

"같이 술 한잔한 지도 꽤 됐고 그래서……."

찬바람에 혜진의 입술이 닫혔다.

〈먼저 술집에 들어가 있어. 정리되는 대로 갈게.〉

"응."

매끄럽게 올라간 입술 사이로 하얀 입김이 터져 나왔다. 혜진은 택시를 타고 건우와 자주 가는 술집으로 이동했다. 지금까지 회사에 있는 걸 보면 분명 야근 강행을 하려던 참이었을 것이다. 전화하길 잘했다. 처음으로 그런 생각이 들었다.

조용한 술집 내부에 자리를 잡은 혜진은 서비스 안주로 나온 뻥튀기에 손을 가져갔다. 그가 언제 오려나, 하고 저절로 시선이 출입문에 고정되었다.

"여기."

출입문이 열리며 건우가 들어오자 혜진이 반갑게 손을 흔들었다. 혜진의 맞은편에 앉은 건우는 얼음이 동동 띄워져 있는 냉수로 목을 축였다.

"맥주 500cc 괜찮지?"

그가 가볍게 고개를 끄덕였다. 혜진은 맥주와 마른안주를 주문하곤, 창문으로 고개를 돌렸다. 칼바람에 나뭇가지가 을씨년스럽게 흔들리고 있었다. 다시 시선을 테이블로 끌고 온 혜진은 손을 뻗어 흐트러진 건우의 머리카락을 정리해 주었다.

"오늘은 바빴어?"

"뭐, 별로."

무성의한 건우의 대답에 혜진이 기다렸다는 듯 입술을 열었다.

"난 오늘 차장님 비유 맞추느라 또 진땀 뺐어. 오늘 한잔하러 가자는 거 핑계대고 안 갔더니 화살이 대리님한테 갔지 뭐야."

"그래?"

"응, 말도 마. 뜬금없이 회계사한테 보내줄 서류 다 되었냐고 묻는데……. 어떻게서든 꼬투리 잡을 구실을 만들어놓는 것 같다니까."

건우는 그녀가 이렇게 말이 많은 사람인 줄 처음 알았다. 언제나 대화를 이끌어 나가는 사람은 건우였고, 혜진은 단답형으로 대답만 할 뿐이었다. 하지만 지금은 반대 상황이 되었다. 어느새 건우는 제가 혜진과 같은 행동을 하고 있음을 깨달았다. 알고 있음에도 건우는 그렇다고 제 행동을 정정하고 싶지 않았다. 이미 그녀에게 제가 하고 싶은 대로 하겠다고 선전포고한 터이기도 했다.

주문한 맥주와 안주가 테이블에 세팅되었다. 혜진이 맥주잔을 높이 치켜들었다.

"짠, 해."

"그래."

맥주잔을 들고 건우는 가볍게 건배를 했다. 시원한 맥주를 벌컥벌컥 마시자 속이 뻥 뚫린 것처럼 시원했다. 혜진도 오랜만에 맥주를 벌컥벌컥 들이켰다.

"적당히 해."

"뭘?"

나무라는 건우의 목소리에 혜진이 반문했다.

"주량껏 마시라고."

"오랜만인데?"

좀 봐달라는 눈빛으로 혜진이 말했다.

"내일 출근해야지."

"그냥 하루쯤 아무 생각 없이 마셔보고 싶어서 그래."

여전히 그는 단호했다. 하지만 혜진은 그만하지 않고 변명을 늘어놓듯 대답했다. 그와 같이 술잔을 기울이는 것도 오랜만이고,

술 한잔하기 좋은 날씨까지 뒷받침해 주니 핑계 삼아 생각 없이
술을 마시고 싶었다.

내일 출근해야 한다는 것도, 내일 당장 처리해야 할 업무가 있
다는 것도, 노 차장의 히스테리도, 차건우가 다른 사람이 된 것처
럼 구는 것도…… 모두 잊은 채 술잔을 기울이고 싶었다.

"그래, 마셔. 정신은 놓지 말고."

혜진은 손을 뻗어 잘 구워진 오징어를 질겅질겅 씹었다. 역시
예상했던 대로 기각. 반쯤 남은 맥주를 아쉽다는 듯 보았다.

혜진은 맥주를 마저 비우고, 500cc 한 잔을 더 주문했다. 맥주
가 나오기 무섭게 혜진은 다시 목을 축였다. 시원함에 머리가 어
지럽다 못해 지끈거렸다.

"우리 진실게임이나 해볼까?"

"……."

"내가 먼저 할게. 차건우, 나 믿지?"

"죽이고 싶을 정도로."

건우의 대답에 혜진이 실성한 사람처럼 실실 웃었다.

"그럼, 이제 내 차례인가?"

잠깐 뜸을 들이던 건우가 입술을 열었다.

"우리가 다시 예전으로 돌아갈 수 있을 거라 생각해?"

"난이도 있는 질문이네. 하……. 우리가 예전으로 돌아갈 거라
고 믿고 싶은 거겠지."

"믿고 싶다……."

건우는 혜진의 말을 곱씹었다. 그도 그랬다. 믿고 싶었던 적이
있었다. 그녀가 변할 것이라는, 아니, 변했으면 좋겠다는 믿음.

"네가 나에게 일방적이었던 그때가 아닌, 그저 사랑하는 연인으로 말이야."

건우는 그녀의 말에 침묵으로 일관했다. 잠깐 정적이 흘렀지만 혜진은 개의치 않다는 듯 활기차게 물었다.

"나와 헤어지고 싶어?"

"중간. 헤어지고 싶다가도 죽도록 네가 보고 싶은 그런 마음이라고 말하면 이해할까."

픽, 웃으며 그가 잔을 들었다.

"이젠 이해한다면……."

들릴 듯 말 듯한 작은 목소리가 건우의 귀를 찔렀다.

"다시 예전의 차건우로 돌아올래?"

미세하게 떨리는 그녀의 목소리에 건우가 잠시 대답을 주춤했다. 얼마나 용기를 냈는지 알기 때문에 경직된 그의 얼굴이 보기 싫게 일그러졌다.

"질문은 내 차례 아닌가? 대답할 필요 없겠네."

어쩌면 대답을 회피하고 싶었는지도 모르겠다. 건우는 까칠한 입술을 축이곤 맥주 두 잔을 연속으로 비운 혜진을 향해 질문을 던졌다.

"날, 사랑해?"

타이밍 절묘하다는 말은 이럴 때 표현하나 보다. 혜진이 술에 취해 테이블에 머리를 박고 쓰러졌다. 그녀의 입에서 웅얼거림이 들렸으나, 해석 불가능이었다.

"제대로 듣고 싶었는데."

건우는 벗어놓은 코트로 혜진의 어깨를 덮어주곤 남은 맥주를

마셨다. 술이 쉬지 않고 입으로, 목을 타고 들어간다. 마셔도 마셔
도 취하지 않았다.

❖ ❖ ❖

전날 과음으로 인한 숙취의 괴로움은 어마어마했다. 그녀를 데
려다 준 후에 집으로 가서 잠깐 눈을 붙이고 출근한 터라 컨디션
이 엉망이었다. 그녀에게 주량껏 마시라고 당부했으나 결국 자신
도 판단력이 무너지고 분위기에 휩쓸려 버렸다.

오전엔 지혁이 맡은 설계도를 도와주며 시간을 보낸 후 건우는 점
심을 먹고 회사 옥상으로 올라왔다. 추위에 어깨가 떨리긴 했으나
잠깐이었다. 담뱃불을 붙인 후 숨을 들이마셨다가 깊게 내뱉었다.

"후."

담배 연기가 바람에 흩날렸다. 요즘 들어 부쩍 담배를 찾는 횟
수가 잦았다. 예전엔 담배 냄새를 싫어하는 그녀를 위해 금연하려
고 노력했지만, 지금은 그래야 하는 이유를 찾지 못했다. 혹시나
그녀가 싫어하진 않을까, 화를 내진 않을까, 하는 우려의 마음도
사라졌다.

지잉.

바지 뒷주머니에 넣어둔 핸드폰 진동에 건우는 핸드폰을 꺼냈
다.

"응."

〈점심 먹었어?〉

그녀였다. 건우는 다시 담배를 깊게 빨아 당겼다.

"방금 먹었어."

〈그랬구나. 이번 주 주말에 백화점 같이 가줬으면 해서.〉

"백화점?"

갑작스런 그녀의 요구에 건우가 반문했다.

〈언니 임신 선물 사주고 싶어서. 골라줘.〉

조심스러운 그녀의 목소리에 건우가 좁아진 미간을 폈다. 제 눈치를 살피며 한마디, 한마디 조심스럽게 내뱉는 그녀의 모습이 마음에 들지 않았다.

"그래."

〈고마워. 휴, 다행이다.〉

"뭐가?"

안도하는 혜진의 목소리에 그의 목소리가 삐뚜름해졌다. 고맙다는 인사나 안도하는 숨소리에 거리가 굉장히 멀어진 것 같은 기분이 들었다.

〈싫다고 할 줄 알았어.〉

"어째서?"

묻는 목소리가 단번에 날카로워졌다.

〈그냥…….〉

"그냥?"

〈날 미워하니까.〉

"유치한 놈 만들지 마, 이혜진."

바닥으로 떨어뜨린 담배를 구두굽으로 짓이기는 건우의 목소리가 신경질적으로 변했다.

"짜증 나 미치겠어."

⟨……⟩

"내 눈치 보는 네가 화나."

전화가 끊긴 것처럼 잠깐의 정적이 흘렀다.

⟨그래, 끊을게.⟩

그녀가 전화가 끊으려는 찰나,

"너는……."

⟨어?⟩

"점심 먹었냐고."

⟨응, 나도 먹었어.⟩

"끊어."

신경질적으로 전화를 끊고선 핸드폰을 바라보았다. 마음처럼 잘 되지 않는다. 머리와 가슴이 따로 놀고 있었다. 머리는 괜찮다고 하는데 망할 심장은 아직 따끔거린다고 징징거린다. 어떻게 해야 할지 모르겠다. 눈치 보게 만들어놓고, 눈치 본다고 타박하고 그녀에게 화를 낸다. 상황이 나아지기는커녕 악화되고 있었다. 심장이 쓰라렸다.

❖ ❖ ❖

"하아."

통화를 마친 혜진의 입술에서 야트막한 한숨이 터져 나왔다. 그녀는 언제부턴가 그의 눈치 보는 게 습관이 되어버렸다. 그가 화를 내는 것도 당연했다. 시간이 지나면 괜찮아지겠지. 혜진은 지끈거리는 관자놀이를 지그시 눌렀다. 김 대리가 커피 한 잔을 건네며 안색이 좋지 않은 혜진에게 물었다.

"어디 안 좋아?"

"어제 맥주 500cc 두 잔 마셨더니 어지러워서요."

겨우 그걸로? 김 대리의 표정을 읽은 혜진이 민망하다는 듯 관자놀이를 누르던 손을 내렸다. 건우와 자신은 술을 즐길 정도만 마신다는 공통점이 있었다. 그래서 대부분 맥주 한 캔으로 기분 좋게 취하곤 했었다.

"건우 씨랑?"

"네."

"건우 씨 상태도 이 주임이랑 비슷하겠네."

"그러게요."

어색하게 웃으며 혜진이 걱정스러운 듯 핸드폰을 바라보았다. 보나마나 그의 상태도 혜진과 별반 다르지 않을 것이다.

"다음부턴 혼자 마셔야겠다."

혼잣말하던 혜진이 생각났다는 듯 김 대리에게 물었다.

"대리님, 임신 축하 선물로 뭐가 좋을까요?"

"이 주임 언니?"

"네, 추천해 주시면 구입하는 데 도움이 될 것 같아요."

"제일 많이 하는 건 배냇저고리 아니면 내의일걸. 갓난쟁이 데리고 돌아다닐 데가 그리 많지 않아. 그래서 내의 여러 벌 있으면 그것만큼 좋은 게 없어."

"아……."

혜진이 이해한다는 듯 고개를 끄덕였다. 조금 거창한 선물을 생각했던 혜진의 예상에서 벗어나긴 했으나, 필요한 것을 선물하는 것만큼 뿌듯한 일도 없을 것 같다.

"손수건도 있으면 좋지. 신생아일수록 손수건 많이 사용하니까 순면으로 선물해 주는 것도 좋고."

"아, 그래요?"

"이 주임 언니는 좋겠다, 이렇게 챙겨주는 동생이 있어서."

김 대리가 부럽다는 듯 혜진을 바라보았다. 형제, 자매 없이 외동딸로 자란 그녀는 혜진을 부러워하는 듯했다.

"감사해요, 대리님."

"백화점 가면 매장 직원들이 이것저것 추천해 줄 거야. 휘둘리지 말고 필요한 것만 사면 돼."

"그럴게요."

김 대리 덕분에 지영의 임신 선물로 막막했던 머리가 정리되는 기분이었다. 기뻐할 지영을 떠올리자 혜진의 입가에 미소가 감돌았다.

❖ ❖ ❖

"여기, 건우……."

지하주차장에서 올라온 건우를 발견한 혜진은 반갑게 손을 흔들었다. 하지만 지나가는 행인에게 치여 몸이 비틀거렸다. 잠깐 눈 돌린 사이, 근처에 있던 건우가 모습을 감췄다. 백에서 핸드폰을 꺼내려 움직였던 손을 누군가가 확 낚아챘다.

"빨리 와."

그대로 혜진의 손을 잡고는 앞서 걷는 건우는 그녀의 손을 잡은 손에 힘을 주었다. 혹시라도 인파 속에서 떨어지게 되면 골치 아프다. 건우는 그녀를 데리고 에스컬레이터에 올랐다.

"선물 어떤 거 살지 생각했어?"

"내의 아니면 손수건 사려고. 둘 다도 좋고."

혜진이 기쁜 얼굴로 대답했다.

"그래."

"대리님이 추천해 주셨어."

"기본적인 것들이네."

"그게 제일 좋은 것 같아, 기본에 충실한 게."

건우는 혜진의 손을 꼭 움켜쥐었다. 에스컬레이터를 타고 유아 매장으로 이동한 두 사람은 천천히 주변을 살폈다. 아기자기한 아기 옷을 진열해 놓은 매장을 둘러보는 혜진의 입가가 스르륵 올라갔다.

"예쁘다."

걷던 걸음을 멈춘 혜진이 마네킹에 입혀져 있는 프릴 원피스를 한참 동안 바라보았다. 그녀의 눈빛이 예쁘게 반짝이는 것을 본 건우도 같은 곳에서 시선이 멈추었다. 그녀와의 결혼은 건우에게 있어 한때의 바람이었고 소망이었다. 그녀도 같은 생각이었다면 지금쯤 자신들의 아이의 옷을 고르고 있었을지도 몰랐다.

"들어가 보자."

건우가 매장 안으로 성큼 들어갔다. 매장 직원이 상냥하게 두 사람을 맞이했다.

"신생아 내의와 손수건 좀 보려는데요."

직원이 여러 종류의 내의와 손수건을 보여주며 설명했다. 대부분 흰색 바탕에 캐릭터 그림이 그려져 있는 깜찍한 디자인이었다. 지영이가 보면 기뻐할 것 같았다.

"그럼 내의 두 벌 주세요."

"손수건도 같이요."

혜진의 주문 뒤로 건우가 말을 덧붙였다. 놀란 혜진이 건우를 쳐다보았다.

"뭐야?"

"나도 선물하려고."

두 사람의 분위기가 심상치 않자 직원이 눈치를 보며 물었다.

"같이 포장해 드릴까요?"

"네."

건우가 짤막하게 대답했다. 직원은 깔끔하게 포장한 내의와 손수건이 담긴 상자를 쇼핑백에 담아 혜진에게 건넸다. 쇼핑백을 받아 들고 매장을 나서던 혜진의 눈에 조끼가 눈에 보였다.

"이거 분홍색으로 하나 더 주세요."

"이것도?"

"이건 대리님 거."

겨울 조끼까지 포장을 마친 후 매장을 나와 걸었다. 혜진은 바닥을 향해 있는 건우의 손을 바라보다 몇 번이나 잡길 시도했다. 손 한 번 잡기 참 힘들다. 그렇게 몇 번의 실패 끝에 겨우 혜진이 건우의 손을 살며시 잡았다.

"네가 선물한 거라고 전할게."

"맘대로."

"저녁은 내가 살게."

건우가 가볍게 고개를 끄덕였다.

"뭐 먹지?"

지하로 가는 엘리베이터를 기다리는데 사람들이 우르르 쏟아져 나왔다. 건우는 혜진을 제 품으로 잡아당겼다. 그의 가슴에 얼굴을 묻은 채 숨죽인 혜진의 심장이 일렁거렸다. 한두 번 그의 품에 안긴 것도 아닌데 얼굴이 붉어졌다. 마치 처음 그와 연애할 때로 돌아간 듯한 착각이 일었다.

사람들이 우르르 쏟아져 나온 후 엘리베이터에 탑승했다. 구석으로 몰린 혜진은 그의 손을 잡고 매달려 있었다. 그가 슬쩍 시선을 아래로 내려 혜진과 시선을 마주했다.

"건우야."

"응."

달음질하는 심장을 진정시킨 후, 혜진이 발꿈치를 들어 그의 귀에 속삭였다.

"키스해도 돼?"

"여기서?"

"응."

대답과 함께 그녀의 입술이 그의 입술에 닿았다. 그리곤 살며시 그의 입술 안으로 침범해 그의 혀를 밀어 넣었다, 아랫입술을 빨아 당긴 다음 아쉬운 얼굴로 짧은 키스를 멈추었다. 건우의 입술이 혜진의 립스틱으로 번들거렸다. 혜진은 엄지손가락으로 그의 입술을 쓸었다.

"감칠맛 난다."

건우의 엄지손가락이 혜진의 입술을 쓸다 뺨을 감쌌다. 이미 어둑해진 거리와 참 잘 어울리는 키스였다. 거리의 불빛을 배경 삼아 하는 짧은 키스도 꽤 괜찮았다.

"다음부터 이런 짓 하지 마."

"······."

"이성 제로야."

"하······."

방금 전 감질 맛 나는 아쉬운 키스의 감각을 떠올리자 건우의 손이 다시금 혜진의 아랫입술을 쓸었다. 탐하고 탐해도 채워지지 않는 갈증.

지하에 엘리베이터가 멈추자 건우는 혜진의 손을 잡았다. 마저 하지 못한 키스의 아쉬움을 뒤로한 채 운전석에 올라탔다. 혜진이 보조석으로 몸을 밀어 넣자마자 짐승처럼, 건우가 혜진의 스커트 속으로 손을 밀어 넣었다.

"잠깐, 여기선······."

백화점 지하주차장. 거기다 빼곡히 차가 붙어 있기까지 했다. 당혹스러운 혜진의 외침에도 건우의 손은 부드러운 허벅지 안쪽을 쓰다듬고 있었다.

"키스, 할 거야."

상체를 그녀와 겹치더니 순식간에 의자를 뒤로 젖혀 버렸다. 건우는 당황한 혜진의 입안을 제 입으로 막곤 갈증을 토해냈다. 조금 전 마신 커피 향이 그녀의 입안에 뿌려져 있었다. 커피 향을 음미하며 부푼 혜진의 붉은 입술을 빨아 당기는 건우의 눈빛이 흔들렸다. 코트 속으로 넣어 가슴을 매만지던 손은 기어이 셔츠 속으로 들어오고 말았다.

"앗."

차가운 감촉이 살에 닿자 혜진이 놀라 외마디 비명을 질렀다. 점점 허벅지를 타고 올라오는 손조차 감당하기 벅찰 지경인데 가슴을 움켜쥐고 유두를 유린하는 손길에 점점 이성의 끈이 끊어지려 하고 있었다. 혜진은 손을 뻗어 건우의 뺨을 잡고 눈을 감았다. 그의 입술을 빨고 혀를 빨았다 놓아주며 그를 희롱했다.

"이혜진⋯⋯."

"응."

"고파. 이 녀석이."

"하아."

귓바퀴를 간질이는 건우의 숨결에 혜진은 속절없이 무너졌다. 건우가 혜진의 손을 잡아당겨 바지 중앙 부분에 갖다 댔다. 이미 충분히 발기된 그의 물건은 그녀 안으로 들어갈 준비를 마치고 있었다.

"이 녀석 먼저 처리해야 할 것 같아."

건우는 혜진의 옷가지를 정리해 주곤 운전대를 잡았다. 백화점 근처, 그리 멀지 않은 곳에 있는 호텔로 이동했다. 방 키를 받아 엘리베이터에 타자마자 두 사람의 키스가 시작되었다. 참은 만큼 서로를 원하는 키스는 농도가 짙었고, 서로의 타액으로 번들거리는 입술을 계속해서 머금으며 눈빛을 교류했다.

호텔방 안에 들어가자마자 혜진이 건우의 목에 손을 둘렀다. 그의 발 등을 밟고 시선을 맞추었다.

"키스."

혜진의 뜨거운 입술이 건우의 목덜미로 향했다. 그의 살 냄새가 좋았다. 그녀가 싫어하는 매캐한 담배 향을 담은 그의 몸에선 자신만 아는 그의 냄새가 있었다.

그의 목덜미에서 목울대로, 가슴으로 입술이 옮겨졌다. 건우의 손이 혜진의 동그란 엉덩이를 쓸다 팬티 속으로 손을 넣어 엉덩이를 주무르다 그녀의 샘에 손을 문질렀다.

"으……."

"벌써, 준비가 된 거야?"

상기된 얼굴을 감추기 위해 혜진이 그의 가슴에 얼굴을 묻었다. 스커트 지퍼를 내리는 소리가 들리고, 스타킹과 함께 팬티가 바닥으로 떨어졌다. 건우는 혜진의 셔츠 단추를 풀곤 가슴에 얼굴을 묻었다. 유두를 물고 혀로 할짝할짝 핥을 때마다 혜진의 입에선 신음 소리가 터졌다. 그의 혀가 아래로 내려가기 시작했다. 배꼽을 지나 꽃잎 근처에 머무른 그의 입술이 거침없이 안으로 들어왔다. 부끄러움도 잠시, 쾌락으로 바뀌는 순간 혜진은 다리를 살짝 벌렸다.

"하아……."

그녀의 꽃잎에서 흐르는 액으로 건우의 입술이 번들거렸다. 건우는 그녀를 번쩍 안아들고 침실로 갔다. 그녀를 눕히곤 제 옷을 전부 벗었다. 이미 그녀 안으로 들어갈 준비를 마친 분신은 단번에 돌진해 들어갔다.

"흑!"

"윽."

두 사람의 쾌감에 젖은 신음 소리가 동시에 터져 나왔다. 하체를 꽉 채운 그의 물건이 주는 쾌감에 혜진의 눈이 반쯤 풀렸다.

그런 혜진의 뺨을 쓸며 입술을 찾아 지분거렸다. 혜진은 그의 목을 움켜쥐곤 입술을 놓아주지 않았다. 오롯이 제 입술만 탐할 수 있는 그의 입술, 까칠한 제 입술도 좋다고 키스해 주던 그의 입술.

그의 허리짓이 거세졌다. 넣다 빼기를 반복하는 움직임에 질척거리는 소리가 방 안을 가득 메웠다. 온전히 제 안을 가득 메운 그의 분신이 주는 쾌감은 언제나 기대 이상이었다. 어쩌면 안고 싶다는 생각이 먼저 든 쪽은 혜진일지도 모른다.

"차건우, 널 안고 싶어."

"……."

"널 마음껏 안고 싶어."

그래도 되냐는 눈빛으로 혜진이 그를 바라보았다. 건우가 미세하게 고개를 끄덕였다. 혜진의 입술이 파르르 떨렸다. 몸을 일으켜 그의 몸 위에 올라탄 혜진이 그의 목에 손을 두르곤 허리를 움직였다.

"하읏, 하아."

서로의 체온에, 뜨거운 숨결에 침실이 열기로 달궈졌다. 절정에 도달한 건우는 제 위에서 허리를 움직이는 그녀를 침대에 눕히곤 파정했다. 끈적이는 액이 그녀의 허벅지를 타고 흘러내렸다.

하아, 하아, 숨을 고르던 건우가 몸을 일으키려는데 혜진이 그의 등을 안았다.

"왜?"

"이렇게 안고만 있는 것도 좋아서."

지쳐 쓰러지기 일보 직전인 듯 혜진의 목소리는 힘이 없었다. 관계가 끝난 후에도 외롭지 않도록 그를 한참 동안 안고 있었다. 건우는 그대로 그녀의 품에 안겨 있다가 그녀를 번쩍 안아 들고 욕실로 들어섰다. 성인 두 명이 들어가도 좁지 않은 욕조 안에 그녀를 앉히곤 온수를 틀었다.

쏴아, 하고 욕조를 채우는 물줄기가 제법 강했다. 혜진은 건우의 손목을 끌어당겨 욕조에 앉혔다. 서서히 따뜻한 물이 채워지는 욕조 안에서 두 사람이 마주 보았다.

"배고파."

"슬슬 배고프기 시작한다."

건우가 배를 문질렀다. 채워지기 시작한 물이 어느덧 가슴을 덮을 정도가 되었다. 물을 끄자 그나마 남아 있던 잡음이 사라졌다. 적막이 찾아왔다.

그와 마주 보는 게 어색했다. 그동안 수없이 제 눈에 담은 얼굴인데 가슴이 떨렸다.

위기가 지나간 후 다시 보는 그의 얼굴이라 그런가. 아니면 그의 눈빛이 아직 자신을 사랑하고 있음을 읽어서 그런 것일까. 처음, 어색, 이 단어들이 나쁘게만 느껴지지 않았다. 다시금 무언가의 시작을 알리는 것 같았으니까.

"노곤하다."

"눈 감으면 잠들 것 같아."

건우가 가볍게 눈을 감으며 대답했다.

"응, 나도."

머리를 뒤로 젖히곤 욕조에 머리를 기댄 혜진이 살며시 눈을 감았다. 한 주 동안 쌓인 피로 때문인지 노곤해 몸이 축축 처졌다. 일어나서 씻어야 하는데 눈이 떠지지 않았다.

어렵게 눈을 뜬 혜진이 건우를 바라보았다. 그는 여전히 눈을 감은 채 앉아 있었다. 욕조 밖으로 나와 있는 손이 바닥에 닿을 듯 말 듯했다. 혜진이 상체를 앞으로 기울였다. 그 바람에 평온했던 물결이 출렁였다. 그의 어깨까지 출렁인 물결은 건우의 단단한 팔을 타고 흘러내렸다.

"자?"

"아니."

여전히 눈을 감은 채 그가 대답했다.

"일어나 봐."

그녀의 말에 그가 눈을 떴다. 혜진이 일어서자 가슴에서 복부로 흘러내린 물결이 아래로 이어졌다. 먼저 일어선 혜진이 건우의 팔을 잡고 일으켜 세웠다. 혜진은 타월에 바디워시를 묻혀 거품을 낸 후 건우의 가슴부터 칠하기 시작했다. 넓은 가슴부터 복부로, 양팔까지 거품을 칠했다. 그리곤 그의 등을 따라 아래로 내려오면서 엉덩이부터 종아리까지 꼼꼼하게 닦아줬다.

"마음까지 씻을 수 있으면 좋을 텐데."

"……."

"그게 안 된다는 걸 아니까 아프다."

애잔하게 들리는 혜진의 음성에 건우의 눈꺼풀이 반쯤 내려앉았다. 욕조 물 위로 떨어지는 하얀 거품을 바라보던 그가 눈을 질끈 감았다.

마음에도 없는 괜찮다는 말은 죽어도 나오지 않았다. 악다문 입술 사이로, 앓는 신음 소리만 흘러나올 뿐이었다. 정말 괜찮지 않으니까. 아팠으니까. 그리고 외로웠으니까.

상대방이 있어도 외롭다는 건, 영하 20도의 칼바람 이상의 추위고, 방금 식사를 마쳤음에도 채워지지 않은 허기였다. 그녀는 이제 알까, 이해할까.

그의 어깨 위로 물줄기가 쏟아졌다. 거품이 씻겨지고 깨끗하게 닦여졌다.

"다 씻겼다."

이번엔 혜진의 몸 위로 하얀 거품이 피어올랐다. 건우가 타월을 쥐고 구석구석 거품 칠을 했다. 굴곡진 가슴에서 내려와 허벅지에서 발목까지 닦아주는 데 얼마 걸리지 않았다. 작은 체구 덕분에 금세 물기로 씻겨 내려갔다.

"나가자."

수건으로 몸을 닦으며 두 사람이 욕실에서 나왔다. 흰 가운으로 몸을 감고서 통유리로 되어 있는 거실에 기대 야경을 바라보는 혜진의 뒤로 건우가 다가가 그녀를 안았다.

"야경 끝내주네. 역시 비싼 호텔은 달라."

탁 트인 창문 밖으로 길게 늘어선 인천대교가 보였다. 인천대교의 주탑을 감싼 조명이 색을 바꿔가면서 현란하게 빛났다. 거기다 인천대교 뒤로 보이는 빌딩과 함께 어우러져 있어서 그런지 꽤 그럴싸하게 보였다.

"자고 가도 되는데."

그녀와 헤어지기 싫은 건우의 입에서 아쉬운 목소리가 나왔다.

"차건우, 나한테 쉽게 누그러지지 마. 그럼 우쭐댈지도 몰라."

"안 그래. 그럴 생각도 없고, 쉽게 용서할 생각도 없어."

혜진의 눈이 가늘게 변했다. 제 허리를 감싸는 건우의 손등 위로 혜진이 손을 겹쳤다.

"그래, 그렇게 해."

"……."

"그래야 나도 내가 용서가 돼."

야경에 비친 혜진의 눈동자가 아련히 빛났다. 시간이 약이라는
말처럼 시간이 지나면 그의 가슴에 새겨진 멍이 조금이나마 사라
지길 바랐다.

"용서……."

"그래, 용서."

깊이 내쉬는 건우의 숨이 혜진의 목덜미에 닿았다. 혜진은 몸을
돌려 까만 건우의 눈동자를 올곧게 바라보았다. 건우의 가운을 풀
고 혜진은 그의 가슴을 어루만지다 그대로 안겼다. 혜진은 건우의
품 안에서 가운을 벗었다. 발아래로 그녀의 가운이 떨어지고, 건
우는 그대로 그녀를 품에 가둔 채 가운을 여몄다.

14. 설레어

혜진이 쇼핑백을 김 대리에게 건넸다.

"대리님, 지오 갖다 주세요."

"우리 딸? 갑자기 웬 선물?"

기쁘면서도 어리둥절한 얼굴로 김 대리가 쇼핑백을 받았다.

"언니 선물 사면서 대리님 것도 샀어요. 비싼 건 아니니 부담 갖지 말아요."

입사 후로 업무적으로나 먼저 사회 경험을 한 선배로서 김 대리에게 많은 조언을 얻었던 그녀였다. 감사하다고 생각하면서도 지금껏 겉으로 표현하지 못했던 적이 여러 번이었다. 건우가 아니었다면 참 중요한 것들을 놓치고 살아갈 뻔했다.

"어머, 뭘 이런 걸. 이 주임, 돈 많이 썼겠다."

"한번 풀어보세요. 마음에 안 드시면 교환도 되니까."

"예쁘다. 정말 예쁘다. 고마워, 이 주임."

포장지를 뜯은 김 대리가 조끼를 보더니 밝게 웃었다. 혹여 그녀가 마음에 들어 하지 않을까 우려했던 혜진의 표정 또한 덩달아 밝아졌다.

"다행이에요."

"우리 지오 이거 입히고 사진 찍어 보내줄게."

기뻐하는 김 대리의 모습에 혜진의 입매가 부드럽게 말려 올라갔다. 받는 것보다 때론 주는 것도 꽤 가슴이 두근거리는 일이구나, 그게 무엇이 되었든.

점심 식사를 마친 혜진과 김 대리는 근처 카페로 향했다. 선물을 받아놓고 뻔뻔하게 입 닦을 수 없다며 괜찮다는 혜진을 기어코 카페에 세워둔 것이다. 두 사람은 커피 한 잔씩 들고 따스한 햇볕이 드는 창가에 앉았다.

"잘 마실게요, 대리님."

"커피 한 잔 가지고 뭘."

혜진은 커피 잔을 입에 댔다. 달콤한 바닐라라떼에 기분이 좋아졌다.

"이 주임은 아직 결혼 계획 없어?"

"아직이요."

한참 망설임 끝에 혜진이 어색한 웃음과 함께 대답했다.

"아직 프러포즈 안 받았어? 건우 씨가 결혼 이야기 안 꺼내?"

"아, 그게……."

"건우 씨가 센스가 없네."

말끝을 흐리는 혜진의 모습에 김 대리가 지레짐작하고는 대신이라는 듯 건우의 험담을 했다. 혜진은 그런 김 대리의 모습에 울컥했다. 비난받아야 할 사람은 그가 아니라 자신이었다.

"결혼 생각이 없던 사람은 저예요."

"뭐?"

"제가 그때 부담스럽다고 거절을 했어요."

말해놓고 혜진은 상황을 이렇게 만든 장본인이 자신이라는 사실에 속이 쓰렸다. 되돌릴 수만 있다면 되돌리고 싶었다. 다시 생각해도 스스로가 용서가 되지 않았다.

예상외의 혜진의 대답에 김 대리가 당황한 표정을 했다.

"오랜 연인이라는 이유로, 나이가 차서 타인의 눈치 보며 남들과 똑같은 삶을 사는 게 싫었어요. 결혼이 '숨 막힘' 이라고 생각했거든요."

"남들과 똑같은 삶……"

작게 읊조리며 김 대리가 이해한다는 얼굴로 희미하게 웃었다.

"타인과 가족이란 울타리를 만드는 게 쉽지 않지. 나도 결혼하고 1년은 남편이랑 매일 치고받고 싸우고, 우리 지오 낳고 한동안은 우울증에 힘들었으니까."

"대리님……"

"내가 살지 않았던 삶이라 힘들었던 것 같아. 지금껏 내가 경험해 보지 않은 삶이니 서툴 수밖에. 인정할 건 인정하고, 받아들일 건 받아들이니 마음에 한결 편해졌어. 그리고 그렇게 지나간 순간들이 참 소중하다는 걸 깨달았지. 지금의 내가 있게 만들었으니까."

혜진은 복잡한 얼굴로 커피 잔을 들었다. 김 대리의 이야기를 들으니, 자신이 무엇을 두려워했던 것인지 알 것 같았다. 그래서 혜진은 부정하지 않았다.

"결혼은 해도 후회, 안 해도 후회라잖아. 그런 거라면 사랑하는 사람이랑 죽기 전에 부부란 이름으로 살아보는 것도 좋을 것 같아."

"그런가요?"

동요하는 눈빛으로 혜진이 물었다. 김 대리는 고개를 끄덕였다. 하지만 너무 늦게 깨달았다. 조금만 더 일찍 깨달았으면 좋았을 텐데. 아쉬움을 담은 눈빛이 아련하게 빛났다.

늦지 않았으면 좋겠는데…….

❖ ❖ ❖

퇴근 후 혜진은 지영의 집에 잠깐 들러 선물을 전해주었다. 잠깐 들어와 저녁 먹고 가라는 지영의 말을 혜진은 거절했다. 형부와 깨소금 나는 저녁을 먹으라니.

이미 어둑해진 하늘은 마치 새벽처럼 캄캄했다. 차가운 공기에 혜진의 어깨가 움츠러들었다. 하얀 입김을 내뱉는 혜진의 입술이 얼어붙을 때쯤 집으로 가는 버스에 올라탈 수 있었다. 백에서 핸드폰을 꺼낸 혜진은 그제야 제 핸드폰 전원이 꺼져 있음을 확인했다.

"이런."

얼른 집에 가서 건우의 목소리를 듣고 싶었다. 오늘 하루는 어땠냐며, 저녁은 먹었냐며, 선물은 지영에게 잘 전해주었다고 하면서 다음에 같이 저녁 먹으러 가자는 말까지 도란도란 대화를 할 생각이었다.

버스에서 내려 골목 어귀를 지나는데 낯익은 차 한 대가 서 있는 게 혜진의 시야에 들어왔다.

"어?"

차에서 내리는 건우의 모습에 혜진의 걸음이 빨라졌다.

"핸드폰 꺼져 있더라."

"아, 배터리가 다된 모양이야."

집 앞엔 어쩐 일이냐고 묻는 혜진의 시선에 건우가 멋쩍게 머리를 긁적였다.

"지나가는 길에 들렀어."

"그랬구나. 잘 왔어."

혜진이 반갑게 건우의 손을 잡았다.

"손이 차다."

건우는 양손으로 혜진의 손을 제 손에 가뒀다.

"얼마나 있었어?"

"얼마 안 됐어."

"저녁은?"

"먹었지."

잠깐 뜸 들인 건우의 대답에 혜진이 피식 웃었다.

"난 아직인데. 같이, 케이크 한 조각 먹어줄래?"

고개를 비스듬히 한 혜진이 건우가 고개를 끄덕이자 예쁘게 입술을 말아 올렸다. 자신이 걱정할까 봐 하는 거짓말에 일일이 따질 필요는 없었다. 아직까진 그의 거짓말을 읽을 줄 아는 사람은 자신뿐이니, 그의 거짓말에 넘어가 주는 척하면 되었다.

두 사람은 골목 어귀에 있는 카페로 걸어갔다. 보폭을 맞춰 걸으며 서로 잡은 손을 놓지 않았다. 카페에 들어선 두 사람은 치즈케이크 한 조각과 따뜻한 홍차를 주문했다. 저녁 시간대라 그런지 카페 안에 손님이 없어 주문한 차와 케이크는 금방 나왔다. 혜진은 포크로 한입 크기로 자른 케이크를 찍어 팔을 뻗었다.

"달다."

먼저 한입 먹은 건우는 만족스럽다는 듯 다시 입을 벌렸다. 혜진은 주저 하지 않고 다시 케이크를 찍어 건우의 입속에 넣어주었다. 이번엔 건우가 케이크를 찍어 혜진의 입 앞에 갖다 댔다.

"음, 맛있다."

만족스러운 미소를 띤 채 말하며 홍차를 한 모금 마셨다.

"오늘 야근했어?"

"아니, 언니 네 갔다 왔어."

"아."

걱정으로 굳어졌던 건우의 표정이 그제야 풀렸다.

"선물 주고 왔어. 예쁘대. 좋아해."

"그래?"

"우리가 선물을 잘 고르긴 했잖아."

"그랬지."

그와 하려던 대화가 이제 막 시작되었을 뿐인데 혜진은 기쁨을 감출 수 없었다. 제가 하는 이야기에 귀 기울여 주고 대답해 주는 모습을 보며 그와 연애를 막 시작한 기분이 들었다. 조금씩 건우가 노력하는 모습에 혜진은 코끝이 찡해졌다.

"왜 몰랐을까?"

후회를 담은 혜진의 눈동자가 파도처럼 흔들렸다.

"이렇게 설레는걸."

"혜진아."

"설레어, 보고만 있어도."

"……."

"이상하지? 나도 알아."

자신의 얼굴을 지그시 바라보는 건우의 눈빛을 피한 혜진이 시선을 아래로 내렸다.

"나도 그랬어."

애잔한 목소리에 혜진은 차마 고개를 들 수가 없었다.

"줄곧 설레었어."

악다문 입술을 열면 눈물이 터질 것 같아 혜진은 그저 입술을 깨물 뿐이었다.

"나와 같은 마음이 아니라고 화가 났었던 것 같아."

"……."

"유치했지, 정말."

한결 부드러워진 건우의 음성에 왈칵 눈물이 쏟아졌다. 테이블 위로 조용히 눈물이 떨어져 내렸다. 건우는 푹 숙인 혜진의 얼굴을 손으로 들어 올려 마주 보았다. 눈물범벅이 된 혜진의 얼굴이 안쓰러웠다.

"그래, 울어."

이제 그만 울겠다고 다짐하려던 찰나, 따뜻한 건우의 목소리에 혜진은 참았던 눈물을 터뜨렸다. 자신의 이름을 부드럽게 불러준다.

잡는 손엔 온기가 가득하다. 자신을 바라보는 눈빛이 반짝, 빛이 난다.

그는, 차건우다. 자신이 사랑하는 남자, 차건우.

건우는 엄지손가락으로 혜진의 눈물을 쓸었다. 하지만 곧장 눈물이 다시 혜진의 말간 뺨 위로 흘러내렸다. 아무 말 없이 건우가 혜진의 눈물을 닦아주었다.

"사랑하는 사람이랑 죽기 전에 부부란 이름으로 살아보는 것도 좋을 것 같아."

김 대리의 말이 무슨 뜻인지 알 것 같았다. 아직 전부 이해하지는 못했지만 그래도 깨달은 바가 있었다. 그와 함께라면 결혼도 괜찮을 것 같다고. 걱정도 두려움도 어떻게든 다 이겨낼 수 있을 것 같다고 생각했다.

그와 결혼을 하고 부부로 살아가며 나머지는 깨달아야 하는 과제였다.

결혼이 하고 싶어졌다. 뒤늦게 꿈을 꾼다. 그와 결혼을, 가족이란 울타리가 되는 소망을, 그를 똑 닮은 아기를 만나기를. 평범하지만 남들과 비슷하지만, 그래도 그 속에는 또 다른 행복이 있을 것이다.

❖　❖　❖

〈맥주 한잔 어때?〉

문자메시지의 발신인은 주아였다.

〈좋지.〉

혜진은 답장을 보낸 후, 약속 시간과 장소까지 막힘없이 정했
다. 퇴근 후 혜진은 약속한 맥주 바에 들어섰다. 냉장고에 진열되
어 있는 병맥주 두 개를 들고 혜진은 자리로 왔다. 병맥주 뚜껑을
돌려 한 모금 마시는데, 막 가게 안으로 들어서는 주아가 보였다.
혜진을 발견한 주아의 걸음이 빨라졌다.

"먼저 와 있었네."

"방금 왔어. 자."

혜진은 맥주 뚜껑을 막 딴 시원한 맥주를 주아에게 건넸다. 주
아는 맥주로 갈증이 이는 목을 축였다. 주아는 맥주병을 내려놓
고, 혜진의 얼굴을 살폈다. 표정이 많이 부드러워졌다. 안절부절
못하던 예전에 비해 여유가 생긴 느낌이랄까.

"건우가 알았지? 성진 씨 일 말이야……."

"응. 그렇게 되었어."

담담한 목소리로 혜진이 대답했다. 주아는 아랫입술을 깨물었
다. 성진과 마주할 수 있도록 알려준 이가 자신이라고 혜진에게
털어놓아야 했다. 고의가 아니었지만, 그래도 그로 인해 두 사람
이 상처를 받고 힘겨워했으니까.

"미안. 실은 내가……."

"아니, 됐어."

주아의 말을 가로막은 혜진이 고개를 내저었다.

"혜진아."

"언젠가 한 번은 겪어야 할 홍역 같은 거였어. 우리 둘은 서로를 다시 되돌아볼 시간이 필요했던 것 같아."

맥주병을 만지작거리는 혜진은 뒤늦게 깨달은 사실을 받아들이고 인정했다. 그를 외롭게 만들었고, 그를 불안하게 했다. 거기다 다른 남자에게 흔들린 사실에 그가 얼마나 배신감을 느꼈을지 상상만 해도 가슴이 아렸다.

"괜찮은 거야?"

"처음엔 조금 힘들었어. 힘들어하는 그를 지켜보면서 옆에 있어야 했으니까. 하지만 지금은 괜찮아. 건우가 조금씩 마음을 열고 있거든."

빙긋 웃으며 가슴에 담아둔 말을 꺼내는 혜진의 마음이 편해졌다.

"처음으로 돌아간 기분이야."

"처음?"

"응. 설레어."

혜진이 제 가슴에 손을 얹고 예쁘게 웃었다. 주아는 그런 혜진의 모습을 보며 부러운 표정을 지었다. 결국 건우가 지고 말았구나. 그에게 있어 이혜진이라는 여자는 여전히 강자였다.

"좋아 보인다."

"고마워, 그때 나한테 해준 말."

"무슨······."

"날 야단쳤잖아. 지나가는 바람이라며, 건우에게 상처 주지 말라고 말이야."

혜진의 말에 주아가 손사래를 치며 부정했다.

"어리석었지, 내가."

"알았으면 됐어."

"참, 그때 너 나중에 나한테 할 말 있다고 하지 않았어?"

자신의 일만 신경 쓰다 보니 주아는 안중에도 없었다. 제 힘든 것만 생각하고 괴로워했다. 그때 주아는 자신에게 뭔가 말하려다 망설였다. 나중에 말한다고 했으나, 그것을 기억하기엔 그동안 많은 일들이 있었다.

"아, 그랬었지……."

주아는 잠깐 난처한 얼굴로 입술을 닫았다.

"그전에 먼저 할 말이 있어."

"뭔데?"

혜진이 궁금한 얼굴로 물었다.

"이경민한테 연락이 왔어."

"뭐?"

씁쓸한 얼굴로 주아가 얼굴을 쓸었다. 일주일 전부터 걸려오기 시작한 전화는 지금껏 계속되었다. 물론 처음엔 당혹스러움에 전화를 피했다. 하나 확실하게 끝맺음해야겠다고 결론짓고 그와 통화를 했다. 그는 자신이 보고 싶다고 매달렸다. 6년을 연애하며 손꼽을 정도로 듣기 힘든 말을 그는 헤어지고 나서야 주절거렸다. 사랑한다며, 다시 돌아와 달라며 추잡하게 매달렸다. 그토록 애타게 기다렸던 모습인데 기쁘기는커녕 분했다.

"빤한 레파토리. 말 안 해도 알지?"

혜진은 고개를 끄덕였다. 그렇게 매몰차게 주아를 차버린 이경민이 주아에게 다시 연락할 줄은 생각지 못했던 일이었다.

"네 감정은 어떤데? 다시 만나고 싶어?"

"천만에."

주아는 이를 부드득 갈았다. 그에게 헌신했지만 결국 돌아오는 말은 보내준다는 그럴싸한 포장을 한 이별이었다.

"주아야."

"수신 거부해 놨더니 이제 다른 번호로 전화가 와. 내가 번호를 바꿔야 할까 봐."

주아의 입가에 허탈한 미소가 감돌았다.

"네가 후회하지 않을 결정을 해."

"그래야지. 이제 나도 사랑받고 싶어."

한 사람에게 올인한 결과는 참담했고 결과는 이별이었다. 그녀의 마음은 황폐해져 누굴 담을 여유가 없는 줄 알았다. 하나 자꾸 그가 제 마음을 비집고 들어오기 시작했다.

"그럼 진짜 할 말은?"

혜진이 흥미로운 얼굴로 상체를 앞으로 기울였다. 경민의 이야기를 먼저 꺼낸 이유는 분명 있을 것이다. 그것이 어쩌면 주아에게 좋은 소식일지도 모른다는 예감이 들었다.

"그게……."

주아의 입술이 힘겹게 달싹거렸다. 혜진은 제 예감이 확신으로 기울어졌다.

"고백, 받았어."

"정말?"

"응, 이경민과 헤어지고 얼마 안 돼서야. 아직 이경민을 정리하기 전이었지."

혜진은 조용히 주아의 말을 경청했다.

"그래, 겉으론 그를 미워하면서 다시 돌아와 준다면 더 바랄 게 없다고 생각했어. 하지만 시간이 지남에 따라 무의미한 바람이라는 사실을 깨달았고……."

"……."

"그를 정리해 갈 때쯤 고백을 받았어."

"아……."

그 대상이 누군지를 묻는 혜진의 시선에 주아가 맥주를 들이켜곤 결심이 선 얼굴로 대답했다.

"진환이야."

"진환이?"

"처음엔 그저 친구로만 생각했었어. 어떻게 내가 그 녀석과 연인이 될 수 있을까, 생각했지. 이별하면 끝인 관계, 난 싫었어."

혜진은 전혀 예상치 못한 인물에 놀라 입술을 벌렸다.

"그런데 녀석이 그러더라."

"……."

"앞으론 날 외롭게 두지 않겠다고."

"후우."

"그러니까 그 녀석은 줄곧 내 외로움을 읽고 있었던 거지."

"그랬구나……."

혜진은 주아의 목소리에서 안타까움을 읽었다.

"어떻게 줄곧, 외로움만…… 내 뒷모습만 봤을까."

진환은 겉으로 제 감정을 잘 표현하지 않는 사람이었다. 그래서 줄곧 그가 주아를 마음에 두고 있었다는 걸 알지 못했다. 조금이라도 내색을 해주었으면, 제가 도움이 되지 않았을까.

"그래서, 넌 어때? 정리 좀 됐어?"

"아니, 아직……."

주아도 쉽게 결정하지 못한 얼굴로 대답했다.

"조만간 결정해야겠지."

그의 확신에 찬 목소리는 믿고 싶게 만들었다. 기대고 싶도록, 더 가까이하고 싶도록 했다. 주아는 이 감정이 단순히 외로움에서 비롯된 감정인지 확인해야 했다. 제 감정을 확인할 시간을 가진 후 진환을 만날 생각이었다.

주아는 맥주를 깨끗이 비우곤, 냉장고에서 같은 맥주 두 병을 다시 꺼냈다. 자리로 돌아온 주아는 맥주 두 병을 따서 한 병을 혜진에게 건넸다.

"앞으로 좋은 일만 있었으면 좋겠다."

주아가 건배하자며 맥주병을 내밀었다. 두 사람의 맥주병이 부딪히는 소리 뒤로 음악 소리가 점점 커져 갔다.

15. 좋다, 차건우 냄새

　샤워를 마치고 두 사람은 소파에 앉아 TV를 보고 있었다. 혜진이 편한 자세로 건우의 어깨에 기댔다. 평일에 미처 챙겨 보지 못한 예능 프로그램 재방송을 보며 한가로운 휴일을 보내고 있었다.

　혜진은 원피스 대신 그의 체향이 나는 티셔츠와 반바지를 입고, 발로 그의 종아리를 툭툭 치며 장난을 걸었다. 좋아서, 같이 있는 게 너무 좋아서 혜진은 가만히 소파에 앉아 TV에 집중할 수가 없었다. 건우는 그녀가 제게 거는 장난을 받아주며, 혜진의 어깨를 감싼 손을 점점 아래로 내려와 브래지어 속으로 들어왔다. 한 손에 가득 들어오는 젖가슴을 주무르며 제 몸에 바짝 혜진을 당겨 안았다.

　"주말에 바닷가나 가볼까?"

　"바닷가?"

혜진이 턱을 치켜들고 건우의 입술을 제 입술로 막았다. 건우의
입술을 쪽쪽 빨아 당기며 그의 뺨을 양손으로 잡아 자신과 마주
보도록 고정시켰다. 타액으로 흥건히 젖은 건우의 입술을 혜진이
혀로 살며시 쓸었다.

"하, 얘기 중이잖아. 이럴 거야?"

"듣고 있어."

혜진은 아예 그의 무릎 위로 올라갔다. 그와 마주 보도록 앉아
그의 시야를 가렸다. 혜진은 그의 목덜미로 입술을 갖다 댔다. 입
술로, 혀로 그의 목을 간질이며 그의 목에 팔을 둘렀다. 건우는 하
던 얘기는 뒤로 미루고 자신을 유혹하는 혜진의 손길을 받아들이
기로 했다. 혜진은 가볍게 건우의 셔츠 속으로 얼굴을 밀어 넣고
유두로 손으로 동그란 원을 그리며 돌렸다. 한 손으론 돌기를 애
무하고 입술로는 핥았다.

"하아."

낮게 내뱉는 신음 소리가 거칠어지며 그의 손이 혜진의 셔츠 속
으로 들어와 매끈한 등을 쓸었다.

"어때?"

"뭐가?"

"기분이."

혜진은 그의 대답을 기다리며 가슴에서 단단한 복부로 내려오
며 잔 키스를 퍼부었다. 그의 체취, 그의 냄새. 좋다. 차건우, 냄
새.

"좋아 죽을 것 같아."

혜진은 그의 바지 속으로 손을 밀어 넣었다. 이미 충분히 발기

된 그의 물건이 혜진의 손에 닿자 움찔하는 게 느껴졌다. 혜진은 뿌리부터 천천히 손으로 쓸었다. 그럴 때마다 건우는 혜진의 허리를 꽉 안으며 혜진의 엉덩이를 주물렀다.

"들어가고 싶어."

셔츠 안에 있던 혜진이 고개를 내밀었다. 그러자 건우가 혜진의 입술로 돌진했다. 제 혀를 밀어 넣고 혜진이 숨조차 돌릴 시간을 주지 않으며 키스를 이어 나갔다.

"잠깐. 아직."

겨우 건우의 입술에서 벗어난 혜진은 아쉬움을 가득 담은 건우의 눈동자를 보며 피식 웃었다. 타액으로 번들거리는 건우의 입술을 손끝으로 쓸었다. 혜진은 바지와 함께 팬티를 벗었다. 그리곤 건우의 바지를 벗겼다. 무릎을 꿇고는 건우의 허벅지부터 입술로 핥았다.

"아, 흑!"

혜진의 머리카락 속에 손을 밀어 넣은 건우가 낮게 신음했다. 더 이상 참기 힘든데 그녀는 안으로 들어가길 좀처럼 허락하지 않았다. 얄궂게 웃으며 결국 팬티를 벗겨낸 그녀는 분신을 혀로 할짝거렸다.

"조금만, 더."

혜진이 작게 속삭였다. 건우는 그녀가 허락할 때까지 인내했다. 분신을 입에 머금고 아이스크림 빨듯 혀로 페니스를 핥다, 입안에 가두었다. 아프지 않도록 이로 잘근잘근 씹는 시늉을 하면서 혜진은 제 입 가득 부푼 그의 분신을 놓아주었다. 타액으로 범벅이 된 분신을 잡고 혜진은 그의 무릎 위로 앉았다. 천천히 제 하복부를 채우는 느낌에 혜진은 그의 목을 끌어안고 천천히 허리를 움직였다.

"하앗. 잘 참았어."

혜진이 건우의 뺨을 쓸며 칭찬해 주었다.

"이젠 봐주지 않을 거야."

건우는 한 손으로 혜진의 허리를 잡고, 다른 손으로는 엉덩이를 잡은 채로 제 몸에 바짝 끌어당겼다. 혜진이 뜨거운 열기에 셔츠를 벗어 던지자 건우가 그녀의 가슴골에 얼굴을 묻었다.

"이혜진, 냄새."

"하읏."

건우의 뒷머리를 끌어안은 혜진의 허리짓이 계속되었다. 흥분한 혜진의 꽃잎에선 액이 흘러나와 분신과 부딪히는 소리가 질척하게 거실을 가득 메웠다.

"좋다."

"핫, 나도…… 좋아."

상기된 얼굴로 혜진은 건우와 시선을 마주했다. 자신을 사랑스럽게 바라보는 그의 눈빛에 녹아 재가 될 것만 같았다. 혜진의 몸은 이미 땀으로 흠뻑 젖었다. 건우도 마찬가지였다. 서로의 살이 맞닿아 있는 곳엔 땀으로 젖어 열기로 가득했다. 건우는 위치를 바꿔 그녀를 소파에 앉혔다. 엉덩이를 끄트머리로 옮겨 제가 허리를 움직였다.

"하읔."

그녀의 꽃잎으로 돌진하는 건우의 허리짓에 혜진은 활짝 벌린 다리를 떨었다. 제 하복부를 가득 메운 쾌감에 눈이 반쯤 풀렸다.

그의 품에서 무너질 것만 같았다. 새롭게 바라본 그가, 다시 마주하게 된 그가 참 사랑스러웠다.

"자꾸, 자꾸 네 안에 갇혀 있고 싶어."

"건우야⋯⋯."

"나오고 싶지 않아. 점점."

귓바퀴를 간질이는 건우의 거친 숨소리에 혜진이 그의 등을 꽉 안았다. 손자국이 새겨지도록, 그의 꽉 안고 그의 심장 소리를 들었다. 제 것과 마찬가지로 불규칙적으로 뛰는 심장 소리에 혜진의 입가에 희미한 미소가 번졌다.

이제야 서로를 바라보는 눈빛이, 서로를 원하는 마음이 같아짐에 가슴이 벅찼다.

"혜진, 이혜진⋯⋯."

"응, 건우야."

"좋아, 이렇게 좋은데."

혜진이 그의 목덜미에 얼굴을 묻었다.

"어떻게 널 안 보고 살아⋯⋯."

건우의 허리짓이 거칠어짐과 동시에 그녀의 입술을 찾아 혀를 밀어 넣었다. 뜨거운 숨결이 서로의 입안을 교류하며 좀처럼 맞닿은 입술이 떨어질 줄 몰랐다.

"사랑해, 건우야."

그녀가 진심으로 고백했다. 고백하고 고백해도 부족함을 느끼며 혜진은 지금껏 못한 고백을 몰아서 하듯 고백을 멈출 줄 몰랐다.

"나도, 이혜진 사랑해."

잠시 후 절정이 지나고 나자 그가 이제 괜찮다는 듯 그녀의 이마에 입을 맞추어주었다. 그런 후 티슈로 건우는 그녀의 다리부터 꽃잎까지 닦아주었다. 닦아주는 손길이 정성스러웠다.

"아까 하던 말 계속 해볼까?"

건우가 혜진에게 티셔츠를 입혀주며 말을 꺼냈다.

"바닷가 가자고?"

"응."

"겨울 바다 못 본 지 꽤 됐는데."

혜진이 기대에 찬 눈빛으로 고개를 끄덕였다.

"가서 하루 쉬고 오자."

"응."

"돌아오는 주말에 갈까?"

"그래, 그러자."

건우의 손이 혜진의 뺨을 감쌌다. 기대되는 주말, 모처럼의 바다여서 즐거울 것 같다.

❖　❖　❖

건우와 바닷가에 가기로 한 날, 혜진은 일찍 일어나 전날 준비해 둔 재료를 꺼냈다. 출발하면서 간단하게 먹을 샌드위치와 과일 주스를 만들 참이었다. 일단 샌드위치 재료를 손질해 접시에 담고 식빵을 꺼내 재료를 담았다. 별것 아닌 것 같으면서도 모양이 예쁘게 잡히지 않아 혜진은 재료를 담고 랩을 싸서 고정시켰다.

"샌드위치는 이 정도면 됐고."

사과와 바나나 그리고 요구르트와 사이다를 믹서기에 넣고 갈기 작했다. 시끄러운 잡음과 함께 금세 음료 두 잔이 만들어졌다. 준비해 둔 일회용 컵에 음료를 넣고 뚜껑을 닫았다. 빛깔이 곱게 갈려진 음료를 보자 혜진은 뿌듯한 기분이 들었다. 남은 과일은 먹기 좋게 통에 담고, 랩에 싸둔 샌드위치는 반을 잘라 가지런히 통에 담았다. 맛은 보장 못하지만, 김 대리의 조언을 시도해 보았다. 하다 보면 실력도 늘 것이고 그가 맛있게 먹어주는 날이 올지도 모른다. 혜진은 외출 준비를 마치고 집 밖으로 나왔다. 커피도 한 잔 살까, 아님 바게트라도……. 고민하는 사이 골목 어귀로 차 한 대가 들어왔다.

"오래 기다렸어?"

창문을 내리며 건우가 물었다. 혜진은 고개를 저으며 보조석에 올라탔다. 그녀가 차에 타자마자 맛있는 냄새에 건우가 입맛을 다셨다.

"빨리 줘."

"응?"

"침이 꼴깍 넘어가."

그제야 그의 말을 이해한 혜진이 가방에서 과일 주스를 꺼내 빨대를 꽂아 그의 입에 갖다 댔다. 기다렸다는 듯 건우가 한 모금 마셨다.

"음, 맛있다."

"카페인보단 나을 것 같아서 만들어봤어."

"응, 좋아. 시원하다."

혜진이 티슈로 건우의 입가에 묻은 잔여물을 닦아주었다. 그리곤 샌드위치도 꺼냈다.

"이건 장담 못해. 자신 없어."

솔직한 혜진의 말에 그래도 괜찮다며 건우가 입을 벌렸다. 입안으로 샌드위치가 들어왔다. 그가 한입 크게 먹자 혜진이 조금 걱정스런 표정으로 그를 살폈다.

"솔직하게 말해도 돼."

"놀이공원 갔을 때의 도시락보다 1% 부족하지만, 맛있어."

"그땐 엄마가 도와준 거라니까."

혜진이 불퉁하게 입술을 내밀었다.

"그러니까 어머님에 비해선 아직 멀었다는 말이야."

"치."

"입술 내밀지 마, 키스하고 싶어지니까."

그의 경고에 혜진이 내밀었던 입술을 손으로 가렸다. 고속도로를 내달리는 길에서 사고 나길 바라지 않는다면 잠잠히 있는 편이 나았다. 키스로만 끝날 것이 아니란 것을 알기에 더욱 그랬다.

"참, 바다 보러 어디로 가는 거야?"

"안면도."

수도권에서 1박 2일로 다녀오기엔 가까운 거리에 속했다.

"우리 안면도는 처음이지?"

"그렇지."

"처음…… 설렌다."

혜진이 들뜬 기분을 감추지 못하고 빙긋 웃었다. 건우가 입을 벌리자 음료를 먹여주고, 다시 입을 벌리면 샌드위치를 먹여주었다. 혜진은 그의 입가를 털어주며 툴툴거렸다.

"차건우, 애 같아."

"그래, 난 이혜진한테는 애다."

그가 호탕하게 웃으며 긍정했다. 덩달아 웃는 혜진의 입가엔 행복한 미소가 끊이지 않았다. 오랜만에 평년 기온을 회복한 날씨까지 더해져 바다 보러 가기 좋은 날이었다. 혼자선 춥겠지만 둘이면 더없이 따뜻한 날이 될 것이다.

❖ ❖ ❖

꽃지해수욕장 주차장에 차를 주차해 놓고 두 사람은 차에서 내렸다. 예상했던 대로 칼바람이 두 사람의 얼굴을 할퀴고 지나갔다. 제법 거센 바람에 혜진의 머리카락이 흩날렸다. 건우가 혜진의 손을 꼭 잡고 바닷가로 내려왔다. 겨울임에도 사람들이 제법 많았다. 점퍼 지퍼를 목까지 쭉 올린 후 두 사람은 사람들 틈에 끼어 할미바위로 가는 길에 동참했다.

"으, 춥다. 그래도 이왕 왔으니 할미바위까진 가봐야겠지?"

"추우면 그냥 멀리서 봐도 돼."

"아니, 괜찮아."

혜진이 씩씩하게 대답하며 걸음을 재촉했다. 모래사장엔 크고 작은 돌멩이들이 혜진의 발에 치였다. 발에 밟히는 돌멩이 때문에 걷기 힘든데도 혜진은 그의 손을 잡고 걷기를 계속했다. 겨울임에도 갈매기들이 무리 지어 하늘을 비행하고 있었다. 저들만 알아들을 수 있는 울음소리를 내며, 날갯짓하는 갈매기들을 바라보며 혜진은 미소 지었다.

생각해 보면 이런 것이 다 추억이었다. 사람들도 그래서 이 추위를 이겨내며 모래사장을 건너 할미바위까지 힘겹게 가는 것일 테지. 훗날, 도란도란 이야기하며 웃음 지을 수 있도록 말이다.

"추운데 너랑 있으니까 추워도 괜찮아."

"뭐?"

"혼자였음 이 길을 걷는 걸 시도조차 하지 않았을 텐데 너와 있으니까 가능한 것 같아. 이 바람을 너와 같이 맞는다고 생각하니까, 이 추위를 너와 함께 견딘다고 생각하니까 괜찮아."

예전의 혜진이었다면, 한겨울에 웬 바다냐며 거절했을 것이다. 그가 놀이공원에 가자고 했을 때처럼 고민하다 어쩔 수 없이 수락하거나. 하지만 혜진은 이제 그와 같이 있음에 망설이지 않기로 했다. 추위는 잠깐이었다. 하지만 그와 맞잡고 있는 손의 온기는 계속될 터였다. 혜진의 노력하는 모습에 건우는 걷던 걸음을 멈추고 그녀의 양손을 제 손에 가두곤 입김을 불어넣었다.

"이렇게 하면 따뜻해질 거야."

"괜찮은데."

혜진이 손을 빼내려 하자 건우가 안 된다며 제 손에서 빼내지 못하도록 했다. 그렇게 그는 한참을 서서 입김을 불어넣다, 그녀의 손을 제 점퍼 주머니에 넣었다.

"어서 가자. 뒤처지겠다."

"응."

뒤처지면 안 되지, 하며 혜진이 그와 보폭을 맞춰 걸었다. 길은 꽤 멀었다. 시작부터 할미바위까지 칼바람을 헤치며 두 사람이 겨우 도착했다. 여기저기서 기념사진을 찍기 위해 포즈를 취하는 사람들 속에서 건우가 핸드폰을 꺼내 그녀와 얼굴을 맞댔다.

"여기 봐."

"응?"

"찰칵."

미소 지은 건우의 얼굴과 놀란 혜진의 얼굴이 저장되었다.

"나중에 또 놀려야지."

"차건우, 치사해."

뾰로통한 얼굴로 그의 핸드폰을 바라보던 혜진이 그의 손에 있는 핸드폰을 빼앗으려 했지만, 그가 재빠르게 손을 위로 올렸다. 빼앗지 못하도록 손을 뻗은 채 건우는 허둥대는 그녀의 모습을 귀엽다는 듯 바라보았다. 그러다 결국 건우가 허리를 숙여 그녀의 입술을 짧게 훔쳤다. 쪽, 소리와 함께 그의 입술이 떨어져 나가자 혜진이 추위에 빨개진 코만큼 양 볼이 붉어졌다.

"참, 감질나게 한다."

"뭐?"

"아쉽다고."

"참아, 여기서 찐하게 하면 호텔에 들어가서 할 게 없어지잖아."

건우가 혜진의 귀에만 들리도록 작게 속삭였다.

"짐승."

"먼저 바지 벗기고 시작한 사람이 누군데."

그가 고개를 삐뚜름하게 하며 혜진을 놀렸다.

"내가 언제?"

"바로 일주일 전. 오피스텔에 날 유혹하려고 작정하고 왔잖아."

"아, 아니거든요……."

강하게 부정하며 혜진이 휙 토라져 건우를 지나쳐 걸었다. 왔던 길을 다시 걸으며 혜진이 씩씩거렸다. 그런 그녀를 건우가 뒤에서 지켜보다 졌다는 듯 고개를 내저었다. 냅다 달려가 혜진의 어깨를 감싸는 건우의 입가에 미소가 걸렸다.

"같이 가자. 혼자 가면 춥잖아."

그제야 혜진은 못 이기는 척 그와 보폭을 맞춰 걸었다. 처음 가는 것만큼 되돌아가는 길도 순탄치 않았다. 그나마 운동화를 신은 덕분에 수월하게 다시 원점으로 돌아와 두 사람은 넓게 드리워져 있는 바다를 눈에 담았다.

바람을 타고 같이 올라오는 짠 내에 혜진이 코를 찡긋거렸다. 건우가 혜진의 뒤로가 점퍼를 열고 혜진을 품에 안았다.

"어디 들어갈까?"

고개를 살며시 왼쪽으로 돌린 혜진은 그와 시선을 맞추었다. 바닷가 뒤로 횟집과 조개구이집이 즐비했다. 혜진은 그의 품에서 빠져나와 건우의 점퍼를 올려주었다.

"가보자."

혜진은 건우의 손을 잡고 횟집 거리를 걸었다. 비릿한 냄새가 코를 찔렀다. 그러던 중 혜진이 걸음을 멈추었다. 횟집 앞에 있는 어항 안에서 활기차게 헤엄치는 물고기를 바라보며 혜진이 신기한 듯 시선을 떼지 못했다. 그리고 두 사람은 가게 안으로 들어섰다.

신발을 벗고 가게 안으로 들어가 자리를 잡고 앉았다. 가게 안에는 가족 단위의 손님들이 테이블을 가득 메우고 있었다.

"술도 한잔할까?"

"차건우, 음주운전을 하겠다는 거야?"

쌜쭉하게 눈을 흘기며 혜진이 무섭게 물었다.

"농담인데, 너무 무섭게 몰아붙인다."

"여기서 호텔까지 꽤 거리 있잖아."

"알아, 안다고. 잔소리는."

투덜거리면서도 건우는 혜진의 잔소리에 기분이 좋아 입꼬리를 슬쩍 올렸다. 점원이 컵과 생수를 내왔다. 벽에 붙어 있는 메뉴판을 보며 건우가 주문했다.

"모듬회 주세요."

"술은요?"

점원이 빌지에 체크하며 물었다.

"술은 됐고요. 사이다 하나 주세요."

직원이 주방으로 사라졌다. 두 사람은 창문으로 비치는 바닷가를 바라보았다. 출렁이며 밀려오는 바닷물에 발을 한 번 담가보고 싶다는 생각을 하며 혜진이 웃었다. 그녀의 웃음에 건우가 시선을 그녀에게 돌렸다.

"왜?"

"발 담가보고 싶어."

"어디? 바닷물에?"

설마, 하는 시선으로 건우가 물었다. 혜진은 고개를 끄덕이며 다시 웃었다.

"얼음장처럼 차가울 거야."

"알면서 들어가고 싶어?"

편한 자세로 앉으며 건우가 턱을 괴었다. 겨울 바닷물이 얼마나 차가운지 예상하면서도, 들어가고 싶은 건 유아적인 발상이었다.

조금 후 점원이 한 가득 상을 내왔다. 열 가지쯤 되는 밑반찬과 함께 빛깔 좋은 회가 테이블에 세팅되었다. 혜진은 군침이 도는 얼굴로 젓가락을 움직였다. 새우튀김을 하나를 제 입속에 넣고 행복한 미소를 지었다.

"맛있다."

건우는 회 한 점을 상추에 싸 팔을 뻗었다. 혜진은 아직 새우튀김을 넘기지도 않고서 그가 주는 상추쌈을 거침없이 받아먹었다. 그녀는 이제 더 이상 그의 눈치를 살피지 않는다. 예전과 같은 그녀지만, 이기심을 버리고 노력을 하고 있는 게 눈에 보였다. 그래서 미워할 수가 없게 만든다. 자신이 싫어하는 것도 할 줄 알고, 상대방이 무엇을 원하는지 생각하고 있었다. 이것도 잠깐이 아닐까, 건우는 두려웠지만 조금씩 마음을 열었다.

차건우에게 이혜진은 여전히 강자였으니까.

어느새 혜진의 시선이 옆 테이블로 향해 있었다. 이제 막 초등학교에 입학한 여자아이를 사이에 두고 부모가 사랑스럽게 바라보고 있었다.

"저런 모습도 좋은 것 같아."

혜진이 용기를 내 입술을 열었다. 건우도 어느새 시선이 그쪽으로 향해 있었다. 아이 엄마는 자신은 먹지도 못한 채, 아이 입에 넣어주기 바빴다. 건우는 진지하게 결혼 이야기를 꺼내고 그녀에게 거절당했을 때를 떠올렸다. 자신과 같은 마음이 아님에 느껴지는 건 배신감이 아니었다. 그저, 허탈하고 허무했다. 지금껏 함께

해 온 시간이 아무것도 아님으로 치부받는 기분이었다. 건우는 그런 기분을 다시 느끼고 싶지 않아 시선을 거두었다. 결혼을 다시 생각하기엔 서로가 아직 부족함을 깨달았다.

"그래, 행복해 보이네."

"나도, 이젠 할 수 있을 것 같은데."

의외의 말에 건우가 놀란 표정을 지었다.

"나도 이젠 차건우의 아내가 될, 준비가 된 것 같아."

그녀가 얼마나 용기 내서 하는 말인지 건우도 알고 있었다. 하나 그에 대한 대답을 쉽게 할 순 없었다. 그것보다 자신과 혜진 사이에 깨졌던 관계를 회복하는 것이 우선이었다.

"난, 조금 더 준비가 필요할 것 같아."

"……."

"이혜진 남편이 될 준비. 완전히 널 이해하고 받아들일 시간이."

"아……."

혜진은 조금 실망한 낯빛이 되었다.

"그리 오래 걸리지 않을 거야. 약속해."

"응, 기다릴게."

그것만으로 만족한다는 듯 혜진이 예쁘게 웃었다. 자신이 자초한 일이니 그가 온전히 제게 마음을 열 때까지 기다려 주어야 했다. 그것이 지금 그녀가 해야 할 일이었다.

자신도 그녀도 준비가 필요했다. 부부가 되고 부모가 될 준비. 그리고 서로를 온전히 사랑하고 이해할 수 있는지 생각해 봐야 했다.

❖ ❖ ❖

할미바위 뒤로 붉은 노을이 지고 있었다. 일몰을 감상하러 나온 사람들이 하나둘씩 늘기 시작했다. 붉은 낙조까지 더해져 혜진과 건우는 바닷가를 걷던 걸음을 멈추었다.

"예쁘다."

"응. 너무 예쁘다."

도심에선 볼 수 없는 낙조를 바라보는 혜진의 눈이 빛났다. 추위가 무색해지도록 혜진은 일몰을 감상하는 사람들 틈에서 한참을 바라보았다.

"차건우 말 듣길 잘했다."

기분 좋은 미소를 머금은 혜진의 말에 건우가 고개를 갸웃거렸다. 분명 칭찬인 것 같긴 한데, 말의 의미를 해석하지 못했다.

"오길 잘했다고."

그제야 건우의 입가에도 혜진과 같은 미소가 물들었다. 건우는 혜진의 어깨를 감쌌다. 얼마만인지 모르겠다. 그녀와 같은 눈빛으로 바라보고, 같은 마음으로 대화를 나누고 사랑한다고 속삭이는 것이. 그녀의 말대로 이 순간들이 마치 처음처럼 느껴졌다. 낯설어서 주춤하지만 어느새 동화되고 있는 자신의 모습이 싫지 않았다.

혜진은 건우의 품에서 빠져나와 돌멩이 하나를 집어 들었다. 그리곤 허리를 숙여 건우의 발아래에 무언가 적어 나가기 시작했다.

차건우 사랑해, 라고.

삐뚤삐뚤한 글씨로 다 적고 나서 혜진은 허리를 펴고 나서 자신이 적은 글자를 사이에 두고 건우를 눈에 담았다. 그저 말없이 그는 웃었다. 희미하게 웃으며 그녀가 새긴 글자를 바라보기만 했다. 가슴이 먹먹했다. 그녀가 옆에 있었음에도 외로움과 사투를 벌이며 보낸 시간이 떠올라서 그런 것만은 아니었다. 그녀가 새긴 글자를 바라보는데 자신을 사랑하는 마음이 느껴져서 저도 모르게 할 말을 잃어버린 것이다.

사랑한다는 말로는 복받치는 감정을 표현하기엔 부족해서 건우는 그녀가 새긴 글자를 밟고 그녀를 와락 품에 안았다. 지금 제 기분을 그녀는 알까. 자신이 이 순간을 얼마나 기다려 왔는지를.

"건우야."

"……응."

그녀를 안은 팔에 힘을 주며 건우가 대답했다.

"이젠 내가 너 없으면 안 될 것 같아."

"하아……."

혜진의 뺨에 건우가 내뱉는 숨결이 와 닿았다. 한숨과 같은 숨에서 떨림을 느낀 혜진은 손을 뻗어 그의 등을 안으며 말했다.

"고마워, 건우야."

어느새 주변엔 어둠이 내려앉았다. 일몰이 끝나자 아쉬움 속에 사람들이 발길을 돌리고 두 사람만 남아 있었다.

❖ ❖ ❖

호텔에 들어오자마자 건우는 룸서비스를 시켰다. 횟집에서 마시지 못한 술이 간절했다. 간단하게 맥주를 마시며 혜진과 더 대화를 하고 싶었다. 밤은 길고, 시간은 충분했다. 이대로 잠들기 아쉬웠다. 건우가 캔맥주를 따 혜진에게 건넸다. 그리고 테이블에 있는 맥주를 집어 벌컥 마셨다.

"오늘 하루가 참 알찼던 것 같아."

어둑해진 창가로 시선을 돌린 혜진이 말했다. 바닷물이 출렁이는 소리 때문인지 혜진의 시선이 자꾸 창가 쪽으로 향했다.

"나도 그래."

"너와 하루를 같이 보내니까 시간 가는 줄 모르겠어."

그렇게 말하며 혜진이 맥주를 한 모금 마셨다. 술이, 참 달다. 오늘따라 술의 넘김이 부드러웠다.

"바닷바람 때문에 많이 추웠을 텐데."

"춥기는."

혜진이 아니라며 고개를 내저었다. 낙조까지 감상했는데, 추위쯤은 아무것도 아니었다.

"건우야, 생각났어."

"뭐가?"

혜진의 눈가가 촉촉해졌다.

"나한테 보냈던 사진 있잖아. 놀이공원에서 찍었던 사진 말이야."

"아······."

그때 혜진은 기억이 가물가물했다. 그와 언제 이런 사진을 찍었었는지 기억이 나지 않는데다 자신은 또 왜 불만 가득한 표정인지, 마음에 들지 않았다. 하필이면 그런 사진을 그가 간직하고 있었다는 것에 대한 불만도 있었다. 하지만 뒤늦게 기억을 떠올린

게 혜진은 그에게 참 미안했다.

"문득 떠올랐어. 한참 들떠서 놀이공원 갔는데 비가 왔잖아. 그래서 실외에 있는 놀이기구는 못 타고 실내에서 놀다 내가 화가 났었지?"

"……."

"그런 넌 날 달래주려고 사진도 찍고, 머리띠도 사오고 그랬는데 말이야."

"그랬었지……."

"그런데도 화가 가시지 않아, 겨우 찍은 사진엔 볼이 퉁퉁 부어서 찍혔어."

혜진은 맥주를 홀짝이며 말을 이었다. 건우는 묵묵히 그녀의 말을 들어줄 뿐이었다.

"난 왜 그렇게 어린애 같았을까. 너에게 이해만 바라고……."

"혜진아."

"넌, 그런 내가 뭐가 좋아서 달래준 거니?"

그의 마음을 이제 이해하게 된 혜진은 그에게 바라던 이해가 당연한 것이 아님을 깨달았다.

"그땐 그랬어. 네가 전부였거든."

"뭐?"

"그냥, 그래야 한다고 생각했어. 그 누구도 강요하지 않았는데도."

"그렇게 나한테 절대적이었구나, 차건우는."

한숨을 흘려내며 혜진은 안타까운 얼굴로 건우를 바라보았다.

"내가 조금만 더 일찍 깨달았다면 좋았을 텐데."

남은 맥주를 목으로 넘긴 혜진은 다시 테이블에 있는 맥주 캔을 따 입으로 가져갔다. 후회를 담은 눈동자가 반쯤 감겼다 건우의 얼굴로 향했다. 너무 늦지 않았을까. 기다리다 지친 그가 먼저 손을 놓으면 그땐⋯⋯.

"넌 원래 조금 느리잖아."

"아⋯⋯."

너그러운 목소리로 말하는 그의 말에 혜진은 할 말을 잃었다.

"그래, 그렇게 천천히 노력해. 나도 노력할게."

한 사람의 노력만 요구하는 것이 아니었다. 그도 마찬가지로 혜진처럼 노력하고 있었다.

미웠던 감정, 서운했던 마음, 외롭게 방치했던 모습까지 잊기 위해서 말이다. 혜진은 맥주를 테이블 위에 내려놓고 소파에서 몸을 일으켰다. 그리곤 그의 무릎에 앉아 그의 뺨을 어루만졌다.

찬바람으로 까칠해진 뺨을 쓸어내리면서 그를 사랑스러운 눈빛으로 바라보았다. 혜진은 그의 손에 있는 맥주 캔을 테이블 위에 내려놓았다. 그리곤 그의 목에 손을 둘렀다. 그제야 건우는 혜진의 허리를 안았다. 혜진은 턱을 치켜들고 건우의 입술을 삼켰다. 알싸한 맥주 향이 혜진의 코를 간질이고, 순식간에 입안에 퍼졌다.

혜진의 허리를 안고 있던 건우의 손이 니트 안으로 들어와 잘록한 허리를 매만졌다. 차디찬 그의 손길이 맨살에 닿자 혜진의 어깨가 잠시 움찔했다. 하지만 제 등에서 배회하는 익숙한 손길에 눈물이 터질 것 같았다. 이렇게 좋은걸. 이렇게 가슴이 벅찬데⋯⋯.

"건우야."

"응."

잠깐 입술을 떼고 건우가 욕망에 희번덕거리는 눈빛으로 혜진을 바라보았다.

"좋다, 너의 품."

매끈한 등을 쓸던 건우의 손이 브래지어 후크를 단번에 풀었다. 그러자 거침없이 손이 앞으로 이동해 왔다. 말캉한 가슴의 감촉에 건우는 깊이 숨을 내쉬었다. 돌기를 손가락으로 튕기자 혜진은 그의 셔츠 단추를 풀고 목덜미를 입술로 내리눌렀다. 그리곤 번들거리는 입술로 그의 귓바퀴까지 핥았다.

"하윽."

거친 신음 소리와 함께 건우가 번쩍 혜진을 안아 들었다. 흥분한 그녀의 눈이 반쯤 풀려 그윽하게 그의 날렵한 턱을 바라보다 입술 맞추었다. 건우는 그녀를 테이블에 앉혔다. 반동에 의해 맥주 캔이 바닥에 떨어져 거품과 함께 맥주를 쏟아냈다.

"이런."

하나 건우는 개의치 않는 얼굴로 그녀의 옷가지를 단번에 벗겨 냈다. 아름다운 나신을 눈으로 훑자 부끄러움에 그녀가 몸을 움츠렸다. 건우는 그녀의 몸을 감추는 손을 잡아 벌렸다.

"볼 거야. 나 혼자 실컷."

그렇게 말하며 그의 얼굴이 그녀의 목덜미로 향했다. 간지러움과 흥분을 동반한 쾌감에 혜진이 몸을 떨었다.

"하아. 건우야……."

혜진은 연신 그를 부르짖었다. 그만이 줄 수 있는 쾌감을 오랫동안 즐기고 싶었다. 그의 입술이 유두를 입에 머금고 혀로 살살 농락했다. 혜진의 손 역시 그의 가슴을 쓸어내리다 하복부에서 멈

췄다. 만지고 싶다. 마음껏 그를 가지고 싶었다. 바지 안으로 들어
간 손은 수풀을 지나 부푼 분신을 잡아챘다. 그리곤 손으로 주무
르며 위아래로 애무를 했다. 뿌리부터 잡아 올리는 손길에 뜨거워
진 건우는 당장 그녀 안으로 들어가고 싶어졌다. 건우는 바지를
벗고 그녀의 허벅지를 벌렸다. 꽃잎을 손으로 지분거리자 혜진이
그의 목덜미에 얼굴을 묻었다.

"하아."

지체하지 않고 손가락 하나를 안으로 밀어 넣자 혜진은 다리를
떨었다. 쾌감에 몸을 주체할 수가 없었다. 뜨거운 액이 손가락에
휘감겼다. 건우는 손가락을 타고 내려온 액을 혀에 갖다 댔다. 시
큼한 향이 금세 입안에 퍼졌다. 그 모습에 그녀가 콧방울을 찡그
렸다.

"다 맛볼 거야, 네 모든 걸."

"그래도 그걸 맛보다니."

못 말린다는 듯 혜진이 고개를 저었다. 건우는 고개를 비스듬히
해 그녀의 입술을 빨았다. 다시 꽃잎 속에 손가락을 찔러 넣고 여
린 살결을 파헤쳤다. 깊숙이 밀고 들어간 손가락을 휘감는 부드러
운 감각에 그의 분신이 아프게 치솟았다. 건우는 그녀의 다리를
벌려 안으로 밀고 들어갔다.

"윽."

낮게 신음을 토하며 건우는 사랑스러운 눈길로 혜진을 바라보
았다. 술기운 때문인지, 흥분해서인지 붉어진 뺨이 참 예뻤다. 천
천히 허리를 움직이며 그가 돌진하다 후퇴를 반복했다. 건우는 땀
으로 치덕하게 뺨에 달라붙은 혜진의 머리카락을 떼어내며 그녀

의 이마에, 콧방울에 입을 맞추었다.

"하웃!"

하복부까지 깊숙이 들어온 짜릿한 느낌에 혜진이 교성을 질렀다. 그의 허리를 붙잡고 더 깊숙이 들어와 달라며 애원했다.

"차건우, 하아."

"그래."

그가 쉰 목소리로 대답했다.

"계속 널 부르고 싶어."

"하윽!"

깊게 제 분신을 찔러 넣자 질척한 마찰음이 조용한 호텔 객실 안을 맴돌았다.

"사랑해, 핫."

그의 허리짓이 거칠어지자 혜진이 다리를 웅크렸다. 하지만 건우는 그녀의 허벅지를 양옆으로 벌려 그녀의 꽃잎을 바라보았다. 그리곤 그녀의 뺨과 붉게 달아오른 입술과 하얀 목덜미에 입을 맞추며 제 흔적을 고스란히 남겼다.

"윽!"

그녀의 엉덩이를 붙들고 그의 질주가 계속되었다. 숨을 헐떡이며 산소가 부족해 서로의 입술을 탐하며 호흡을 했다. 건우가 그녀의 윗입술을 빨고, 혜진이 건우의 아랫입술을 빨며 입술을 탐했다. 혀와 혀가 뒤엉키고, 타액으로 입술이 번들거렸다.

부드러운 내벽에 닿은 분신이 꿈틀대며 활개를 쳤다. 온전히 제 것인 부드러운 내벽의 느낌에 그가 눈을 질끈 감았다. 그녀의 손이 그의 허리를 붙들고 제 하복부로 끌어당겼다. 절정의 느낌을 같이 느끼고 싶었다.

"하아······."

그녀의 품에서 건우가 무너졌다. 씩씩, 거친 숨을 내쉬는 그의 가슴은 여전히 뜀박질 중이었다. 혜진은 땀으로 얼룩진 그의 등을 안았다. 거친 숨결이 고르게 변할 때까지 그렇게 서로의 온기에 취해 테이블에서 서로를 안고 있었다.

"좋다, 차건우 냄새."

혜진이 말하며 그의 머리를 쓸었다. 지독한 땀 냄새도, 술 냄새도 모두 그의 것이니 좋았다. 다른 이유는 필요 없었다.

차건우, 당신이라는 이유만으로 충분했다.

16. 평생, 해줄게

　건우는 서랍에서 반지를 꺼냈다. 그녀에게 프러포즈하기 위해 준비했던 반지였다. 반짝거리며 빛나는 반지를 바라보던 건우의 눈빛이 안타깝게 변했다. 이제 그녀와 같은 마음이 되었고, 반지 주인에게 주기만 하면 되었다. 지금의 그녀라면 분명 기쁘게 받아줄 것이다. 스스로 이제 자신의 아내가 될 준비가 되었다고 말하던 그녀였으니까.

　하지만 이제 건우가 결혼에 대해 생각해 볼 시간이 필요했다. 모든 걸 다 짊어질 각오로 그녀와 결혼을 결심한 건우였지만, 그것은 모순이었다. 결국 먼저 지쳐 그녀의 손을 놓을 뻔했고, 이별까지 생각했으니 그랬다.

　결혼…….

　현재로선 그녀가 변한 것만으로도 충분히 기뻤다. 그리고 마치 처음 연애를 시작하는 것처럼 가슴이 벅찼다. 반지는 그녀에게 반드시 전해줄 것이다. 그때 하지 못한 프러포즈를 실행해야 할 터였다.

"어? 대리님, 무슨 반지예요?"

지혁이 건우의 손에 있는 반지를 순식간에 낚아채 갔다.

"뭐야, 인마."

"혹시 프러포즈 반지?"

건우는 지혁의 손에 들린 반지를 휙 다시 빼앗았다. 건우가 긍정하지 않았지만, 오랜 연인이 있는 남자가 반지를 보관하고 있는 경우는 하나였다. 지혁은 제 생각이 맞다고 판단했다.

"반지가 너무 심플하다."

"취향대로 준비한 거야."

"그런데 실행을 안 하고 왜 갖고 계세요?"

지혁이 궁금함이 많은 얼굴로 물었다.

"할 거야."

"잘되셨으면 좋겠네요."

지혁이 조금 부러운 눈빛으로 건우의 손에 있는 반지를 바라보다 점심 식사 하러 사무실을 나갔다. 건우는 반지를 다시 케이스에 넣고 서랍 속에 넣었다. 그녀의 네 번째 손가락에 끼워질 생각에, 부드럽게 입매가 말려 올라갔다.

직원들이 몇 명밖에 남아 있지 않은 사무실은 조용했다. 책상 위에 올려둔 핸드폰 진동 소리가 신경을 거슬릴 정도였다. 건우는 핸드폰을 집어 발신인을 확인했다.

"응."

〈나 지금 어디게?〉

혜진이었다. 어서 맞춰보라는 듯 혜진은 건우에게 대답을 채근했다.

"어딘데?"

묻는 목소리가 낮게 깔렸다. 입안이 텁텁했다. 팔을 뻗어 머그컵을 들었지만, 빈 잔에 미간이 좁아졌다.

〈네 회사 앞.〉

"뭐?"

놀란 건우는 들고 있던 머그컵을 떨어뜨릴 뻔했다. 건우는 컵을 제자리에 놓아두곤 의자에서 몸을 일으켰다.

"얼마나 있었어? 아니, 지금 내려가. 기다려."

건우는 전화를 끊고 사무실에서 나와 엘리베이터를 탔다. 1층에 도착해 막 엘리베이터에서 내리려던 찰나 엘리베이터를 기다리던 혜진과 마주쳤다. 건우는 엘리베이터 안으로 혜진의 팔을 잡아당겼다.

"회사엔 어쩐 일이야?"

"저녁 전이지?"

그녀가 도넛 쇼핑백을 들어 보이며 웃었다.

"나 없었으면 어쩔 뻔했어?"

조금 화가 난 얼굴로 건우가 다그쳤다. 허탕 치고 다시 집으로 향했을 그녀의 발걸음을 떠올리니 마음에 걸렸고, 시간도 시간인지라 늦은 시간에 혼자 집에 돌아갈 그녀를 떠올리니 걱정이 앞섰다.

"만났으니 됐잖아."

"하, 정말."

태연한 그녀의 대답에 건우의 미간에 주름이 생겼다. 팔을 잡아당겨 제 품에 안은 그녀의 입술을 쭉 빨아 당겨 반쯤 벌어진 입술 사이로 순식간에 혀를 밀어 넣었다. 놀란 그녀의 입에서 외치는 소리가 그의 입안으로 사라졌다. 그녀가 무엇을 말하고자 하는지 건우 또한 잘 알고 있었다. 공공장소임과 동시에 자신의 직장이라는 것을 모를 리가 있겠는가. 거기다 아직 퇴근하지 않은 직원 몇몇이 자리하고 있었으니, 재수 없으면 엘리베이터 문이 열림과 동시에 직원들과 뻘쭘한 상황에서 마주하게 될지도 모른다는 것 또한 알고 있었다.

이성을 차린 그가 그녀의 아랫입술을 쭉 빨아 당겼다 놓아주었다.

띵—

동시에 엘리베이터가 멈추는 소리에 건우가 엄지손가락으로 혜진의 입술을 쓸었다. 상기된 혜진의 뺨을 바라보던 건우의 입매가 얄궂게 올라갔다.

"벌이야. 나 걱정하게 한 벌."

"무슨⋯⋯."

부끄러움에 차마 말을 잇지 못하는 혜진의 손을 잡아챈 건우가 사무실 안으로 들어갔다. 접견실로 그녀를 안내하곤 건우는 따뜻한 녹차 두 잔을 내왔다.

"다음부턴 연락하고 와."

"화났어?"

딱딱하게 말투가 바뀐 건우의 목소리에 혜진이 그의 눈치를 보며 우물쭈물했다.

"그래, 화났다."

"알았어. 다음부터 연락 꼭 하고 올게. 오늘은……."

말끝을 흐리는 그녀의 모습에 건우의 고개가 삐뚜름하게 변했다.

"오늘은?"

"서프라이즈."

"두 번은 하지 마. 한 번이면 족해."

혜진의 코를 쥐며 건우가 경고했다. 알았다며 혜진이 고개를 끄덕이곤 쇼핑백을 테이블 위로 올렸다.

도넛 하나를 반으로 잘라, 혜진이 그에게 건넸다. 건우는 도넛을 받는 대신 입을 벌렸다.

"에이, 진짜."

못 말린다는 듯 픽, 혜진이 웃었지만 이내 그의 입안으로 도넛이 들어왔다.

"안 그래도 조금 출출했는데."

혜진은 그가 베어 먹고 남은 부분을 제 입속에 털어 넣고 녹차를 한 모금 마셨다. 건우는 담백한 맛에 도넛 상자를 제 앞에 끌어다 놓았다.

"어라?"

"왜? 입에 안 맞아?"

혜진이 걱정스러운 어투로 물었다. 하지만 그게 아니었다.

"그게 아니라……."

"응?"

미안한 듯 건우의 눈썹이 아래로 휘었다.

"내가 다 좋아하는 것만 있잖아."

올리브츄이스티나 글레이즈 같은 담백하고 고소한 맛이 나는 도넛뿐이었다. 그녀가 좋아하는 초콜렛이나 치즈크림이 잔뜩 들어간 도넛은 하나도 없었다.

"전해주고 가려고만 했어."

"그랬구나."

건우는 조금 쓸쓸한 기분이 들었다. 연인 사이에 주도권 같은 건 필요 없다고 생각했었는데, 어느새 자신이 그 주도권을 행세하는 꼴이 된 것만 같아 우습기도 했다.

"그런데 네가 엘리베이터 안으로 잡아당겼잖아. 나도 너와 잠깐이라도 같이 있고 싶기도 했고……."

"그냥 주고만 갔으면 더 화났을 거야."

그렇게 말하며 건우가 도넛 하나를 혜진의 입에 갖다 댔다. 하지만 그녀의 입에 들어온 건 도넛이 아니라 도넛 향이 나는 그의 말캉한 혀였다.

"으읍……."

그녀의 입안 구석구석을 맛보기로 작정한 혀는, 고른 치아를 지나 입천장을 훑고 깊숙이 들어왔다. 놀란 그녀가 그의 어깨를 밀어내자 건우는 단단히 그녀의 허리를 잡아챘다. 누군가에게 들키진 않을까 하는 염려의 눈빛이 건우에게 닿았다. 건우는 입술을 떼곤 입맛을 다셨다.

"맛있다, 도넛."

"너무 짓궂어, 차건우."

"내가?"

건우는 제 손에 들려 있는 도넛을 입에 넣었다.

"누가 보면 어쩌려고……."

"보면 어때."

건우의 손이 혜진의 입술 주변을 쓸었다. 도넛 가루를 털어주곤 엄지손가락으로 그녀의 붉은 입술을 눌렀다. 두 번의 키스로 립스틱이 지워진 입술은 더 탐스러웠다.

"립스틱 꺼내봐."

"응?"

"지워졌잖아."

혜진은 괜찮다는 듯 손을 저었다. 그를 만나러 오기 전에 립스틱을 살짝 덧바르긴 했지만, 지워진 것에 대해 별로 개의치 않았다.

"내가 싫어."

"왜?"

별것 아닌 것에 고집을 부리는 그답지 않은 모습에 혜진이 물었다.

"키스하고 싶잖아. 어서."

손까지 내밀며 재촉하는 건우의 모습에 혜진은 어이가 없어 풋, 하고 웃어버렸다. 그리곤 백에 손을 넣어 파우치를 열고 립스틱을 꺼내 뚜껑을 열었다. 그가 원하는 대로 하고 있음에도 못마땅한 표정은 여전했다.

"왜, 발라주기라도 하게?"

"해볼래. 줘봐."

혜진은 그의 손에 립스틱을 내려놓았다. 제대로 바를 수나 있을까, 살짝 걱정이 된 얼굴로 고개를 내밀었다. 건우는 립스틱 뚜껑을 열고 립스틱을 돌렸다. 그녀의 입술에 발라져 있던 핑크색이 그녀와 잘 어울린다고 생각했다.

건우는 그녀의 아랫입술부터 조심스럽게 립스틱을 발라주었다. 건우의 조심스런 손길이 느껴져 혜진은 가만히 그의 손길을 받았다.

"다했다."

"수고했어."

건우가 립스틱 뚜껑을 닫아 혜진에게 건넸다. 그냥 슥슥 바르기만 하면 되는 줄 알았는데, 바르는 게 꽤 어려웠다. 입술 밖으로 립스틱이 삐져 나가지 않게 조심스럽게 발라야 했다. 혜진은 기대에 찬 얼굴로 파우치에서 손거울을 꺼냈다. 혜진은 제 입술을 보고 경악에 찬 얼굴로 변했다.

"차건우, 이게 뭐야!"

원망의 눈빛으로 혜진이 울부짖었다. 하지만 건우는 혜진의 반응을 전혀 모르겠다는 듯 고개를 갸웃거릴 뿐이었다.

"완전 고은애를 만들어놨잖아!"

"고은애?"

"홍두깨 부인, 고은애 씨."

"아하. 자세히 보니⋯⋯."

그제야 건우가 뒤늦게 웃음이 터졌다. 자신이 만들어놓은 작품이 꽤 마음에 든 모양이었다. 혜진은 티슈로 립스틱을 지웠다. 얼마나 덕지덕지 발라놓았는지 립스틱을 지운 그녀의 입술이 빨갛게 부어올랐다. 그 입술에 건우가 다시 입맛을 다셨다.

"고은애 입술 두 번 만들 셈이야?"

"풋."

혜진이 눈을 흘기곤 립스틱을 바른 뒤, 그 위에 립글로스를 덧발랐다. 핑크색이라 그런가. 좀 전의 고은애의 입술과 오버랩이 되었다.

"고은애면 어때."

"입술이 부었어."

손거울로 입술을 살피며 혜진이 울상을 지었다.

"이제 안 할게."

"당연하지."

"고은애 입술을 한 이혜진도 예쁘기만 한데, 뭘."

예쁘다 말하는 그의 눈빛이 번뜩이자, 혜진은 본능적으로 정성스럽게 립스틱을 바른 입술을 손으로 가렸다.

"고은애 씨, 손 좀 내리지?"

입술을 가린 혜진의 손을 내린 후 건우가 입을 맞추었다. 쪽, 소리가 나는 가벼운 입맞춤이었다. 혜진은 제 입술에 닿는, 그의 입술이 너무 부드러워서 정신을 놓을 뻔했다. 지금처럼 부드러운 입맞춤은 오랜만이었다.

"질리지가 않아. 차건우 입술은 말이야."

"평생, 해줄게."

혜진의 뺨을 감싼 건우가 낮게 웃었다.

그래, 평생. 그녀와 입을 맞추고 사랑을 나누며 살아가는 것, 그
것이 그가 바라는 삶이었다. 함께 웃고, 함께 행복하며 가끔은 토
라져도 언제 그랬냐는 듯 또다시 웃는 거다.

잊고 있었다. 자신이 어떤 삶을 원하는지를. 그리고 비로소 깨
달았다.

❖ ❖ ❖

혜진은 쥬얼리샵 안으로 들어갔다. 젊은 직원이 상냥하게 혜
진에게 인사했다. 혜진은 고개를 까닥하곤, 주뼛주뼛 안으로 들
어갔다.

"커플링 좀 보려고요."

혜진의 말이 떨어지자 직원이 반색하며 여러 쌍의 반지를 혜
진의 눈앞에 내려놓았다. 심플한 반지부터 화려한 큐빅이 박혀
있는 반지까지, 다양하게 내놓은 반지를 보며 혜진은 고민했
다.

그와 커플링을 딱 한 번 했었다. 언제였는지도 기억이 잘 나지
않았다. 그가 아르바이트를 해서 번 돈으로 구입한 반지였으나 얼
마 못 가 잃어버렸다. 워낙 액세서리를 착용하는 것에 둔한 그녀
였으니 이상할 것도 없었다. 이젠 자신이 그에게 반지를 선물해
주고 싶었다.

"요즘 잘나가는 것만 보여 드리는 거예요. 한번 껴보시겠어요?"

"아, 네. 어떤 걸 먼저 껴볼까."

혜진은 눈으로 반지를 훑었다. 쉽게 손이 가지 않는 것이 익숙

치 않은 것이라 그럴지도 몰랐다.

혜진은 화이트 골드에 엑스자 모양으로 작은 큐빅이 박혀 있는
반지를 가리켰다.

"이거 먼저 껴볼게요."

직원이 혜진의 네 번째 손가락에 반지를 껴주었다. 디피용 반지
라 그런지 그녀의 손가락에 크게 느껴졌다.

"피부가 하얀 편이라 잘 어울리세요."

"아, 그런가요?"

혼자 고르려니 고민이 많았다. 직접 눈으로 보는 것과 반지를
껴보는 것과는 달랐다. 반지가 아무리 예뻐도 그녀의 손에 어울
리지 않는 반지도 있었다. 혜진은 직원의 안목에 따라 여러 개의
반지를 껴보고 디자인을 골랐다. 직원이 혜진의 손가락 치수를
쟀다.

"남자분은 몇 호로 해야 하나요?"

"일단 평균치로 해주시고, 다음에 사이즈 조절하러 올게요."

"그러세요, 그럼. 반지 제작은 일주일 정도 소요되고요, 반지
오는 대로 연락드릴게요."

혜진은 주문서에 제 이름과 연락처를 적고 결제를 마쳤다. 처음
사는 반지, 거기다 커플링이라는 의미있는 반지였다. 지금까지 미
처 시행하지 못했던 것들을 이제부터 하나씩 천천히 실행하고 싶
었다. 더 이상 외롭게 두고 싶지 않았다.

혜진은 쥬얼리샵에서 나와 집으로 걸음을 옮겼다. 날이 춥지 않
아 집까지 걷는 것도 괜찮을 것 같았다. 그때였다. 백에 넣어둔 핸
드폰 진동음에 혜진이 걸음을 멈추었다.

"아, 건우야."

〈어디야?〉

건우의 물음에 혜진이 둘러댈 말을 찾았다.

"응. 퇴근하고 집에 가는 길."

〈어디쯤 왔어?〉

"설마, 우리 집 앞에서 기다리고 있는 건 아니지?"

〈맞다면?〉

건우의 대답에 혜진이 큰길로 나가 택시를 잡기 위해 손을 흔들었다.

"어쩐 일로……. 아니, 금방 갈게."

혹시나 하고 물어본 물음에 맞다니 혜진은 얼른 집으로 가야 했다. 집 근처이니 택시를 타면 그가 오래 기다리지 않을 것이다.

혜진은 전화를 끊고 택시를 잡아탔다. 미리 연락이라도 하고 오지, 하는 원망이 들었다. 길이 엇갈렸으면 그는 헛걸음한 셈이 되는 게 아닌가.

택시에서 내리자 차 문에 기댄 채 서 있는 건우가 보였다. 혜진은 빠른 걸음으로 건우 앞에 가 섰다.

"택시 타고 왔어?"

"너 때문에 중간에 내려서 택시 타고 왔다고."

혹여나 그에게 들킬까 봐 조마조마한 얼굴로 그의 안색을 살폈지만 다행히 눈치채지 못한 듯했다. 혜진은 춥다며 보조석으로 몸을 밀어 넣었다. 건우도 운전석에 타고는 테이크아웃 잔을 혜진에게 내밀었다.

"잠깐 얼굴만 보고 가려고 했어. 따뜻한 홍차야."

혜진은 엷게 미소를 지으며 차를 한 모금 마시고 홀더에 꽂았다. 건우는 그윽한 시선으로 그녀의 뺨을 감쌌다. 시선을 아래로 떨어뜨린 그녀의 턱을 그가 손으로 치켜 올렸다. 그윽한 건우의 눈빛이 그녀를 향해 일렁였다. 무엇을 원하는지 혜진은 알고 있었다. 하지만 집 앞에서 그럴 수는 없었다.

"집 앞이잖아. 안 돼."

말도 꺼내기 전에 쐐기를 박는 그녀의 행동에 그가 핸들을 움직였다. 그리고 그녀의 집을 지나 골목 끝에 주차했다. 인적이 드문 으슥한 곳이었다.

"이젠 됐지?"

"못 말려, 정말……."

어쩔 수 없다는 듯 혜진이 고개를 저었다. 그사이 그녀의 입술 위로 건우의 입술이 포개졌다. 혜진은 그의 뺨을 움켜잡고 그의 입술을 빨아 당겼다.

건우는 말없이 혜진의 손을 자신의 복부 아래로 가져갔다. 이미 딱딱하게 발기된 분신은 빨리 해소해 달라고 아우성이었다.

"벌써 이러면 어떡해."

"네가 책임져야지."

책임을 그녀에게로 돌려놓고 건우는 음흉하게 웃었다. 이미 꼿꼿이 선 남성은 그녀의 손에 닿자마자 부풀었다.

"얼른 해소해 줘."

"하……."

그의 애원에 혜진은 이내 망설임 따위 날려 버렸다.

"이 녀석, 네 말만 듣는다고."

건우는 바지 버클을 풀고 아래로 내렸다. 그러자 무시무시한 남성이 모습을 드러냈다. 혜진은 팬티를 아래로 벗겨낸 후, 상체를 운전석으로 기울였다. 기둥처럼 곧게 솟은 남성을 잡고, 입에 넣었다.

"하윽."

낮은 신음을 토해낸 건우가 그녀의 등을 쓸었다. 사탕을 빨듯, 혜진은 남성의 뿌리부터 혀로 쓸어 올렸다. 귀두에서 흘러나오는 액을 삼키며 다른 손으로는 남성 밑에 있는 고환을 움켜쥐었다.

"윽, 혜진아……."

나지막한 신음을 흘리며 건우의 눈이 반쯤 풀렸다. 혜진은 번들거리는 입술을 손등으로 문지른 후 고환을 혀로 굴리며 자극했다. 곧장 남성이 꿈틀대며 부풀었다.

참을 수 없는 자극에 건우는 한시라도 빨리 그녀의 내부에 제 분신을 묻고 싶은 욕망에 휩싸였다. 건우는 그녀를 보조석으로 밀었다. 의자를 뒤로 젖힌 후, 그녀의 몸 위로 올라탔다. 원피스를 단박에 위로 벗긴 후, 젖가슴을 입에 물었다. 정점을 이로 씹어대며 다른 손으로는 스타킹을 벗기기 바빴다. 이미 그녀의 내부는 뜨겁게 달궈져 있었다. 건우는 단번에 제 분신을 찔러 넣고 질주하기 시작했다.

"하악!"

"핫!"

서로의 신음 소리로 차 안이 뜨거운 열기로 달아올랐다. 건우는 빈틈없이 그녀의 하체에 밀착했다.

"하아……."

"훗!"

탁한 신음을 토해내며 혜진은 그의 등을 부둥켜안았다. 엉덩이를 들썩거리면서도 행여나 다른 이에게 들킬까 봐 노심초사하는 마음을 숨길 수 없었다. 아무리 인적이 드문 골목이라고 해도 지나가는 이가 있을까 봐 걱정이었다. 하지만 그가 자신에게 선사하는 쾌락에 이미 몸을 맡긴 채였다. 그의 귓가에, 그의 목울대를 간질이며 쉼 없이 교성을 내질렀다. 두 사람의 격렬한 움직임에 보조석 의자가 들썩였다.

"하아, 하아……."

건우는 혜진의 하얀 목덜미를 입술로 내리눌렀다. 집요하게 살결을 빨아대다 또 다른 곳으로 이동해 살을 빨아댔다.

"아훗!"

혜진은 넓게 벌린 다리로 그의 허리를 옭아맸다. 욕망으로 가득한 건우의 눈동자가 파도처럼 넘실거렸다. 혜진은 손으로 땀에 젖은 그의 뺨을 쓸었다.

"하, 건우야. 사랑해."

"나도…… 윽! 사랑해!"

격렬했던 움직임이 잦아들었다. 혜진은 그의 귀에 거친 숨을 몰아쉬었다.

"다음부터 이렇게 찾아오지 마. 곤란…… 하다고……. 하앗!"

나른한 목소리로 혜진이 그의 귀를 간질였다. 그에게 경고를 하면서도 쾌감에 충실한 자신의 몸은 그를 갈구하고 있었다. 건우가 꽃잎을 애무했다. 음핵을 희롱하던 손가락은 어느새 내벽을 타고 쑥 들어왔다 빠져나갔다. 건우는 손에 묻은 애액을 핥으며 음흉한 미소를 지었다.

"앗. 안 돼!"

혜진이 다리를 오므렸지만, 이미 늦은 후였다. 그가 다리 사이에 얼굴을 묻고 혀를 길게 내밀었다. 그리곤 부드럽게 음핵을 쓸어내린 혀의 감촉에 혜진은 눈앞이 아득해졌다. 고통인지 쾌감인지 하체의 통증에 혜진은 다리를 넓게 벌렸다. 그러자 건우가 입꼬리를 슬그머니 끌어당겼다. 엉덩이를 붙잡고 더 깊숙이 얼굴을 묻은 것이다. 그리곤 여린 살결을 헤집고 거침없이 들어왔다. 부끄러움에 혜진의 얼굴에 홍조가 떠올랐지만 쾌감에 머리가 어지러울 지경이었다.

"훗."

"하악."

"제발…… 그, 그만…….."

애원하면서도 혜진은 쾌감을 놓고 싶지 않았다. 지독한 쾌감은 그밖에 줄 수 없었다. 조금 전의 격렬한 움직임에 아직도 맥을 못 추면서도 혜진은 발끝부터 전해지는 전율에 정신을 잃을 것만 같았다. 그의 타액인지, 제 몸에서 나오는 액인지 알 수 없는 투명한 물기에 혜진의 하체는 촉촉이 젖어들었다. 건우는 갈증이 이는 사람처럼 그녀의 하체에 얼굴을 묻고 집요하게 꽃잎을 빨아당겼다. 혜진은 집 근처에서 이러고 있는 자신이 낯설었다. 그의 몸을 탐하고, 그에게 매달리는 자신이 부끄러우면서도 거부하고 싶지 않았다.

건우는 고개를 들고 촉촉이 젖은 제 입술을 혀로 쓸었다. 그리 곤 금세 그의 남성은 다시 무장한 채 그녀를 향해 고개를 치켜들 었다. 이번엔 건우가 운전석에 앉았다. 의자를 뒤로 젖힌 후 그녀 를 자신의 몸 위로 앉혔다. 제 몸속에 남성을 묻은 혜진은 허리를 천천히 움직였다.

"하앗."

"하윽!"

남성은 혜진의 내부를 가득 메웠다. 조금의 틈도 내어주지 않고 가득 채워진 느낌에 혜진의 엉덩이가 빠르게 움직였다. 건우는 그 녀의 엉덩이를 꽉 움켜쥐었다.

"하윽!"

"하, 하아!"

연신 뜨거운 숨을 몰아쉬며 혜진은 사랑스러운 표정으로 건우 를 응시했다. 반쯤 풀린 혜진의 눈이 매혹적으로 그를 유혹하는 것처럼 느껴졌다.

"하, 하아."

혜진은 쾌감에 젖어 부르짖었다. 그가 자신의 몸을 짓누르며 허 리짓을 할 때와는 다른 느낌이었다. 처음 하는 자세가 낯설면서도 바뀐 체위가 혜진의 내부에 더 깊이 남성이 박히는 느낌이었다. 그래서 더 자극적이고 쾌감이 충만했다. 건우가 혜진의 골반을 동 글게 움직이다 위아래로 흔들었다.

"하윽!"

"핫, 하아!"

혜진은 정신이 아득해졌다. 혜진의 허리짓이 거칠어질수록 건우의 하체의 쾌감은 충만해졌다. 혜진은 그의 입술을 찾아 키스했다. 땀 냄새로 뒤엉킨 두 사람의 체향이 서로의 코를 간질였다.

"핫."

"하읏!"

격정적인 움직임이 멈추었다. 혜진의 다리로 액이 흘렀다.

"아, 정말. 못 살아."

두 번이나 쾌락에 몸을 뜨겁게 달군 덕에 두 사람의 호흡은 격하게 터져 나왔다. 혜진은 흐트러진 제 모습에 어찌할 바를 몰라 했다. 그 앞에서 이렇게 무너져 본 적은 처음이었다.

"이런 이혜진도 괜찮은데."

"경고야. 다신 우리 집 앞에 멋대로 오지 마."

혜진의 경고를 흘려들으며 건우가 그녀를 안았다. 브래지어와 팬티를 찾아 입혀주고 뒤로 던진 원피스를 주워 혜진에게 입혀주었다. 그런 후 건우 역시 옷가지를 정리했다. 혜진이 건우의 머리를 손으로 정리해 주었다.

건우가 핸들을 돌려 그녀의 집 앞에 도착했다. 그가 아쉽다는 듯 혜진의 얼굴을 손으로 쓸었다.

"집에 가면 보고 싶겠다."

"나도 그럴 것 같아."

"피곤하니까 들어가서 쉬어."

끝내 아쉬운 눈빛으로 그가 그녀를 보냈다. 혜진은 차에서 내려 손을 흔들었다. 그의 차가 골목 어귀를 지나 눈에 보이지 않을 때까지 그렇게 서 있었다.

✤　✤　✤

　한가로운 주말, 늦잠을 잔 혜진은 힘겹게 눈을 떴다. 옆에 놓아
둔 핸드폰으로 시각을 확인했다.

　"벌써 12시네."

　이제는 일어나야 했다. 혜진은 조금 더 이불 속에서 뒤척이다
몸을 일으켰다. 방에서 나가 냉장고에서 생수를 꺼내 컵에 가득
따라 갈증을 해소했다. 집 안이 조용했다. 안방 문을 열어보니, 부
모님은 없었다. 주말에 등산에 가는 것이 부모님의 낙이었으니 집
에 없다고 한들 이상할 건 없었다. 밥과 반찬은 외출하기 전에 모
친이 해놓고 갔을 것이다. 그런데 혼자 먹기가 싫었다. 혜진은 방
에 들어가 핸드폰을 집어 들었다.

　〈같이 점심이나…….〉

　건우에게 문자메시지를 작성하다 말고 멈추었다. 그리곤 건우
에게 전화를 걸었다.

　〈응.〉

　목소리가 낮게 깔려 있었다.

　"자고 있었어?"

　〈너 때문에 깼어.〉

　불만스럽게 건우가 대답했다.

　"나, 집에 혼자 있는데……."

〈갈까?〉

그 목소리가 어느 때보다 활기차게 혜진의 귀에 들렸다. 그녀가 꺼내려던 용건을 불쑥 끼어들어 그가 꺼내놓는 모습이 우스워 혜진은 쿡쿡, 웃음을 터뜨렸다.

〈왜? 뭐가 그렇게 웃긴데?〉

"아니야, 같이 점심 먹자. 기다릴게."

웃음을 꾹꾹 눌러 담은 혜진이 대답을 하고 전화를 끊었다. 그 모습이 우습기도 하면서 귀엽다고 하면 그가 화낼까? 혜진은 콧노래를 부르며 주방으로 갔다. 이미 만들어진 김치찌개를 다시 데우고 냉장고에 있는 밑반찬 몇 개를 꺼내 먹기 좋게 접시에 담았다. 그리곤 달걀 두 개를 꺼내 프라이팬에 계란프라이를 준비했다. 다 된 계란프라이를 접시에 담아 식탁 위에 내려놓았다.

딩동—

혜진은 서둘러 인터폰을 확인했다. 건우였다. 혜진은 현관문을 열었다.

"일찍 왔네."

"대충 씻고 왔어. 부모님은 어디 가셨어?"

혜진은 그의 팔을 잡고 주방으로 갔다.

"아침에 일어났더니 안 계시네. 산에 가셨겠지, 뭐."

혜진은 김치찌개를 퍼서 식탁 위에 내려놓고, 밥을 펐다. 수저를 챙기는 혜진의 손이 바삐 움직였다. 건우가 식탁에 앉자, 혜진도 맞은편에 앉았다.

"먹자."

"그래, 잘 먹을게."

건우의 밥 위에 혜진이 나물을 올려주었다. 건우는 그녀가 올려준 반찬과 함께 밥을 퍼 야무지게 제 입에 넣었다. 혜진은 그 모습을 흐뭇하게 바라보다 밥을 먹기 시작했다.

"이혜진, 너 세수 안 했어?"

건우의 손가락이 그녀의 눈으로 향했다. 생각해 보니 일어나자마자 물 한 잔 마신 게 전부였다. 그가 이렇게 일찍 들이닥칠 줄 모르고 식탁 차리기에 바빴다.

"네가 너무 일찍 온 탓이야."

눈을 비비려는 혜진의 손을 저지했다. 대신 자신이 혜진의 눈곱을 말끔하게 정리해 주었다.

"머리도 부스스."

고개를 저으며 건우는 그녀의 머리까지 정리해 주었다. 하나로 질끈 묶은 머리 옆으로 삐져 나온 잔머리를 귀 뒤로 넘겨주곤 그는 다시 밥을 펐다.

"골고루 먹어, 차건우."

그렇게 말하며 혜진은 반찬 한 가지씩 번갈아가며 밥 위에 올려주었다. 그녀가 올려준 반찬을 다 먹은 뒤 이번엔 건우가 반찬을 혜진의 밥 위에 올려주었다.

"너야말로 골고루 먹어, 편식하지 말고."

"내가 무슨 편식을 해?"

"양파까지 같이 먹으란 말이야."

혜진은 입술을 삐쭉 내밀었다. 오이무침에 있는 양파를 골라내고 오이만 건저 먹었다고 잔소리다.

"고은애 입술 삼켜 버린다."

"헉."

"풋."

놀라 커진 혜진의 눈동자에 건우가 귀엽다는 듯 소리 내어 웃었다. 어제부터 그녀의 입술이 '고은애 입술'이 되어버려 혜진은 난감할 뿐이었다. 싫은 건 아닌데, 그가 자꾸 입술만 보는 것 같아 부끄럽달까. 혜진은 자신을 놀리며 웃는 그의 모습에 어린애 같다는 생각이 들었다. 그래서 손을 뻗어 단정한 그의 머리를 헝클였다. 이런 자신의 행동도 어린애 같긴 마찬가지지만 말이다. 그래놓고 좋다고 혜진이 씩, 웃었다.

"커피 한잔 어때?"

이미 밥그릇이 비어 있는 걸 보며 혜진이 물었다.

"좋지."

혜진은 커피 잔에 믹스커피를 붓고 커피포트에 물을 끓였다. 그 사이 식탁을 치우기 시작했다. 건우가 거들다 커피포트의 물이 끓자, 커피 잔에 물을 부었다. 건우가 커피 잔을 들고 거실로 나왔다. 혜진은 그의 옆에 찰싹 붙어 앉았다.

"맛있다."

"누가 탔는데."

"물만 부어놓고."

혜진이 눈을 흘겼다.

"커피믹스에서 물 조절이 얼마나 중요한지 알아?"

진지하게 따져 묻는 건우의 태도가 우습다 못해 어이가 없을 지경이었다.

"차건우."

"응?"

"너무 애 같아."

아직 뜨거운 커피 한 모금을 마시며 혜진이 진지하게 말했다.

"뭐?"

건우는 요즘 들어 자주 애 같다는 말을 하는 혜진의 태도에 고개가 삐뚤게 변했다. 제 손에 있는 커피 잔과 함께 혜진의 손에 있는 커피 잔을 테이블 위에 올려놓고 입술을 비틀었다.

"차건…… 읍."

틈조차 주지 않고 건우의 입술이 혜진의 입술을 내리눌렀다. 안 된다며, 그의 단단한 어깨를 밀쳐 냈지만 그는 미동도 없었다. 혜진은 뒷걸음질하며 움직일 때마다 건우도 따라 같이 움직였다. 참다못한 그가 결국 그녀의 허리를 붙잡고 옴짝달싹하지 못하게 했다. 제 입술을 집어삼킬 기세로 달려드는 태도에 혜진은 숨이 가빠왔다. 그래도 숨을 돌릴 틈은 주어야 하지 않는가!

"하아…… 숨은, 숨은 쉬게 해줘야지. 나빠. 진짜."

혜진이 헐떡이며 숨을 몰아쉬자, 건우는 혜진의 셔츠와 함께 브래지어를 밀어 올렸다.

"안 돼!"

"왜?"

다급한 혜진의 외침에 욕망으로 번뜩였던 건우의 눈이 탁하게 변했다. 잠깐의 키스로 부풀어 오른 제 물건은 이젠 제어할 수가 없었다.

"부, 부모님 곧 오실 거야."

"훗. 산에 한 번 가시면 정상까지 갔다가 내려오시는 분인 걸 내가 모를까 봐?"

"아무리 그래도 누가 오기라도 하면…… 아핫!"

건우는 혜진의 말을 가볍게 무시하곤 이미 브래지어가 말려 올라간 젖무덤에 얼굴을 묻었다. 그리곤 이로 잘근 씹다가, 핥다 빨기를 반복했다. 그의 다른 손이 젖가슴을 주무르고 핑크빛 유두를 비틀었다.

"하앗."

옅은 신음 소리가 건우의 귀를 자극했다. 색정적으로 들리는 신음 소리에 그의 정신이 혼미해질 지경이었다. 건우는 다급한 손길로 그녀의 추리닝 바지를 단번에 벗겨냈다. 손으로 정점을 훑어 내리자 혜진이 다리를 오므렸다.

"그만할까?"

이미 잔뜩 흥분시켜 놓고 그가 얄궂게 물었다. 이번엔 그녀가 부모님 핑계를 대며 물러나지 않을 것이다. 혜진은 잠깐 고민하며 말이 없었다. 어쩌면 부모님이 일찍 오실 수도 있고 갑자기 손님이 올지도 모른다. 하지만 이미 그녀는 파르르 다리가 떨리며 조여오는 것이 흥분한 상태였다. 그만두기엔 늦었다.

"아니……."

그 말을 기다렸다는 듯 건우가 만족스럽게 입술을 말아 올렸다. 그리곤 그녀의 팬티를 벗겨냈다. 건우의 손이 수풀을 헤치곤 정점에 닿았다. 입구에서 맴돌던 손가락이 여린 살을 파고들어 왔다. 천천히 손가락을 집어 넣고 유린하자 혜진의 엉덩이가 들썩였다.

"하웃……."

그녀의 속살은 너무 부드러웠다. 부드럽게 휘감기는 액과 속살 때문에 미칠 지경이었다. 하윽, 그가 낮게 신음하며 오므리려는 그녀의 다리를 붙잡았다.

"더 볼 거야. 낱낱이."

"하……."

터지려는 신음을 억누른 혜진이 상기된 얼굴을 들었다. 건우는 속살에 넣은 손가락을 비틀며 뺐냈다 넣기를 반복했다. 손가락에 충분히 휘감기는 액에 건우는 한껏 기분이 좋아졌다. 조심스럽게 손가락을 빼낸 건우는 혀로 액을 핥았다. 시큼한 맛에 콧방울이 찡그려졌다.

그래도 좋았다. 제 손의 움직임에 비틀거리며 무너지는 그녀의 모습을 보는 것은 또 다른 쾌감이었다. 건우의 손이 상기된 혜진의 뺨을 쓸었다. 열기로 가득한 얼굴은 뜨거웠다.

"하, 미칠 것 같아."

나른한 혜진의 목소리를 건우의 입술이 막았다. 혜진은 그의 어깨를 꼭 껴안았다. 단단하게 솟은 분신이 혜진의 복부를 찔렀다. 툭툭, 노크를 하듯 그녀의 복부를 집요하게 내리눌렀다.

건우가 바지를 벗어 던졌다. 팬티를 벗자 터질 것 같은 분신이 곧게 튕겨 나왔다. 혜진은 본능적으로 몸을 돌렸다. 상체를 아래로 기울이고 엉덩이를 높이 들었다. 건우는 동그란 엉덩이를 쥐다, 그녀의 등부터 잔 키스를 퍼부었다. 등에 조여오는 아찔한 입맞춤에 혜진이 파르르 떨었다.

"정말 미칠 것 같아. 어서!"

혜진이 부르짖었다.

"얼마나?"

"못 참겠어……."

예전의 그녀에게선 볼 수 없는 행동이었다. 하지만 지금처럼 솔직한 편이 더 좋았다. 건우는 제 분신을 쓰다듬다 단번에 찔러 넣었다.

"핫."

한 손에 들어오는 젖가슴을 주무르며 건우가 허리를 움직였다. 허리를 비틀다 찌르기를 반복하는 움직임에 혜진의 머릿속이 하얗게 변했다. 한껏 자신의 분신을 조이는 내부의 부드러운 살결에 그의 분신이 녹을 지경이었다.

"하윽."

조용히 신음을 토해낸 건우는 조심스럽게 허리를 비틀며 그녀의 내부를 한껏 맛보고 있었다. 물건을 빼지 않으면 한껏 조여오고, 다시 넣으려면 활짝 문을 열어주는 내부가 신기했다. 촉촉하게 젖은 내부는 자신만이 들어갈 수 있는 은밀한 곳이었다.

"하웃. 나야말로 미칠 것 같아, 혜진아."

"하핫."

철퍽거리며 살이 부딪히는 소리 뒤로 두 사람의 신음 소리가 뒤를 이었다. 조용히 울려 퍼지는 신음 소리는 서로를 향한 것이었다. 서로를 원하고, 서로를 사랑하는 지극히 정상적인 몸의 반응. 넓게 벌려진 혜진의 다리가 파르르 떨려올 때쯤, 건우가 힘껏 제 분신을 내리찍었다.

하얀 다리 사이로 투명한 액이 흘러나왔다.

"하아…… 기진맥진이야."

쓰러지려는 혜진을 번쩍 안아 든 건우가 욕실로 향했다.

"내 앞에선 열 번도 더 쓰러져도 돼."

상기된 혜진의 뺨에 입을 맞추는 그의 입매가 흐뭇하게 올라갔다.

17. 나와 결혼해 줘

노 차장의 연애 소식을 전해 들은 혜진과 김 대리는 감격에 젖은 얼굴로 축하를 했다.

"차장님, 축하드려요."

"잘되셨어요."

마지막이라는 심정으로 노 차장이 맞선에 나간 지 석 달쯤 되었을까. 노 차장은 그 남자와 여러 차례 만남으로 서로에 대해 알아간 후였다. 노 차장은 당장 결혼은 하지 않고, 조금 더 연애에 집중할 것이라고 말했다.

나이가 많다고 해서 급하게 결혼을 진행할 필요는 없었다. 호감이 애정으로 변하고, 서로에 대해 신뢰가 쌓였을 때 하면 되는 것이었다. 그동안 결혼을 목적으로 했던 맞선을 다른 시각으로 바라보자 노 차장도 여유가 생겼다.

"어떤 분이에요?"

"서툴러."

김 대리의 질문에 노 차장이 자비 없는 말투로 대답했다. 하지만 입가에 맺힌 미소만큼은 행복해 보였다.

"삼십대 초반에 이별하고 그 뒤로 쭉 일만 했대. 그래서 여자를 대하는 게 서투르더라."

"하나부터 열까지 다 알려줘야 하잖아요."

"나도 뭐 서툰 건 마찬가지니까. 맞춰가는 거지."

굳게 결심한 노 차장의 입에서 나온 말은 성숙했다. 자신이 내세운 조건들을 운운하며 목에 핏대를 세웠을 때와 사뭇 달랐다. 이편이 훨씬 사람답고 보기 좋았다.

"차장님 같지 않아요. 무슨 일 있으셨어요?"

"그냥, 결정적인 계기가 있었다고 할까."

김 대리와 혜진은 서로 눈빛을 교환하다 다시 노 차장을 바라보았다.

"문득 내가 아무 조건 없이 사랑할 때가 언제였던가, 생각을 하게 되었는데. 그게 참 까마득하더라고. 그만큼 나도 나이를 먹었다는 증거겠지. 그리고 나도 그 조건을 내세울 만한 위치에 있는 것도 사실이고. 내가 내세웠던 조건들 중에 사람 됨됨이나 애정은 없었어. 그게 참 씁쓸하더라."

"차장님."

"나도 이제 나이 먹나 보네, 정말."

한숨과 같은 말을 한 노 차장은 국을 한 수저 떴다. 맞선 성사만 되면 곧장 웨딩마치를 올릴 것 같던 노 차장이 아니었다. 노 차장의 얼굴에서는 여유로움이 느껴졌다. 혜진은 노 차장이 새로 만난 남자와 행복하길 진심으로 바랐다. 부디 이번 사랑은 실패하지 않기를.

퇴근 후 혜진은 들뜬 마음으로 쥬얼리샵으로 갔다.

"커플링 찾으러 왔는데요."

"이혜진 고객님 되세요?"

"네."

직원이 서랍에서 케이스에 넣은 반지를 보여주었다. 생각했던 것보다 훨씬 예뻤다.

"예쁘네요."

"반지 껴보시겠어요?"

직원의 권유에 혜진은 고개를 저었다. 그가 직접 제 손에 반지를 끼워주길 바랐다. 같이 반지를 나눠 끼는 모습을 상상하는 혜진의 얼굴에 행복한 미소가 감돌았다.

❖ ❖ ❖

하나둘씩 직원들이 퇴근한 빈 사무실에 건우 혼자 작업 중이었다. 당장 끝내야 하는 바쁜 일이 끝났음에도 건우는 바쁠 수밖에 없었다. 가정집 설계 중이었던 설계도는 이미 건우가 대략 만들어 놓은 것이었다. 그녀와 연애하며 심심풀이로 작업해 놓은 것을 수정 중이었다. 훗날 우리가 살게 될 집을 그는 진심을 다해 만들고 있었다.

그렇게 시간은 저녁 10시가 다 되어가고 있었다. 시간 가는 줄 모르고 작업에 열중해 있던 건우는 크게 기지개를 켰다. 이제 퇴근해야 할 터였다.

지잉.

책상 위에 올려둔 진동 소리에 액정을 확인했다.

"응, 진환아."

⟨집이냐?⟩

대뜸 날아오는 물음이었다.

"아니, 아직 회사."

⟨과로로 병원에 입원했던 놈 맞냐?⟩

예상했던 진환의 타박이었다. 건우는 피곤한 눈을 길게 감았다 떴다.

"나름 즐겁게 하고 있는데."

⟨뭐?⟩

기가 차서 말이 안 나온다는 진환의 반응이었다.

"맥주 한잔 어때?"

요 근래 커피를 입에 달고 살았더니 입안이 텁텁했다.

⟨빨리 날아와라. 안 그럼 가버릴 테니까.⟩

불쑥 날아온 건우의 제안에 진환은 망설이지 않고 수락했다. 진환과 자주 가는 술집에서 만나기로 했다. 건우는 그제야 컴퓨터 전원을 끄고 퇴근 준비를 했다.

건우가 술집에 도착했을 땐 진환이 미리 술과 안주를 주문한 상태였다. 건우는 진환의 맞은편에 앉았다. 진환은 이미 맥주 한 병을 비우고 다시 글라스에 맥주를 가득 따라 놓고 있었다. 건우는 잔을 들었다. 글라스에 맥주가 채워지는 것을 보는 것만으로도 건우는 갈증이 해소되는 기분이었다.

"야근하는데 얼굴은 더 좋아진 것 같다?"

진환이 맥주잔을 입에 대며 말했다. 진환이 하는 말이 무엇을 뜻하는지 건우는 알고 있었다. 건우는 시원한 맥주 한 잔을 마신 후 손으로 입가를 닦아댔다.

"프러포즈하려고."

"정말?"

"지금이라면, 그녀도 기쁘게 받아줄 거야."

건우는 반쯤 남은 맥주를 단번에 들이켜곤 다시 맥주를 따랐다. 오늘따라 목으로 넘어가는 술이 달았다.

"그리고 지금의 나라면, 모순 없이 그녀를 사랑할 수 있을 것 같고."

인정하고 나니 마음이 한결 편해졌다. 건우의 말을 조용히 듣던 진환은 부러운 표정이었다.

"다행이다."

프러포즈 계획이 무산되었을 때 상심하던 건우의 모습을 떠올리며, 진환의 표정도 덩달아 부드럽게 변했다. 건우가 입원한 병원 앞에서 서성거리던 혜진은 정말 안쓰러웠다. 차마 안으로 들어가 마주할 용기도, 그렇다고 되돌아갈 용기도 그녀에겐 없어 보였다. 하지만 건우에 대해 알아갈 거란 말을 하는 혜진의 모습은 진환이 아는 그녀가 아니었다.

그저 포기할 줄 알았다. 울기만 할 줄 아는, 이기적인 여자라 생각했었다. 하나 지금 건우의 모습을 보니 혜진은 그동안 조금 성숙해진 듯했다.

"그래서 언제 하려고?"

"지금 하는 작업 마저 끝내면."

"작업? 설마……."

말끝을 흐린 진환의 시선이 건우에게 닿았다. 건우는 고개를 끄덕이며 맥주를 마셨다.

"예전에 심심풀이로 만들어놓은 게 있었어. 인테리어 위주로 작업한 거라 실속 없는 구조더군. 그래서 수정 작업 중이야."

"그래서 즐겁게 작업 중인 거군."

괜한 걱정했네, 하며 진환이 투덜거렸다.

"즐겁게 작업해 보는 것도 오랜만이야. 그녀를 위한 집인데."

"하아, 이거 간만에 너무 염장 아니냐?"

"부러우면 너도 연애부터 하라고."

평소 같았으면 관심 없는 얼굴로 늘어지게 하품을 할 터였다. 하지만 진환은 그저 씩 웃어 보일 뿐이었다.

"기다리는 중이다."

"설마 고백이라도 한 거야?"

건우의 물음에 진환이 부정하지 않고 대답했다.

"어. 조금 초조했거든."

"누군지 물어봐도 되냐?"

조심스러운 건우의 물음이었다. 진환은 잠깐 생각을 했다. 하지만 불확실한 관계에서 그녀를 곤란하게 할 수는 없었다.

"나중에."

진환의 단호한 대답에 건우가 고개를 까닥했다.

"잘되었으면 좋겠다."

"난 원래 집념이 강한 놈이잖아. 거절당해도 포기하지 않을 거야."

더 이상 물러서지 않겠다는 듯 진환의 눈빛이 번뜩였다. 저런 눈빛을 한 진환은 처음이었다. 거기다 자신감 넘치는 말투도, 생동감 넘치는 눈빛까지 건우는 생소했다. 생각해 보면 지금껏 진환이 연애를 함에 있어, 모두 상대방의 리드에 의한 것이었다. 그가 먼저 리드하거나 다가간 적은 없었다. 시작이 그랬으니 끝이 좋지 못했다. 연애를 하면서도 늘 무료하고 따분한 얼굴이었던 진환에게 드디어 심장을 두근거리게 만드는 여자가 나타난 것이다. 어떤 여자일지 건우는 궁금했다.

"결과 보고하고."

"그래, 인마."

진환이 맥주잔을 내밀었다. 건우도 막 가득 채운 잔을 들고 건배했다.

"뭐, 정 안 되면 연락해. 술 한잔 정도는 사줄 테니까."

"그 술이 위로주는 아니겠지?"

"그건 너 하기 달렸지."

"하!"

진환은 건우의 농담에 어이가 없어 웃어버렸다. 이렇게 되면 어떻게든 그녀에게 전력을 다할 수밖에. 건우 앞에서 질질 짜는 찌질한 모습은 보여줄 수 없으니 말이다. 건우와 술잔을 기울이는 동안, 초조함이 사라졌다. 어떻게든 잘될 것만 같았다.

"너도 인마, 혜진이한테 차이면 연락해라. 양주 한잔 정도 기꺼이 사주지."

"그럴 일 없을 테니 걱정 마라."

두 사람은 서로의 잔을 채워주며 자정이 넘도록 술잔을 기울였다.

❖ ❖ ❖

전날까지 겨우 작업을 완성한 건우는 지친 기색이 없었다. 오히려 모처럼 만의 즐거운 작업에 한껏 들떠 있었다. 건우는 혜진에게 전화를 걸었다.

〈어, 건우야.〉

다정하게 제 이름을 부르는 혜진의 목소리에 건우의 눈이 반달처럼 휘었다.

"점심은?"

〈방금 먹고 왔어. 넌?〉

점심 식사를 한 후라 그런지 혜진의 목소리가 나른하게 들렸다.

"난 아직. 요즘 또 바쁘기 시작했어."

〈정말? 그래도 끼니는 챙겨 먹고 해야지.〉

태연한 건우의 거짓말에 혜진이 걱정스러운 목소리로 말했다.

"오늘 다 끝날 것 같아. 아주 예민하고 까다로운 클라이언트를 만났거든."

건우는 쿡쿡, 웃음이 터지려는 걸 간신히 참았다.

〈정말? 그래도 그렇지, 점심까지 거르고…….〉

"뭐, 하루 이틀도 아닌데."

요 근래 작업에 열중하느라 혜진의 얼굴을 못 본 지 며칠 되었다. 눈앞에서 그녀의 얼굴이 아른거렸다. 보고 싶어 죽겠다.

이쯤 되면, 그녀가 먼저 말을 꺼낼 것이다.

〈퇴근길에 잠깐 들를까?〉

"그럼, 나야 고맙지."

건우는 그 말을 기다렸다는 듯 순순히 대답했다.

〈보고 싶다, 차건우. 매일 바쁘기만 하고.〉

그녀답지 않게 작게 투덜거리기까지.

건우의 입술이 부드럽게 말려 올라갔다.

"오늘이면 다 끝나."

〈알았어, 이따 봐.〉

전화를 끊고 건우는 따스한 햇볕을 바라보았다. 청혼하기 좋은 날이었다. 날씨까지 반겨주니 말이다. 건우는 끊긴 핸드폰 액정을 바라보았다.

"나도 보고 싶어 미칠 것 같다고, 이 아가씨야."

❖ ❖ ❖

건우의 회사 근처에 있는 일식집에서 초밥을 주문해 놓고, 혜진은 건우에게 전화를 걸었다. 점심까지 거르고 야근하는 걸 보면, 아직도 일을 끝내지 못한 것이라고 혜진은 생각했다.

"전화 안 받네."

1층 로비로 내려오라는 말을 전하지 못한 혜진은 주문한 초밥이 나오자 고민했다. 그녀의 코트 주머니에 손을 넣어 케이스를 만지작거렸다.

요 근래 또 야근 강행 중인 건우로 인해 만날 시간이 없어진 탓에 반지는 계속 그녀의 코트 주머니 속에 머물러 있었다. 하루라도 빨리 그에게 전해주고 싶었다.

오늘 줄까? 너무 무드 없나? 그래도 그의 손에 맞는지 봐야 하는데…….

케이스를 만지작거리는 혜진의 마음은 초조했다. 오늘 전해 줘야 할지, 다음을 기약해야 할지 갈등했다. 혜진은 일식집에서 나와 건우의 회사로 들어갔다. 다시 건우에게 전화를 걸었다.

〈응, 전화했었네.〉

그의 목소리가 축 가라앉아 있었다. 주변은 조용했다.

"나 지금 로비야. 내려올래? 아님, 올라갈까?"

잠깐 침묵이 흘렀다.

〈올라와.〉

"응. 바로 올라갈게."

혜진은 전화를 끊고 엘리베이터에 몸을 실었다. 혜진은 코트 주머니에서 반지 케이스를 꺼냈다. 그가, 마음에 들어 할까? 기뻐할까?

긴장한 혜진의 눈빛이 파도처럼 출렁였다. 초밥과 함께 반지만 전해주고 가는 거다. 바쁜 그를 제 욕심으로 더 붙잡아둘 수는 없었다.

띵—

7층에 도착한 엘리베이터가 멈추었다. 엘리베이터에서 내리려던 혜진은 문이 열림과 동시에 멈칫했다.

"왔어?"

희마하게 웃으며 건우가 그녀의 팔을 와락, 끌어당겼다. 혜진은 그의 품에 안겨 고개를 치켜들었다.

"피곤해 보여."

"들어가자."

"아냐. 직원들하고 먹으면서 일해. 바쁜데 뭐 하러. 그리고……."

"혼자 있어."

혜진의 말을 가로막은 건우가 단호한 목소리로 말을 이었다.

"보고 싶은 얼굴, 며칠 만에 보는데 그냥 가려고?"

혜진의 입술에 가볍게 키스하며 건우가 삐친 얼굴을 했다. 혜진의 손은 여전히 코트 주머니를 배회하고 있었다. 어차피 전해 줄 것도 있으니 그가 식사를 다 마칠 때까지만 있는 거다.

"그럼 잠깐만 있을게."

"5분이면 돼."

혜진은 건우의 손을 잡고, 사무실로 들어갔다. 텅 비어 있는 사무실에서 혼자 야근했을 그가 안타까웠다. 건우는 접견실이 아닌 회의실로 그녀를 안내했다.

"여긴 왜……."

그녀의 질문에 건우는 대답하지 않고 의자를 빼냈다. 멀뚱히 서 있는 그녀의 팔을 잡아당겨 의자에 앉혔다. 그리곤 따뜻한 차 한

잔을 내왔다.

"내일 아주 중요한 회의가 있어. 그전에 네 앞에서 한번 해보고 싶은데, 괜찮을까?"

"아……."

그가 준비한 포트폴리오를 듣는다 해도 혜진은 잘 모른다. 하지만 그에게 도움이 되는 일이라면, 하고 싶었다. 혜진이 고개를 끄덕이자, 건우가 회의실 불을 껐다. 주변이 어두컴컴해지고 빔 프로젝터가 스크린에 비춰졌다. 그가 지금껏 만든 3D 설계도면이 혜진의 시선을 사로잡았다.

"스킵 플로어가 있는 전원주택, 포트폴리오를 시작하겠습니다. 클라이언트는 서른셋, 이제 신혼을 시작할 신혼부부로서, 결혼하고 아이가 태어나면 거주할 둥지입니다."

혜진은 작게 박수를 쳤다. 건우는 진지한 얼굴로 손에 쥔 서류를 보며 입을 열었다.

"내·외부 장식을 최소화함으로써 클라이언트에게 필요한 공간을 확보하고 쓸모없는 공간을 최소화하는 데 초점을 맞추었습니다. 또한 내단열재로 그라스울을 충진하여 열전도율이 높은 네오폴을 외단열로 더해 목조주택의 장점인 '따뜻한 집'을 만들 것입니다."

세련된 화이트색 주택 외관을 지나 화면은 거실을 비추었다. 그의 설명대로 군더더기 없는 인테리어와 공간을 최소화하여 최대의 효과를 내도록 설계를 한 것 같았다.

"1층은 거실과 주방을 하나로 연결하되, 식당이 마당과 면할 수 있도록 만들어보았습니다. 아이들이 밖에서 뛰어노는 모습을 보며 아이들과 친밀감을 더할 수 있습니다. 거실은 장스팬 구현이 가능한 중목구조의 장점으로 공간감을 한껏 드러내 보았습니다. 주차장 상부에 마련된 1.5m 높이의 가족실과 함께 각자의 발코니를 가진 방을 간결하게 구성하였습니다. 2층으로 올라가면 가족실이 내려다보이는 수전 공간을 만들었습니다. 2층은 아이들과 독립된, 오직 부부만을 위한 공간입니다."

혜진은 눈을 빛내며 그가 하는 말을 귀담아들었다. 새삼 그의 직업이 그렇게 멋있을 수가 없었다.

"남편과 아내가 단독으로 사용할 수 있는 서재와 개인 공간이 마련되어 있으며, 부부의 침실은 최대한 필요한 가구만 배치해 심플하고 모던하게 하고 침실 뒤로 가벽을 만들어 부부의 사랑도 커갈 수 있게 할 것입니다. 붙박이 형식의 창문을 열면 넓은 테라스가 보여 마당에서 아이들이 뛰노는 모습을 바라볼 수 있습니다. 물론 부부 전용 욕실도 따로 있습니다."

건우는 바짝 입이 말랐다. 그동안 야근을 하며 준비한 포트폴리오지만 순전히 제 생각을 바탕으로 만들어진 것이었다.

"이상입니다. 수정 사항 있으면 말해주십시오."

"차건우, 최고."

혜진이 엄지손가락을 치켜들었다. 그제야 긴장으로 굳어 있던 건우의 얼굴이 조금씩 풀렸다.

"수정 사항 없는 것으로 알고 마치겠습니다."

건우는 주머니에 손을 넣었다. 바지주머니에 넣어둔 반지가 그의 손가락 끝에 걸렸다. 이제 주인에게 돌아갈 시간.

건우는 사무실 불을 켜고, 아직까지 사태 파악을 못한 혜진에게 다가갔다.

"마음에 들어?"

"응?"

질문의 요지를 파악하지 못한 혜진이 고개를 갸웃거렸다.

"저 집 마음에 드냐고. 예민하고 까다로운 클라이언트 입맛에 맞추느라 고생 좀 했는데."

"그게 무슨……."

설마 하는 눈빛으로 혜진이 의자에서 몸을 일으켰다. 대답 대신 건우의 입꼬리가 말려 올라갔다.

"지금 당장 짓는 건 힘들 거야. 하지만 우리 가족이 지낼 집은 내 손으로 만들 거야."

"차건우……."

혜진의 손을 잡아 올린 건우는 네 번째 손가락에 반지를 끼워주었다. 드디어 주인을 만난 반지는 더 아름답게 반짝였다. 반지를 바라보는 혜진의 눈가에 눈물이 맺혔다.

"이런, 한발 늦어버렸네."

민망한 얼굴로 말하며 혜진이 코트 주머니에서 커플링을 꺼냈다.

"혜진아."

"커플링 준비했거든. 내 스스로가 뭔가 준비해 본 게 없는 것 같아서, 그래서……."

미안함과 안타까움이 뒤덮인 얼굴로 혜진은 그저 물끄러미 반지를 바라보기만 했다. 건우가 반지를 꺼내 혜진의 다른 손가락에 끼워주었다.

"예쁘다. 나도."

그리곤 건우는 제 손을 내밀었다. 혜진은 수줍게 반지를 건우의 손가락에 끼워주었다. 예상외로 반지는 건우의 손가락에 딱 맞았다.

"남자 평균 사이즈로 해달라고 했는데, 딱 맞네. 다행이다."

"어때, 괜찮아?"

커플링이 어색한 건우가 손을 펼쳐 보이며 혜진에게 물었다.

"잘 어울려."

"그럼 됐어."

"요즘 계속 바빴던 이유가 이거였어?"

그의 손을 만지작거리며, 혜진이 조금 미안한 얼굴로 물었다.

"엄살 조금 보탰지."

"그렇게 서두를 필요 없는데."

"내가 빨리 너와 같이하고 싶어서 그랬어."

기다린다고 해놓고 은연중 그에게 부담을 준 것은 아닐까 우려했던 혜진의 표정이 부드럽게 변했다. 그가 자신에게 다가올 때까지 혜진은 기다릴 수 있었다. 그 기다림이 몇 년이 된다 해도 그 옆에 있을 수 있었다. 그런데 그는 그 기다림마저 허락해 주지 않았다. 그저, 혜진이 미안해할까 봐, 자신의 핑계를 대고 있으니 그랬다.

혜진은 그의 뺨을 감쌌다. 천천히 손이 내려와 그의 어깨를 부드럽게 쓸어내리다, 넥타이를 제 몸쪽으로 끌어당겼다. 무엇을 의미하는지 알아차린 건우의 고개가 비스듬하게 기울었다.

"사랑해, 건우야."

"미투."

심플하게 대답하는 건우의 입술이 혜진의 입술을 삼켰다. 벌어진 입술 안으로 혀를 밀어 넣고 거칠게 혀뿌리를 휘감았다. 숨 쉴 시간조차 주지 않고 밀어붙이는 키스에 혜진이 숨을 헐떡이며 그의 입안으로 숨을 뱉어냈다.

"하……. 못 말려, 차건우."

"너야말로."

거추장스러운 코트를 벗겨냄과 동시에 건우는 스커트를 위로 쭉 밀어 올리곤 테이블에 앉혔다. 조바심이 난 손은 스타킹을 내리다 그만 올이 나가고 말았다.

"하, 잘됐네."

건우가 입꼬리를 얄궂게 비틀며 스타킹을 거칠게 아래로 끌어내렸다. 그러자 보기 싫게 찢긴 스타킹이 그녀의 여린 발목까지 내려왔다.

"너무해."

그녀의 울상에도 건우는 아랑곳하지 않았다. 건우는 한쪽 다리를 들고 발목부터 잔 키스를 퍼부었다. 발목에서 종아리로, 무릎에서 허벅지까지 타고 올라온 입맞춤은 멈추지 않았다.

"하아, 간지러워."

"가만히 있어."

그가 훑고 지나간 곳이 열꽃이 핀 것마냥 뜨거웠다. 가만히 있을 수가 없어 혜진은 낮게 신음하며 그의 머리카락 속에 손을 밀어 넣었다. 단정한 건우의 머리가 부스스하게 헤집어졌다. 다리를 비틀자 허벅지를 타고 올라온 입술이 그녀의 팬티까지 도달했다. 쪽쪽, 쉼 없이 입을 맞추다 입술로 팬티를 물었다.

"자, 잠깐."

서둘러 팬티를 내린 건우는 그녀의 허리를 와락 붙잡았다. 그리곤 허벅지를 벌려 꽃잎 근처에 혀를 지분거렸다.

"훗."

허리를 비틀며 낸 그녀의 억눌린 신음 소리에 건우가 꽃잎 주변을 혀로 쓸기 시작했다. 쉼 없이 맛보고, 탐하고 싶은 정점을 그는 이로 잘근 씹어대며 혀를 깊숙한 곳까지 밀어 넣었다. 놀란 여린 살결이 움찔했으나, 물 만난 물고기처럼 속살을 유린하는 그의 혀에 길들여지고 있었다. 온몸이 전율하는 것처럼 짜릿한 쾌감에 혜진이 몸을 비틀었다.

"미치겠어……. 키스해 줘."

제 하체에 머리를 묻은 건우의 귀에 혜진이 속삭였다. 사막에서 오아시스를 찾는 것처럼, 그의 입술을 찾아 혜진이 혀를 밀어 넣었다. 그의 입술에 숨을 불어넣으며, 넥타이를 풀고, 셔츠 단추를 거칠게 풀어 재꼈다. 혜진은 그의 가슴에 얼굴을 묻었다. 그리곤 그의 목덜미를 입술로 핥았다. 자신의 남자. 자신이 그토록 사랑하는 차건우. 온몸 구석구석 제 흔적을 아낌없이 남기고 싶었다.

"하읏."

건우의 손이 그녀의 니트 속으로 들어와 단번에 브래지어를 위로 밀어 올렸다. 그리곤 돌기를 손가락으로 지분거렸다. 그녀의 몸 전부를 맛보고 싶다. 그녀의 핑크빛 유두를 혀로 할짝였다.

"훗……."

신음을 토하며 혜진이 그의 귓바퀴에 입술을 찍었다. 이로 귓바퀴를 따라 잘근 씹어대다 귓불을 쭉 빨아 당겼다.

"들어가야겠어."

건우는 급하게 바지 버클을 풀고 팬티를 내리자 분신이 튕겨져 나왔다. 넓게 벌린 그녀의 허벅지 사이로 그가 분신을 지분거렸다.

"윽!"

단말마와 같은 외마디 신음을 토해낸 건우가 단번에 분신을 찔러 넣었다. 좁은 속살을 헤집으며 파고든 분신은 더 크게 부풀었다. 혜진이 그의 목에 입술을 내리눌렀다. 그의 목에 매달려 허리를 비틀었다.

"하아, 건우, 차건우……."

"그래, 나야. 네 남자."

"내 남자."

건우가 만족스럽게 입술을 말아 올렸다. 조심스럽게 시작한 허리짓은 쾌속질주를 시작했다. 더 깊숙이 그녀의 안으로 들어가기 위해 건우의 허리짓이 거칠어졌다. 핑크빛 유두를 손으로 움켜쥐다 이로 잘근 씹어댔다. 진한 핑크빛으로 물든 유두를 손가락으로 비틀었다.

"하앗."

"흐윽!"

혜진의 엉덩이가 들썩였다. 정점에 도달한 건우의 허리짓은 그녀의 깊숙한 곳을 내리찍었다.

"하……."

뜨거운 숨을 몰아쉬며 혜진이 그의 목에 얼굴을 묻었다. 그의 몸이 땀으로 치덕거렸다. 그녀의 다리 사이로 애액이 흘러나왔다. 건우는 잠시 그녀의 등을 쓸어주었다.

"후, 이렇게 체력이 약해서 밤마다 어떻게 버티려고 해?"

"뭐?"

건우의 농담에 혜진이 화끈거리는 얼굴을 치켜들었다.

"아니지. 밤을 기다릴 이유는 없겠군. 매일 괴롭힐 수 있으니까."

"정말!"

건우의 가슴팍 위로 혜진의 주먹이 힘없이 투덕거렸다.

"이혜진의 몸 구석구석, 다 삼켜 버릴 거야."

제 가슴팍에서 떨어진 혜진의 손을 건우가 잡아챘다.

손등에 입맞춤한 건우가 야릇하게 입술을 비틀었다. 축 늘어진 그녀의 손을 제 입술까지 끌어당겼다. 쪽, 하고 짧은 입맞춤이 이어졌다.

"이 말은 내가 할래."

"무슨?"

"차건우, 나와 결혼해 줘."

"혜진아……."

사랑스럽다는 듯 혜진을 바라보며 건우가 가볍게 키스했다.

"네 아내가 되고 싶어. 네 아이의 엄마도. 조금 늦었지만 앞으론 널 세상에서 가장 행복한 남자로 만들어줄게."

혜진이 진심 어린 목소리로 말했다.

"그건 내가 할 말인데."

"사랑해, 건우야."

혜진이 그의 목에 손을 두르곤 키스했다. 농도 짙은 두 번째 키스가 이어졌다. 타액으로 번들거리는 서로의 입술을 핥으며 사랑스러운 눈빛을 교환했다.

❖ ❖ ❖

혜진은 직원이 드레스를 입혀주는 대로 가만히 있었다. 오늘을 위해 일주일 단식을 하며 다이어트한 덕분에 드레스는 순조롭게 그녀의 몸에서 자태를 뽐냈다. 그녀의 긴 머리가 땋아 올려져 핀으로 고정되자, 신부가 된다는 느낌이 피부로 와 닿았다. 전신거울에 비친 제 모습을 본 혜진은 한동안 넋을 잃고 제 모습을 감상했다.

"어머, 예쁘네요. 어깨가 가녀린 편이라 튜브 탑 드레스가 잘 어울리세요."

"가, 감사합니다."

긴장한 탓에 혜진이 말을 더듬었다. 풍성한 스커트 자락이 그녀의 몸을 가녀리게 만들어주는 듯했다.

"아, 그런데 아직 신랑분은 도착 안 하셨죠?"

직원의 물음에 혜진이 고개를 까닥했다. 오전 근무만 하고 바로 샵으로 오기로 했는데, 차가 밀려 늦을 것 같다고 했다. 하는 수 없이 샵 안에서 기다리다 직원의 권유로 드레스를 고르다 결국 입어보기까지 했다. 신랑 없이 신부 혼자 드레스를 고르는 법이 어디 있는가.

"올 때가 된 것 같은데. 아, 핸드폰."

핸드폰을 백에 넣어 보관함에 넣어둔 것이 뒤늦게 떠올랐다. 혜진의 움직임이 분주해지자, 직원이 가져오겠다며 자리를 떠났다. 혜진은 혼자 남아 전신거울에 비친 제 모습을 바라보았다.

"예쁘다."

뒤에서 들려오는 목소리에 혜진이 뒤를 돌았다. 건우였다. 뛰어 왔는지 막 이마에 맺힌 땀을 닦아내고 있었다. 약속 시간에 늦은 건우에게 화를 낼 타이밍을 놓친 혜진은 수줍게 미소 지었다. 천천히 혜진에게 다가온 건우는 그녀의 귀에 속삭였다.

"안고 싶다."

"정말 못 말려."

잘록한 허리를 붙잡아 제 몸에 끌어당긴 건우는 그녀의 뺨에 입을 맞추었다. 그녀의 가슴골이 훤히 드러난 드레스 디자인이 마음에 들지 않지만, 그녀에게 잘 어울렸다. 풍성한 스커트 자락만 아니었어도 단번에 스커트를 위로 올렸을 것이다. 건우는 입맛을 다시며 아쉬운 눈빛을 했다.

"여기서 나가면 당장 안아버리겠어."

"그전에 드레스를 골라줘."

손으로 건우의 얼굴에 맺힌 땀을 닦아내며 혜진이 달래듯 말했다.

"뭘 그리 고민해. 이렇게 잘 어울리는 드레스를 입고 있으면서."

그녀의 어깨를 감싼 채 전신거울로 몸을 돌리며 건우가 속삭였다. 혜진은 거울 속에 비친 제 모습과, 제 어깨를 감싼 채

서 있는 건우의 모습을 바라보았다. 건우의 입술이 혜진의 말간 뺨에 닿았다.

지독한 땀 냄새를 한, 차건우의 냄새.

혜진의 입가에 행복한 미소가 그려졌다.

에필로그

"당신, 아직까지 자고 있으면 어떡해."

이불을 걷어낸 혜진이 건우의 엉덩이를 찰싹 하고 때렸다. 부스스한 얼굴로 겨우 눈을 뜬 건우가 피곤한 얼굴로 어기적어기적 몸을 일으켰다. 이미 혜진은 샤워를 마치고 강현이까지 씻긴 상태였다.

"내가 꼴찌군. 강현이한테 지다니."

아직 내의 차림인 강현이 침대 위로 기어 올라와 엉금엉금 아빠 품에 안겼다. 건우는 강현의 배를 간지럼 태우다 번쩍 안아 들었다. 강현이 까르르 웃음을 터뜨리며 좋아했다.

"그러니까 진작 일어났어야지. 얼른 씻고 나와."

눈을 가늘게 뜨며 혜진이 헤어드라이어로 머리를 말리고 있었다. 건우는 강현을 침대에 내려놓고 개구쟁이 미소로 혜진의 허리를 와락 안았다.

"얼른 씻으래도."

"나도 씻겨줘. 강현이만 씻겨주지 말고."

"하나 씻기기도 힘든데, 둘을 내가 어떻게 씻겨."

고개를 비스듬히 한 혜진이 찰랑거리는 머리카락을 빗질했다. 건우는 혜진의 목에 입을 맞추었다. 허리춤에 있던 손은 어느새 얇은 티셔츠 속으로 들어왔고, 이내 브래지어 속으로 들어왔다.

"아빠부터 이렇게 말을 안 들으니 아들도 똑같이 말 안 듣지."

목덜미에 잔 키스를 퍼붓던 건우는 혜진의 엄한 목소리에 입을 씰룩거렸다. 밤마다 아들 녀석에게 아내를 빼앗긴 덕분에 분위기를 잡아본 적이 언제인지도 가물가물했다. 갈 곳을 잃은 제 분신을 달래느라 힘든데, 그녀에게 1순위는 아들이었다. 지금도 손을 뻗으면서 아내에게 안아달라고 칭얼대는 아들이 그렇게 얄미울 수가 없다.

"엄마! 엄마!"

"응, 알았어. 착하지, 우리 아들. 엄마가 옷 입혀줄게."

건우에게 보여주지 않던 온화한 미소를 지으며 혜진이 칭얼거리는 아들을 달랬다. 서랍에서 강현의 옷을 꺼내 입히는 모습을 물끄러미 바라보던 건우는 입술을 삐쭉 내밀며 욕실로 들어갔다.

아들이 태어난 후 자연스럽게 혜진의 사랑은 온통 강현에게로 향했다. 하루 종일 강현에게 시달린 혜진은 건우가 퇴근하면 녹다운이 되어 잠들기 일쑤였다. 덕분에 혜진의 관심은 건우에게서 점점 더 멀어져 갔다. 지금은 새벽에 깨는 일이 거의 없지만, 강현은 밤마다 유독 엄마를 찾았다. 녀석을 재워놓고 둘이 분위기라도 잡아보려고 하면, 귀신같이 울어 재꼈다.

하나 있는 아들이 자신의 아내를 빼앗아 가다니. 밤마다 아내를 사수하기 위해 쟁탈전을 벌이는 자신의 꼴이 우습기도 했다. 아내의 손길을 받지 않도록 어서 자랐으면 좋겠다.

샤워를 마친 건우가 욕실에서 나오자 외출복으로 갈아입은 강현과 오랜만에 예쁘게 차려입은 혜진이 눈에 들어왔다.

안고 싶다, 제길.

건우의 시선이 벽 쪽의 시계로 향했다. 이제 슬슬 출발해야 할 터였다. 아쉬운 눈빛을 한 채 건우는 혜진이 챙겨둔 옷을 입기 시작했다. 단정한 흰색 셔츠에 붉은 계통의 넥타이, 검은색 바지까지. 모두 그녀의 취향이었다.

"당신, 이리 와봐."

뭐가 마음에 안 드는 모양인지 그녀가 그를 불렀다. 건우는 말 잘 듣는 아이가 되어 그녀 앞에 섰다. 혜진은 소파에 앉은 채 손을 쭉 뻗어 넥타이를 잡아당겼다. 저절로 그의 허리가 굽어졌다.

"자, 됐다."

넥타이가 삐뚤어진 모양인지 몇 번 손본 그녀가 만족스러운 얼굴로 손을 뗐다. 건우는 그녀의 뺨에 입을 맞추었다. 혜진의 입가에 미소가 번졌다.

"가자. 몇 시 시작이지?"

"11시. 늦지 않겠다."

건우는 고개를 끄덕이며 강현을 번쩍 안아 들고 2층에서 내려 갔다. 1층으로 내려오자 투명한 유리벽을 통해 따뜻한 햇살이 거 실로 쏟아져 내리고 있었다.

"날씨 좋다."

"그러게. 주아, 많이 긴장한 것 같던데, 준비 잘 마쳤을라나."

건우는 뒷좌석에 강현을 앉힌 후 안전벨트를 매주었다. 강현의 옆에 혜진이 앉았다.

"당신도 그랬어?"

"뭘?"

백미러로 건우는 혜진을 바라보았다.

"결혼식 전날 긴장했냐고."

"오래돼서 기억 안 나."

혜진은 시치미를 떼며 강현의 볼을 잡아당겼다.

그와 결혼한 지 4년.

잊어버리기엔 지금도 그 긴장감이 너무도 생생했다. 하지만 혜진은 모른 척하기로 했다.

"아주머니, 기억 안 나?"

"그래, 기억 안 나, 아저씨."

그가 삐친 투로 슥 그녀를 쳐다보다 이내 핸들을 움직였다. 혜진은 그러거나 말거나, 아들 돌보기에 여념이 없었다. 강현을 돌보는 데 그가 많이 도와주고 있지만, 그래도 아이는 아빠보다 엄마 손이 더 많이 필요한 것이 사실이었다. 밤마다 칭얼거리는 아들 녀석은 아빠의 품보다 엄마의 품에서 울음을 그쳤고, 결국 남편은 언제부턴가 독방을 쓰기 시작했다. 남편을 너무 외롭게 두는 것이 아닌가, 늘 미안했다. 하지만 아들은 전혀 타이밍을 맞춰주지 않았다. 오늘은 일찍 강현이를 재우고 남편과 간만에 분위기를 잡아볼까.

회심의 미소를 지으며 혜진은 남편의 뒤통수를 쳐다보았다. 열심히 기사 노릇에, 남편 노릇에, 아이 아빠 노릇에, 거기다 과장 노릇까지 다 해내기 벅찰 텐데 그는 단 한 번도 싫은 내색 하지 않았다. 오히려 힘들어하는 혜진을 다독여 주기까지 했다. 그는 좋은 남편이고, 괜찮은 아빠였다.

자신의 부족한 면까지 채워주니 고마울 수밖에.

어느새 웨딩홀에 도착했다. 웨딩홀 주변은 하객들로 붐볐다. 주차장에 차를 주차해 놓고 건우는 강현을 안고 들어갔다. 두 사람은 진환과 주아의 부모님께 인사한 후 신부대기실로 향했다. 고운 자태를 뽐내며 주아가 긴장한 얼굴로 앉아 있었다.

"주아야!"

"혜진아, 건우야."

"주아야, 오늘 너무 예쁘다."

자리에서 일어난 주아는 혜진과 포옹을 했다.

"나 너무 떨려."

"긴장할 것 없어. 50미터쯤 아무것도 아니야."

혜진이 주아의 손을 잡으며 다독여 주었다. 긴장한 듯 주아의 동공이 흔들리며 안절부절못하고 있었다. 사진작가가 카메라를 들고 쉼 없이 플래시를 터뜨렸다. 잠시 후 턱시도를 차려입은 진환이 신부대기실 안으로 들어왔다.

"왔어?"

"어. 주아 긴장부터 풀어줘야겠다. 입장하면서 넘어질라."

건우가 농담 섞인 걱정의 말을 하자 진환이 주아의 옆으로 다가갔다.

"긴장돼?"

"응. 조금……."

진환이 긴장을 풀어주려는 듯 주아를 품에 안으며 입을 맞추었다. 진환의 입술에 립스틱이 묻어났다.

"긴장 풀어, 나의 신부님."

한쪽 눈을 찡긋한 진환이 밖으로 나갔다. 그제야 긴장했던 주아의 안색이 점점 부드러워지고 있었다. 곧이어 식이 시작된다는 안내 방송에 건우와 혜진은 식장 안으로 들어왔다.

"두 사람 너무 행복해 보인다."

두 사람의 웨딩 사진이 스크린에 비춰졌다. 이렇게 행복할 거, 왜 그리 마음 졸였는지 모르겠다.

"그러게. 잘 어울린다."

"강현아, 주아 이모 너무 예쁘지?"

혜진은 건우에게서 강현을 받아 제 무릎에 앉혔다. 눈을 말똥말똥 뜬 강현은 결혼식에 관심 없다는 표정이었다. 건우의 시선은 여전히 제 아내를 빼앗은 손이 많이 가는 아들 녀석에게 향해 있었다. 건우는 혜진에게서 강현을 달라며 손을 내밀었다.

"내가 안고 있을게."

"아냐, 됐어."

한사코 괜찮다는 혜진에게서 건우는 아들을 되받아 꼼지락거리는 아들 녀석을 꼭 안았다. 덕분에 자유의 몸이 된 혜진은 테이블에 세팅되어 있는 음료수를 컵에 따라 목을 축였다.

"엄마, 엄마."

발버둥 치는 강현을 더 꼭 안은 건우가 혜진에게서 등을 돌렸다.

"못된 놈. 내 여자를 혼자 독차지하다니."

벌이랍시고 강현의 뺨을 쥐었지만, 미약한 수준이었다. 엄마의 품으로 가고 싶어 발버둥 치던 강현의 움직임이 멈추었다. 포기했는지 아빠의 품에서 편한 자세로 앉아 있었다.

"그렇지. 가만히 있지 않으면 네 녀석이 좋아하는 우유 아빠가 다 먹어버릴 테다."

장난스러운 협박을 하며 건우가 강현의 뺨에 입을 맞추었다.

행진곡이 시작되자 진환이 시원스러운 걸음으로 입장했다. 그 뒤로 아버지의 손을 잡고 수줍은 미소를 띠고 있는 주아가 천천히 걸음을 떼고 있었다.

결국 네 뜻대로 됐구나, 진환아.

신부가 입장하는 모습을 사랑스럽게 바라보는 신랑의 얼굴엔 행복한 미소가 떠날 줄 몰랐다. 그의 끈질긴 집념이 이룬 결과였다. 거절에도 그는 포기하지 않고 끈질기게 주아의 곁을 지켰다. 친구라는 이유로 밀어냈던 진환에게 주아는 천천히 마음을 열었고, 결국 두 사람이 행복할 수 있었다. 만약 진환이 일찍 포기했다면, 두 사람 다 불행했을 것이다.

강현을 안고 있던 건우의 팔이 스르륵 풀렸다. 한 손으로 강현을 지탱하곤 다른 손으론 혜진의 손을 잡았다. 건우의 시선이 혜진에게 향했다. 미소를 띠며, 혜진은 제 손을 잡은 남편의 손을 꼭 쥐었다.

❖ ❖ ❖

오랜만의 외출에 강현은 집에 오자마자 잠이 들었다. 혜진은 강현을 침대에 누이고 방으로 들어왔다. 아직 혼자 자기 어린 나이라 부부 침실과 아이 방은 이어져 있었다. 혜진은 방으로 들어와 건우의 넥타이를 풀고 셔츠 단추를 풀었다.

"씻어야겠다."

"조금 이따가."

혜진은 발꿈치를 들고 건우의 귀에 속삭였다.

"강현이 깨기 전에, 씻자."

건우의 눈빛에 화색이 돌았다. 다급한 건우는 혜진의 원피스 지퍼를 쭉 내려 아래로 떨어뜨렸다. 건우는 제 바지의 지퍼를 내려 벗어 던지곤 혜진을 번쩍 안아 들었다.

"핫."

놀란 혜진이 그의 목에 손을 두르곤 입술을 찾아 키스했다. 욕실로 들어서자 건우는 걸리적거리는 브래지어 후크를 풀곤, 손안 가득 젖가슴을 주물렀다. 그가 밀어붙이는 힘에 의해 혜진이 벽에 탁 하고 기댔다.

"하읏."

"하아……."

혜진의 젖가슴에 얼굴을 묻은 건우는 어린아이처럼 물고 뜯었다. 이로 잘근 씹어대다, 손가락으로 비틀며 희롱했다. 혜진은 다리를 비비 꼬다 한쪽 발로 그의 다리를 쓱 쓸어 올렸다.

"미치겠다, 차건우……."

그녀가 나지막이 남편의 이름을 불렀다. 강현이 태어나고부터 그의 호칭은, 강현 아빠 혹은 당신으로 바뀌었다. 가끔 제 이름을 속삭여 줄 때면 정말 미칠 것 같은 건우였다.

젖가슴을 핥던 건우의 입술이 아래로 향했다. 가슴골에서, 배꼽으로 향한 키스는 멈출 줄 몰랐다. 움푹 패인 배꼽에 혀를 밀어 넣고 간질일 때마다 혜진이 허리를 비틀었다. 수풀을 지난 그의 혀는 어느새 은밀한 부위에 닿았다. 혜진의 다리를 벌리게 하고 그 안으로 파고들었다.

"하아……."

뜨거운 혀가 꽃잎 근처에서 지분거리다 천천히 안으로 들어왔다. 놀란 여린 살결은, 그의 혀의 촉감에 금세 젖어들었다. 혜진은 그의 머리카락 속으로 손을 밀어 넣고 헝클었다. 정신을 놓을 정도로 자신에게 쾌락을 줄 수 있는 이는, 남편뿐이었다. 꽃잎에서 흐르는 액을 모조리 삼킬 기세로 거침 없이 속살 깊숙이 파고들어 왔다. 혜진의 다리가 떨려 무너질 것만 같았다.

"뒤돌아."

번들거리는 입술을 혀로 쓸어내린 그가 명령했다. 혜진이 뒤로 돌자 건우는 상체를 밀착시킨 채 그녀의 목덜미에 입술을 내리눌렀다. 양손은 돌기를 비틀며 그녀의 몸을 맛보았다. 척주를 따라 내려가던 입술이 그녀의 동그란 엉덩이에도 흔적을 남겼다. 온몸 구석구석 다 예뻐서 그의 입술이 놓칠세라 제 흔적을 고스란히 남겼다. 그의 손이 척추를 훑어 내리다 골까지 내려왔다.

"핫."

"아직 일러."

건우의 손이 미끄러지더니 조금 전 맛본 꽃잎 속으로 밀고 들어왔다. 한 달에 한 번, 겨우 하는 관계 때문에 그녀의 속살은 너무 좁았다. 손가락을 꽉 조이는 느낌에 건우가 신음했다.

"하윽."

손가락을 넣었다 뺄 때마다 질척거리며 액이 휘감겼다. 혜진은 벽에 젖가슴이 짓눌린 채 달뜬 얼굴을 돌려 그를 바라보았다. 무너지기 직전, 그녀가 몸을 돌려 그의 유두를 입속에 가두었다. 할짝대며 유린한 혀가 돌기를 휘감았다. 핑크빛 유두가 타액으로 번들거려 진하게 물들었다. 낮게 신음을 토해낸 건우는 그녀의 뺨을 감싸며 사랑스럽게 시선을 교환했다. 혜진은 무릎을 꿇고 분신을 손으로 감쌌다. 부풀기 시작한 분신은 그녀의 좁은 문을 힘껏 탐하기 시작할 것이다. 생각만 해도 짜릿한 쾌감에 혜진이 몸을 떨며 분신을 입속에 가두었다. 뿌리를 뽑을 기세로 혜진이 분신을 혀로 쓸었다.

"하윽!"

그의 하체가 부르르 떨렸다. 그녀의 좁은 문에 들어가는 것을 상상만 해도 전기가 찌릿 그의 몸을 타고 내리는 기분이었다. 혜진이 뿌리를 손으로 잡고 혀로 할짝대며 애무를 시작했다. 혜진은 분신에 얼굴을 묻은 채 혀를 요리조리 움직여 분신을 위아래로 쓸어내렸다. 그가 신음을 토해낼 때마다 혜진은 입술로 분신을 꽉 조였다.

"안으로 들어가야겠어."

그녀를 뒤로 돌려 세운 뒤 타액으로 범벅된 분신을 꽃잎에 문질렀다. 단박에 밀어 넣으려고 했으나 너무 좁아 쉽게 들어가지 않았다. 천천히 분신을 밀어 넣고 허리를 움직였다. 충분히 젖은 그녀의 내부는 그가 허리짓을 마음껏 할 수 있도록 해주었다. 질퍽

거리는 마찰음이 커질수록 벽을 짚은 혜진의 손이 미끄러질 것만 같았다. 건우는 그녀의 등에 키스를 퍼붓다 그녀의 손 위로 제 손을 겹쳤다.

"이제 겨우 시작인데 무너지면 곤란해."

"핫. 하지만⋯⋯."

"쉿, 강현이가 깨도 멈출 수 없어."

낮게 으르렁거리며 건우가 그녀의 귓바퀴를 핥았다. 뜨거운 숨결이 쏟아지자 혜진의 엉덩이가 들썩이며 리듬을 맞추었다. 혜진은 숨을 헐떡거리며 터져 나오는 신음을 삼켰다. 온몸이 불에 덴 것마냥 뜨거웠다. 땀으로 얼룩진 그녀의 몸이 그의 흔적으로 치덕거렸다.

"하웃."

"하윽!"

절정에 달한 움직임이 거칠어졌다. 제 분신을 꽉 조이는 여린 살결에 건우의 쾌감은 더 커져만 갔다. 그녀의 골반을 잡고, 허리짓하던 건우가 제 분신을 빼내 그녀의 등에 묻었다. 혜진의 등이 액으로 얼룩졌다.

"당신."

"씻을 거니까."

만족스러운 미소로 건우가 샤워기 밑으로 그녀를 데려다 놓았다. 미지근한 온수 물이 혜진의 몸을 감쌌다. 방금 전 뜨겁게 달궈진 흔적도 같이 씻기는 듯했다.

거품을 낸 타월로 건우는 그녀의 등부터 닦아주기 시작했다. 그녀의 동그란 엉덩이를 지나 다리까지 꼼꼼히 닦은 후, 그녀를 돌려세워 쇄골을 닦아주었다. 엉큼한 그의 손이 아래로 내려와 그녀의 꽃잎을 지분거렸다.

"한 가지만 해, 당신."

눈을 가늘게 뜬 혜진이 다그쳤다. 그녀의 다그침에도 건우는 한 손으로는 그녀의 몸을 닦아주고 다른 손으로는 여린 살결을 만지작거렸다. 다시 촉촉이 젖은 살결에 건우의 분신이 부풀었다.

"어떻게 좀 해줘."

"강현이 깰 것 같아."

혜진이 조용히 속삭였다.

"그럼 이 녀석은?"

"당신 물건이잖아."

혜진이 새초롬한 표정으로 그의 부풀기 시작한 물건을 손으로 툭툭 쳤다.

"이제 당신 물건이라고. 책임져야지."

음흉하게 웃으며 다가온 그가 거품이 묻은 젖가슴을 주물렀다. 미끌미끌 거리며 손에 감기는 느낌에 흥분한 건우가 단호한 표정으로 말하려던 그녀의 입술을 막았다.

"읍!"

상체를 밀착하자 그녀의 몸을 휘감았던 거품이 그의 몸에 옮겨 갔다.

"하윽, 당신……."

빨갛게 부푼 그녀의 입술을 그가 혀로 쓸었다.

"엄마, 아아아아앙!"

그때 잠에서 깬 강현의 자지러지는 울음소리에 혜진이 다급하게 그의 가슴을 밀쳤다. 그리곤 재빨리 몸을 씻은 후 수건으로 몸을 감싸곤 욕실에서 나갔다.

"이혜진!"

그의 다급한 부름에도 혜진은 들은 척도 안 한 채 강현을 품에 안고 칭얼거리는 그 녀석을 달래기 바쁘다.

"우리 강현이 잘 잤어? 무서운 꿈꿨어? 엄마 여기 있어. 뚝, 그치자."

집 안을 울리던 강현의 울음소리가 잦아들기 시작했다. 전라의 몸으로 욕실에서 나온 건우가 그런 그녀를 노려보았다. 혜진은 입술에 손을 올렸다.

"쉿."

건우는 손으로 자신의 분신을 가리켰다. 이미 커진 분신은 작아질 기미가 보이지 않았다. 그녀가 작게 입 모양으로 그에게 말했다.

'알아서 해!'

"정말 얄짤 없군."

건우는 씁쓸한 표정을 한 채 다시 욕실로 들어갔다.

❖ ❖ ❖

혜진은 카페 문을 열고 고개를 이리저리 돌렸다. 한산한 카페 안에서 주아가 손을 흔들었다. 신혼여행에서 돌아오고 한 달 만에 보는 얼굴이었다.

"퇴근하고 오는 길?"

자리에 앉으며 혜진이 물었다.

"응. 신혼여행 다녀오고 나서 정신없지 뭐야. 업무도 밀려 있고."

"바쁜데 뭐 하러 여기까지 와."

지나가는 길이라며 주아가 혜진의 집 근처 카페로 온 것이었다.

"강현이는?"

"강현이 아빠가 보고 있지. 퇴근하고 오자마자 나와 버렸어."

"참, 이거."

혜진이 쇼핑백을 내밀었다. 혜진과 건우의 선물, 그리고 강현의 간식까지 있었다.

"뭘 이런 걸. 결혼 준비로도 바빴을 텐데."

"친구 선물 사줄 시간은 있네요."

혜진이 미안한 얼굴로 주아가 내민 선물을 받았다.

"참, 나 좋은 소식 있어."

"뭔데?"

"나 임신했어."

"정말?"

수줍게 말하는 주아의 고백에 혜진이 놀라 반문했다. 주아가 고개를 끄덕였다.

"축하해, 정말. 진환이 많이 기뻐하지?"

"응. 기뻐해."

"근데 홀몸도 아니면서 여기까지 온 거야?"

걱정스러운 얼굴로 혜진이 물었다.

"안 그래도 이따 진환이가 데리러 온대. 너한테도 얼른 말해주고 싶어서."

"잘했어."

혜진은 주아의 손을 잡았다. 비록 첫사랑에 실패했지만, 진심으로 자신을 사랑해 주는 남자를 만나 행복한 모습에 혜진은 코끝이 찡해졌다. 거기다 결혼과 동시에 들려온 임신 소식에 혜진도 덩달아 기뻐했다.

"짧게나마 신혼을 즐기고 싶었는데……."

주아가 아쉬운 표정으로 말했다.

"축복이라 생각해."

"그렇게."

그 뒤로 두 사람은 그동안 못 나눈 대화를 한참 동안 이어갔다. 그리곤 주아를 데리러 온 진환과 짧게 인사를 나눈 뒤 헤어졌다.

집으로 돌아온 혜진은 1층 거실에서 소파에 누워 TV를 보고 있는 부자의 뒷모습을 보았다. 그때 강현이 엄마를 발견하고 달려와 품에 와락 안겼다. 한 템포 행동이 느렸던 건우는 아쉬운 얼굴로 소파에 앉아 있었다. 혜진은 강현의 뺨을 사랑스럽게 쓸며 건우에게 물었다.

"저녁은?"

"먹었지. 당신이 해놓고 간 까르보나라 떡볶이 먹었어."

"잘했네. 참, 이거."

혜진이 쇼핑백에서 상자를 꺼내 건우에게 건넸다.

"뭐야?"

상자를 열며 건우가 물었다. 상자에서 나온 고급스러운 넥타이

핀은 건우의 마음에 쏙 들었다.

"신혼여행 선물. 우리 강현이 까까까지 챙겨온 거 있지?"

"그래?"

건우는 쇼핑백에서 다시 작은 상자 케이스를 꺼냈다. 케이스만 봐도 립스틱이라는 것을 알 수 있었다. 그리고 과자를 뜯어 강현의 입속에 넣어주었다.

"요 녀석, 잘 먹네."

"참, 주아 임신했대."

주아의 임신 소식에 건우가 놀라 물었다.

"허니문 베이비?"

"그런 셈이지."

"아들 말고 딸 낳아야 하는데."

건우가 과자 하나를 더 건우의 입속에 넣어주며 혼잣말을 했다.

"왜?"

"쟁탈전."

"뭐?"

"저 녀석이 당신을 독차지하고 있잖아."

혜진은 그의 질투 어린 말에 웃고 말았다.

"당신, 지금 아들한테 질투해?"

"질투는 무슨. 어서 빨리 당신 손이 안 가도 될 만큼 커야 할 텐데."

"그렇게 빨리 늙고 싶어?"

"당신과 함께라면, 뭐."

그가 사랑스럽다는 얼굴로 그녀의 입술을 짧게 훔쳤다.

"그래야 당신이 온전히 내 차지가 될 테고."

"당신도 참……."

한심하다는 표정으로 혜진이 고개를 내저었다. 질투할 대상이 없어서 하나뿐인 아들에게 질투를 하다니. 그것도 아직 손이 많이 가는 아들에게 말이다.

"딸이든 아들이든 손이 많이 가는 건 마찬가지야. 어린애는 다 똑같다고."

"아들은 더 칭얼거린단 말이야. 당신을 더 많이 찾고!"

"당신 아빠 맞아?"

"아빠이기 전에 당신 남편이지."

당당한 건우의 대답에 혜진은 할 말을 잃었다.

"그리고 벌써 한 달이나…… 읍!"

혜진은 손으로 건우의 입을 틀어막았다. 강현은 똘망똘망한 눈으로 아빠와 엄마를 번갈아 쳐다볼 뿐이었다.

"아들, 우리 오늘 일찍 가서 잘까? 엄마가 동화책 읽어줄게."

"응."

강현을 안아 2층으로 올라가는 아내의 뒷모습을 건우는 안타깝게 바라보았다. 2층으로 올라가던 혜진은 휙 얼굴을 돌려 그를 노려보다 다시 계단을 올라갔다. 결혼하면 큰아들이 하나 더 생긴다더니, 자신이 그 꼴이었다. 아들에게 질투하는 아빠라니, 누가 들으면 웃을 일이었다. 혜진은 강현을 잠옷으로 갈아입히곤 침대에 눕혔다. 동화책을 꺼내 강현의 머리맡에서 읽어주었다.

"형 놀부는 마음씨가 고약했지만, 동생 흥부는 마음씨가 참 고왔어요."

강현은 끄덕거리며 엄마가 읽어주는 동화책을 경청했다. 같은 동화책을 몇 번이고 반복해서 읽어준 덕에 강현이는 뒷이야기를 모두 다 꿰고 있었다. 자장가처럼 달콤한 엄마의 목소리에 흠뻑 빠져 강현은 얼마 안 가 잠이 들고 말았다. 살금살금 다가온 건우의 인기척에 혜진이 손을 입술에 댔다. 한 번 잠에서 깨면 또다시 재우기 힘들었다.

"자?"

"응."

피곤한 얼굴로 혜진이 건우의 품에 안겨 부부 침실로 들어왔다. 건우가 혜진의 입술에 입을 맞추었다. 천천히 그녀의 입술 안으로 그의 혀가 파고들어 왔다.

"흐음……."

혜진이 신음하며 그의 옷가지를 천천히 벗겨냈다. 강현이 막 잠든 지금이라면 가능할 것이다. 그의 불만대로 벌써 부부 관계를 못 가진 지 한 달이 되었다. 그가 불만을 토해낼 만도 했다. 혜진은 그의 키스에 응하며 바짝 솟은 돌기에 혀를 놀렸다.

"하아……."

그가 신음하며 그녀의 젖가슴을 움켜쥐었다. 브래지어 속으로 손을 밀어 넣고 유두를 비틀었다가 원을 그리듯 돌렸다. 혜진은 바지를 벗고 그의 추리닝 바지도 벗겨냈다. 팬티를 벗겨내면 부푼 그의 분신이 무섭게 튕겨져 나올 것만 같았다. 그를 침대 위에 세워놓고 혜진은 무릎을 굽힌 뒤 분신을 핥았다. 그녀의 혀가 지나 갈 때마다 분신이 꿈틀거리며 반응했다.

"하읔."

"다신 강현이한테 질투하지 마. 알았어?"

"그래, 알았어. 윽!"

그녀의 경고에 건우는 신음하며 대답했다. 지금은 그녀의 요구가 무엇이든 다 들어줄 수 있었다. 혜진의 입술 안으로 들어온 분신은 뜨겁게 부풀었다. 화산이 폭발하기 직전처럼, 조금만 그녀의 혀가 자극하면 터질 것만 같았다. 혜진의 머리카락 속으로 집어넣은 손이 바르르 떨렸다. 오랜만에 닿은 그녀의 손길에 미칠 것만 같았다.

"윽! 혜진아……."

그때였다.

"으아아아앙! 엄마, 엄마!"

자지러지게 우는 아들의 울음소리에 건우의 몸이 딱딱하게 굳었다. 혜진 역시 움직임이 멈추었다. 고개를 내려 혜진을 바라보자, 잠시 갈등하는 눈치였으나 그리 오래가지 않았다. 혜진은 옷가지를 챙겨입고 곧장 아들에게 달려갔다.

"우리 강현이 깼어? 엄마 여기 있어."

그녀의 품에 안기자 금세 울음을 뚝 그치는 아들을 얄미워 죽겠다는 듯 건우가 쳐다봤다. 고의가 아닐까, 의심할 정도로 타이밍이 기가 막혔다. 제 물건은 이미 빳빳하게 고개를 치켜든 채로 그녀를 기다리고 있었다.

"불쌍한 녀석."

건우가 조용히 읊조렸다.

그 후로, 아무리 기다려도 혜진은 오지 않았다. 강현의 방으로 들어가 보니 좁은 침대에서 강현을 안은 채로 혜진은 잠들어 있었다.

"미워할 수가 없다니까."

건우는 이불을 덮어주곤 방에서 나왔다. 저렇게 아이에게 최선을 다하는 혜진이나, 오롯이 엄마만 찾아 울부짖는 아들이나 모두 그가 사랑하는 가족이었다.

사랑스러운 아내, 얄밉지만 자신을 쏙 빼닮아 그녀밖에 모르는 아들.

부전자전이었다.

❖ ❖ ❖

"바람 많이 부니까, 장 본다고 외출하지 마."

건우의 당부에 혜진이 고개를 끄덕였다. 넥타이를 매주며 남편 출근을 돕는 모습이 매우 자연스러웠다. 카디건을 입고 단추를 여미자 혜진이 코트를 꺼냈다. 건우는 코트를 받아 들고 다른 손으로 볼록하게 나온 혜진의 배를 쓰다듬었다. 둘째는 딸이라고 했다. 강현이에게 여동생을 만들어주고 싶던 차에 온 선물이었다.

이제 몇 달만 더 있으면 아기가 태어나고, 지금보다 집안이 더 시끌벅적할 것이다.

"샛별이랑 친구 될 것 같아."

이제 막 8개월에 접어든 주아의 뱃속에 있는 아이의 태명이었다. 주아의 아기도 여자아이라고 했다.

"외롭진 않겠군."

"응. 그러게 말이야."

예쁘게 웃으며 혜진이 대답했다. 건우는 아내의 뺨에 쪽, 하고 입을 맞추었다. 1층으로 내려오자 일찍 일어난 강현이 아빠 품에 안겨들었다.

"아빠 출근할 테니까 엄마 말 잘 듣고 있어."

"네."

강현이 다부지게 대답했다. 보통 아이들처럼 말썽을 부리지 않고 조용한 아들은 어릴 적 건우와 많이 닮아 있었다. 여동생이 생기면 잘 돌봐줄 것 같은 믿음이 생겼다.

"퇴근하면 아빠랑 같이 마당에서 축구하자."

"정말요?"

"그럼. 오늘은 일찍 퇴근할게, 약속."

"신난다!"

활짝 웃으며 강현이 방방 뛰었다. 아무리 엄마와 같이 있어도 아빠가 할 역할은 분명히 있었다. 건우는 그것들을 놓치고 싶지 않았다. 기뻐하는 아들의 머리를 쓰다듬어 준 후 건우가 집에서 나갔다. 혜진은 생기 있는 아들의 머리를 쓰다듬어 주며 부드럽게 미소를 띠었다.

"그렇게 좋니?"

"응응!"

혜진은 강현의 손을 잡고 배에 갖다 댔다. 강현은 손바닥에 전해지는 느낌에 눈을 동그랗게 떴다.

"이제 몇 달만 더 있으면 여동생이 태어나게 될 거야."

강현의 표정이 미묘하게 변했다.

"어때? 강현이도 좋지?"

"응, 좋아."

씩 웃으며 강현이가 말했다.

"여동생이 태어나면 강현이가 동화책도 읽어주고 재미있게 놀아줄 거지?"

"응!"

씩씩하게 대답하는 강현의 모습에 혜진이 흐뭇한 듯 머리를 쓰다듬어 주었다.

"남자는 여자를 보호해 줄 줄 알아야 해."

"보호해 주는 게 뭐야?"

"지켜준다는 거야. 아빠가 엄마를 지켜주는 것처럼."

"응. 할 수 있어!"

강현이 다부지게 대답했다.

"그럼 우리 강현이가 동생한테 동화책 읽어줄래?"

엄마의 부탁에 강현은 그러겠다고 말하곤 2층으로 올라가 동화책 한 권을 가지고 내려왔다. 아직은 한글을 다 깨우치지 못해 동화책 한 권을 제대로 읽지 못했다. 하지만 혜진은 아들의 마음씨가 마냥 예뻤다. 혜진이 소파에 앉아서 기다리는 동안 강현은 어느새 엄마 옆에 찰싹 붙어 앉아 동화책을 펼쳤다.

"어느…… 무……."

"무더운."

혜진은 버벅거리는 아들에게 괜찮다며 뺨을 어루만졌다.

"무더운 여, 여……."

"여름날 오후였어요."

"여름날 오후였어요."

또박또박 엄마의 말을 따라 하며 강현이 동화책을 읽기 시작했다. 잘했다며, 강현의 엉덩이를 툭툭 치고는 혜진은 창문으로 시선을 던졌다. 이제 나뭇잎이 하나둘씩 떨어지기 시작한 가을 막바지였다. 올해를 넘기면 예쁜 딸아이를 키우는 재미도 곧 알게 될 것이다. 사랑하는 사람을 빼닮은 아들과 딸을 키우며 가족이란 또 다른 이름을 경험하게 될 기대감에 혜진은 설레었다.

"결혼하길 잘했어."

혜진의 혼잣말에 강현이 동그랗게 눈을 뜨며 쳐다보았다. 마치 그 말의 의미를 묻는 것마냥. 혜진은 대답 대신 강현의 뺨에 입을 맞추어주었다.

❖ ❖ ❖

"차희수!"

분노에 찬 강현의 외침이 집 안을 쩌렁쩌렁 울렸다. 얼마 전까지만 해도 기어 다니던 희수는 이제 어설프게라도 뛰며 도망치고 있었다. 마치 놀이라도 하는 것마냥, 희수는 까르르 웃었다.

"너 오빠 공책에 낙서하면 어떡해?"

"오빠, 오빠."

방긋 웃으며 희수가 강현의 팔을 잡아당겼다. 동그란 눈을 깜박이며 오빠에게 애교를 부리는 희수는 강현이 이렇게 화를 내다 그냥 넘어갈 것이라는 것을 알고 있었다.

"한 번만 더 그러면!"

"오빠, 동화책, 동화책."

강현의 옷깃을 끌어당긴 희수가 동화책을 강현의 손에 쥐어주었다. 이렇게 말썽을 부리지 않으면 강현은 희수에게 눈길조차 주지 않았다. 책을 읽고 숙제하기 바빴다.

　조금 있으면 귀찮은 녀석이 한 명 더 늘어날 것이다. 그전에 내일 유치원에 내야 할 숙제를 해야 했지만, 보채는 동생은 모른 척할 수 없었다. 강현은 책을 펼쳐 동화책을 읽어주기 시작했다.

　"오빠의 이름은 헨젤이고……."

　건성으로 책을 읽으며 강현은 동생이 잠들기를 바랐다. 한 명도 피곤한데 두 명이나 돌볼 수는 없었다. 하지만 희수는 어느 때보다 눈빛을 반짝이며 강현의 말에 귀를 기울였다. 따스한 봄 햇살이 창문으로 들어와 말간 희수의 뺨에 달려들었다. 강현은 일어나 커튼을 치고 침대로 자리를 옮겼다.

　"강현아, 점심 차릴 동안 서은이랑도 놀아줘."

　방문을 열고 들어온 엄마는 서은을 내려놓고 사라졌다. 시간이 이르긴 했으나, 서은이까지 합세했으니 강현의 자유는 끝이었다. 예쁜 레이스 치마를 입은 서은이가 들어오자 희수가 반갑게 서은이의 팔을 잡아끌었다. 강현은 다시 책을 읽기 시작했다.

　"누이동생의 이름은 그레텔이었어요."

　"어빠, 어빠, 나 이거."

　재미가 없는지 서은이가 다른 책을 강현이에게 내밀었다. 그사이 희수는 잠들어 있었다. 강현은 서은에게서 받은 책을 읽었다.

　"나도 어빠 있었으면 좋겠다."

　"……."

　"어빠, 좋아."

수줍게 고백하며 서은이 강현의 뺨에 입을 맞추었다. 이제 막 여섯 살이 된 강현의 뺨이 발그레해졌다.

"앉아, 서은아."

서은은 바닥에 주저앉아 강현을 바라보았다. 어릴 적부터 귀에 딱지가 앉도록 들은 엄마의 가르침대로 강현은 서은을 침대에 앉혔다. 대신 강현이 바닥에 앉아 책을 읽어주었다. 어릴 적부터 자주 집에 놀러 와 희수와 마찬가지로 강현에겐 서은이도 동생이나 마찬가지였다. 사고뭉치인 희수와는 달리 얌전한 서은은 그리 손이 많이 가지 않았다. 쌍꺼풀이 진 동그란 눈에 작은 입술이 움직이는 것이 앙증맞았다. 양쪽으로 묶은 머리는 귀여웠다. 제 동생과 맞바꾸고 싶을 정도로 서은은 사랑스러웠다.

귀까지 빨개져서 강현은 동화책에 얼굴을 묻은 채 웅얼거리듯 책을 읽었다. 한 번 달음질하기 시작한 강현의 심장은 멈출 줄 모르고 계속 뜀박질을 했다.

"밥 먹자, 얘들아."

주아가 방으로 들어와 서은이를 번쩍 안아 들었다. 잠든 희수에게 이불을 덮어주곤 강현과 함께 조용히 방에서 나왔다. 식탁을 차리는 혜진에게 주아가 말했다.

"희수 잠들었더라. 막 잠든 것 같아서 이불만 덮어주고 내려왔어."

"그랬어? 먼저 먹지 뭐. 이따 내가 따로 먹일게."

여분의 의자를 건우가 두 개 더 내왔다. 건우와 혜진의 맞은편엔 진환과 주아가 앉았다. 강현이 앉자 서은이 무릎 위로 올라와 앉았다.

"어빠, 어빠. 밥, 밥."

"서은아, 오빠 밥 먹어야지. 엄마가 먹여줄게. 엄마한테 와."

주아의 부름에도 서은은 꼼짝하지 않고 강현의 무릎에 앉아 있었다.

"미안한데 강현아, 서은이 잠깐만 안고 있어줄래?"

"네."

강현이 짧게 대답했다. 서은은 강현의 무릎 위가 좋은지 작은 엉덩이를 들썩였다. 강현은 밥을 조금씩 퍼서 서은이에게 먹여주었다. 마치 갓난아기처럼 서은은 그가 주는 밥을 맛있게 먹어 치웠다.

"얘가 정말."

주아가 기가 차다는 듯 웃었다.

"우리 아들, 동생도 참 잘 보네. 밥도 잘 먹이고."

"서은이가 강현이를 잘 따르네."

어른들의 시선이 주목되자 강현은 어쩔 줄 몰라 했다. 동생에게 밥을 먹여주는 것은 강현에겐 당연한 일인데 어른들은 신기하다는 듯 강현을 바라보고 있었다.

"엄마, 밥 좀 더……."

서은을 먹이느라 식사를 못한 강현이 빈 밥그릇을 건넸다. 혜진은 밥을 퍼서 식탁 위에 내려놓았다. 서은은 밥을 다 먹은 후에도 강현의 무릎에서 내려올 줄을 몰랐다. 강현이 밥을 다 먹은 후에야 서은은 강현의 품에서 벗어났다.

"어빠, 어빠, 그림 책."

서은이 강현의 팔을 잡아당겼다.

"귀찮게 정말."

강현은 그렇게 말하면서도 예쁘게 자신을 바라보고 웃는 서은에게 지고 말았다.

"잠깐만이야. 더 이상 귀찮게 하면…… 흥."

강현의 경고에도 서은은 마냥 좋다며 강현을 끌고 2층으로 아장아장 올라갔다.

네 사람은 식탁을 치우고 거실에서 다과를 즐기고 있었다. 비스킷과 함께 커피를 마시며 나른한 휴일을 보냈다.

"강현이는 이제 일곱 살인가?"

진환의 물음에 혜진이 고개를 끄덕였다.

"응, 내년이면 벌써 초등학교 입학이네."

"세월 진짜 빠른 것 같아. 혜진이와 건우가 학부모가 된다니."

커피를 한 모금 마신 주아가 입술을 말아 올리며 제 남편을 쳐다봤다. 진환은 주아의 어깨에 손을 올렸다.

"주아 너도 금방이야. 서은이는 얌전해서 아무 탈 없을 것 같은데, 우리 희수는 너무 천방지축이라 걱정이야. 매일 뛰어 다니다 무릎이나 까지고. 여자아이 무릎이 성한 데가 없어."

"그래도 건강하게 잘 자라기만 하면 됐지, 뭐."

건우는 별일 아니란 듯 무심하게 대답했다. 넘어져 무릎이 까져도 희수는 큰 소리로 우는 법이 없었다. 까진 무릎을 제 오빠에게 보여주며 치료해 달라는 꼬마 아가씨였다. 너무 제 오빠를 괴롭히는 게 골칫거리라면 골칫거리라 할 수 있었다. 무탈하게 무럭무럭 자라주니 그저 고맙기만 했다.

그렇게 차를 한 잔씩 하고 진환과 주아는 그새 잠든 서은을 안고 나갔다. 차에 몸을 싣고 사라질 때까지 혜진과 건우는 문 앞에서 지켜보았다.

"벌써 당신이 삼십대 후반이라니."

혜진이 새삼 감격에 젖은 얼굴로 남편을 바라보았다. 결혼할 때보다 좀 더 나이를 먹은 듯한 그는 그런대로 멋있었다.

"당신도 마찬가진데, 뭘."

"곧 마흔이 되고 쉰이 되겠지? 아이들은 커가고…….. 왠지 서글퍼진다."

"내가 옆에 있는데도 서글퍼?"

"조금, 그렇네."

엷게 미소 지은 혜진은 푸른 하늘을 바라보았다. 그가 만든 집에서 그의 말대로 아이를 낳고 키우며 부모가 되었다. 아이를 키우며 힘든 적도 많았지만 그럼에도 행복한 나날의 연속이었다. 그녀 옆에 차건우라는 남편이 있었기에 가능한 일이었다.

새삼 그가 멋있어 보였다. 마치 처음 만난 이십대 초반의 마음처럼 푸릇푸릇해졌다.

"차건우, 당신."

"왜?"

묻는 건우의 입가에 미소가 물들어 있었다. 아내의 허리를 붙잡아 상체를 밀착시킨 그가 입술을 짧게 훔쳤다.

"사랑해."

"닭살이야, 이혜진."

"그래도 사랑해, 당신."

혜진이 고백하며 그의 목에 손을 둘렀다.

"대낮부터 이러면 곤란하지."

얄궂게 웃으며 건우는 혜진이 무엇을 원하는지 알고 있음에도 모른 척했다. 혜진이 그를 더 세게 끌어안고 벽에 밀어붙였다. 그제야 졌다는 듯 건우가 혜진의 입술에 키스했다. 선선하게 부는 부드러운 바람이 두 사람의 목을 간질이고 지나갔다. 잠깐 입술을 뗀 혜진이 발꿈치를 들고 고개를 옆으로 젖혔다. 그렇게 다시 시작된 키스는 그 후로도 오랫동안 이어졌다.

뒤늦게 잠에서 깬 희수가 엄마를 부를 때까지.

The End

작가 후기 ::

　길들여지다는 오랜 연애로 상대방의 사랑을 당연시 생각하는, 조금 이기적인 여자 혜진과 그런 그녀에게 언제나 절대적인 사랑을 하는 남자 건우의 이야기입니다.

　조금 힘든 이야기였지만 성숙해지는 두 사람을 쓰며 뿌듯하고 즐거운 시간이었습니다.

　연재 시 가장 많은 비난과 욕을 받았던 주인공 혜진 양이 책에서는 독자들에게 조금이라도 공감을 받았으면 하는 작은 바람입니다.

　언제나 제 글을 애정해 주시는 분들께 감사의 말씀 전합니다.

　히히덕 골방 무연 작가님, 꽃신 작가님, 비향 작가님, 한희연 작가님. 이것저것(?) 많이 물어보았는데도 언제나 친절하게 알려주어 고맙습니다.

　'로맨스화원' 작가님들과 독자님들도 감사합니다.

　마지막까지 같이해 주신 미연 씨와 표지 작업도 예쁘게 해주신 디자이너님께도 감사 말씀드립니다.

　제 글을 보시는 모든 분들, 언제나 행복하길 바랍니다.

―박윤애 올림.

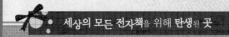

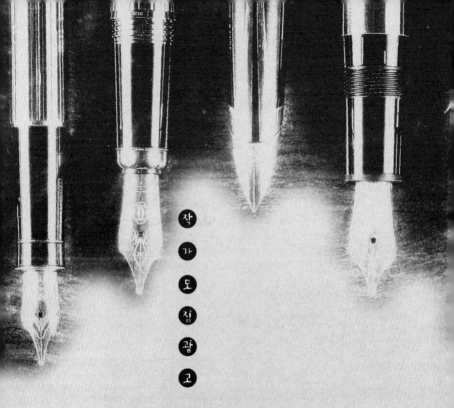

작
가
모
집
광
고

도서출판 청어람의 문은 항상 열려 있습니다.
실력있는 작가 분들의 많은 관심 부탁드립니다.

TEL:032-656-4452 • FAX:032-656-4453
http://www.chungeoram.com
e-mail:chungeorambook@daum.net